风吹红绸

解惠英◎著

陕西新华出版传媒集团
太白文艺出版社

图书在版编目（CIP）数据

风吹红绸衫 / 解惠英著. — 西安：太白文艺出版社，2017.10（2023.2重印）
ISBN 978-7-5513-1303-2

Ⅰ.①风… Ⅱ.①解… Ⅲ.①长篇小说—中国—当代 Ⅳ.①I247.5

中国版本图书馆CIP数据核字（2017）第244049号

风吹红绸衫
FENG CHUI HONGCHOUSHAN

作　　者　解惠英
责任编辑　葛　毅
装帧设计　汇丰印务
出版发行　陕西新华出版传媒集团
　　　　　太白文艺出版社
经　　销　新华书店
印　　刷　三河市嵩川印刷有限公司
开　　本　787mm×1092mm　1/16
字　　数　346千字
印　　张　20.75
版　　次　2017年10月第1版
印　　次　2023年2月第2次印刷
书　　号　ISBN 978-7-5513-1303-2
定　　价　59.80元

联系电话：029-81206800
出版社地址：西安市曲江新区登高路1388号（邮编：710061）
营销中心电话：029-87277748 029-87217872

序

常 智 奇

2013 年，解惠英的长篇处女作《血染白丝巾》出版后，咸阳市作协为此作品召开了一个研讨会。我曾在该作品研讨会上，肯定了作者在表现个人命运与历史思考、家庭悲剧与民族灾难、底层叙事与时代精神、知识分子与普通农民之间关系上的意义和价值，肯定了作者在塑造秦轶、罗晓岗等几个典型人物形象过程中的独有贡献。当然，也对她的写作寄予了更高、更理想、更热切、更美好的希望。解惠英终究不负众望，经过三年多的再努力、再创作，2016 年 7 月，又拿出了《血染白丝巾》的续集《风吹红绸衫》。可能是出于对我在《血染白丝巾》研讨会上发言的认同，她顶着酷暑来西安，邀我为《风吹红绸衫》写序。其情意真切，我欣然应诺。

读完《风吹红绸衫》，我感到解惠英承袭了她在《血染白丝巾》中的叙述方式和表现手法，依然从容淡定地行进在现实主义的创作道路上。她在这部作品中，继续沿着上部作品中人物关系和矛盾冲突，向更加纵深的层次推进。她以更加开阔的胸怀和视域写秦轶、权小顺、罗晓岗、梦岗及其他一些人物的命运和性格。写他们人生的奋斗、搏击、感恩、大爱、正气；写人在爱之途的理智、理性、担当、牺牲、崇高、圣洁。在《风吹红绸衫》中，秦轶走出了生活的厄运，迎来了人生的春天，命运之神频频把幸运赐福予她。她上了大学，当了县政府的干部，步步高升。她业余创作的文学作品公开发表，影视公司准备将之搬上银幕。但她依然善良、正直、清廉、理性、低调、求实、沉稳、大度，她乐于助人、一心为民，主动替家有困难的米主任下乡蹲点扶贫；她给圪垯湾村打井、修路、栽树、美化环境、种大棚菜、开发地热城、给孩子办国学学习班、培养技术员；她手中有权却不为妹妹徇私情；在仕途竞争中，她不为名，不为利，只为造福一方，有人却无端地造谣诬陷她。她强忍内心的痛苦，迎着疾风暴雨，踏着泥泞的道路去圪垯湾工作。在李红云夫妇俩吵架时，李红云无中生有地怀疑丈夫杜力与她有私情，胡说八道的言论被心怀叵测的第三者所利用，成为陷害她的口实。她以德报怨，在李红云病危的情况下，不计前嫌，送垂危的李红云到医院抢救，并为她输了自己的血……她是一位普通的公民，她有一颗朴实、善良的心。她是一个人微言轻的小干部，但她却有一副忧国忧民、敢于担当的铁肩。她是一位贤能淑惠的妻子，她既相夫教子，把爱洒向家庭，也把爱施于圪坮湾的村民。她是一位仁慈舐犊的母亲，她用母性的温热工作在贫穷乡村的路上。作者对这个人物形象的塑造寄予了自己全部的热情、理想和希望。秦铁对人坦荡无遮，对事精益求精。她无私、无畏、淡定、从容、纯洁、宽人、律己、高尚，给人留下美好的印象。作品中的权小顺是一个质朴无华的农民，有像土地一样宽阔的胸怀。他爱秦铁爱得那么炽烈、痴情、纯真、深沉、无私、崇高、宽博。他爱梦岗爱得那么坚固、挺举、刚毅、慈蔼、长远。他在最困难的时候担当起养育梦岗的重担，在梦岗的亲生父亲罗晓岗知道他很困难，寄给他一些养育儿子的钱时，他却一分不少地退回了。他说："我能养活起他，我就供得起他上学。"他在极其贫困的条件下，把梦岗供养到高中毕业，考上北京大学；在梦岗准备离家远去北京上学时，他又以一颗善解人意的悲悯之心叮嘱梦岗：一定要去看看你的亲生父亲和爷爷、奶奶，但不要花他们的钱；他赡养一个老母亲，供给一对儿女上学，又供给秦铁上大学；当他偶然发现林丰义在追求秦铁时，尽管他很痛苦，但他把痛苦埋在心底，依然默默地背着沉重的精神压力和家庭负担向前走；铁牛无端地泄自己心中的私愤，砍掉了他新栽的一大片苹果树，他没有以牙还牙，寻机报复，而是以德报怨，拉铁牛与他一起栽苹果树，扩大果园面积，一起致富；苹果丰收后，大伙都挣了钱，他又拿出一万元，要给种"超大穗"的农户按每亩 200 元的种子钱赔偿损失；小棉因不成熟，轻信人言，借债五万元，他一人顶着压力，超负荷地打工挣钱，累得得了尿毒症；当他知道是罗晓岗帮助他看好了病，他满含热泪地要与秦铁离婚……他是一个没有读多少书，但却懂得感恩的人；没有多少文化，但却懂得爱的人。他是一个人微言轻，但却知道人的责任和义务的人；没有什么社会地位，但却知道自己的身份和位置的人。他是一个无权无势，但却有情有义的人。他是一个没有多少城府，但却有菩萨般大爱的人。他朴实、憨厚而又单纯、阳光；他忠诚、谦恭而又明理、开通；他隐忍、负压而又坚毅、豁达。用书中林丰义的话说："他这样有胆识、有胸怀，忠厚、义气、善良的农民确实不可多得。"

秦铁、权小顺这两个人的形象塑造，寄托了作者人生全部的、最高的理想和美学追求。当我读到权小顺住院，秦铁陪护，秦芹来探望权小顺的病情，秦铁对妹妹说"就是砸锅卖铁，我也要把他的病看好"的那一番掏心窝的话时，我的眼睛湿润了。这两个人都在奉献：权小顺侧重于家庭，秦铁侧重于国家（当然，她身上有女权主义的一缕风情）。这种家国情怀是一种建设人类美好精神家园的文明模式。

读完《风吹红绸衫》，我们不难看出解惠英在这部作品中为我们塑造了一群好人的群雕像。梦岗的早熟、懂事、好学、上进、正直，对弟妹们的谦让，对长辈的尊敬、知恩图报；吴老师的博爱、渊博、善心、旷达；冯婶的纯朴、仁厚、慈爱、通达、明理；纪书的正义、悲悯、善良、诚信；袁凯的朴厚、真实、热心、公平；林丰义的理智、公正、原则、高瞻；郭凤英的开朗、大度、关心别人，从不在乎自己的得失；保姆桓灵秀那么善良、通情达理、乐于助人……正是这群有血有肉、有情有义、有胆有识、有理有智、有才有德，接地气、通天理的人物形象，撑起了这部小说的艺术晴空。当我读到作品的第四十一章，看到秦轶、林丰义、郭凤英三人在林丰义和郭凤英夫妇家里兴高采烈地喝酒、畅谈往事时，我心中泛起一股辛酸而又幸福的、欣慰的热流：人生艰辛，风云变幻、漂泊无定，可好人总能遇在一起。

文学作品中的人物形象，一定要鼓舞人、激励人、引领人走向真善美，给人以生活、生存的正能量。不能把人引向潮湿、阴暗、狭窄、猜忌、野蛮、本欲、自我、毁灭、绝望。《风吹红绸衫》的创作走的是一条表现人的理性、创造、赐予、纯洁、高尚、神圣的文学道路。作品质朴而清新，单纯而真实，明亮而自然，简约而刚健。这与当下一些作品表现人的原始野性、本能自我、欲望情仇、妒忌猜忌相比，自有其社会公认的文学价值。

如果说《血染白丝巾》是“冰糖葫芦式的结构”，那么，《风吹红绸衫》就是“网状的结构”。前者，紧紧围绕秦轶的命运而展开；后者，撒得更开，有第二代梦岗、小龙、小棉的成长。前者，为塑造秦轶而设线、叙事、邂逅、巧合；后者，对应、解扣、索源、结体。《风吹红绸衫》的矛盾冲突的组织和设立更宏阔、更复杂。如果说，《血染白丝巾》更多的是通过“家的悲剧”表现过去时代的情感史，那么，《风吹红绸衫》则是通过“国的正剧”表现当下干部群众的精神风貌和生存方式。作品通过爱的纯洁、博深、厚重、炽烈、崇高、神圣来表现人性精神之伟大、晶莹、圣洁、璀璨、夺目。是站在再造仁爱的思想，重铸仁爱的观念的基点上，表现中国二十世纪八九十年代的社会生活中爱的理想，爱的呼唤，爱的企盼。当罗晓岗完成了对权小顺的捐肾行动后，权小顺康复出院时，作者完成了自己从一个“社会批判者”走向一个“社会建设者”的转变；一个从“个人之爱”向“人类之爱”的转变；一个从“感恩”向“真爱”的转变。

解惠英是一位扎根于基层的作者，她的文学生命与大地息息相关；她的文学精神与普通劳动者的命运相连；她的文学细胞与社会生活的气息相统一；她的文学情怀与人道主义融为一体。她的作品本能地、不自觉地、天然地流露出一种时代的生命呼吸。

这是一个缩小城乡差别、贫富差距的时代，扶贫工作在全国各行各业，各条战线拉开了帷幔。秦轶在圪垯湾的扶贫，对当下的扶贫工作应具有一定的指导意义。她对圪垯湾的扶贫工作，是一个“精准扶贫”的范本。她那种一心扑在圪垯湾的拼命精神，是今天我们广大党员干部应该学习的。

这是一个言论自由，网络平台大众化、生活化、自媒化、个体化、即兴化的时代，改革者、创业者、革命者、实验者、探求者不可避免地要面对前进道路上的新与旧、传统与现代、前进与倒退的矛盾冲突，有时甚至要遇到谣风诬雨，无中生有，捕风捉影，栽赃陷害。作品中秦轶的泰然处之、置若罔闻、我清我浊自有人民知的博大胸怀，不都给我们今天的每个人在人生思考中以一种深刻的启示吗？

这是一个文学被市场化、物质化、感性化、娱乐化、浮躁化的时代。一些人把文学当作发家致富、沽名钓誉的手段。解惠英不是。她真爱文学，她把文学当作慰藉自己灵魂的一剂良药，正因为如此，她的作品发纤浓于古简，寄至味于淡泊，拂清风于自然，感流云于高山，非虚妄奸诈者所能及。

写到这里，窗外传来青年歌唱家霍尊哀婉《天行九歌》：

任侠平生愿/一叶边舟莲波滟/秋水墨色染/如见美人眼波怜/古人久未见/焚诗煮酒杯未满/风长卷/轻将红袖挽/请君三尺剑/烽火城头沥肝胆/借君三十年/繁花万里好江山/翻千册案卷/迷雾遮眼心事高悬/惋叹史简笔艳/添一字绝判/千金不换/此生何用声声叹/道不尽流年/看流沙聚散/回首天涯路远/英雄何用声声叹……

这歌声，这情调，这意绪，能代表我此时对《风吹红绸衫》的感受。

如若存疑，请君不妨一读。

2016 年 8 月 10 日于古都长安

大明宫遗址公园

引　子

已经是八月了，该是桂花飘香的时节。

可是毕阳原不长桂花。只有富贵的牡丹、妖艳的芍药这些性急的花儿，也早已绽放过自己的美丽，凋谢得只剩下焦黄的叶子。

一街两行的古槐，迟迟地开放出满树的黄白色小花。它没有夺目的光鲜，没有惊人的灿烂，只把幽幽清香悄悄留给人间。

街道深处，悠悠走来一位姑娘——不，她已经是两个孩子的母亲。如果哪位读者，碰巧读过《血染白丝巾》这本书，或许会忽然记起这位女子的名字，以及她所经历的种种磨难。比如小时病魔缠身，读书时高考落榜，回乡后又遭恋人背弃，再后来不幸入狱，最后死里逃生……

庆幸的是，她到底活下来了。重见天日后，来不及舔舐伤口上的血迹，更无暇偷闲养生，也无意絮絮不休地向别人诉说过去的苦难，她一头扑进新生活的洪流中，去实现心中的梦想，去报答那些应该报答的人。不管这条路上有多少荆棘，会遇到多大的狂风暴雨，她坚信，一个人只要能学会吞饮痛苦，不惧艰辛，不畏牺牲，持之以恒，就一定能够成功，收获应得的幸福和快乐。

你看她，步履依然轻盈坚定，相貌依旧秀丽端庄。她身上的红色绸衫，像是给她插上了梦想的翅膀，让她变得更加坚定、自信和成熟。

红绸衫被风吹起，虽然不时飘逸出一些时尚的现代元素，但是挥之不去的，却总还是那些淡淡的似古槐花香的记忆。

一

天，瓦蓝瓦蓝的；云，雪白雪白的。

冯婶站在自家院子里，朝天空看了一眼，又看了一眼，觉得舒坦。

那时，村子里没有什么工厂，人们从来没听说过什么叫“污染”，只管尽情地享受着现时人们常说的，空气指数良好的大自然。

看着湛蓝的天空，冯婶不由自主地拿起笤帚，想把自家院子打扫得像蓝天一样干净。她从前院扫到后院，连用砖头围起来的苹果树坑都扫得不留一片树叶。看着一切顺眼了，才放下笤帚到厨房去做饭。

正在烧锅，忽然听见门外咚咚地响起了炮声。

这声音划破了秦家庄寂静的上空，让冯婶吃惊，也惊动得左邻右舍的乡亲们一下子跑了出来，想看看非年非节，非娶非嫁的，是谁张狂地放什么响。

出门一看，人们才知道是权小顺这小子。在放完三个大红炮后，正用竹竿挑着长长的一挂鞭，噼噼啪啪地响着。

母亲冯婶忙放下风箱拉杆，腰间还系着个围裙，惊慌地跑出来问，小顺呀，你这是唱的哪出戏呀？平白无故地听响呢？烧钱呢！

站在门前小土堆上的权小顺，这个已到不惑之年的汉子，满脸的汗水，身上的布衫也已湿透。他顾不得招呼周围的人，更没有回答母亲的问话，只是仰头瞅着竹竿上噼啪作响的爆竹，黑红的面颊上洋溢着抑制不住的喜悦。

名叫石头的粗壮汉子，上去给了权小顺一拳说，你倒是放个屁呀，什么好事？说出来让大家也高兴高兴。这一拳，让权小顺像是范进挨了老丈人的巴掌一样猛醒，突然将粗大的手伸进肩上背的布袋子，抓出一把一把的水果糖抛向人群。

只见他笑着抛着，抛着笑着，不断地抛，不断地撒，不管别人理会不理会，只管自个儿沉浸在无比的兴奋和满足、骄傲和自豪里。

回到家里，母亲问他，到底因啥事，咋弄出这么大的动静？权小顺还是没有明说，只是笑笑说，一会儿你就知道了。说着就到厨房抓了一个冷蒸馍又要出门。母亲急了，骂道，你个挨刀子的，饭马上就好了，你不吃，急着做啥去呀？

权小顺满脸赔笑回道，一会儿就回来。妈，门上的炮仗皮先甭扫，千万，千万！

说着,转身又出了门。

他刚一出门,又听见三声巨响。原来是村里的张三来放铳。只见他身穿白布褂儿,手里提着拴红绸子的自制火药铳子朝权小顺笑。权小顺忙朝屋里喊,妈,快拿烟拿糖！说完,趁大家围着张三,赶紧开溜。

他急着要去的是北马镇,在镇上办件事,必须赶妻子下午回家时给她一个惊喜。因为高兴,此时,他看见什么都顺眼,都开心。道路两旁的庄稼地里,苞谷叶子哗啦哗啦向他招手,棉田里盛开的红白色花儿也在朝他笑。权小顺忍俊不禁,哈哈哈地笑出声来,随口唱道,今天是个好日子……

到镇上后,他先去了放映站,之后在集市上买了二斤肉,然后才去北马中学。

在一座瓦房教室的窗口,他看见妻子秦轶正在给学生讲课,便悄悄站在外边等候。他第一次听到她讲课的嗓音是这么洪亮清晰、甜美悦耳,忍不住就想往里边看看。他换了一个角度,看到她在黑板上写字,一笔一画,板书工整,字体秀美,不由得轻声说,太美咧！以前,他只知道她的钢笔字写得好,没想到粉笔字更漂亮。

秦轶板书完回过头来,忽然看到窗外的丈夫,带着满手的粉笔末出来问,有事吗？权小顺神秘地点点头说,你今天得早点回家。

一路上,权小顺说东道西,就是不提上午放炮的事。看到权小顺手里提的肉,秦轶打趣说,今儿太阳从西边出来了,咋,不过日子了？

权小顺笑笑,你这是门缝里瞧人哩,难道我权小顺这辈子就买不起二斤肉？只能喝苞谷糁啃冷馍？

买得起,两头猪都买得起。我是说今天不过年不过节的。

还是小瞧人不是？

到了家门口,看到满地的炮皮纸屑,秦轶大吃一惊,问,这是咋回事,谁放的炮？权小顺拉她一把说,别管这些,先回家再说。

刚刚进门,梦岗和小棉就跑过来喊,妈妈,祝贺你！梦岗忙到房间取出一个信封交给妈妈。小棉不住地喊着,妈妈真行,到底考上了！

权小顺笑着说,我把信藏在抽屉里,连奶奶都没有告诉,想给大家一个惊喜,倒让你们俩抢了头彩。这时秦轶才明白了一切。她拿着信封,急忙抽出里边的东西一看,原来是盖有省教育学院招生办大红印章的录取通知书。她激动得不知说什么好,一下子抱住女儿小棉,声音颤颤地说,真的,是真的,妈妈真的考上了……

小棉大声喊道:郑——重——祝——贺!

权小顺把一吊猪肉递到母亲手里。

奶奶招呼岗儿,快去门外抱点柴火,我来做肉,今儿高兴高兴。

晚餐丰盛,人员齐全。这是权家近年来最高兴的一顿饭。权小顺拿出过年剩的半瓶白酒,斟了三盅,先端给母亲一盅酒。刚端到面前,老人就痛快地接过,竟然第一个要说话。她说,我这个梦呀,真的很灵,你们年轻人总是不信。

权小顺急了,妈,你看你,今天咱们有高兴的事不说,咋又说起梦来了。

冯婶抿了一口酒说,今儿个就说梦。

小棉拽了奶奶一把,奶奶快说快说嘛。

冯婶舔了一下洒在手上的酒说,昨天晚上的梦真怪。我正在院子苹果树下坐着,忽然有一股风吹来,凉凉的,还有香味。我抬头一看,瓦蓝瓦蓝的天上飘着一片红云。飘来飘去,一会儿就飘到咱们院子,飘到我的头顶上。我用手一抓,原来是一张红纸。

小棉喊着,红纸上写着什么呀?

冯婶说,这时我醒了,一直没敢说,听说梦是反的,怕有什么不好。

梦岗说,你还不明白,那红纸不就是妈妈的通知书吗?

权小顺拍了一下大腿说,妈,您的梦太灵了,太好了!我今天上午去北马镇,刚走到邮局门口,就碰见邮递员小刘,就是常到咱村送信的那个小伙子。他一下子叫住我说,这是秦轶的挂号信,我立马签了字。一看秦轶考上了,当时就想到西安钟楼上喊一嗓子。

母亲笑着说,看把你高兴的,还没进门,自个儿就在门前放开炮了。

梦岗端起桌上的酒杯递给妈妈问,妈,您高兴吗?秦轶激动地直点头,高兴,高兴!就端起酒杯一饮而尽。

吃完晚饭,权小顺高兴地说,梦岗小棉今天都不要写作业了,咱村学校今晚演电影,你们端上板凳,扶着奶奶,咱全家一起去看电影。

小棉一听,大声喊道,太好了,爸爸万岁!

那时农村文化娱乐贫乏,人们平时没有什么可乐的事,只有在谁家的孩子当了兵、考上学或老人去世时,主家自费请放映队在村里放电影。这算是农村人最奢侈的消费。免费看电影当然是件好事,孩子们高兴的心情更是没法说。

权小顺一家人高高兴兴地来到村小学。

刚到，就听见嘟嘟两声。放映员说，秦家庄的乡亲们，今天晚上演的片子是故事片《小花》。好！场子里响起了一片欢呼声。嘟嘟又是两下，放映员又说，今天的电影不是村上请的，也不是乡上送的，而是前村的权小顺为媳妇秦铁考上教育学院，专门到放映站定的专场。让我们热烈鼓掌庆贺！场上立刻爆发出热烈的掌声。人们赞叹不已。原来秦铁考上大学了，怪不得权小顺放炮哩，晚上又演电影。都说，这小子真大方。大方？我看是太狂了！靠墙椿树下一个声音狠狠地说。

大喇叭中传出主题歌："妹妹找哥泪花流……"

此时银幕下的秦铁，早已热泪横流……

权小顺高兴地说，我想给你们一个惊喜。

小棉说，我还以为是别人家请的电影。

冯婶嗔怪说，看把你高兴的，炮放了，肉也吃了，又放电影。

权小顺很自豪。他说，我就是想让秦家庄前村后村的人都知道，我媳妇秦铁行，她能考上大学，能！

梦岗转过身，紧紧抱住权小顺，深情地说，谢谢爸爸，你真行。

场上的人们都在专心地看电影，权小顺一家却在互诉衷肠。

回到家，秦铁感激地说，小顺哥，这通知书是你发给我的。没有你，我不可能拿到它。今天我终于圆了二十年前的梦。

权小顺说，圆了梦就好，应该高兴。今晚咱们喝几盅，单独庆贺一下。说着给两人斟了酒。秦铁含泪和丈夫碰了杯，两人一饮而尽。谁知，喝得太猛，秦铁被呛得猛烈地咳嗽起来，权小顺忙给她捶背。他一边捶一边说，妹子，我就知道你行，准能考上。我每天都憋着气在等，等拿到通知书时，一定要在门前放炮，一定要演电影。我还想到西安钟楼上去喊，到北京天安门城楼上去喊。我要让所有人都看看，我媳妇到底行不行！

秦铁不咳了，她坐起来说，什么我能行，那时你不是说我不敢考吗？

权小顺说，哼，还说你聪明，有时也很傻。我不那样激你，你能报名去考吗？我知道，你是怕我累着。我一个大男人，不是泥捏的、纸糊的，能累个啥？可你要是错过这个机会，会后悔一辈子。

秦铁心里明白，刚恢复高考的那两年，自己还隐姓埋名逃亡在东北，根本无法参加考试。这次省教院成人考试,招收本科生,的确是自己最后的机会。她感谢丈夫用激将法让自己赶上了末班车,心里高兴,一定要为自己庆祝一下,又给每人斟了一杯。她要为自己这张迟到了二十年的高校录取通知书而痛饮。白酒入口,整个血管都因酒精的充盈而膨胀。她的额头已渗出细小的汗珠,面颊像搽了胭脂,更加妩媚。不胜酒力的她,两杯就喝得晕晕乎乎。可她还是抓起酒瓶,又给两人满上,嘴里含混不清地说着,考上了,考上了,真的考上了!

权小顺一看秦铁已经有了醉意,急忙去夺她手中的酒杯,心疼地劝道,铁儿,行了,你不能再喝了!

可秦铁却笑着用手拦挡,我行,能喝!其实她的手已经颤抖了,一杯酒全洒在下巴上。

权小顺看到她红扑扑的脸上流着泪,忙拿毛巾给她去擦。擦着擦着,不由一把搂住她,他虽然没有流泪,但心中却在哭泣:我漂亮的妻子,聪明能干的小妹,可怜苦命的铁儿,你太难了,太不容易了!哥知道你盼望这张通知书已经盼了二十多年,现在好了,咱终于拿上了。虽说是晚了点——好饭不怕晚,晚了更有意义。他心里想着,用手拍着,秦铁竟在他的怀里睡着了。

权小顺就这么搂着她,脸上露出幸福的微笑,很快也进入了甜蜜的梦乡。

二

秦铁终于圆了大学梦，她感谢丈夫权小顺为她所做的一切，流着激动的热泪在他的臂弯里睡着了，又在梦中笑醒了。

第二天一大早，她又夹着书本到北马镇为学生上课去了。站在课堂上，当看到孩子们一张张渴望求知的面孔，她顿时一惊，仿佛从昨晚的梦幻中一下子又回到了现实。大学录取通知书虽然拿到了，但那种读书生活似乎不再属于自己，而是属于在座的孩子们。他们才是应该坐在教室里学习的人，而自己，年已不惑，是应该担担子的人了。

这一天，她想了很多，内心也十分矛盾。上吧，大龄的尴尬不说，家里还有许多实际问题解决不了；不上吧，又觉得可惜，实在不甘心。她在黑板上给学生抄完题后，竟不由自主地写道，我不甘心！弄得学生莫名其妙。经过激烈的思想斗争，终于冷静下来，有了主意。晚饭后，权小顺又倒了酒，说昨晚没有尽兴，今晚再来。

秦铁说，要喝可以，你得答应我一件事。

权小顺说，行，十件八件尽管提。

二人同时举杯，一饮而尽。

秦铁说，谢谢你帮我圆了大学梦，可是，这学嘛——

咋的？

我——我不能上。

啥，就这事？你是不是有病呀！

我说真的。

是我听错了？

我再说一遍，这学我不能上。

权小顺将手里的酒杯狠狠摔在地上，大喊，你疯了！

你别激动，听我解释。

解释啥！当初你为什么要报名，要考试？现在录取通知书拿到了，又说什么不去上学了？

我想证明我的实力。

有实力就去上呀，有价值没体现等于零！

秦轶哭了，她抽泣着说，二十年前，我是那样地想上大学，可是没有哪所大学敢录取我。现在我年近四十，拉家带口，我把老的小的一家人撂给你，自己却坐在教室里清闲地念书，这可能吗？

家里有我！

小顺哥，妈老了，重活不能干了，一下子供三个学生上学，这不要你的命吗？你不嫌，我可不忍心。

妹子，你说这话就是不了解我，你小看你男人了。你是怕我亏待这两个孩子不是？告诉你，他们就是我亲生的！

不，我不是这意思。

那你什么意思？小轶呀，几年了，我一直想说，可是没说。自打你踏进我权小顺的家门后，我就没打算过清闲日子，就打算一辈子为你做牛做马。

我可不想嫁给牛，嫁给马。

听我说，就在那年——

别说了，秦轶摆手阻挡他。

她比谁都记得清楚。那年，就在她马上要和权小顺拜堂的时候，罗晓岗却突然来了，他竟然还活着。他是岗儿的亲生父亲，他在她心中的位置，权小顺比谁都清楚。他当即扯下身上的红绸子，去掉佩戴的新郎花，要成全这一家。他告诉岗儿，罗晓岗是他的亲生父亲，要秦轶和孩子跟罗晓岗一起回北京去。

那天，秦轶的心几乎碎了，不禁长叹一声，伤心地跑开，跪在父母的坟前痛哭，心乱如麻，不知该怎么办。当时她甚至怨罗晓岗，为什么不立即接纳她母子而选择放弃？后来又想，罗晓岗的选择是仁义的、正确的。再说，即便是他当时要接她娘儿俩去北京，难道她就能够不顾自己的诺言，放下权小顺母子还有小棉一走了之？

经过痛苦地思考，半个月后，她最终带着岗儿和小棉进了权小顺的家门，死心塌地要和他一起过日子。

看到秦轶痛苦沉思的样子，权小顺又喝了一杯说，小轶呀，我该怎么说你呢？我这辈子能娶到你这样有德有才、有情有义的人，如果不好好待你，还算人吗？你这辈子最大的遗憾不就是没上大学吗？现在考上了，要不供你上完大学，我权小顺就是他妈的王八蛋！是个不值得你托付终身的男人。你今天给我一句话，到底上不上？

秦铁忍着泪叫了声,小顺哥——

你还是不想上?

秦铁不语。

不料,权小顺咚一声跪在地上,他说,你不答应我就不起来。

到了这个份儿上,秦铁还能说什么。她上前拽起丈夫说,你呀……

权小顺坐在床沿上,迷迷糊糊地说,愿意上学就好,愿意就好!我太……因为多喝了几盅,权小顺倒在床上就呼呼地睡着了,可是秦铁却睡不着。她想上大学,十多年来,经常做梦考大学,就是成不了,常常从梦中哭醒。现在确确实实拿到了录取通知书,心里却五味杂陈,高兴不起来。是谁说过来着,“生活这台戏呀,不可能重演,每次都是即兴表演,又是最后的演出”。二十年前,她还不到二十岁,角色是学生,任务是学习。可现在,她是妻子、儿媳,又是两个孩子的母亲。她的任务是创造,是付出,是担当。她得主持这个五口之家正常安稳的生活。怎么能说走就走,像那些小孩子一样背着书包轻松地去上学呢?眼下,丈夫是那样高兴、执着,决意让自己完成学业,去圆昔日的梦。怎么办?她不能辜负他的一片心意,不能伤了他的心。

鸡叫了,她还在纠结着……

三

权小顺的诚心感动了妻子,她终于到省城上学去了。

秦轶一走,虽然权小顺身上的担子重了,可他心里舒坦,感觉很骄傲,很自豪。因为他做了件十分有意义的事情,特别有成就感。

权小顺记得父亲在世时,很尊重有文化的人。他一心供儿子上学,经常叮咛小顺,要好好念书,争取有个好生活。将来如能娶个好媳妇,一定得善待人家,不能委屈女人。就是长相差点也不要紧,只要人品好,丑女家中宝。记着,凡事自己多担待点,日子才能安宁。那年父亲有病,卧床不起,把这些话给他又重复了一遍。

可惜,权小顺没有完成父亲的遗愿,连初中都没有上完。三年困难时期,母亲一个人在家喝稀汤,省下的粮食也不够给他做一周的干粮。权小顺是个孝子,为了母亲,他横下一条心,不念了,回家和母亲一起干活。

现在让他欣慰和值得骄傲的是,他不但娶了一个知书达理、多才多艺、聪明贤惠的奇女子,而且她的美貌也是十里八乡数一数二的。如今她上了大学,就等于他自己上了大学。他也可以告慰父亲的在天之灵,咱家出大学生啦！所以他执意要让秦轶去上学。

现在他唯一的目标、任务和全部的心思就是把日子过好,让秦轶和两个孩子不要因为没钱而使学习受影响。

权小顺情绪高涨,致富心切,可东扑西撞之后,仍一时难以找到致富的门路,他心急如焚。正在这时,他忽然听到一个消息,公社要组织各村领导干部到南方考察学习。这可是一个千载难逢的好机会,权小顺高兴极了。

20 世纪 80 年代,改革开放的浪潮席卷全国,以异常迅猛的速度发展着。特别是沿海地区的快速致富,给全国做出了榜样。落后的西北地区各级领导坐不住了,纷纷组团到南方取经。权小顺有幸跟随公社的参观团到南方参观学习了一趟。这次,让他记忆最深的有两件事:一是人家一个乡镇企业的年产值竟然超过西部地区一个县,让人不可思议。二是在参观的大巴车上,听到南方司机在说笑:老陕爱参观,参观回去不动弹。还说什么“八百里秦川尘土飞扬,三千万懒汉高唱秦腔,端一碗粘面喜气洋洋,没油泼辣子嘟嘟囔囔”。

参观回来后，权小顺心里很不舒服。他憋着一股气，一定要供秦铁上大学，自己也要干点什么。他不是懒汉，一定要证明给那些骄傲的南方人看看，证明给村里那些过去曾对自己下眼观的人看看。心劲儿有是有，可是残酷的现实摆在面前，没有启动资金，他不能像南方人一样去办钢材加工厂，也不能办水泥厂和制砖厂。但他听说山东的农民改种经济作物，收益可观。毕阳附近的礼泉县就有人栽苹果树发了财。对，栽苹果树。现在自己有承包地，粗算一下，一亩地栽八十棵，如果建二亩果园，起步也就四五百元，谁家都能拿得出。再说，从栽上小树苗到真正挂果、丰产，还得四五年。这期间，可在果树行间种西瓜或栽红薯。果树长着，也不误其他农作物，没有什么风险，真是件可行的好事。

权小顺心想，学南方经验不能死搬硬套，要根据自己当地的实际情况。国有国情，村有村情，咱没钱就先从简单的事情做起。

权小顺很自豪，他觉得自己也挺有智慧，身为队长，有责任带领大家致富。当然他也实在太需要钱了，连做梦都喊着，我要供三个学生上学。就是他家院子的那棵苹果树，一年只摘两篮子果子，他们也舍不得吃，让母亲拿到集市上去卖钱。

现在已经是农历二月份了，正是栽树的好时节。权小顺联系了队里的几户人家准备先给大家做个样子。收益好了，其他人自然会跟着来。

这天，他早上五点不到就和队上的石头大哥去礼泉定苹果树苗。

到了那里，挖出的树苗不够，两人就找镢头要和主家一起挖。

主家老袁四十来岁，清瘦的脸上，轮廓分明，一看就精明能干，是个会过日子的人。他说，最近人手少，你俩帮我挖，我付你们工钱。

权小顺笑了，什么工钱不工钱，我们俩有的是力气，闲着也是闲着。说着就干起来了。

主家把手中的镢头递给权小顺，叮咛道，小心，别伤着树根。然后到地头的一间看护的小房，拿出另一把镢头递给石头。自己就在他俩后边整理挖出的树苗，十个一捆地放在一起。

过了几个钟头，主家站起来，看着地上的日影自言自语：太阳端了。然后数了数身后的树捆说，按我平时的人工费，你们每人应得九元。说着顺手掏出二十元钱递给权小顺。

权小顺没接，他很不好意思地笑着说，不就挖了几棵树苗嘛，你还真的给钱，这也太生分了吧？

主家说，不是生分，应该的。主家拿起镢头，拍了权小顺一把说，不用找，这两元，你俩去吃碗面吧，明天来拉树苗。

看看时候不早了，权小顺谢过主家，便和石头骑上车子走了。

到了史镇，他们找到一家小面馆。一进门就闻见香喷喷的油泼面味。石头对肩头搭着白毛巾的小胖子服务员说，来两大碗油泼面。

权小顺忙用手阻挡，坚决地说，一碗。

石头不解地看他一眼，他解释说，我带着锅盔，昨天面吃多了，今儿不想吃。

一碗油泼面端上来，刚泼过油的红辣椒面，散发着诱人的香味。石头用筷子一搅，里边是黄豆芽拌扯面，不由让人想流口水。他刚端起碗又放下说，要不还是再来一碗吧？

权小顺瞪他一眼，吃你的！说完掏出布袋子里的锅盔，扔给石头一块，自己在旁边嚼起来。

服务员小胖子端来两碗热面汤，一碗放在权小顺面前。权小顺忙说，我没要面汤。

小胖子笑了笑说，喝吧，面汤免费。石头唉了一声，拿起那块锅盔，在桌子上的小罐里挖了一勺油泼辣子夹在里边递给权小顺。权小顺忙说，馍是给你的。石头什么也没说，把夹好辣子的锅盔放在权小顺面前。

吃完饭，两人推着车子在镇上走。石头故意咳了一声说，队长，我刚才没好意思叫你，怕你脸上挂不住。你就那么仔细，一碗面能把人吃穷了？

石头的话让权小顺的脸蓦然一红，但马上又镇定了，他说，吃面吃馍都一样，饿不着就行。十块钱正好够岗儿一个月的伙食费呢！

石头说，两个孩子上学没说的，可是秦铁书教得好好的，你非让人家上什么大学，弄得你紧巴巴的。

权小顺说，你又不是不知道，十几年前，她没考上大学，心里多难过，如今考上了，能不上？

石头停住脚步说，权队长，我今天说句不该说的话，你可别生气。

权小顺说，有话就说，有——

石头一手推着车把，一手在没有几根头发的光头上摸了一把说，权当我多嘴，我说，你可别让煮熟的鸭子飞了。

权小顺火了，放屁！秦轶我还能不了解吗？别说她飞不了，就是飞了我也高兴。她是只凤凰，而不是鸭子！知道吗——他声音很大，眼睛都红了。弄得街道上的行人好多都朝他俩瞅，不知道发生了什么事。

石头一步跨上自行车说，我服你了，难怪大伙选你当队长，就连女才子也愿意嫁给你。原来你的胸怀这么宽，觉悟这么高。

权小顺也骑上车子和石头并行。他平静地说，不是什么觉悟高，人得有良心，活得明白。她有能耐，就让她使出来。不能说当了你的媳妇，就成了你的私有财产，把人家拴起来，那样不公平！

石头一听忙说，看，看，还说不是觉悟。对，不是觉悟，是水平。我看你自从娶了秦轶，这说话、想问题的水平可是提高了一大截子。

别说什么水平不水平的，你就说，我说得有没有道理？

有道理，有道理，我服。照你说，石蛋他妈要出去给人家工地做饭，就让她去？

权小顺说，出去打工怕啥嘛，挣了钱让石蛋继续上学去，难道把娃放在村里一辈子拔猪草？你媳妇你还不知道，出去做几天饭就能跑了？

石头嘿嘿一笑，往哪儿跑，五大三粗的，长得像个麻袋，有谁要呀！

哼！就这么个麻袋，你都看得那么紧，要是个杨柳细腰，还不得整天拴在裤带上？

哈哈哈——

笑声消除了一天的疲劳。为了不再为孩子上学发愁，两人脚下使劲了，车轮在说着谝着中被蹬得飞快。

再来看看秦轶。虽说那时为了不给丈夫加重负担，硬要放弃上学，但在权小顺死缠硬磨的劝说下，最终她还是按时到学校报了到。

九月的古城西安，秋高气爽，景色宜人。当提着行李的秦轶刚刚走到省教育学院门口时，她忽然不由自主地自语道，噢！这就是我的学校！一种亲切的感觉油然而生。她迈步走进学校的大门，第一个映入眼帘的便是“公诚勤朴”四个红色大字，这是校训。再往里走，林荫大道坦荡如砥，教学楼、实验室、图书馆大楼、学生宿舍楼和教职工家属楼鳞次栉比。校园里浓郁的书香气，学员们高雅、文明而又潇洒的气质让她深受感染，激动不已。她仿佛进入了一座圣殿，灵魂即刻得到净化和提升。

想到自己马上就要成为这所高等学府的一员，在这里系统地接受专业知识学习，秦轶感到无比的幸福和自豪。身处学校优美环境之中，她才更加感受到丈夫权小顺对她的爱有多深。她在心中说，谢谢！小顺哥，不是你，我将注定要失去这个难得的学习机会，我会后悔一辈子。

虽然这里不如梦想中的北大，但对于年近四十岁的她来说，已经满足了。

报了到，繁重的学习任务和生活中的困难便随之而至。她非常清楚，从现在起，她和丈夫权小顺已经开始了奔向人生目标的马拉松。

20世纪80年代，坚冰已破，全国各地出现了宽松的环境。大学里除了必修课程外，业余生活也丰富多彩。学生老师都可以学习太极拳、下棋、跳舞等。文艺是秦轶的爱好，她是班里的文艺委员，又参加了学校的合唱队和歌舞队。

紧张有序而又丰富多彩的高校生活，让她的性格发生了很大的变化。她一改原来的严肃、正统、沉稳、拘谨，变得温柔、潇洒、活泼、开朗起来。看上去，一下子好像年轻了十岁。她精力充沛，不知疲倦，如饥似渴地学习，像海绵吸水一般汲取新的知识，领略新的思想。她确定了《中国现代文学》为主攻方向，其他课业也不放松。除了白天正常的学习，学校图书馆便成了她晚上最常去的地方。

宽敞干净的图书馆内，灯光明亮，借阅人员络绎不绝。已经快十二点了，阅览室内大部分学生都回宿舍休息了，只有少数几个人还在埋头苦读，坐在阅览室西南角的一个穿蓝色夹克衫的男生就是其中一个。当他起身要离开时，无意间向东北角瞟了一眼，灯光明亮的桌前，坐着一个女生。前面摆着一本打开的厚书，她在匆忙而认真地抄着书中的内容，显然是想在闭馆前将书还回去。她几乎每天都这样紧紧张张，像打仗一样。不知何故，每次在这个男生离开前，都不由自主地朝东北角瞅瞅。

这一天，男生正在看书，另一个男生叫他，林，走吧，马上要闭馆了。这时他才合上书本，直直腰，取下眼镜，揉揉眼睛，又朝东北角的女生瞄了一眼，见她正在收拾东西，就有意磨蹭一会儿一起走出阅览室。

走到阅览室门外，男生站住了问，你叫秦轶，中文系的对吗？

噢！她吃惊地答。

我在借阅登记簿上看到的。你很用功，每次都是最后一个离开阅览室的。

秦轶笑了，心想，都一样。

夜深了，校园里的风有点凉，她禁不住打了一个喷嚏，用手抱抱肩。

男生立即脱下夹克衫递过去，她没接，他直接给她披在身上。

穿过两旁栽着高大梧桐树的大道，秦轶便朝着东边女生宿舍楼走去。顺手将那

夹克衫递过去说了声，谢谢！

男生站住了，自己介绍道，我是历史系的，叫林丰义，和你一样，也是搭末班车到这儿来的。

噢！秦轶应了一声，算是知道了他的姓名，然后转身就走，谁知腋下夹着的笔记本一不小心掉在地上。

男生看见后，连忙拾起来说，你的本子。

秦轶转过身，神色慌张地说，谢谢！接过本子朝女生宿舍快步走去。

秦轶的心怦怦直跳，进到宿舍，连灯都没开，借着从窗外射进来的微弱的光，拉开被子钻了进去。对面床上的小王还没有睡着，轻声说，秦老师，你才回来？秦轶悄声应道，嗯，就轻轻躺下。

人虽躺下了，可是怎么也睡不着。心想，现在已经十二点了，如果不能很快入睡，就无法保证第二天正常听讲。她生气地命令自己：快点睡！

真是见鬼，越是这样，头脑就越清醒。脑海中开始重现今晚阅览室外碰见林丰义的一幕。

其实，林丰义这个人她早已注意到了。因为每次最晚离开阅览室的就那么三五个人。虽然彼此没有搭话，但已经有点面熟。开始，她并没有在意他，也没有近距离的接触。隐隐觉得他是一个高个子、五官端正的男生，年龄大概三十多岁。只听同去的人叫他林。今晚，他分明在有意等她，而且还在登记簿上查了她的名字，又把夹克衫披在她的身上。这一切让她心跳，不知他想干啥，她心里不由咯噔了一下。

秦轶翻了一个身，面朝墙叹了一口气。让她不能入睡的，不仅仅是那个叫林的做了些什么，而是今晚，她在明亮的灯光下，近距离地看清了这个人的长相：微卷的黑发，有着一双智慧的单眼皮的眼睛，大约一米八的个子。天哪，这不是当年她第一眼看到的罗晓岗吗？

上学一年多了，她一直紧张地学习，课余时还做点针线活。虽然很劳累，但心里安静。可是今天这个人的出现，却搅得她心神不安。是他勾起了她对罗晓岗的一切回忆。记忆的闸门一旦打开，过去那些让她幸福的、痛苦的宗宗件件，都会蜂拥而至，挡也挡不住。罗晓岗曾经给了她那么多关心、支持和力量，让她感受到了人世间最圣洁的爱、幸福和快乐。可是命运却捉弄了她。她既然最终选择了孩子的养父权小顺，那么就得一天一天地忘记罗晓岗，一心一意和权小顺过日子，尽一个妻子的本分。现在当紧的是完成学业，继续工作，和权小顺一起供两个孩子上学。至于历史系的那个林丰义，只不过是一面之交的普通校友，也许他看到自己年龄大，顺便关心一下，何必那么紧张。为了不惹起别的麻烦或者闲话，以后最好离他远点。每次到阅览室早离开一会儿，别等到最后只剩下几个人。

想到这里，她总算理出个头绪，给自己的人生定了位，心里稍微静了下来。

睡在门口床上的郭姐起来上厕所，秦轶知道此时已经是凌晨三点了。郭姐每天都是这个时候起夜。虽然她知道已经过了深睡期，但还能睡几个小时，便迷糊起来，一会儿就睡着了。

第二天，秦轶一起床就觉得晕晕乎乎，没有精神。晚饭后，有的同学去阅览室，有的去操场锻炼，郭姐却到男生宿舍去收床单，就像个管家婆。男生宿舍里要是谁的床单太脏，她进去不由分说便扯下来拿回来洗干净。送回去的时候，还像母亲一样叮咛:注意点卫生!

秦轶通常在这个时候就去了图书馆。她喜欢在阅览室里自由地阅读她想读的书，摘抄一些资料。可是今天却不想去，一是身上没劲，再就是——躲避那个叫林的男生。想到这里连她自己都笑了。你呀，也太敏感了吧，人家不过关心一下，能咋样？你就紧张成这样了。

今天不出去，就在宿舍做针线，给儿子的裤子一定要做好，周六回家时带上。岗儿已经上了高中，他这个年龄正是费鞋费帽子的时候，不能让孩子在校穿条破裤子。

四

三四月的风，吹在身上不冷不热，让这些脱下臃肿棉衣，换上春装的庄稼人焕发出用不完的力量，他们兴奋地在自家的责任田里自由耕作。仅仅几年，人们不再为吃饭发愁，现在整天想的是，咋样在这块地里能刨出更多的钱来。

权小顺和石头他们五六家人的苹果园眼看就要赚着钱了。经过几年的辛苦，他们栽种、施肥、浇水，今年已经见花见果了。

权小顺不但看书学习，还到礼泉当面请教老果农。虽说还不到丰产期，可他的果树今年就开花不少。清明前后，他细心地在每个开花的枝条上精心疏花。由于树冠不大，谷雨前后仍然在果树的行间种了西瓜。劳动节刚过，看到一个个绿色的果子出现在枝条上，权小顺别提有多么高兴。他没事就在果园转转。树上的果子一天天长大，行间的瓜秧也很快扯出枝蔓。他小心拣空地走，一棵树一棵树地去疏掉多余的小果子。第一年，不能让树结的果子太多，不能把树累着了。他要让留下的果子得到充足的阳光和营养。

收拾完果园，已经立夏了。眼下正是小麦拔节抽穗的时节，权小顺早上到麦田里转了一圈，准备给麦子再浇一遍拔节水。

刚回到家里，就见石头慌慌张张跑到他家，叫他出去一下。权小顺问他啥事，石头摆一下头说，你去了就知道了。

石头在前边急走，权小顺在后边紧撵。快到果园跟前，他看到地头站着好多人。

权小顺走到跟前一看，傻眼了。

这里——权小顺刚刚整治好的果园，好像发生了一场战争。才长到胳膊粗的苹果树被砍得东倒西歪。有的从根部，有的拦腰砍断，还有的只砍掉枝条。才长到核桃大小的绿果子滚得到处都是。那些刚扯开蔓的西瓜秧也被踩得一塌糊涂。

权小顺被这突如其来的灾难打击得蒙了头。他只是呆呆地站着，说不出一句话。

石头说，报告派出所，让公安上查。八娃说，肯定是报复。想想看，你最近惹过谁没有？

这两个都是和他一起第一批栽了苹果树的村民。他们很同情这个想带领他们致富的队长，但谁也没有办法。几家种果树的人，个个长吁短叹。他们的果子还没有成熟,没卖过一分钱。眼看着今年开始挂果,有了希望,可是有谁这么歹毒?今天砍了权小顺的树,明天会不会再砍他们的树?

权小顺在地头站了半天,几亩地里的果树被砍得剩下不到三分之一。权小顺想,要不是有谁过路惊了那人,或者是他没了力气,肯定全完了。他没有骂娘,更没有暴跳如雷,只对站在地头的村民说了声,大家都干活去吧。自己就转身回家去了。

回到家里,母亲已经做好了中午饭,便问小顺,石头叫你有啥事?

他没有隐瞒,对母亲实说,苹果树让人砍了。母亲急了,啥?树被人砍了,谁砍的?砍了几棵?

差不多全完了。

狗日的咋这么毒呢!

娘儿俩的这些话,让放学回家的小棉听见了。她见奶奶和爸爸脸上气愤和难过的表情,吓得放下书包,悄悄坐到院子里的小凳上。没敢说肚子饿,更不敢叫奶奶快点盛饭。

不一会儿,梦岗也从学校回家了。小棉见哥哥进门就跑到跟前说,咱家的苹果树让人砍了。

权小顺听见两个孩子说话,出来说,岗儿放学了?

梦岗吃惊地问,是不是咱家的果树让人砍了?这是为啥呀?

权小顺摸了一下梦岗的头说,别问了,你们小孩子家别管这些事。今天是星期六,说不定你妈也会回来。你们俩记住,别告诉她这件事。你妈她学习任务重,不能让她担心知道吗?

俩孩子懂事地点点头。

奶奶端出刚刚做好的麻食,闻见香味,看到饭里的豆芽、菠菜和鸡蛋花,兄妹俩端上碗,急不可待地就往嘴里刨,这是他们最喜欢吃的面食,可是权小顺却吃不下去。

权小顺端了一碗饭,坐到房子里边去了。他心里有事,不像往常那样对岗儿问长问短。比如功课难不难,钱够不够花?问小棉今天的生字是什么,老师表扬了你还是批评了你?一些老生常谈的事。

梦岗吃完饭,到自己的房间学习去了。小棉放下碗就去踢毽子,她不想一回家就做作业,写字太烦人。

奶奶说,小棉,你就先玩一会儿,赶星期一前把字写完。小棉说,嗯。就蹦蹦跳

跳出去了。

下午黄昏时分，秦铁背着包回家了。小棉看见妈妈，放下正踢的毽子一下子就扑过去。权小顺急忙叫了声，小棉！然后用眼神提示她。

小棉扭过头争辩道，我什么也没告诉妈妈。秦铁没有理会，只是亲了一下女儿，然后回房间放下背包。看妻子进了房门，权小顺赶紧跟了进去。

秦铁看着权小顺的眼睛问，有什么事吗？

权小顺强装笑脸，没，没什么事。

爸妈，奶奶叫你们吃饭。岗儿在外面喊。

二人走出房门，饭菜已经摆在小方桌上。权小顺说，把菜给娃拨些，让他们到门口去吃。

秦铁说，不用了，叫孩子就在这儿吃，我有话说。

权小顺不知秦铁要说啥，他只怕两个小家伙说漏嘴。

秦铁看一眼丈夫说，别再掖着藏着，我什么都知道了。

权小顺一看瞒不住了，就问，你听谁说的，是不是石头？

秦铁点点头，说她回来时在村口碰见石头了。

冯婶今天憋了半天，心里实在难过，现在媳妇也知道了，再也憋不住了。她放下刚端起的碗，气得手都在抖动，骂道，不知是哪个挨刀子的，做下这缺德的事。我们惹着谁、碰着谁啦！咋就这么倒霉？

权小顺说，不会是外村人。他们和咱一无仇二无冤，谁吃饱了撑的，会半夜来砍咱的树？

冯婶说，肯定是咱村人干的，能是谁？

权小顺说，除了咱队的那货，还有谁。

冯婶说，是铁牛？他坏是坏，可咱没惹着他。

权小顺说，甭说了，是他，跑不了。

冯婶突然想起黑蛋他妈说的一件事。她说，前天铁牛两口子在家闹仗。媳妇骂铁牛光耍嘴，屁事都不干，你看人家权小顺——铁牛接过去骂，你看权小顺好就跟他过去，臭婆娘！媳妇不服，顶他，人家就是比你强。铁牛把门一摔，大声说，我让你看他强不强！这不，昨天黑夜就出事了。

权小顺听了母亲讲的这事，越想越气，把碗往桌子上一蹾，骂道，他狗日的敢砍我的树，我就敢毒死他后院的那头猪！

秦铁说，你这是咋说话的，孩子们都在。大人们只顾说话，谁知小棉自己却跑到奶奶房间，手里提个小塑料袋递给爸爸。她说，给你，这里边有一包老鼠药。

冯婶一看急了，好我的碎亲人呀，你咋敢拿这东西。旁边的梦岗一把夺过妹妹手中的袋子。秦铁说，快把药袋子挂在门背后的高处。说着拉小棉去洗手。

冯婶喊，多擦些肥皂。

小棉犟着嘴，我又没碰药，洗啥手！

权小顺又气又笑说，真是个碎猴精，我就说句气话，她还真把老鼠药拿来了。

秦铁已经给小棉洗完手，赶紧转移话题，快吃饭，一会儿凉了。又对两个孩子说，你们已经知道了，爸爸奶奶过日子多不容易。在学校可要好好读书，不要惹爸爸奶奶生气。岗儿，你花钱也要仔细点。记住了。

兄妹俩懂事地点点头。

冯婶这时忍不住笑了。她说，我还没说完呢，铁牛和媳妇昨个是因为那头瘦得像狗一样的病猪死了才吵架的。用不着去毒，看把我们小棉急的，这下可省下咱们一包老鼠药了。

吃完饭，秦铁忙去刷锅洗碗，权小顺提着泔水桶到后院喂了猪。梦岗知趣地到自己房子去。他已经是高中二年级了，虽然不太爱说话，可是心里有数。他心疼爸爸，感激爸爸，虽然他和妹妹不是爸爸亲生的，但爸爸对他们从来没有外待。如今又要供三个人上学，真是太辛苦了。果树被人砍了，眼看自己的学费都成了问题。可自己又能帮上什么忙呢？只有好好学习，明年考上大学就为爸爸争气了。

刷完锅碗，秦铁劝婆婆和小棉去睡觉，然后就到岗儿房间。可儿子并没有像往常那样埋头看书，而是坐在凳子上发呆。她走进去，将手搭在儿子的肩上关切地问，怎么了？最近学习吃力吗？

梦岗眼泪汪汪地说，爸爸太难了，这下可该咋办？

秦铁用毛巾擦了儿子的泪水，安慰道，我知道你心疼爸爸，要报答他就得好好学习。你知道他的心思，最希望你能考上个好大学。家里的事你不要担心，有我和爸爸。

梦岗点点头说，妈妈你也太辛苦了，去休息吧。

其实，秦铁心里比谁都难过。这场灾难让家里本来就困难的生活更是雪上加霜。可是，她得把难过藏在心中，不能挂在脸上。在这紧要关头，她得为丈夫分忧，为他撑腰。

回想自己十多年前死里逃生，经过众多好心人的帮助，才闯过一个个难关，有了今天。特别是上教院后，让她开了眼界，对人生的看法发生了很大的变化，气度变得豁达，心境变得平静，对于任何事情都不慌不乱，总有一套应对的办法。

秦轶回到房间，见权小顺愁眉不展地靠柜子站着抽烟。

她慢慢走到丈夫身边，拉他坐到床沿上，劝说道，别一个劲地抽烟。权小顺把正抽的烟头狠狠往鞋底上一摁，烟一下子就灭了。

秦轶关心地说，别往心里去，大不了就几百元，这几亩地，每年还给咱长不少的红芋和西瓜，权当没建果园。

这不是几百元的事，狗日的拿刀往我头上砍哩，往我心里戳呢。权小顺伤心地说。

我知道这事很气人，搁谁都很伤心。但总不能因了这事咱就一蹶不振。秦轶耐心地劝说。

放心，我倒不了。今天我一直想，其实这事也怪我。两天前，我正在果园疏果，铁牛在地头说，你这几年日子过得挺红火的。我就说是政策好。他又说，你的果园也不错，我又说，是品种好。他讨了个没趣，扭头走了。不巧的是他一回家，那头病猪偏偏又死了。唉！人不能太狂，更不能说狂话。不过你放心，我不会倒，死活都得继续干。

重建果园？

日他妈，我不相信他再敢砍第二回。权小顺的拳头重重地砸在桌子上。

我知道你的性格，肯定还会重建果园。关键是怎么建？只把那几亩地补齐吗？

权小顺站起来问，你是不是有什么好主意？

秦轶说，最近我在图书馆看到很多资料。现在搞经济讲究规模经营，特别是我们的农产品。就拿苹果来说，也要有一定的规模，形成气候。这样对请技术员、防病虫害、提高果子质量都有好处。果子成熟后，销售也方便。你这里果园大，有了名气，人家会开车找上门来收购。就你原来那几家，种的那么点，将来销售都成问题。

权小顺说，原来咱不是试验嘛，邓小平说让一部分人先富起来。

秦轶笑了，还没富呢，就让人打趴下了。

权小顺这时心情稍好了点。他说，放心吧，你男人我永远都不会趴下。

这才是好男人。秦轶放心了，拿起小笤帚去扫炕铺床，之后又在厨房端来热水，让权小顺洗。

晚上两人躺在床上探讨了好久,终于想出一个好的方案。权小顺激动地说,媳妇,还是念书人有高见。多亏你今天回家,让我把这件坏事变成好事。说着抱住媳妇就亲。

秦轶轻轻推了一把,说,就叫名字,叫媳妇太难听,我不习惯。

我偏要叫,媳妇,媳妇!权小顺叫着紧紧地和秦轶相拥在一起。他打心眼里喜欢她,爱她,恨不得将自己全部生命都给了她。

两人做了爱,权小顺的心情好多了。秦轶说,你不是说念书人有高见吗?以后我给你带回来一些书,没事时读读,会有好处的。权小顺高兴地说,好,好!跟上杀猪的翻肠子,跟上当官的做娘子,我这个跟上大学生的农民,多少也得喝点墨水。你下次就把书带回来,我一定好好读!

第二天上午,当权小顺踏进铁牛家的头门时,铁牛心里一惊。他心想,权小顺肯定找他算账来了,于是立马做好心理准备:无论如何,死不认账。贼没赃,硬似钢。你权小顺怀疑归怀疑,可是没有亲自逮住我,凭什么说我砍了你的树。哼!胆放正。他暗暗给自己打气。

权小顺进门后,看见铁牛站在院子里,第一句话就是,我今天来问你一件事。

铁牛证实了自己的猜想,既没打招呼,也没让座,嘴里就蹦出三个字:什么事?然后双手抱在胸前,一副对峙的架势。

权小顺没有在乎,先掏出一盒羊群烟,给铁牛扔过去一根说,我打算今年把果园扩大一些,再搞一些好品种。

噢——铁牛紧张得差点说出,我还以为——但稍作镇定又说,你想扩大就扩大,关我啥事!

权小顺点燃了自己的烟,顺便把打火机递过去,铁牛也点燃了自己手中的烟。权小顺蹲在铁牛家院子里的一块石头上,抽了一口烟,慢慢地说,现在讲究规模经营,如果咱们这里果园多,形成气候,到时候请技术员呀,搞培训什么的,人家也愿意来。等到果子成熟了,品牌打出去了,不用出门,客商就会自己找上门来。

噢!——铁牛没有直接搭话,只这么应了一声。

权小顺这时已经站了起来。他说,我今天来就是想征求一下你的意见,如果你也愿意建园,这次咱们一起搞。

这——让我先考虑一下。其实,铁牛巴不得有这个机会。但是为了面子,他还得拿作[①]一下。

权小顺已经朝门口走,他边走边说,行,你先考虑,我还有事。

权小顺出门后,铁牛长长地出了一口气。他没料到权小顺是为这事来找他的。心想,他是真不知道这树是自己砍的还是在耍什么花招?弄不清这小子葫芦里卖的啥药。不管咋说,权小顺今天来,只字未提砍树的事,这让虚惊一场的铁牛还是松了一口气。他抽完最后一口权小顺扔给他的那根烟,不知该干什么。这时肚子里忽然发出咕咕的叫声,这声音提示他,该弄点吃的了。

铁牛懒懒地走进厨房。案板上有他昨天中午吃剩下的半碗疙瘩汤,有早上吃过苞谷糁没洗的碗,还有一块扔在吃了几天的酸菜碟子里的干巴馍。锅里一看,早上烧煳的锅底还没洗刷。看到这一片狼藉,他心酸了,媳妇不在家的日子真难过呀!

铁牛一扑蹋[②]坐在灶火墩上,没心干这些娘儿们干的琐碎事情。

他心里泼烦极了。前天,家里那头猪病死了。媳妇翠英就和他吵,怨他不给猪弄草,把猪喂成了瘦狗。猪有病了也不去看,现在猪死了,今年的花销也没了指望。翠英气得哭着说,你这样混到啥时候是个头,也不看看人家权小顺,想法把日子往好里过。一提权小顺,铁牛原本憋着的气,再也憋不住了。他嘴里骂着,权小顺,权小顺,日他妈!说完一下子跑出门去。

第二天,听说权小顺的果树被人砍了,翠英死咬住是铁牛干的。骂他缺德,没有好报。一口气跑回娘家,弄得他两天吃了三顿饭。

铁牛想不通,难道自己现在就这么无能,这么混蛋,连自己的老婆都这么瞧不起自己?想当年"文化大革命"那阵,虽说村里有人看不惯自己的做法,可那时自己是民兵连长,干的是革命工作,大小是个官。谁敢小瞧!有时对那些"阶级敌人"教育半天,晚上拿着本本去记工分,也没人说个不字,这嘴上的劳动也是劳动,是"革命工作"。

那时,以他优越的政治条件,很容易就娶了这个美貌的大成分女子。当时,他叫她干啥就得干啥,绝不敢嘴犟。铁牛常常怀念过去那些叱咤风云的日子——那些让他感到无比自豪的辉煌。现在的生活如此平淡无奇,琐碎麻烦,这些不要说起,就连

---

① 拿作:关中地方话。心里愿意,表面上故意拒绝。

② 一扑蹋:关中方言,形容人在难过,绝望或极度劳累时无力地忽然坐下的动作。

老婆翠英，她家的大成分被取消后，她再也不怕他了。铁牛的优越感一下子没有了。翠英还因他干不好责任田，养不好猪常常训他。让他更为愤怒的是她竟然拿权小顺和他比。那天不是翠英气他激他，也许他下不了那么狠的手。当然，还有权小顺，这小子近几年来也太顺了，太狂了。当了队长不说，媳妇还考上了大学。那天在地里拿话噎人，铁牛不知道自己当时哪来的一股劲，一个人竟然砍下那么多的树。要不是累了，实在抡不起镬头，也剩不下那三分之一，肯定全完了。

此时，他的肚子又咕咕地叫了几声，可是他没心思做饭，也不想收拾案板上这一摊子碗筷，便站起来，伸手到馍篮子摸了一块锅盔。这还是翠英三天前做的，已经干巴得咬不动了。

铁牛用尽力气咬下一块硬馍，在嘴里慢慢地嚼。还好，权小顺并没有找他的麻烦。他既然叫他建果园，不管是真心还是假意，自己得趁着这个坡往下溜。

唉，铁牛嘴里嚼着，嚼着……

星期天的下午，太阳暖暖的。秦轶和梦岗背着各自的包去学校了。

梦岗自从上了高中，就到妈妈原来念书的古陵中学，妹妹还在秦家庄念小学。他最近这两年，个子一下蹿出老高。超过了权爸爸，赶上他父亲罗晓岗一米八的个子了。

这孩子自小聪明，小时在村里受到歧视，反而激发了他的志气。他知恩感恩，常常记起小时候权爸爸抱着他挤羊奶的情景。心想，长大以后一定要帮爸爸干活。现在长大了，个子已经超过爸爸了，却不能帮爸爸分担家里的负担。想起他们娘儿仨都在上学，家里的活全留给爸爸和奶奶，他心里很难过。在学校，他从不乱花一分钱。这次妈妈给他做了新裤子让他换上，梦岗死活不肯，只是让妈妈给旧裤子上再补一个补丁。他学习用功，从不让家里人操心。每次考试都是全年级的前几名。虽然他不爱说话，但内心始终有股力量，将来一定要考全国最好的学校——北京大学。

听说妈妈当年已经够了北大的分数线，可是因受政治条件的影响没有被录取。自己一定要替妈妈完成这个心愿。这个想法他对谁也没有说过，这是他一个人心中的秘密，是他为之奋斗的动力。他要等拿到通知书后，给妈妈，也给全家人一个惊喜。他要让全家人为他而自豪。还有，到了那时，他就能在北京上学，还能顺便看看父亲、爷爷、奶奶。他是他们的亲儿子、亲孙子，却不能经常在他们身边。梦岗忽然怀念起北京的一家人来。

想到这里，他觉得自己责任重大，两条长长的腿，跨出的步子更大了。

秦铁把那个大一点的帆布包给了儿子。梦岗每周回家要装几本书，回校时，奶奶还要给他装几块锅盔。她说孙子还正在长身体，不能饿着。秦铁就背着那个自己缝制的布包：中间一个长拉链，两边缝有宽宽的背带，东西装得多。今天这包里，不但有婆婆塞进去的锅盔馍，还有中午收拾好的几双要做的布鞋，再就是几本书。她虽然把书带回家，可是一眼都没看。一进门就碰上那件让全家人都伤心的倒霉事。她知道，丈夫把明年的学费都指望在这些苹果树上，谁知树却让人砍了。她要给丈夫帮忙，原打算买的鞋不买了。上午她和婆婆一起用打的褙子，给小顺和梦岗收拾了两双鞋。这两人都是费鞋的人。临走，婆婆又给她在纺车上合了纳鞋底的绳子。合绳子的线是秦芹买的劳保线手套。原来送给权小顺，让他在地里干活用的，可小顺宁愿手上磨出茧子也不舍得用。结果婆婆就拆了合成绳子。

婆婆拆线手套早已有了经验，过去困难时，棉花分得少，不够穿用。有的人在给生产队拾棉花时，就偷偷给自己的裤腿里、袖筒里揣些棉花。回家剥出棉籽，悄悄纺了线织布。也有的买了线手套，拆了抽出一根根的细线添上织布做衣裳。

每当秦铁看到这种情况，她就想起，城里的女工织手套，农村的妇女拆手套，这样来回折腾，都是为生计所迫，心里便涌上说不出的酸楚。

秦铁下午四点就从家里出发，为的是赶下午那趟票价便宜的市郊车。一个人背着大包，行走在从秦家庄到毕阳县城的土路上。走着走着，突然想起十多年前，运哥送她雪夜闯关东的情景，不由一阵心酸。

不过现在不同了，虽然是一个人在行走，但不是黑夜而是白天。那时天上下着鹅毛大雪，现在却是阳光灿烂；那时她是一个为活命而逃亡的“罪犯”，现在是一个去完成学业的大学生。这样对比着，不觉又自豪起来。她精神抖擞，脚下生风，也有了劲。

五

家里的不幸遭遇，让秦铁肩上的担子更重了。一到学校，她便像个机器人一样不知疲倦，白天黑夜不停地干。白天忙着上课，晚间到图书馆学习查找资料，午间休息时又得纳鞋底做鞋帮。看到她憔悴的面色，同室的孙梦云摸一摸自己圆圆的脸蛋，同情地说，秦姐，不管多忙，你也得劳逸结合。大眼睛王丽却略带批评的口吻说，就是机器人也得补充能量。说着硬塞给她一包从家里带来的饼干。

郭凤英也是从农村来的，年龄和秦铁差不多，不像这两个城里的小姑娘那样劝慰，她知道不起作用。因为秦铁每两周回一次家，现在一周过去了，下周六秦铁必须把两双鞋做好了拿回家，孩子还等着穿呢。这个时候，她什么也不说，便拿根针帮秦铁纳鞋底。

这天中午，她们做完手中的活，郭姐说出去转转。

她俩刚走到两旁栽着高大梧桐的南北大道上，就碰上常去图书馆的那个林。看到秦铁她俩走过来，林主动上前打招呼，秦铁，你们出来散步？秦铁忙介绍道，这是我们宿舍的郭姐。林马上热情招呼，郭姐好，我叫林丰义，历史系的。郭凤英热情地点点头。

秦铁客气地说，你有事先忙吧，我们随便走走。

林沿着大道朝学校门口走去，秦铁和郭姐朝相反方向慢慢走。林刚走，郭凤英的兴趣就来了。她笑问，你怎么认识历史系的这个小伙子？

他也常去图书馆，在阅览室碰到过。

他人长得帅，气质不错，还有礼貌。郭凤英一个劲儿地夸赞着林。

秦铁笑了，她看着郭凤英反讥道，咋，一眼就看上人家了？郭凤英推了秦铁一把，胡说啥呢，我看他八成是看上你了。看他刚才那个主动劲儿，我嘛，当他阿姨还差不多。郭凤英虽然也年近四十，但至今仍是单身，秦铁的话让她的脸一下子红了。想起那天在阅览室门口的情景，秦铁的脸也热辣辣的。

下午上完几节大课，秦铁觉得头有点晕乎乎的，也没在意，下午又到阅览室去看书。和平常一样，又是紧张地阅读、抄笔记。当管理员催马上闭馆了，她抬头一看，阅览室里已经没有了别的人。她这才急忙收拾，夹着本子往外走。谁知正在下台阶时，

忽然双腿一软就跌倒了。迷迷糊糊一下子滚下几个台阶,就什么也不知道了。

当她睁开眼时,自己却躺在学校医务室的条椅上正在输液呢。旁边没有人,她不知道是谁把她弄到这里来的。她挪动一下身子,卫生员马上过来问,你醒啦?她是个剪着整齐短发、眼睛大大的姑娘。

秦铁问,是谁送我到这儿来的?

卫生员说,一个小伙子,他说你昏倒在图书馆门外,就把你背过来了。医生查过了,说你劳累过度,有些贫血,输点液、补充些营养,休息几天就会好的。

他人呢?秦铁想知道是什么人送她来的。

他说出去买点东西,一会儿就回来。卫生员调了一下点滴的速度,又到值班室去了。

不一会儿,有人进门,手里提着两个塑料袋。秦铁坐起来,啊,原来是林。还没等她开口,林就高兴地说,你醒啦?怎么起来了?快躺下。秦铁不好意思再躺着,就靠椅背坐着。她问林,你怎么在这儿?

说来也巧,今晚我有事,早离开阅览室一会儿。回宿舍发现我的钢笔不见了,就到阅览室来找。谁知,正要上台阶,发现一个人躺在地上。一看是你,我就把你背过来了。

噢!真是太感谢你了!秦铁忙表示谢意。

不说了,这豆腐脑还热着呢。医生说你疲劳过度,营养不良,有点贫血,你先吃点。林说着将塑料袋拿到秦铁面前,递给一个铝长勺,自己张着袋子口让她吃。

秦铁说,我不饿,你自己吃吧。

林劝说,吃几口吧,我这儿还有饼子。

盛情难却,秦铁只得把豆腐脑吃了。之后对林说,谢谢!我现在好多了,你就回去休息吧,明天还要上课。

林又拿出另一个塑料袋里的饼子,劝道,你再吃点饼子吧,是肉馅的。

秦铁客气地谦让,刚吃了那么多,真的吃不下了,你还是回去吧。看到这个酷似罗晓岗的男生在自己身边转来转去,她真怕自己内心深处那最脆弱的地方被触动。所以不敢面对,她希望林快点离开。

可是林却热情地说,没事,我陪你打完针,送你回宿舍,不就两瓶嘛!

秦铁没有再执意让他走,潜意识里另一个声音说,让他多待一会儿吧。

林把秦铁吃剩下的豆腐脑汤连塑料袋扔进垃圾筐，端个方凳坐在她跟前，眼睛瞅着输液管上的小葫芦，看着液体均匀地滴着。慢慢地说，第一次看到你，我就想起了居里夫人的形象。你的肤色、气质，特别是眼睛，是那样与众不同。但我又想，不知你身边有无居里在陪伴。林似乎鼓着勇气在说这些话，说的时候，一直未看秦铁的眼睛。

秦铁听着，深深吸了一口气，这和当年罗晓岗赞美自己的话如出一辙。他在打探她的家庭。秦铁心想，绝不能让他再说下去，即便是不礼貌，也不能做任何回答。她装作睡着了，没听见。

林这时喊了声，呀！药完了。

值班的卫生员就拿着一瓶配好的液体，快速换上又走了。

这时，她不能再装了，便动了一下胳膊，把手放到舒服一点的位置上。她微笑着对林说，这下好了，你快回去休息吧，打完针我自己走。

林很执着，我不能走，得等你打完。

秦铁说，太晚了，我一个人可以的。

难道你一点儿都不想知道我的情况吗？

有必要吗？秦铁竟说出连自己也不懂的绝情话来。

看来你是不想把我当朋友，可是我已经把你当成朋友了。所以，我想让你知道我的一切。林几乎有点恳求了。

看见他诚恳得有点可怜又可爱的样子，秦铁便说道，说来听听。

我家就在省城西边的周户县。

噢，离毕阳很近。我怎么看你有点像南方人？

我是在深圳出生的，十几岁才到陕西。我现在的家，其实是一个表叔的家。

你的父母，他们还在深圳吗？

父亲在香港，母亲在深圳，他们都不在了。

原来是个孤儿——秦铁很吃惊，像是给林说，又像是自言自语。

原来的深圳可不像现在，很穷。那时父亲的工资每月不足三十元。母亲带着我，有时给人洗洗衣服，打些零工，补贴家用，让我读书。困难时期，全国人民都吃不饱肚子，有些人就偷偷逃到香港。听说偷渡过去的人，每月能挣到八百多元，日子过得舒服。当时就有好多人效仿，千方百计地去偷渡。有时竟有几百人一起掀倒铁丝网逃到香港那边，那叫大逃港。

有这事？秦铁第一次听到，有些吃惊。

厉害时，每天都有一两千人逃过去，最多达到七八千人。看到逃过去的人太多，当时香港政府也往内地这边遣返。有人不想回来，就躲、就藏，警察就追。经常是警察和他们玩猫捉老鼠的游戏。也有人在追逃过程中被警察打死，有的在偷渡时因船翻被淹死。我父亲很幸运，1960 年逃港成功，在那边每月也能拿到八百多元。后来捎信让母亲带我过去。

有一天，母亲终于联系到一只可以带我们偷渡的船。我很高兴，心想马上就可以见到爸爸了。谁知刚上船，还没走多远就起了大风，掀起大浪。破旧的船只经不起风浪，一下子就被掀翻，船上的人全部被抛入水中。

哎呀！秦铁吓得惊叫一声。

一个大浪过来，我和几个人被抛到岸边，有幸逃生，当时都记不得是怎样被人拉扯着上来的。

母亲，你母亲呢？

看到断了的桅杆和木桨漂在水面上，我哭着喊着叫娘，可是喊破嗓子也无济于事，母亲永远地离开了我。

秦铁的眼睛湿了，她没有再问。林当时的境况可想而知。

林已经深深地陷入二十多年前的痛苦中去了，他不时发出声声哀叹，两人一时无语。

液输完了，两个人同时瞅了一眼墙上挂的钟表，此时已是凌晨一点。

林没再诉说他的经历，秦铁不好再问，但她已经明白他为什么会那么努力，便说，对不起，耽误你这么久，明天还要上课。

林把秦铁送到宿舍楼下时，正碰到郭凤英她们，三个人在急切地说着什么，看见秦铁回来，郭凤英惊讶地叫道，秦铁呀，你这是跑到哪儿去了，我们找了你几个钟头不见人。

秦铁没有解释，只说了句，回吧。林说，郭姐，你扶她上楼，我走了。

此情此景，郭凤英三人都有自己的猜想，但不便多问，就一同回了宿舍。秦铁非常歉疚地对她们说，对不起，害得你们等我这么久，快休息吧，明天还要上课。

六

按惯例，秦铁去学校后每两周回一次家，可这次三周了，还没回来。权小顺像热锅上的蚂蚁，在院子来回转。他不光是担心妻子在学校有啥事，而且还有件急事要和她商量。

那次果树被砍之后，他听了妻子的劝，这些天来走东家跑西家，动员大家。还好，大多数人都同意了，也愿意投钱建果园。可谁知铁牛这㞞，虽说答应了建园，却硬说没钱买树苗，让权小顺给他先垫上。权小顺气得在心里骂，去你妈的，不种拉倒，又不是给我赚钱。但又想起秦铁的话，他不仁，我们不能不义，我们要以德报怨，用温暖去化那块冰，变坏事为好事。只要铁牛加入了，挣到钱了，他就不会嫉妒别人，也不可能再去祸害别人家的树了。权小顺忍气答应了铁牛的要求，可是这样一来，连同自己的树苗，还得七八百元。这钱从何处来？只能向秦芹借。可秦铁上学时人家送来的一千元还没有还人家，再去借，咋能张开这口？

权小顺决定到省城去一趟，看看妻子，顺便和她商量一下。于是他换了件半新不旧的白衬衫，又找了条洗干净的灰色化纤裤子，穿上白色塑料底、黑布帮的板儿鞋。

这样的搭配他自己很满意。这几件东西平时不太穿，今天要到妻子的学校去，一定要打扮得干净些，不能给她丢脸。

早饭后，他换好衣服，背上母亲烙的锅盔馍，骑上自行车就往省城赶。

现在正是熟麦的时节，太阳虽然不毒，但他还是骑了一身汗。权小顺放慢速度，看着路旁田地里的小麦，一片比一片长得好，正在升浆的麦穗，长势喜人。

骑着骑着，忽然另一片麦田吸引了他，便不由得下车到地头细看。这片地大约有四五十亩，麦秆粗，叶子肥，穗子长，绿油油的，明显和其他地里的麦子不一样。他用手拃了拃，一个麦穗足有一拃多长。权小顺心想，这是什么品种？产量一定很高。正在这时，从麦田的田埂走过来一个中年人，他头戴草帽，手里拿个小本子。见权小顺这么专心地看他的麦子，便主动介绍说，这是毕阳农科所的小麦专家老洪研究出来的超大穗。抗条锈病，抗倒伏，产量是普通品种的近两倍。他还说，这是我为农科所务的种子田。施肥、浇水、作务全部按专家的要求进行。最后，还神秘地说，如果你感兴趣，可以先付一点定钱，等麦收后一定给你留下种子。

这一信息让权小顺非常兴奋，他记下了这个村子和这个人的名字，骑着车子向省城飞快奔去。

到了省教育学院，他打听到秦轶的宿舍，小心地敲门。开门的不是秦轶，而是同室的郭凤英。听说是秦轶的家人，她忙请进让他坐下。权小顺一听这人和妻子是一块儿的，便热情地一边掏出锅盔一边说，郭大姐，这是家里烙的，你尝尝。

看到权小顺热情厚道，郭凤英就要领他去找秦轶。权小顺把锅盔往桌子上一倒，说他自己去找。郭凤英说秦轶可能在小园林，并详细描述了路线，顺便将做好的两双鞋塞进权小顺的包里。权小顺谢过郭姐，忙下楼去找。

他背着布兜，走在平坦的校园路上，心中有说不出的自豪。妻子在这优美的环境上学，因为她，自己也来到这里溜达。一种随妻沾光的感觉油然而生。

权小顺正在得意，忽然几个夹着书本的俊男靓女迎面走来。穿着不算十分时尚，却风姿潇洒，生气勃勃。他们的气质让权小顺为之一震。他低头再看自己的打扮：长期在太阳底下劳作，皮肤粗黑干燥，灰头土脸，简直就是个土老帽。他突然就有一种自惭形秽的感觉。原来，这么干净优美的环境是为他们这些人准备的，而不属于他这个乡下佬。

好在这些人都不认识他，更不知道他竟是中文系那个漂亮的女大学生秦轶的丈夫。管他呢，还是找人要紧。他不由自主地加快脚步，从他们身边走了过去。

快到南门时，向东一瞅，果然有一片小园林。这里的树木高大，树间距离也很大，和马路边的一样，是那种白皮的法国梧桐。地面上没有草坪，白白净净，就像农民在夏收前，反复轧平的打麦场。

茂密的树冠下，安放着水泥长条凳。

权小顺便朝里边走边看，没走多远，突然发现了秦轶的身影。她虽然背对他站着，可他非常确定，因为她还穿着那件格子布衬衣。特别是那乌黑的短发，他一眼就能认出那是自己的妻子。权小顺正要喊她时，却看见对面还站着一个男生。那高大的身材和白净有棱角的方脸，好家伙，这不是当年的罗晓岗吗？他怎么会在这儿？再一细看，虽然轮廓像，但并不是罗晓岗，特别是头发不像。权小顺想，这人可能是秦轶的同学。于是他马上停下了前进的脚步，掩身在一棵大梧桐树的后面。他想等那人走了以后再见秦轶，不想让她的同学看见她有一个这样穿戴的丈夫。

权小顺离他们很近，也就七八米的样子。但秦轶背对着他，而那个男生也许已经看到了他，可是由于不认识，根本没在意。所以他们谈话的声音，并没有因为近距离有人而减小。权小顺在树后听得清清楚楚。

秦轶：林，这怎么可能呢？

男生：为什么不可能，我们是同学。

秦轶：你不了解我。

男生：只要你了解我就够了。

秦轶：我同情你的遭遇，欣赏你的学识和品德，知道你是个好人……

听到这里，权小顺吸了口气，心想，秦轶该不是喜欢上他了吧？

男生又说，我再实习一个多月就要毕业了，要离开学校了，我一定要把憋在心里的话说出来，我爱你，敬重你，为你着迷。

果真让权小顺猜对了，他听不下去了，真想冲过去一把推开那人，再给他一个很响的耳光！他很难过，没想到的事情突然发生了，也许石头的提醒是对的。虽然当时他很自信，可现在却撑不住了，难以面对，如果不马上揍那小子一拳，就是个孬种！然而，就在他的脚快要抬起来的时候，忽然，心中的另一个声音却在大喊，不行！你现在要出的这一拳，就等于打在秦轶的脸上，让她以后怎么在学校待下去……权小顺矛盾极了，他不愿意再往下听，决定马上离开。当他瞟去最后一眼的时候，竟然看见那男生握着秦轶的手。还好，秦轶挣脱出双手，她喊道，我已经是两个孩子的母亲！

权小顺跑着离开了小园林，他远远地听见那个男生大喊道，我愿意，你在骗人！

权小顺提着秦轶做的两双鞋，晃晃荡荡地在楼下骑了自行车，便离开了学校。

他从学校骑车到玉祥门，再骑到大庆路，有气无力地往回赶。

一路上，他的脑子很乱，无法接受亲眼看到的那一幕。他不知道该怨秦轶，还是该恨那个男生。自己干的这算是件啥事情？当时磕头下跪，死缠硬磨地要让她到这里来上学，结果今天竟出现了这样的事……

他只顾想着烦心的事情，一不留神，车子被路边的一块砖头绊倒了。权小顺气得踢了一脚，他妈的，连你也来欺负我！嘴里骂着，便一扑蹋坐在了路边的草丛里。他觉得自己很窝囊也很委屈，竟忍不住掉下了几滴泪水。可是，他马上又开始骂自己，行了，权小顺，男儿的泪不是尿水子，就这么不值钱？你能怪谁呀？都怪自己没有能力，也怪当年遇到生活困难没有坚持上学。不然也许自己早已成了一名大学生，不会与秦铁有那么大的差距。一个是人才出众、品学兼优的大学生，一个是连初中都没念完的农民，屁股后还拉了一堆债。你让别人怎么想？他越想越不敢想，不知道命运会给自己带来什么样的结果。

就在权小顺转身离开小园林的时候，秦铁几乎是大喊着对林说，你愿意也不行，我已是有夫之人。林反驳着，你骗人，你从来没有这样说过。

秦铁哭笑不得，她真诚地表白，我是来这里念书学习的，没必要给每个人声明我的婚姻状况。

林几乎是乞求地问，这是真的吗？

秦铁诚恳劝道，我们是校友，我没有必要骗你。我相信你对我是真心的，可我们真的不可能。

林失神地站在一棵梧桐树下发呆，秦铁快步离开了小园林。她不想和林再交谈下去，更不想让任何人再来揭开自己过去的伤疤。直到下午上完课回到宿舍，她才知道权小顺今天来学校的事。她非常不解，权小顺已经来了，肯定有事，为啥没见自己就回去了呢？当郭凤英说她让权小顺到小园林找她时，秦铁吃了一惊，意识到情况不妙。她想，糟了。但马上又冷静下来，对郭凤英掩饰道，他是来给队里办事的，顺便来看看，其实没什么重要的事。

郭凤英有点遗憾地说，也怪我，当时我应该带他下去找你。这大老远跑来，连面都没见。

秦铁应付着，真笨，连个小园林都找不见。

郭凤英也有点疑惑，但看到秦铁今天情绪不太正常，便说，没事就好。

星期六，秦铁上完两节大课就早早离开学校回家了。郭凤英一直留在学校，她打算看看《古代汉语》，刚拿起书本，就听见有人敲门，开门一看，原来是那个叫林的男生。

他脸色苍白，有点失魂落魄的样子，和那天见到的热情潇洒的帅哥判若两人。郭凤英问，你是来找秦铁的吗？她已经回家了。

林并没有马上离开，反倒不请自进。郭凤英只好闪在旁边，让他进到宿舍。林站在那里闷闷不乐地说，我看见她回家了，郭姐，我是来找你的。郭凤英忙笑道，找我？快坐下！说着把桌前的方凳端过来让林坐。

林坐下后，没有和郭凤英说任何寒暄的话，也无任何铺垫，他竟像个天真的孩子一样开口就说，郭姐，我喜欢秦轶。

郭凤英听了大吃一惊，可马上又风趣地说，喜欢好呀，我们大家都喜欢她。

林望着郭凤英痴痴地说，可她拒绝了我，骗我说她是有夫之人，还说她已经有了两个孩子。说着眼泪几乎就要掉下来了。

郭凤英觉得可笑，但并没有嘲笑他，而是递过一条毛巾，双手搭在林的肩头，像位慈母在安慰受委屈的孩子。她真诚而深情地说，兄弟，你太执着了，我知道你喜欢秦轶，可她并没有骗你。正因为她也喜欢你，才对你讲了实话，这是对你负责，对你的爱护，也是对你的尊重。

林失望地抓住郭凤英的手，求救似的喃喃自语，这么说，我是彻底没有希望了？

郭凤英扶住他的肩，爽朗地说，谁说没有希望，傻兄弟，像你这么优秀的帅小伙，喜欢你的姑娘，不敢说能拉一火车，至少也能有一个排。

林破涕为笑，他在郭姐这里感受到了从来没有过的女性温柔的爱。或者说，更像是一种母爱。这种爱在他失去母亲后从来没有感受到过。他站起身来，对郭凤英说，谢谢郭姐，你让我有了力量。

郭凤英也说，只要你相信我这个姐姐，我就认你这个弟弟。以后有什么事，随时找我。

林连连点头说，我会的，一定会再来找郭姐。郭凤英将林送下楼。

自从那天林丰义在小园林直白地对秦轶表明心意后，秦轶的心情就一直没有平静过。说实在的，难道她不喜欢林丰义吗？不，不只是有好感，他的身材、长相竟那样酷似那个让她永远也无法忘怀的罗晓岗；还有，他的遭遇也让她同情，他善良的心更让她感动。他给她披上夹克，背她到医务室打针……只要看见他，她就会想起罗晓岗，有时还真的把他当成了罗晓岗的替身。她希望天天看到林，权当他就是罗晓岗，是岗儿的爸爸。这种感觉是给她的一种安慰，是一种缺失后的填补。她想将这种感受藏起来，自己一个人偷偷地享受，而不能和任何人分享。因为这就像一个梦，不，这本身就是一个梦。只要有人知晓或者参与分享，梦就破灭了，不复存在了。而那天在小园林，她正在看书，林突然站在她的面前，挡都挡不住，强行对她表白。于是她那曾独自一人享受的美梦就破灭了，就像一个在阳光下五光十色的肥皂泡，突然被谁一指头戳破了。

她从梦幻中回到现实，再也不能明里把他当成同学朋友，暗中又当成罗晓岗了。

那样大家会相安无事,既能每天看到他,又不会伤害家庭,不担人格风险。

他站在她的面前,大声告诉她,他是林丰义,他要当面向她求婚。明明白白,真真切切。她不能再装糊涂,不能不明确表态,不能再和他保持任何暧昧关系。所以,那天她忍痛讲了那么多绝情的话。

看起来,她对林丰义负责,没有欺骗他;也对权小顺负责,没有背叛他;更对自己负责,没有见异思迁,保持人格尊严。而实质上却让一个人受到伤害,那就是另一个她,灵魂深处的另一个秦铁。

就在那年,当她就要踏进婚姻的殿堂与权小顺举行婚礼的时候,那个深爱她的罗晓岗却从天而降,她看见意识中死去多年的他却活生生地站在她的面前。当时本该是个大团圆的结局,罗晓岗把她娘儿俩接回北京,一起过幸福的日子。可是中国人的传统道德观——知恩当报,让罗晓岗选择了离开和放弃。宁可自己孤独一生,也要成全恩人权小顺,让他们共同生活。而秦铁更是良心使然,为了自己的一句承诺,最终和权小顺生活在一起。

在她和权小顺生活的日子里,权小顺对她真心,对她关爱,愿意为她付出一切。她也关心权小顺,孝敬婆婆,在家算得上贤妻良母。这个家和和美美,是秦家庄少有的五好家庭。

但是罗晓岗在秦铁心中是永远抹不掉的。他越是高姿态,她越喜欢他,敬重他,思念他。每当夜深人静,或者她一人独处时,便不由得在心里想念他,和他说说话,重温一下他们从前的卿卿我我。谁又能对她非议,能知道她心里的一切呢?当在学校遇到林时,她先是一惊,后又暗暗庆幸:上帝有眼,不但让她在心里想着罗晓岗,还给她派来了罗晓岗的替身。

由于这个原因,每次见到林时,她总是心跳加速,为他动情,慌乱得不知所措。她也曾告诫自己离他远点,要有分寸。可当再见到他时,什么也来不及想,竟本能地对这个人有了好感。她觉得见他是一种心理上的愉悦,但又一次慌乱得不能自已。

对于自己的这种心理状态,她也曾产生过恐惧,甚至骂自己不道德,这是对权小顺的不忠,是对他的背叛。可是另一个她又站出来辩解,一对大龄青年男女,互相产生好感,互相欣赏对方,这是人的本能,能有什么错?人可以喜欢和欣赏美丽的花朵,为什么不可以欣赏自己的同类呢?她一时糊涂了,不知自己是错是对。每当想到这些,甚至使她暗暗流下伤心的泪水。

秦铁毕竟是快四十岁的人了,经历了太多的事情,她不会像十八九岁的少女那样轻易陷入情网。冷静之后,她终于做出了理智的判断,林在不了解自己的婚姻状况时对自己关心,追求自己,并没有什么过错,应该珍惜这份友谊。而自己是有夫之人,有着幸福的家庭,应该善意地去解释清楚。不能让纯真的友谊陷入泥潭,遭到亵渎。

她心中豁然开朗,明白自己该做什么,不该做什么了。

从郭凤英的口中,她想权小顺一定看见她和林在一起了。回家的路上,一直想着如何给他解释,让他相信自己。她绝不想辜负权小顺的救命之恩和对自己的一片真心。

那天,她急忙回家。进门后,与婆婆打完招呼就直接到自己房间。权小顺也跟着进来,他说,岗儿没回家,小棉到外边玩儿去了。

秦铁没问孩子如何,直接问权小顺,你到学校去了,没见我咋就回来了?

权小顺装得若无其事。他说,你几周没回家,怕你身体不好,听郭姐说你好着哩,怕影响你的学习,不想打搅你,我就回来了。

秦铁疑惑地问,你没去小园林找我?权小顺眉头皱了一下说,啥小园林大园林的,你们学校那么大,我怎么能找得着。再说,郭姐又把鞋给了我。说着就走出房门。

权小顺不想让秦铁知道他看见她和别人在一起,不想让她难堪。就在那天离开小园林回家的路上,他也难过,也痛苦,也骂人,但是最终还是想明白了。人都说爱情是自私的,可他却有自己的想法:“生命诚可贵,爱情价更高,若为自由故,二者皆可抛。”裴多菲的诗句他听说过。秦铁对他来说,不仅是妻子,也是妹子,是亲人,是这个世上他最疼爱的人,所以,只要为了秦铁,为了她能幸福,他什么都能舍弃,都愿意做出牺牲。也许有人说他傻,可他权小顺愿意,他觉得自己傻得有意义,傻得值。即使有一天秦铁真的要离开他,只要她自己说明了,他绝不会为难她。他想,我权小顺虽然没念多少书,但也绝不是一个狭隘自私的小农民。我虽然不是一个高贵的人,可是却能成为一个高尚的人!想当年他极力成全她和罗晓岗,谁知最后秦铁却毅然选择了他。这让他感受至深,他一直视她为掌上明珠。能有这几年的夫妻生活,是上帝对他的眷顾,他知足了。权小顺什么都不想说,只是在默默地等待着那一天,她会以怎样的方式向自己提出。

秦铁原想权小顺看见她和林在一起,会非常生气。谁知他却很平静,一点生气的样子都没有。这不符合常规,没有一个男人愿意看见自己的妻子和别的男人在一

起。于是又想，可能是自己心虚，或许他真的没去小园林。当然也不会看见什么，又何必“此地无银”地去解释。

晚上，全家人和和气气地吃了饭，秦铁急忙去厨房洗碗，权小顺提泔水桶去后院喂猪。

安顿好小棉，秦铁让权小顺端盆热水来。

热水端来了，和以前不一样，权小顺没有洗下身，只是洗了脚。也没有立即把脚擦干净，而是把脚搭在盆的边沿晾着。

秦铁问，是不是扩园的资金有了问题？

权小顺支吾着，问题不大。

秦铁瞅着他的脸说，别装了，咱们的家底我还不清楚？我已经给秦芹写了信，让她准备一千元，过两天你去取。

权小顺把晾干的脚塞进鞋里，站起来不好意思地说，咋能总麻烦他姨呢？

秦铁说，谁让她是我妹妹。

夜里，权小顺没有主动去做爱，秦铁也没动。夫妻二人各自隐瞒了肚子里的话，就这么相安无事地躺着，就像火车卧铺上的两位旅客。

过了半个多小时，权小顺翻了个身，不经意地叹了一声。秦铁听见后突然紧张起来，心想，权小顺一定要问小园林的事了。问就问吧，他已经看见了就实话实说，她本来就不想隐瞒什么。

几分钟过去了，权小顺并没有开口，秦铁便主动出击。她用胳膊碰了一下权小顺问道，睡不着，有啥心事？

权小顺突然转过身，对着秦铁说，我想不通！

秦铁心想，果然让我猜对了。就反问，啥事想不通，不要憋在心里。权小顺忽地一下坐起来。秦铁一惊，莫不是想打架？

不料，他又躺下说，我不想说了。看见权小顺吞吞吐吐的样子，秦铁更加证实了自己的猜想。她想干脆挑明算了，戳破的鬼不拿人。就问，是不是因为他？

是，就是因为那个王八蛋，我实在忍不下去了。秦铁正想解释，还没开口，权小顺又坐了起来，他激动地骂道，你说这小子有没有良心，过去干了那么多坏事，咱说过他啥？竟然砍咱们的树。本该好好教训他一顿，你说要坏事变好事，拉着他一起走。看看,娘娘婆好了还想摸奶头[①]。咱不追究他的事了,还想让我垫钱给他买树苗。真他妈的,想得美!

噢!秦铁终于松了一口气,原来他是为这事。看来权小顺真的没去小园林,差点让自己说漏了。她也坐了起来,打开灯,披件衣服慢慢地说,我当是啥事,原来是为铁牛呀。

不为他还为谁!最后一个“谁”字的音拉得特别长。

秦铁没再理会这些,她拉了一把权小顺的胳膊,一同躺下。她紧挨着他的身子说,算了吧,别再生气。你听过人家说的一句话吗?生活就像一面镜子,只要你对着镜子里面的人笑,那镜子里面的人就一定会对你笑。也许他现在真的没有钱,这个时候,咱们帮他一把,我不相信他还会和咱作对,再来为难咱。

秦铁微笑着瞅着权小顺的眼睛。

权小顺也笑了,他一把搂住妻子,嘴里含混不清地说,我知道了,我就是你镜子里面的人……

① 关中俗语,意为别人给的一点好处,不满足,还得寸进尺。

七

秦轶说服了权小顺,让他到毕阳县建筑公司去找秦芹拿钱。

秦芹现在已经是县建筑公司第五项目部的经理,目前正在负责建设县幼儿园大楼。幼儿园面积不大,总共也就两千多平方米。可这属于生命线工程,里面要住的全是小皇帝、小公主。公司再三斟酌,最后将工程交给了秦芹。

秦芹虽然非科班出身,没有上过正式的建筑学院,只是一个曾经领过维修队的农民工。可她凭着多年的实践经验和刻苦好学的精神,早已拿到了项目经理资格证。

她是公司唯一的女经理,在质量方面的过硬作风不亚于其他男性经理,成为县上建筑行业的佼佼者。总经理把这个生命线工程交给她是再放心不过的了。这是公开的表面的理由,但也有不能明言的原因,就是秦芹脾气直,不送礼,不找人。她的口号是:以质量求生存。自然这个面积小、难度大,又不挣钱的活儿就交给她干。

别人都在等着,看这个女经理如何把幼儿园干成优质工程。

秦芹不在乎,她决心很大,一定要做出样子让大家看看。

权小顺这天骑自行车来到工地,他知道秦芹一定在这里。因为她不像其他项目经理那样洒脱,几天来一次,检查一圈,然后坐车走人。她不一样,自己骑辆木兰小摩托,整天泡在工地上,指挥工程,监督质量。

权小顺骑车来到工地,问看门老头秦经理在什么地方。老头满脸愁容地说,楼出问题了,经理在那边忙着哩。

权小顺的头嗡的一下就大了,嘴里说,怎么可能,怎么可能?忙放下自行车朝大楼跑去。

施工现场,一片狼藉。所有人都神情紧张地忙碌着,有的清理还未凝固的混凝土,有的在拆卸沾满水泥的钢模,个个都像打了败仗一样愁眉苦脸。秦芹站在旁边,身上沾满水泥。她对工长交代:拆除!这间已支好的钢模全部拆除!戴着近视镜的高个子技术员说,全拆损失太大。

秦芹坚定地说,损失再大也得拆。在我们的项目中,决不允许任何隐患存在。

两个人领命后即刻到现场去继续指挥拆除。

这时秦芹才看到权小顺。小顺忙问,这是咋弄的?

原来，这次上主体的工队力量有些薄弱，为了保证进度，秦芹就换了另一个工队。那时这间幼儿园的音体室要现浇，钢筋已绑好，钢模已支完，技术员先一天也已做过检查。谁知今天在浇筑混凝土时却出现了问题，中间几块钢模塌陷。经检查，原来有人做了手脚，下边连接钢管的几个扣件松动了。

权小顺一看工地出了事，立即加入清理队伍。秦芹说，小顺哥，你来一定有事，别干了。小顺说，没事，我是路过这里，顺便看看你的楼盖得咋样。

秦芹叫出满手水泥的出纳，让他取出一千块钱交给权小顺。

权小顺不要，他说已经有了。秦芹生气地说，快拿回去吧，如果有钱，我姐也不会给我写信。你忙，快点回去吧。

权小顺过意不去，很不好意思地说，你看，工地上出了这么大的事，我还来添麻烦，太那个……

秦芹说，这次损失近万元，你不拿这一千元也解决不了问题。快去买树苗吧。

权小顺拿着钱走了，心里怀着感激和愧疚。心想，如果倒腾开了，一定尽快把钱还给秦芹。人呀，要干点事，挣点钱真是不容易哟！

几天没见秦芹回家，郑昊着急地到工地来看。见到秦芹人瘦了，眼睛红了，头发也乱了，和平时干净、讲究，潇洒干练的妻子判若两人。他心疼地说，好我的经理同志，你只操心幼儿园大楼，咋就不顾自己了！

秦芹笑着说，没事，现在已经浇灌混凝土了，我不能回去，你先走吧。

郑昊嗔怪，你不心疼自己，我还心疼我媳妇呢！再不休息，累病了，大家顾你还是顾工程？

秦芹明显精神不好，但她还硬撑着对丈夫说，你回去吧，砖厂的事也很要紧，第一窑空心砖马上出窑，你不在不行。

看秦芹这么执着，郑昊只得骑上摩托离开工地。秦芹在身后喊，有时间去看看龙儿。

其实，郑昊也很忙。他从秦芹搞工程中得知，最近盖楼房提倡用空心砖。经过调查，附近一个工厂的废煤灰恰好能做空心砖的原料，他便为村上筹划着建一个空心砖厂，所以整天忙得团团转。他和秦芹各忙各的事情，根本顾不上管儿子。见面只问孩子钱够不够花，顺手塞给几十元，算是父母对孩子的关心。至于学习成绩，心想，那是老师的事，自己顾不上。再说，当年自己上学，父母根本没问过，还不照样考得很好吗？又想起秦芹的叮咛，对！应当到学校去了解一下龙儿的情况。这些年来他和妻子忙外边的事，孩子交给母亲，不愁吃不愁穿。在校有老师，在家有奶奶，现在的孩子真是掉到蜜糖罐里了，太幸福了。

郑昊的摩托车已经骑进村子，老远看见龙儿背着书包走进家门。本应回家看看孩子，可是忽然想起烧砖过程有个问题应该给工人交代一下，摩托车又一转方向，朝砖厂飞奔而去。

八

建党节过后一周，节气已到了小暑。

天气越来越热，风吹到身上都是热气。秦轶从床底下的一个纸箱里，取出一件粉红色的短袖衫换上。

这天秦轶和郭凤英两人在宿舍拿着《古代汉语》，正在探讨王昌龄的七言绝句：青海长云暗雪山，孤城遥望玉门关。黄沙百战穿金甲，不破楼兰终不还。

这时孙梦云和小王抱着书回来说，明晚学校要举行大型舞会，欢送今年的毕业生。

听到这个消息，秦轶又惊又喜，忙放下和郭凤英关于平仄的话题，说道，好呀，那我们几个可都得参加。小王高兴地说，当然，跳舞可是秦姐的强项，咱们一定要去展示一下。郭凤英把书往床上一放说，我去当观众。

室友们还在热情地说着，秦轶这时却沉思起来。这个消息，让她非常兴奋，她不仅想去跳舞，而且还想在这个舞会上去完成一个任务，了结一件事情，了却一个心愿，给自己一个交代。

第二天晚饭后，几个室友都鼓动秦轶晚上穿上那件粉色的短袖去参加舞会。她说短袖配那条长裤不合适。孙梦云立即取出自己的一条裙子说，这条肯定合适。

秦轶一试，果然不错。这是一条墨绿色的重磅真丝长裙，配她的粉色短袖正好，就像量身定做的一样。

舞场设在学校的篮球场。此时，照明设备已全部打开，灯火辉煌。场子周围的树木被热心的同学挂满一个个气球，五颜六色。在两棵大树间还扯起一条横幅：欢送毕业班的伙伴们。毕业班的同学早早将凳子在球场上摆放一周，准备让同学们休息。校文工团的乐队成员也在篮球场北边的篮球架下各就各位，开始奏起乐曲。

当秦轶她们到场时，这里已经来了不少的人。有的站着，有的坐着，也有性急的人已到场上起舞。各年级各系的同学三五成群，陆续向舞场拥来。八点左右，学生会的一个干部上前讲了几句话，宣布舞会正式开始。

乐队奏起“年轻的朋友们，我们来相会”

热爱舞蹈者纷纷登场，有男女一块儿跳的，也有两个女同学一起跳的。秦轶她们几个人都还没有动静。

当第二曲开始后，孙梦云就鼓动秦轶，你也上吧！秦轶笑了笑说，你们先跳吧。于是小王和孙梦云就走进舞场，两人跳起了伦巴。

郭凤英和秦轶就在旁边看，忽然她用胳膊碰了一下秦轶说，你看，他也来了。秦轶抬头向前一看，似乎看见林就站在她们对面的人群中。由于场内舞者来回移动，一时看不清楚。当一曲终了，舞者纷纷退下，终于看清了，就是他。在秦轶望他的同时，他也看见了她们，便急忙向这边走来，大老远就招呼道，郭姐你们也来了。两人眼前一亮，小伙子今天的打扮引人注目，头发干干净净，吹着潇洒的造型，一件熨得平平整整的浅蓝色T恤，配一条米色筒裤，刚好搭在擦得锃亮的黑色皮鞋上。看这架势，简直想当今夜的舞场王子。

林发觉两人用异样的目光打量自己，有点不好意思。

另一曲又开始了，是《好人一生平安》。一个个女生被男生邀请着进入舞场。林也伸出一只手邀请道，请给个面子。

他是站在她俩的对面，伸出的右手也不偏不倚，不知是在邀请谁。秦轶忙说，郭姐，你就上去试试。郭凤英爽朗地笑道，我哪里会跳，要跳也只会跳《打靶归来》。林也笑着说，会《打靶归来》也不错。手直接伸到郭凤英的面前。秦轶趁势一推，郭凤英便勉强进了舞场。

郭凤英的舞步虽然不熟练，但这歌词还是让人沉浸在一种对往事的回忆中。林带着她慢慢地挪着步子，尽量不让她踩在自己的脚上。歌声不断地重复着：

> 也曾心意沉沉，相逢是苦是甜，如今举杯祝愿，好人一生平安。谁能与我同醉，相知年年岁岁，咫尺天涯皆有缘，此情温暖人间……

林已陷入一种意境，他竟不顾郭凤英的脚步，自己微闭着眼睛，深情地摇动着身子。当他睁开眼看秦轶时，发现她也陷入一种如痴如醉，心意沉沉的境界。头随着曲中的优雅旋律微微摇动。他想，此时她在想什么呢？

曲子还没有完，郭凤英便挣脱林的手说，饶了我吧，真是赶着鸭子上架哩，赶着小猪推磨呢。林笑了笑，松开手，走出舞场。

秦轶旁边有个空位，她忙站起身，让两位坐下休息。

郭凤英喘着气说，以后可别让我上去，这简直是在出洋相。林笑着说，郭姐还可以，跳得不错。秦铁鼓励说，多跳几回，慢慢就熟了。

说笑间，此曲终了，下曲又开始，是蒋大为唱的《驼铃》。林站起来，把手伸到秦铁面前说，就当是为我送行吧！

秦铁没有推辞，缓缓站起身，二人牵手步入舞场。

此曲舒缓、深沉，舞者都轻轻地挪动步子，好像行走在送亲人的路上。当扩音器里播出蒋大为“战友啊战友，亲爱的弟兄，当心夜半北风寒，一路多保重……”，秦铁的眼睛盯着林，仿佛在叮咛自己的兄弟。林的眼睛湿了。他们就这样缓缓地自由地走着步子。没有那种夸张的表演动作，更没有快速地旋转，只是随意地按节奏踏着节拍走。曲子终了，他们似乎没有觉得，还在那里挪着脚步。看见别人一个个停下来，有人离开舞场。秦铁才猛地醒悟，转身欲走。林没有松手，轻声地说，再跳一曲。秦铁停下来，抽出腰间的手绢在擦汗，林就站在旁边等下一曲。

舞曲开始了，是华尔兹。林一听这个曲子，对秦铁说，尽情吧，这才适合你。秦铁什么也没说，却一开始就拉开架势。她很快抬头、挺胸，左手指轻轻搭在林的肩头，右臂伸展，让林自由地捏住四个指头，上身向后倾斜到一个合适的角度，立即进入一种表演的状态。二人虽然从未在一起跳过舞，但这时却配合得十分默契。他们抬脚转身，同步自然，简直就像一个人在表演。当林举手让她旋转时，年近四十岁的秦铁像专业舞蹈演员一样轻盈、快速、舒展、自然。随着身体接连几圈的转动，那墨绿色的长裙下摆迅速张开，飘成一个圆，简直就是一张很大的荷叶。而此时那被粉色短袖包裹的上身就是一朵美丽的荷花。当曲子演奏到高潮时，林多次让秦铁旋转，故而那被绿叶托起的荷花就在舞场中，由东到西，由南到北不停地旋转，吸引得场外观众的眼球也跟着他们转。不知什么时候，其他几对舞伴自觉让出地方，他们就在场中忘情地表演。当场外突然响起热烈的掌声时，秦铁才意识到自己太投入了，应该收敛一下。秦铁的忘情表演，让林非常感动。在曲子舒缓时，他轻轻地说道，谢谢你，太美了，你简直就是今夜的舞后。

秦铁心情复杂，她从来没有遇见过林这样的舞伴。她的超常发挥，完全是在他的影响下，不，应该是在罗晓岗的影响下。她虽然从来没有和罗晓岗跳过舞，但今天，她觉得是在和罗晓岗跳，是上天的特意安排。是这个罗晓岗替身的情绪感染了她，让她以此来报答他的一片好意，特意为林送行，也为了告别昨天。所以她同意孙梦云为自己打扮，也超出自己平时的低调原则，竟忘情地在舞场上与林翩翩起舞，疯狂地旋转。她想自己可能疯了。又想,疯就疯,疯过这一回,再清静下来,老老实实读书,拿上文凭回家,好好工作,养家糊口。

又一阵热烈的掌声,曲子终了,她也清醒了。她急忙收起最后一个动作,几乎像小跑一样地离开舞场,回到室友旁边。

林也走过来了,非常感激地说,谢谢你们!孙梦云嘴快,她说,林大哥,我们秦姐跳得棒吧!她可是代表我们宿舍所有人为你跳的送行舞。林忙说,谢谢你们,我给你们鞠躬了。

舞曲还在继续响起,人们还在陆续上场。周围的人三三两两互道衷肠,话别离情。

回到宿舍,秦轶脱下长裙,躺在床上,心却久久静不下来。今晚竟然如此疯狂地起舞。但她并不后悔,而是感到非常兴奋。她的身上本来就有一股激情,只不过平时一直被压抑着、掩藏着。今晚在这种特定的环境气氛下,突然被激活释放出来了。

望着被路灯照得发亮的窗户,她久久不能入睡……

激情过后,她懂得生活的分寸,知道社会和家庭的责任,更知道自己该怎么做。

九

欢送舞会开过之后,毕业班的学生们纷纷离校,奔赴各自分配的单位报到上班。七月中旬,在校的同学也都放了暑假。这天,秦轶收拾好东西,下楼准备回家。刚走出楼道,就看见林站在门口。她主动打招呼,你怎么没去报到?林温和地笑笑说,我已经报到了。还有点事要办,昨天就回来了,听说你们今天也要离校,想来送送。

秦轶说,谢谢!郭姐她们已经走了,我也马上要走。对了,我还要感谢你,那晚教我跳舞。

林说,谁教谁呀,你的舞跳得那么好,给我留下了难忘的印象。我今天特意来,就是想对你说声谢谢!请你放心,以后我绝不会打扰你,我会尊重你的选择。

选择,难道我还有选择的机会吗?

不管有没有选择的机会,也不管你现在有一个孩子还是两个孩子,可我还是要谢谢你。我在脑海中只保留一个荷花仙子的形象就足够了。再见。他立刻转身要走。

你——你被分到什么地方——哪个单位?

他没有回答,他要告诉她的只是最后的那一句话。

望着林离去的背影,秦轶心中有说不出的滋味。

唉!人生的路上,谁能预料到自己会碰见什么样的人呢!她不知道遇见林算是一件好事还是一件坏事。林对她所做的一切没有什么不对;而她为了不产生误会,不伤害一颗纯洁的心,毫不隐瞒地明确拒绝他,也没有什么过错。尽管这样,她还是觉得对不住林,多少有点亏欠他的感觉。又忽然想到那天在小园林的情形,似乎又觉得对不住权小顺。如果说这两个人还算受到什么伤害的话,那么自己呢?时代留在她身上的伤疤还在隐隐作痛。

为了弥补心里的歉疚,刚一放假,秦轶就急忙往回跑。她为自己安排了一大堆事情:给孩子辅导功课,给他们做下半年穿的布鞋,拆洗好过冬的棉衣。在那时,这些活儿还都得用手工做。不像现在,衣服都是买的,穿脏了往洗衣机一放。再不行,送洗衣店。不光是这些针线活,还要帮丈夫干责任田里的活,帮婆婆做饭。老人家一年到头忙着家务,替自己承担了一切。放假了,该让她老人家歇息歇息,也尽一点自己做儿媳的责任。

一到家，她就忙得马不停蹄。上午和权小顺一起下地，中午回家赶紧进厨房和面、洗菜，婆婆进来帮忙，她总是说，妈你去歇着，这点饭我一会儿就做好了。

看见孩子的头发长了，衣服也脏了，马上拿干净衣服让他换上，又取出理发剪给孩子理头发，给孩子洗衣服。她不让自己有一点空闲，好像自己是雇来的保姆，少干点活会对不住主人的工钱。

这一切，权小顺看在眼里，疼在心里，心想，难道不要命了吗？是不是她变心了，答应了那个男同学的追求，准备跟自己分手，在离开以前为家人做点事情，以弥补良心上的不安？他这样胡思乱想，上次小园林见到的那个很像罗晓岗的男生，在他脑子里又浮现出来，总是挥之不去。他们之间到底怎么样？为什么她不主动向自己说明这件事？他想让她说明，又怕她会说明。也不愿自己去问，怕给她难堪。权小顺只要不干活，闲着的时候，就常常在心里胡思乱想折磨自己。

这天晚上，秦轶安顿好孩子们以后，端来一盆热水对权小顺说，天气太热，你脱了衣服我给你擦擦背。权小顺正在嘀咕那个男生的事，便不耐烦地说了句，我不擦。秦轶坚持，快点，给你服务，你还不耐烦？

权小顺有点躁，你能不能消停点，你一回家就是给这个服务，给那个服务的，是不是有什么事呀？

秦轶听他话中有话，忽然回想起，自从权小顺那次去学校找她以后，对她的态度有很多微妙的变化。不再主动做爱，关心他时，他也总是客客气气，显得生分了不少。她立刻判断出，权小顺那次一定去过小园林，肯定去了，他心里有了疙瘩，只是没明说而已。她后悔自己太傻，盲目乐观，自作聪明。他没发脾气，没质问她，就以为他不知道。她没有主动告诉他的原因是，那时她还一片慌乱，不知所措，还没想明白，只想把这个秘密贴上封条，暂时封存起来。其实这才是大错特错！谎言和猜忌是夫妻关系的大敌，是最具杀伤力的软刀子。

她说，我还真有事要对你说。

快说吧，我洗耳恭听。他坐在水盆边的小凳上。

有人在追我。

谁？是不是小园林里的那个男生？

噢！原来你去过小园林，为什么当时不喊我一声，为什么不冲上前去说你是我丈夫？你……

看我这嘴！权小顺为自己一时不注意说漏嘴而后悔。他说，我看那个人挺不错的，很像岗儿他爸爸，你要是觉得他好，真的愿意，就——就嫁给他吧。

你——秦轶生气地把手里的毛巾狠劲地摔进了脸盆，溅了权小顺一身水。

你，你这是干啥嘛，我并没有反对你的意思。

她大声地喊道，我就这么不值钱？让你轻易送给别人！

权小顺心里此时有说不出的难过。他紧紧咬着自己的嘴唇，竭力不让泪水流出来。他哽咽着说，小轶，我怎么能舍得你，我是为你好，就怕你受委屈。你是一只天鹅，应当在广阔美丽的天鹅湖里生活，怎么能委屈在村庄的小涝池里？虽然赫尔墨斯把金斧子赐给了我，但我只配拥有铁斧子。

小顺哥，秦轶忽然上前拉起权小顺，和他一起坐在床边。她看见床头放着给小棉买的《伊索寓言》，翻开的正是那篇《樵夫和赫尔墨斯》。她心疼地说，小顺哥，你误会了，我秦轶能走进你家的门，就从来没有感到有什么委屈，也永远不会变心。如果你硬要把我看成那把金斧子，那么这把金斧子也会永远属于你。因为你最诚实，最善良，最应该得到它。

秦轶明白，她嫁给权小顺，虽然他很高兴，但是由于两人之间存在着一定的差距，无形中让他思想上有了负担，觉得好像愧对了她。自从她上了省教院以后，他也自觉地看书学习，在各方面确实提高不少。权小顺的努力，秦轶看在眼里，喜在心里，非常感动。谁知，最近又出现了和林的事情，让他产生了误会。晚上，她把从认识林丰义，到最后诚恳婉言拒绝林的全部过程告诉了权小顺。她说，林丰义是个有才华、重感情并且道德高尚的人，他不会给任何人带来麻烦。你就放心吧！

权小顺感动地说，轶儿，我信你，你是一只永远也飞不走的美丽的天鹅。

秦轶喃喃地说，因为在你这里有一个比海洋还要宽阔的天鹅湖，而不是什么小涝池……她用手轻轻地拍着权小顺的胸脯睡着了。

话说明白了，权小顺的情绪好多了，夫妻俩抓紧时间打理家里的事情。秦轶觉得自己开学后不常回家，暑假里要尽量多为婆婆做点事。她每天晚上一定要把热水端到婆婆跟前，让她泡脚，替婆婆捏背。这事让村里人知道后，都很羡慕。他们常常谈论秦轶如何孝顺，讲这一家人如何尊老爱幼，和睦相处的事。后来村里好多媳妇也都效仿，就连石头媳妇晚饭后，也端了热水让石头泡脚，八娃媳妇也端了热水让公公婆婆泡脚。

就这顺手端一盆热水的事，竟然让秦家庄的风气慢慢发生了变化，平时爱吵闹的人家安宁了许多。婆婆们不再聚到一起怨媳妇骂儿子，而是在门外夸奖自己的媳妇变了，帮自己洗头洗衣服，上集回来给自己买油糕买粽子。

春节前，秦家庄选了几户五好家庭，冯婶家自然是头一个。

就在这年暑假，离开学还有十多天，秦铁把孩子们的衣服和鞋袜都准备好了，地里暂时也没有别的活路，便拿出自己的书稿，准备做最后一次修改，然后发出去。

在20世纪80年代初，曾出现过一类文学作品叫“伤痕文学”。秦铁考虑自己的作品当属这一类。这几年在学校的学习，使她的文学理论水平有了提高，所以，想用原来的素材从一个新的角度来反映那段社会生活和人物的命运。

暑假这段时间，经过修改、打磨，最后形成了一个五万多字的中篇小说。

开学后，她拿给中文系的吴教授，请他给自己的作品提提意见。

一个月后，吴教授把书稿还给了她，并书面提出评价意见：

> 作者已经超出了长期积淀的那种政治情结，把视角投向广阔的社会。通过主人公死里逃生的命运沉浮，以及生命与命运抗争的不屈精神，借以表达作者对人生的思考，深刻透视了个人在社会中突围的悲剧，审视了那个特殊年代带给生命个体的人身压抑，这是该作品的主要精神。
>
> 在叙述上，所有的历史想象和虚构，都是建立在个人的记忆基础上。不带怨恨，没有私愤，而是保持着一种冷静心态进入那段历史。
>
> 主人公的塑造是成功的，精彩的。她虽然历经磨难，遭遇到人生的最大悲剧。她的生命并未真正毁灭，如浴火凤凰，涅槃重生。她处在人生的最低谷，却一直心怀祖国，忧国忧民。在亡命途中，心中仍然存在着美，为追求幸福生活而坚持努力。这是人类最高境界的人性之美。

看到这里，秦铁非常感动，没想到吴老师对自己的作品给了这么中肯的评价。这让她更加有了信心，根据老师提出的不足之处，她想再做进一步的修改。

国庆节过后的这个周六，秦铁没有回家。放假期间，她已经将家里的事安排妥当，中午在学生食堂随便吃了碗烩面片，便拿上书稿在学校的林荫大道上漫步，不知不觉又转到东南角的小园林。

这里特别安静，秦铁找到了一个长椅坐下，将书稿放在旁边。

金秋十月，太阳暖融融的，照在身上，不冷不热，十分惬意。她向周围的树木望望，那些阔叶树，桐树呀，杨树呀，叶子已经一片一片离开树枝，飘飘然地落了下来，而针叶类的松树还有柏树，却依然郁郁葱葱，风姿不减。

中午的阳光透过树缝照在她的身上，不觉出了点小汗。她脱下外衣，只穿件薄毛衣，拿起书稿重读，力求作品的句子更通顺，人物的对话更简练、更准确。

此时她的状态很好，头脑很清晰。她的人生已到不惑之年，绝对不能浪费任何一点时间，不能像那些阔叶树一样脆弱。她要学针叶树，能耐寒，站得稳，收得住。

十

寒来暑往,秦铁的学校生活就要结束了,在丈夫权小顺和婆婆的支持下,全家人一起耐心地解决了一个又一个难题,闯过了一个又一个关口。秦铁也坚持学完了全部课程,顺利地拿到了本科文凭。

她的毕业论文还被评为优秀论文,登在省教院的学报上。给国家、给家庭交了一份满意的答卷。

八月已经立了秋,虽然秋后的火老虎还不时地出来发发威,但对于改革开放后的农民来说,这样的温度是可贵的,正是熟庄稼的好时机。

他们站在田间地头,望着长得像棒槌一样的苞谷棒,还有那冲破地皮、露出半个身子的大红薯,一个个红着脸的苹果,一串串泛着紫光的葡萄,作为他们的主人,心里那个甜哟,真像喝了蜜糖。

同样的土地,以前咋就长不出这么好的庄稼呢!权小顺站在自己的果园里,欣赏去年栽的树苗,已蓬勃地抽出新枝,长出茂密的绿叶。这些树,竖看成行,横看成排,虽然还没有挂果,但他却憧憬着几年后,一辆辆大卡车开到这里收果子的盛况。

权小顺用锄头锄完了树行间的杂草,就往回走。他看了看各家的果园连成一片,形成规模,感到十分欣慰。就连铁牛这头爱尥蹶子的犟驴,到底也把果园建成了。

他看到这几年,好多懒人都变勤快了。那些游手好闲的人,看见别人一车一车往家里拉粮食,一筐一筐到集市上卖西瓜,一吊一吊从肉店割猪肉、买羊肉,在锅里炖着炒着,当那一股子香味儿从邻家的锅里飘出,越墙钻进鼻孔刺激他们时,他们还能再躺下不动吗?形势让懒人懒不成了,爬起来干事了。

这种局面正是权小顺所希望的,他想在自己任期内,让秦家庄来个大的变化。

权小顺虽然连初中都没有毕业,但在秦铁的影响下,这些年来也读了不少书。从农业实用技术方面到历史、地理和文学,得到什么看什么。他不仅兴趣广泛,悟性也好。他常给村里人说,毕阳地处中国版图的中心位置,在离村子不远的泾阳,就有中国大地原点的标志。有史以来,风调雨顺,灾难较少,号称"白菜心",所以,古代十三朝皇帝在此建都,就连他们这个村子的来历也是和地理位置优越有关。据说唐朝时,镇压黄巢起义的沙陀军首领李克用,在这一带寻找驻地,他看到这里地势平坦,水草丰盛，便率大军驻扎，养兵屯马。战后一部分人留下，建起村庄。传说，咱们这里可是当年毕阳原上最大的集镇。那时店铺林立，商贾云集，每逢集日，人来人往，很是兴盛呀！就是这样一个好地方，十几年前由于天灾人祸，却让人吃不饱肚子，整天打嘴仗。改革开放才几年，现在谁家还缺吃少穿？所以，只要我们肯出力、肯动脑筋，就能多挣钱，提高生活质量，过上小康生活。每当讲到这里，村里人就夸权小顺现在是一张口就有文化，有水平了，和以前大不一样了。

想到这里，权小顺觉得很自豪，浑身都是劲儿，虽然还走在乡间的土路上，但他觉得脚下踩着的却是一条宽敞的、通向幸福的康庄大道。

走着走着，他的步子不由得加快了。他觉得，自己在这条大道上不能走，应该跑。他觉得光栽了苹果和葡萄树远远不够，还应该再有别的发展，让更多的人受益。于是脑子里又有了一个新的想法。

当他满头大汗地跑回家的时候，迎接他的是儿子梦岗。他觉得梦岗站在他的面前，就像一座山。一米八五的个子，整整比自己高出大半头。

梦岗叫了声爸爸，然后接过锄头挂在墙上，顺手端个小凳子，让他坐下，才慢慢掏出一个信封交给他。

权小顺接过信，看了看，噌一下站了起来，双手抱着梦岗的肩膀，连连不断地说，儿子，好儿子！真有出息，你给爸爸妈妈争气了。爸爸妈妈和奶奶没有白养你，学校老师没有白教你。他还在继续说着，一直没有把手从儿子的肩膀上取下来，直到说得热泪盈眶。

梦岗慢慢将爸爸的手取下，扶他坐在凳子上，劝他不要太激动了。

二十一岁的梦岗知道爸爸的心思，懂得他对自己的感情，更知道爸爸因为自己所受过的种种苦难和屈辱。听小姨讲过，那时妈妈和父亲罗晓岗还没有结婚，父亲就蒙冤进了监狱。当时为了保护父亲，妈妈忍受着万般的痛苦和屈辱，只字不说。好心的权爸爸实在看不下去，为了救妈妈和腹中的自己，也为了保护父亲，他硬着头皮承认他是孩子的父亲。所以梦岗刚生下来就被奶奶带回家，是权爸爸和奶奶用羊奶把他喂养长大的。虽然她母子得救了，可是权爸爸却背上了“道德败坏”的黑锅，丢了生产队长的职务。

这一切，梦岗都清楚，可是他从来没有在爸爸面前提过，怕引起他伤心。他今天这么激动，以至于热泪盈眶，梦岗完全理解。

十

权小顺颤颤地问梦岗，这真是北京大学给你的录取通知书吗？我不是在做梦吗？

梦岗说，是真的。当初你拿回妈妈的通知书不也是这样的吗？你看，这里有公章。

权小顺直点头，是真的，是真的！我们岗儿考上北大了，考上了！我权小顺的儿子考上北京大学了！他流着眼泪笑出了声。

梦岗端了一杯水递给爸爸说，爸爸，我知道你很高兴，今天你能答应我一个要求吗？

权小顺接住杯子喝了一口，像是喝了喜酒一样，扬着头说，十个八个要求，爸爸都答应。

梦岗说，咱们别再放炮演电影了，行吗？

权小顺闭眼想了想说，行！不在秦家庄放，咱要在北京放，让你北京的爸爸、爷爷奶奶都高兴。

梦岗被这突如其来的说法弄得不知道说什么好，他断断续续地说，爸爸——您——

权小顺用衣袖在脸上抹了一把，激动地拉住梦岗说，岗儿，我知道你跟爸爸最亲。今天，他们都不在家，爸爸要告诉你一件事，可是你得答应我，不能告诉任何人。梦岗点点头。

十年前，你亲爸爸罗晓岗来到咱们村，我想你是记得的，那时你已经十岁多了，本应你们一起到北京去，可是你爸妈讲义气，所以咱们就生活在一起了。在那以后，你父亲给我寄过钱，说是给你上学的钱，可我原封不动地退了回去。娃呀，不是我不领情，也不是心眼小，我是觉得，我既然认了你这个儿子，就不信把你供不出来。这些年来，咱家虽然不富裕，没有给你吃好的、穿好的，可是你很争气，竟然考上了北京大学。你这是替我完成了心愿，让我的心里舒坦，很有面子。如果你要考不上大学，爸爸心里就有愧，后悔当初不该把你留下来，让你受不到良好的教育而耽误你，所以，我现在要谢谢你。

爸爸——梦岗嗵的一声跪下了。

权小顺拍着梦岗的肩膀说，娃呀！我今天要告诉你的是，你考上大学了，这事一定要告诉你北京的爸爸。你就在家门口读书，应该让他们知道，让他们高兴。他们都有文化,也能帮上你。不过,这事不要告诉妈妈,也不要提当初寄钱的事,你妈心思重,不要让她为难。

梦岗郑重地说,我听爸爸的。

这么多年来,权小顺第一次像对一个大人一样,给梦岗讲了这么多的话。他不回避罗晓岗与梦岗的父子关系,希望梦岗和他们相认。他曾在一本杂志上看到一个自己没有结婚,却为别人养大四个孩子的男人。他被他的精神所感动。权小顺本来不是那种狭隘的人,不是听见孩子提亲生父亲就吃醋、浑身不舒服的人。所以他一定要梦岗去认他的父亲和爷爷奶奶。

秦轶也回来了,她今天的心情格外好,不光是买了吃的穿的,还带回一个让全家人更高兴的消息,就是她大学毕业后,分到了毕阳县政府。这是全家人做梦也没想到的事,她今天已经报了到,过几天就要去上班。

小棉听后高兴地拍着手喊,妈妈是县政府干部啦!

冯婶在旁边择芹菜,听说媳妇分了工作,立即停住手,连说,好好!这下我娃上学花钱就不作难了。

秦轶转过身对婆婆说,妈,以后鸡下了蛋,不用再攒了,每天都做了吃,给你补补身子。

权小顺说,好,今晚上就来盘炒鸡蛋。

小棉说,红烧带鱼,再做几个菜。

梦岗指一下小棉,馋嘴猫,就知道吃。

晚上,秦轶煮了大米稀饭,烧了带鱼,又做了几道菜,丰丰盛盛摆了一桌子。

权小顺到灶房看看这个,闻闻那个,高兴地说,爷呀!比过年都好!

秦轶笑笑说,咋,今天不放炮了?

权小顺说,你这是明知故问,把钱都煮在锅里了,还放啥炮?

秦轶说,这就对了,得放低调些,老放炮,让人家说咱太狂了。

是,你说得没错。岗儿下午都求过我了,不要放炮演电影,咱得听大学生的。不过和你拿上通知书那天不一样,咱不是憋了十几年了吗?现在这样的好事多了,这家没有那家有,也不稀罕了。

是的,今天这饭,以后也成了家常便饭,天天过年。

再过两天就要开学了,权小顺两口子却为送不送岗儿去北京争吵开了。

权小顺说，岗儿从小没出过远门，还是把娃送到北京去吧！

秦轶说，要送你去送，你这辈子最远也就去过省城，咋说也得去看看天安门，逛逛故宫。

你去吧，你有知识。我去怕连我一起丢了。

那就别去，让岗儿一个人走。

还是你去送吧，顺便也——

顺便啥？秦轶知道权小顺要说的话，一下子躁了，你这人是不是有病？

有啥病？本来想着咱们一块儿去送，可这多一个人，来回不得多花几十元钱吗？

听到他们的吵声，小棉跑进房子说，妈，你们都去吧，一起送送哥哥，这学期我不上灶，让奶奶每周烙点馍背上就行了。

梦岗也跑进来了。他说，爸妈不要为难，我都过二十岁了，谁也不要送。火车站有接新生的校车，丢不了。

秦轶说，就按娃的意见，让他自个儿走，锻炼一下也好。

这天早上，早早吃过饭。冯婶把娃送到门口，权小顺和秦轶一行四人就出发了。权小顺推着那辆半新不旧的自行车，不为骑，而是为了驮着梦岗的行李。秦轶和梦岗各背一个不大的包，装些零碎。小棉得到应允，趁送哥哥，好到县城逛一逛。

几个人走到十字路口，正好碰上原来秦轶家隔壁的六叔。六叔已七十多岁，因为腰痛已拄上了拐棍，不过头脑依然清醒明白。秦轶忙上前打招呼，六叔身子还好吗？吃过早饭了？六叔耳朵不大灵，但大体知道问候他的内容，便笑着回答，好，一顿能吃一大碗，还得一个蒸馍。你们这是送娃上学去呀？

是的，六爷，送我哥到北京上大学。小棉快嘴回答。

好呀，好得很，能行人啥时候都能行。秦轶你受了那么多的磨难，快四十了还考上了大学，又教育出好后人，岗儿这娃今年考上北京的大学了？

秦轶点点头说，是呀，叔，你慢慢转，我们把娃送到县城火车站。

梦岗说，六爷再见。

小棉一摇手说，拜拜！

权小顺笑笑说，六叔我们走了。

六叔拄着拐杖，赞赏地望着这幸福的一家。他自言自语，秦汉轩啊！你是个读书人，教育出来个好女儿，又出了个上北京大学的外孙子，如今的世道这么好，你老两口子看不到了,可惜呀,可惜!

哎——六叔呀!你一个人在这儿可怜谁呢?六叔回头一看,是对门黑蛋他妈,便惋惜地说,我是说汉轩两口子没看到外孙子上大学。

黑蛋妈把六叔叫到大槐树下一个碌碡上坐下说,哼!这有啥可惜的,是他没这个命么。

六叔说,啥命不命的,不是那些年胡整,人家还不能活到现在?汉轩比我还要小两岁呢!

唉,你说这老天爷也不公平,念书人咋尽往人家屋里挤呢!给咱送下这娃咋就笨得跟猪一样,就是念不进去嘛。黑蛋妈气得把手里的鞋底子往大腿上拍打。

六叔说,人家把娃抓得紧,教育得好,娃就能念好。

抓啥呢,还不是人家的种好么。他爸他爷都是文化人。黑蛋妈气呼呼地说。

我说黑蛋妈,你一天少在外边说些东家长西家短的事,腾出时间管管娃比啥都强。

行咧,行咧,好我的叔哩,就我这人,斗大的字认不了两麻袋,我能管个啥?再说了,咱就生下这个笨种,神仙也没办法。

哎,你就剩下一张嘴。六叔不爱听黑蛋妈这浑话,拄着拐杖起身走了。

再说权小顺一家四口,一路上说说笑笑,才用了一个多钟头就走到了县城。权小顺先到售票窗口去买票,小棉好奇地东张西望,感觉一切都很新鲜。她嘴里不停地说,妈呀!火车站的房子可真大呀,咋把钟表挂到大门上头哩?妈,你看那指针有我的胳膊长……

梦岗摸着妹妹的头说,小棉你好好念书,将来考上外地的学校也能坐火车。

秦轶没有应小棉的话,此时心情很复杂。火车站这地方,她来的次数不少。二十多年前,国强送她去新疆,十几年前,运哥送她雪夜逃东北,十年前她又带着小棉从东北回到毕阳,今天她在这儿送儿子到北京上大学。每一次的境况都不一样,不由得在心里感叹道:人啊!只要心中有信念,就会精神不倒;只要精神不倒,就会不断追求;只要你追求,你努力,最终会有好的结果。她知道,她们家里,目前只是完成了一个阶段的目标,她刚被分配,儿子刚上大学,小顺的果园虽然建成了,但还没有见效益。后边的路还很长,任务也很重。她拉着岗儿的手说,要珍惜你的学习机会。北大不只是个招牌,需要的是真才实学。梦岗懂事地点点头说,妈,我记下了。

权小顺已经买好火车票,离开车时间还有一个多小时。梦岗扛着行李,小棉把自行车存到保管站,一家人就进到候车室。小棉说她没有见过火车,一会儿要进去看看,权小顺又买了几张站台票说,一会儿就让你到火车上看一看。

小棉要上厕所,娘儿俩刚一走,权小顺忙掏出几十元钱和一张字条对梦岗说,再带些钱,爸妈不在你身边,有个要紧事,用得着。这条子上写着你爸的单位和你爷爷学校的地址,有时间一定去找找。你爷爷当年在咱村社教当组长,人好得很。不知道现在身体咋样。见了面,替我问声好。

梦岗说,爸爸,我记下了。这条子我装上,钱你就拿回去吧,昨天你已经给了我一百多元,家里也需要用钱,让奶奶买酱油醋吧!但权小顺不听,硬把钱塞到梦岗手里。

检票开始,一家人通过后,随人流进入地下通道,来到站台上。小棉跑得气喘吁吁,东瞅西看,高兴地说,坐火车真好玩,我以后也要坐。

一会儿,“呜——”一声长鸣,火车由西边开过来,慢慢进了站。它像一个长途跋涉的巨人,喘着气停了下来。小棉喊,妈呀!火车咋这么长啊!秦轶拉着小棉跟着小顺和岗儿使劲地跑,他们要寻找第六节车厢。上车后,很快找到二十号座位。权小顺帮着把东西放在行李架上,安排岗儿坐好,就要下车。小棉不想下去,说,再和哥哥待一会儿。秦轶一把拽着她就走,说,再不下去,火车一开都下不去了。

他们几个刚走下车,铃声就响了。

火车慢慢启动,车上车下的人就互相挥手告别,秦轶的眼眶突然就湿了。

十一

很幸运,秦轶被分配到了毕阳县政府办公室任秘书。他们这批年龄比较大的毕业生,一般都是分到教育系统去教书。因为她的写作水平比较好,就留在政府办秘书科充实写作班子。

毕阳县机关大院坐落在毕阳县人民广场的北边,坐北向南。大院内有两栋办公楼。一栋是面朝大门东西走向的六层楼,里边有政府的各个部门及县人大的办公室。另一栋是在大门内东侧,也是东西走向的六层楼。里边有县委的各个部门、县政协及纪检部门的办公室。

秦轶要上班的地方是正对着大门口的这栋楼。她早早起来,骑自行车从秦家庄赶来上班。大门敞开着,已有三三两两的男女朝里边走。她看了一眼大门,门外东西两边各有几棵雪松。这种雪松比较高,树冠没有当年在公园看到的那么大,但是修剪得很整齐,四棵一排,精精神神,好像在门口站岗的哨兵,给人一种威严感。门口并没有站岗的,只有一个来客登记的门房,以利于大院的安全。

秦轶推车进了大门,将自行车放入存车棚,便到二楼找自己的办公室。

从正门进大楼,要登上九个台阶。虽不算多,但那长长的排列整齐的水泥台阶,又一次给了她威严感。使她想起在电影中看到的臣子朝拜皇上时一级一级往上走的情景。心想,这里等级森严,自己什么都不懂,一切从零开始,一定得小心谨慎。于是便诚惶诚恐地拾级而上,到了二楼,她找到自己的办公室。

秘书科办公室里,两个三斗桌一对,坐着小汪和老吴。她来了,再搬来一张三斗桌,往顶头一放,就是她的办公桌。靠东墙放着两个文件柜,使房间的空间显得狭窄。政府办副主任兼秘书科科长老严单独在另一间办公室里办公。

开始,老严领秦轶到办公室,大家互相介绍后,他说,政府办是县级领导联系群众的桥梁,是领导的参谋和助手。不仅参与本级政府文件的起草和制定,还要参与方针路线的决策和执行,所以对人员素质要求比较高。比如政策、理论及文字,都得达到一定水平,还要有一定的协调能力和应变能力。秦轶听他讲了这么多,赶紧找笔做记录。严主任说,不用记,这些都是有规定的条文。接着又讲了办公室人员应具有的团队、保密等九种意识。秦轶听得用手帕直擦汗。严主任并没有停止,他习

惯性地又正经地说道，每一个新来的同志都必须做到“四不”：不该问的不问；不该看的不看；不该说的不说；不该听的不听。

严主任的一大段介绍和要求，弄得秦铁一头雾水。她只是诚惶诚恐地说，我刚来，什么都不懂，还请领导和同志们以后多多关照。

小汪闪着一双会说话的大眼睛说，互相学习。大个子老吴，本来脸就黑，从来不苟言笑。他淡淡地说，这几份文件，你先看看。

秦铁来了以后，才知道政府办主任原来是古陵中学的一位陈老师。这天趁着送文件，她来到了主任办公室。敲门进去后，她没有叫陈主任，而是叫了声陈老师。一下子，等级森严的上下级关系变成了亲密的师生关系。

陈老师谈了对她过去所遭迫害的同情，对她一直精神不倒，年近四十重考大学，能分到县政府工作表示敬佩和祝贺之后，语重心长地说，机关不同于学校。在这里，有些事情不是你看到的那样。秦铁，我知道你的性子很直。所以得告诉你，这里有着完全不同于学校里的游戏规则。凡事多听、多看、多想，不要急于发表意见，你一定要记住。

秦铁点头离开了陈主任的办公室。刚才老师的告诫和严副主任要求的“四不”让她心里有一种说不出的滋味。她在这里感觉到了一种神秘莫测的气氛。

秦铁一时还吃不透，但她有自己的主意，任何时候，任何地方，说话办事都得对得住自己的良心。她不愿意整天工于心计，揣摩别人，那样活着太累。

不管怎样，机关生活算是开始了。

刚到机关，秦铁被安排编写政府办公室主办的《情况反映》。编写中需要很多材料，除了各单位自己送上来的，秦铁还经常到各单位去了解情况，收集资料。稿子撰写成后，再让严科长签了字，送打字室去打印。

打字室的小刘和小王是两个很负责任的姑娘。小刘瘦高个儿，啥时间都是一脸的认真。小王则总是扬着笑嘻嘻的小圆脸，好像从来没有烦心的事。每当秦铁送去稿件，小王总是笑着接住说，别急，我一定尽快打出来。然后右手按住小杠杆，巧妙地从字盘里拣出所需要的方块铅字。咔咔咔，随着小手灵活地按动，铅字就一个个乖乖地跳出来。不一会儿，一张蜡纸就打好了。

秦铁拿着打好的蜡纸，到办公室小心地装在油印机的网子上，再调好油墨，放好白纸，一张一张地印。完了又按顺序一份一份地整理，再用订书机装订好。最后按名单一一写上要发送的领导和单位,这才算完成任务。

这工作是琐碎的,繁杂的。她似乎就是一个勤杂工,但她仍感到十分欣慰。对于和老吴、小汪的关系,也处理得很融洽。在写材料时,遇到不熟悉或吃不准的地方,她总是诚恳地向老吴请教。而对小汪,尽管年龄比自己小,但她仍然给予足够的尊重。因为人家比自己进机关早,有些事比自己知道得多。

几个月过去了,秦轶觉得工作挺顺利的,并不像陈老师说的那样神秘。随着时间的推移,情况的熟悉,一周当中也能有点闲暇。她在这段时间也阅读了许多报纸、刊物和一些反映个人悲欢离合的“伤痕”小说,于是想到了自己写的那部作品。抱着试试看的想法,便把稿子寄到一家文学刊物的编辑部。心想,管它能否被采用,只要能让文学界的专家鉴定一下,提提意见也好。

寄完书稿,这才想到应该给岗儿写封信。这小子,到校后只来过一封信,说明他到校一切都好,不让家里挂念。信中说,他第一次在北京过国庆节,一定要到天安门广场去看庆典盛况。

几个月过去了,也没见他再来信。不知道儿子学习中有没有困难,零花钱还够不够用。她突然自责起来,人常说,儿行千里母担忧。可她这个母亲,只顾自己的工作,几乎把儿子都忘了,还担什么忧呢!于是拿起笔就唰唰地给儿子写起信来,一半是关心儿子,问这问那,一半又像是在检讨自己对儿子关心不够。

十二

在北京过的第一个国庆节，梦岗并没有去天安门广场，而是跟随父亲罗晓岗回家见了爷爷奶奶，他是拿着权爸爸写的条子找到父亲的。

十年前，父亲突然出现在秦家庄的时候，梦岗压根就不认识他，他不明白怎么会突然冒出一个拄拐杖的父亲，自己的爸爸明明是权小顺，在那人离开秦家庄时，梦岗也没有在意，那时他还小，也就十岁多。

后来随着年龄的增长，梦岗忽然想起了那个拄拐杖的人。

还是在上初二的时候，有一天，班里一个同学对他说，听说你的亲生父亲在北京，你为啥不跟他去？要在北京上学该多好！梦岗当时没有回答他的同学，听完后转身走了。

他一个人靠在操场边的一棵柏树上想心事，如果那人真是自己的父亲，其实也挺好。从课本上，他知道北京很大，是祖国的首都。肯定比毕阳县城好多了。又一想，好又能怎样？自己从小在秦家庄长大，这里有爸爸妈妈、奶奶和妹妹，这里才是自己的家。

到了高中，他学了一篇课文《背影》，于是便想起了权爸爸过去背他到县城看病、送他上学的情景。一次父子二人只有一把雨伞，爸爸一直用伞护着他，而自己却被雨淋得湿透了衣衫。梦岗流泪了，权爸爸对他太好了，如果自己在心里偷偷地去想念北京的父亲，那样就对不住权爸爸，就是忘恩负义。这些话，梦岗从来没有给别人讲过，更没有给爸爸妈妈讲。他已经不小了，多少懂得一点人情世故了，怕说不好伤了他们的心。

高二的寒假里，梦岗读了一篇《我该怎么办》的小说，忽然联想到自己家里的事。小说中人物尴尬和无奈的处境，不正是妈妈当年的处境吗？他至今还记得，妈妈当时仰面一声长叹跑开的情景。他还记得那个拄拐杖的人，给爸爸妈妈鞠了躬，最后离开了秦家庄。此时的梦岗忽然明白，小说和现实中人物所有的不幸和尴尬，原来都是由一种外在的社会原因造成的。他们的不幸值得同情。那个拄拐人——自己的父亲，他离开妈妈和自己是无奈的、痛苦的。然而他的选择又是明智的、高尚的、让人尊敬的。他是为了成全别人而牺牲自己。在这个时候，他觉得自己一下子长大了，能把问题想明白了。

从那个时候起，他就立志要考北京大学。为生养他的妈妈和抚养他的爸爸争口气。当然，顺便也想找一下那个人。看看他——自己的父亲，现在到底过得怎么样。这是他的心愿，也是他的秘密。现在已经如愿以偿来到北京，所以他要了却这个心愿。特别是当权爸爸叮咛他去找父亲时，他觉得心里更踏实，更无任何心理负担了。

那天下午，他在报社的门房做了登记后，门房老头告诉他，编辑室罗晓岗主任在二楼办公。梦岗就上二楼找编辑室。这时，他还没有做好见父亲的心理准备，只不过想打听一下他是否在这里。刚才在门房时，他谎称自己是来送稿子的。上了二楼，走到楼东头一间办公室的门口，看见一个写着编辑室的小牌子，他轻轻地叩了门，听见里面说，请进，便推门而入。梦岗看见办公桌上堆放着许多报纸、书籍和稿件之类的东西，旁边坐着一个四十多岁的男子，正拿笔在写着什么。

梦岗恭敬地问道，请问您是罗主任吗？

这时，房子的主人才抬起头来，梦岗也看着他，当目光碰到一起时，两人都不由得一惊。

主人情绪稍微平静后，主动问道，你是——

我叫梦岗，是毕阳秦家庄的。梦岗恭敬地说。

什么，你叫梦岗？是秦家庄的？主任立即放下手中的笔，吃惊地看着梦岗。梦岗点点头，肯定地答道，是，罗主任，我叫梦岗，是秦家庄的。

噢！罗主任赶紧站起，离开椅子走到梦岗的跟前。他仔细地上下打量着面前这个小伙子，激动得不能自已，他不敢相信自己的耳朵，刚才听到的是他多么惦念的名字和地方，又是他多么想见的亲人和梦想重游的故地！这时，他的脑海里立即浮现出那一年到秦家庄的情形。那时，他原本是想接秦轶去北京的，谁知却碰上秦轶和权小顺要举行婚礼。更让他意外的是，那天他知道了自己和秦轶竟然还有一个孩子，名叫梦岗。仗义的权小顺看见他还活着，执意取消婚礼，要他带秦轶和孩子回北京。罗晓岗感激涕零，鞠躬谢过权小顺一家的大恩大德，毅然割爱离开，成全权小顺秦轶他俩的婚姻。现在梦岗已经这么大了，算起来也过去十年了，他应该有二十岁了。想到这里，他激动地问，你是从毕阳来的，几时到北京的？

我在北京上大学，来了快一个月了。

什么？你在北京上大学！罗晓岗更加吃惊。

十二

梦岗看到这张饱经沧桑的面孔，虽然比十年前的拄拐人老了一些，但还看得出，他那微卷的头发和眼神，都和自己有着太多的相似。直觉告诉他，面前这个人就是父亲。不同的是，当年他离不开拐杖，现在却不用了。他向周围瞅了瞅，并未看到有拐杖放在旁边。所以又有了疑虑，便问，请问您是罗晓岗老师吗？罗主任听后，一下子抱住年轻人，颤颤地说，你是岗儿，是岗儿。怎么一下子长得这么高了？极度的惊喜和意外，让他一时很难相信眼前的事实，他不由得抓住梦岗的手问道，你是怎么知道我在这里的？

梦岗确信这人就是父亲，但他还是冷静地拿出权小顺写的字条说，十年前您去过我们村。这是权爸爸写给我的，是他让我来找您的。

罗晓岗突然泪流满面，喃喃地说，权大哥，权大哥……

梦岗这才反过来抱住面前的亲人，失声叫道，爸爸！

罗晓岗已经控制不住自己，他紧紧地和儿子抱在一起，不住地叫着，岗儿，岗儿，我的儿子！

父子俩声泪俱下……

这天下午，罗晓岗请了假，带梦岗到附近一家小面馆，要了几个菜，边吃边聊，父子俩互道了各自的情况。罗晓岗得知，秦轶已大学毕业，并进了政府工作。更知晓权小顺大仁大义，供儿子上学所付出的艰辛努力。他感叹着、敬佩着毕阳这一家人，庆幸自己当初的选择是对的。面前的岗儿已吃得满头大汗，红光满面。看着这个充满活力的健康青年，他既自豪又愧疚。多好的青年，他就是自己的亲生儿子。这简直是上天赐给自己的最好礼物。但又一想，孩子从生下到现在，二十多年了，自己从未尽过一天当爸爸的责任，有什么资格当他的父亲！本想每年寄给他生活费，可是权大哥竟几次给他退了回来。为了不打扰他们的生活，他只好作罢。只能在心里思念着远方的亲人……

十年前离开秦家庄回到北京，他只告诉父亲秦轶已经嫁人了，并未告诉他们还有个儿子这件事。他知道，母亲如果知道有一个孙子，肯定闹着要接回北京。可是他不能这样做，不能伤了秦轶的心，更不能伤了冯婶和权小顺的心。谁知道权小顺如此大义，替自己把孩子养大了，培养成一个大学生之后又送到自己身边。他说不出的高兴，说不出的感激，又说不出的愧疚、自责和遗憾。现在岗儿就在北京，在家门口，他要把这个喜讯告诉父母，给他们一个惊喜。让他们看看，他们有一个多么帅气、多么争气又多么成器的孙子。

罗晓岗没有动筷子，一直盯着面前的梦岗，无限地激动、感慨、兴奋、爱怜、骄傲、自豪、自责、愧疚……他在心里说，有了他，我这辈子满足了，没有什么遗憾了！

这天下午，梦岗知道父亲在几年前，找到一个很好的骨科大夫，把他的腿治得放下了拐杖，而且知道爷爷奶奶还健在。父亲告诉他，让他国庆放假时，到家里去见爷爷奶奶。梦岗虽然答应了，但并不十分激动，毕竟和那两个老人没有见过面，不像和毕阳奶奶那样有感情。

国庆节这天，天气很好。梦岗穿着妈妈买的那件白衬衣，套上小姨买的浅蓝色毛背心，换上一条洗干净的蓝色裤子，特意穿上系带的运动鞋。他把自己打扮得精精神神，不想让北京的爷爷奶奶瞧不起农村的孩子。在到报社前，他还花钱买了一斤点心和一瓶北京二锅头。他想这是起码的礼貌。

早上九点赶到时，父亲早就在报社门口等着他。看见他手里提的东西，就说，买这么多东西干啥，你本来就没有钱。

梦岗低声说，我第一次见爷爷奶奶。

罗晓岗欣慰地想，对，他已经长大了，便高兴地带着梦岗回家。

父子俩坐上朝家方向去的公交车。过了十多分钟，到一个车站，父亲领梦岗下了车，没走多远就进了一个大门。院子里绿化得很好，干净卫生，有好几栋大楼。他们走进一栋标着三号楼的第二单元。梦岗刚到北京不久，对地方不熟悉，他只能跟着父亲。在上楼的时候，父亲说，咱家在三楼。梦岗想，以前听别人说过，住楼房的层次讲究金三银四。看起来，爷爷家住的应该是最好的层次。

上到三楼，父亲拿钥匙开了 301 室的门，推门时就喊，爸妈，我们回来啦！一进门，他随手拿了双拖鞋让梦岗换上。梦岗在家时从来没穿过拖鞋，也不习惯穿拖鞋，就说，不换了吧？

父亲换好自己的拖鞋后，笑了笑，帮梦岗解鞋带。梦岗这才发现，噢，这里的地面全是用一条一条的红色木板铺成的，干净光亮，比奶奶的板柜亮堂多了。他换上拖鞋，踩上去软软乎乎，舒服极了。

就在他换好鞋，抬起头的时候，见自己面前站着两位老人。父亲激动地拍着他的肩膀说，梦岗，这是爷爷奶奶。梦岗惶恐地、不自然地但又非常有礼貌地说了声，爷爷奶奶好！奶奶惊喜地一把拉住梦岗的手，上下打量一番，颤颤地说，是我孙子，是我孙子,和你爸上大学那会儿一模一样!

罗晓岗从地上提起点心和酒说,这是梦岗给你们买的。爷爷说,快让孩子进来,坐下慢慢说。奶奶这才拉着梦岗从鞋柜旁走到客厅,按着他坐在沙发上,然后老两口一边一个把孩子夹在中间。奶奶连声喊道,灵秀,拿水果。

梦岗坐下后,用眼瞟了一圈,这是个四室两厅的单元房。客厅不太大,放有一大两小一套的实木沙发。一个雕刻精致的茶几放在一块深红色的地毯上,古色古香。沙发对面靠墙放着一个大电视。电视上方的墙上有一幅刚劲有力的书法作品镶在大镜框里,非常精致。这幅字的左下角有罗院长正之的字样。

梦岗看得入神,他从来没有见过这样豪华的房间,更没有见过电视。从那幅字上,他知道了爷爷原来是个院长。难怪他的气质不同寻常。他身材高大,满头的白发,穿一件干净的白衬衣,外面套一件灰色羊毛衫。老人家表情沉稳而慈祥,目光深邃而睿智,态度和蔼而可亲。举手投足,儒雅淡然。就在这短暂的接触中,他对这位爷爷肃然起敬,从心底开始尊敬他。

吃水果吧!一位四十多岁的阿姨把水果放在茶几上。一盘香蕉,一盘是一颗一颗洗干净的紫葡萄,还有一盘削了皮切成块的苹果,上边插着精致的牙签。梦岗以前在一个爸爸是乡干部的同学家里见过牙签。那是两头尖的,比较粗糙的,甚至有的上面还有毛刺。而今天插在苹果块上的却是一头尖,另一头有雕刻的精致的牙签。梦岗只顾看牙签,猛然回头,却见阿姨在怔怔地瞅着自己。从她吃惊的眼神中,梦岗看到了她对自己到来的惊奇和一丝不易觉察的忧伤。

这位是阿姨。父亲坐在旁边的单人沙发上对梦岗说。梦岗很有礼貌地站起来说了声,阿姨好!阿姨对梦岗勉强地报以微笑,转身到厨房去了。

这位阿姨的个子比妈妈稍微高一点,一看就是个有心术的人。她很少说话,但干活干净利索。对于她的身份,梦岗还不清楚,到底是家里的保姆呢,还是父亲的妻子?他想,父亲这样的年龄,当然应该有家室了。

奶奶拿着一根香蕉,剥了皮递给梦岗说,快吃,这是海南岛的香蕉,很甜。梦岗捏住带皮的一端接过来说,谢谢奶奶!

奶奶虽然也有七十多岁了,但头发没有全白,洗得干干净净,剪得整整齐齐。一看就知道是个很讲究而且很会持家的人。不像毕阳的奶奶,从来都是埋头干活,不爱指挥别人,也没有时间修饰自己。

看梦岗半天没有吃,奶奶急了,就捉住他的手往嘴里送。还不住地说,看这孩子,不知道以前在农村受了多大的苦啊!都怪你爸爸没有告诉我们。她不满意地瞥了晓岗一眼。

坐在旁边的爷爷虽然还没有插上一句话,可是从看见梦岗的第一眼时,心中就无比的激动、惊喜,同时又有说不出的酸楚和惋惜。他忽然就想起那年在秦家庄社教时的好多人和事,记起忠厚、善良而又纯朴的生产队长权小顺,还有聪慧上进、多才多艺的秦轶姑娘。特别是秦轶一家和她个人的遭遇,让他非常同情。由于当时他自己也受到别的牵连,被迫提前离开了工作组,所以无法帮助他们。就在那时,他从社教工作团老杜给他的信中,得知晓岗和秦轶相好,但并不知道他们还有个孩子。现在这个二十多岁的孙子就坐在自己身边,还考上了北京大学。此时他真是感慨万千,遗憾儿子和秦轶"同是天涯沦落人,相爱却是不相逢",觉得愧对秦轶和梦岗,又感激权小顺把梦岗辛苦养大,培养成才,又送到他们的身边。对这样的大仁大义、大恩大德,除了感激、敬重,他还看到了国家的希望。虽然经过了那场灾难,这些当年受过伤害的青年人,仍能坚持进取,保持纯洁高尚的品德,他们是我们民族的脊梁。老爷子非常激动,他颤颤地拉着梦岗的手问,噢,你叫梦岗,妈妈是秦轶,爸爸叫权小顺,对吗?

梦岗点点头说,是的,爷爷。

毕阳家里好像还有个奶奶,她身体好吗?

很好,七十多岁了,每天还在地里给猪割草。

这就好,你高中是在古陵中学上的学?

是的,爷爷。

哎呀!你说西北那落后地区,又是农村中学,教学质量能咋样!孩子竟然考上了北京大学,多难为他啊!不知道当时受了多大的罪。奶奶在一旁说着说着就抹起了眼泪。

晓岗说,古陵中学的教学质量一直很好。过去就有人考上清华大学,那年他妈妈考试的成绩也够了北大分数线,只是……

奶奶不理会这些,拿起一颗葡萄填进梦岗的嘴里。她任性地说,我不管别的,只知道我孙子聪明,是咱家的遗传好。岗儿,你爸爸当年不是也考的北大吗?要不然在那个穷乡僻壤,能培养出这么优秀的人才?

老罗觉得老伴的话有点过分,激动地站起来走到另一个单人沙发前说,行了!老婆子,你不懂,人家毕阳地处五陵原,北面有九嵕山,南面有秦岭,据泾浮渭,文化底蕴得天独厚。历史上有十三朝皇帝选在那里建都,西汉就有九位帝王葬于五陵原,称为中国的"金字塔"群。那里历史文化悠久,英才辈出,岗儿的母亲就是一个非常有才华的女子。晓岗啊,那年我在毕阳社教时,你也去待了一个多月,情况你应该清楚。

父亲的话触动了罗晓岗,他今天比谁都激动。看到父母见到梦岗是那样的高兴,可对于他来说,除了高兴,更多的还是愧疚。他不同意母亲的说法,早就想说些什么,特别想说些五陵原的文化。于是他忙答道,我知道,五陵原可不是一般的穷乡僻壤,那里的文化底蕴深厚,周秦汉唐遗韵犹存。自古以来帝王将相,贤达之士多葬于此。东边秦始皇的陪葬兵马俑,西边汉武帝刘彻之墓茂陵,都是世界闻名的古迹,还有历史悠久的周文王、周武王的陵墓。所以说毕阳是中华民族的发祥地之一,是中华民族精神文明的发源地——是周公制礼作乐的地方,是秦始皇横扫六合建立第一个中央集权制国家的地方,是中华农耕文化起根发苗、后稷教民稼穑的地方。自古以来,民风淳朴,人杰地灵。人们重视耕读传家,有人为了让孩子上学读书,不惜变卖房产。五陵原人才辈出。古有史学家班氏父子,近有教育家、改革家刘古愚,都在秦家庄周围。这样的文化环境,难道就不能出几个清华北大的学子?

奶奶已不耐烦,她说,现在又不是在课堂上,梦岗,咱不听他们说什么周秦汉唐的事,还是多吃水果。说着又拿牙签扎块苹果送到孙子的嘴里。

阿姨系着围裙出来问,现在开饭吗?

奶奶说,开。都十二点半了,别饿着孩子。

几个人都站起来,绕过屏风来到餐厅,这里摆着一个雕刻着花卉图案的实木餐桌。周围有六把同样花式的靠背椅,颜色、材质和客厅的沙发匹配恰当,显得高贵典雅。

阿姨的厨艺不错,桌上的鸡鸭鱼肉、荤菜素菜色香味俱佳,这是梦岗长这么大以来,还没有见过的席面。

爸爸不住地给他夹菜,虽然饭菜很香,可是梦岗的胃口却不大好。他夹每一道菜时,心里都在想,这么好的饭菜,毕阳的奶奶没吃过,爸爸没吃过。我要好好读书,等我工作了,有了工资,一定要给奶奶、爸爸妈妈他们做最好吃的饭菜。想到这里,梦岗的心里有点酸酸的。为了掩饰,他故意咳了一下说,我吃好了。奶奶不允,又给梦岗盛了一碗银耳汤问，是不是让米饭噎着了？

午饭后，又聊了一会儿。梦岗说他要走了，回去要到图书馆借本书。

奶奶忙拿出一千元给梦岗。她不住地说，过去亏了这孩子。又埋怨罗晓岗，你知道孩子在那边有困难，咋不寄点钱过去？晓岗明知道权小顺退钱的事，但又不便多说，就不去辩白，任凭母亲在一旁怨叨。

梦岗见奶奶拿这么多钱，马上说，奶奶我不需要，钱还是您留着吧。

不行，在学校咋能不用钱，你拿着。奶奶固执地让梦岗拿，爷爷爸爸也让梦岗拿。

梦岗站在爷爷奶奶的面前，深深地鞠了一躬说，谢谢爷爷奶奶！我来时家里爸爸妈妈给过钱了，现在还没有用完，真的不需要。

爷爷感动地说，看人家把孩子教育得多好呀！

奶奶流着泪说，教育啥！自己的亲孙子倒和我们生分起来了。今天不拿钱就不能走！

看到奶奶这样执着，梦岗从里面抽出一张一百元钱说，奶奶别难过，我拿一张，其余先放在您这儿，拿多了不安全。这样才说服了奶奶。

离开家时，爷爷又拿了件爸爸的夹克衫让他穿上。他说，起风了，这地方一吹风气温马上就下降，千万别凉着了。

这次回家，给梦岗精神上以极大的鼓舞和温暖。

梦岗现在除了毕阳的家人，北京还有这么多人在关心他。可是梦岗并没有因这意外的关心和从天而降的优越条件而暗自高兴，他之所以来见父亲他们，除了自己的心愿，更重要的还是权爸爸的嘱托。让他们知道，梦岗不是孬种，也能考上北大。来时爸爸已经叮咛过，可以见爷爷奶奶，但不能向他们要钱，梦岗永远记住这一点。

这次来，虽然一家人都对自己很好，可是奶奶对农村和农民的偏见，让从小在农村长大的梦岗多少有些不舒服。也许因为这一点，加上权爸爸的叮咛，梦岗不想要奶奶的钱，不想让她瞧不起农村人，也不想给爸爸妈妈丢脸。

他想，他唯一能做的，就是努力学习，考出好成绩，争取拿到奖学金，以减轻家里的负担。从这以后，梦岗觉得身上有股使不完的劲儿。他每天都很用功，那劲头，绝不亚于高考前。

十三

接到梦岗简短的来信，秦轶心里有说不出的滋味，似乎觉得有点太短。她心想，难道不能写得再长一点吗？再多介绍一些北京的情况吗？介绍什么呢，连她自己也说不清。又一想，梦岗虽然考上了大学，但毕竟还是个孩子，他思想单纯，又忙于学习，能回封信已经很不错了。她不能过分地要求孩子。就像她自己，虽然是经历很多的人了，有时忙于工作也忘记照顾家里。

是的，虽然四十出头了，但在政府机关，她还是个新手。虽然文字水平不错，各种公文的格式也已经掌握，但在对于一些问题的处理上，她似乎还和别人有一定差距甚至格格不入，显得幼稚，属于敲不响的笨鼓。

就说那次政府办的一个会议室半夜突然起火。因发现及时，只烧坏了几把折叠椅和墙上的锦旗，白净的墙面被熏黑了，除此，没有造成太大的损失。

虽然处理及时，但毕竟是场不安全事故。第二天，上边要求书面报告县委县政府领导。报告的起草工作交给了秦轶。

秦轶很认真，花了一天时间，先调查政府办有关人员，再调查那天使用会议室的单位，很快弄清了事情发生的前因后果。她急忙写出书面材料，拿给秘书科严科长。她对自己这次完成的工作很满意。不但在短时间内把问题调查清楚了，而且写得条理清楚，准确地分析了造成事故的直接原因和在管理上的麻痹大意及今后应注意的事项。

谁知严科长看后，却用红笔大删大改，然后直接拿去打印。当她拿到打印好的蜡纸一看，才知道内容和她写的大相径庭。引起火灾的原因变成一个小小的意外，办公室的管理不善，安全意识不强只字不提。这份材料一下子变成了对救火英雄群体的表扬，后边还附着一长串受表扬的人名单。

秦轶看着材料，心里颤颤的，手也有些发抖。但她还是在打印完以后，交给政府办公室发材料的，盖上公章，然后送给有关领导。

她等待着领导的批评，但实际上什么事也没有发生。

年终，她又接到一项重要任务，就是起草县长在来年初“两会”上的工作报告。这么重要的材料交给她，她很高兴，为能被领导信任而感到欣慰，心想一定要把材料写好。

在未动笔前，秦轶先把有关单位报上来的年终总结仔细阅读。特别是对统计局、财政局、计生委等单位上报的有关数字。更是认真核对，生怕有任何差错。

动笔起草是在一个周六下午开始的。机关的人大部分都不来了，老吴、小汪也已回家。秦轶把办公室的门关上，先做了一个深呼吸，让自己进入一种严肃的状态。她觉得自己要开始的是一项非常神圣的工作。她在稿纸上写的每一个字，每一句话都必须在高度严肃、高度负责的状态下进行。她写的每一个字，仿佛有千万双眼睛在盯着，有全县几十万人的耳朵在听着。所以不能有任何随意夸大和不负责任的胡编乱造。全国人民代表大会，多么神圣的名字。每年一次的各级人民代表大会和政治协商会议是各级政府最重要的会议，县长要向人大会议做工作报告，听取人民代表的审议。

秦轶手里握着笔，按照以往政府工作报告的框架，理顺了材料，然后认真地动起笔来。从周六下午开始写到晚上十点钟，觉得肚子饿了才停下来。她走出机关大门，在街上找到一家卖烧饼的小铺子，买了两个烧饼夹土豆丝拿回办公室，吃完继续写。

直到凌晨两点多，困得不行了，她才在办公室的小床上躺了几个小时。周日也没有回家，又写了一天，赶到星期一下午才写完。将材料交到严科长手里，这才松了一口气。

领导看了很满意。文字简练，层次清晰，用词准确，没有必要做大的改动。严科长把她叫到当面，如此夸奖了一番，说只需改动两个数字就行了，可以打印交领导审阅。

改动两个数字，秦轶一听，立刻紧张起来。报告中凡涉及数字的地方，她都非常小心，莫不是自己太累了，笔下有误？不管怎样，先接过材料，看看到底是哪里出了差错。

不用费事，要改的地方严科长已经折好，要改的数字也已经用红笔画了出来。

看到领导画出的地方，秦轶终于松了一口气，她知道没有错，于是忙拿下边单位送来的材料让科长看。严科长表情严肃地说，行了，不用看，我知道不是你的错，问题是，现在需要改。下午你和这两个单位的头儿商量一下，看看如何改。

秦轶有点为难，但她没有说出口。

严科长说，没有什么，这是工作需要。

下午由办公室严副主任牵头，召集了财政局长和计生委的主任及秘书科写材料的同志，一起到严主任办公室商议改动两个关键数字的问题。因为这两个数字关系到政府在年度考核中一票否决的问题。

秦轶虽然负责起草讲话稿，但怎么写却由不得她。两天后，改动了数字的材料送到县长手里。领导很满意，对下边工作的同志表示肯定，加以表扬。

果然，“两会”开完之后，没有多长时间，财政局宁局长就升为副县级干部，严副主任也成了严主任。计生委的范主任暂时未动，工作需要她这个“内行”。不过县长也承诺，在他离开之前一定会把她安排好。

市上来考察王县长，此时组织部门已将能“服从领导”“努力工作”的干部安排到了有“话语权”的岗位上。没有来得及提拔的也有了承诺。所以考察比较顺利，一次成功。

秦轶这次也跟着龙王爷浮了洪水，竟被任命到计委当了副主任。这是她没有料到的事。

县计委，即县上的计划委员会。这在当时人们对商品经济这个名词还似懂非懂的时候，计划经济还顽固地盘踞在人们的意识里，一切财力、物资及学生的分配指标，都按上边的计划办。当然各级计委就成了一个很有权的单位。

秦轶在计委分管的是农工、乡企、财税、计生的预算和计划。对这项工作还很不熟悉，当紧的是尽快熟悉业务。

办公室照例是两张桌子，一张单人小床。副主任老米家在城里，每天下班后回家。而秦轶家在农村，这张床实际上就归了秦轶。

秦轶来计委上班还不到一个月，有一天突然收到原来她投稿的那家大型刊物给她寄来登有她作品的样刊。真是喜出望外，她的中篇小说竟被采用了。

此时的喜悦不亚于她拿到省教育学院的录取通知书。虽说上大学是她几十年的心愿，但这篇小说则是她用了十几年的血和泪凝结而成的，用失去的爱和终身的恨浇铸而成的。其中融进了她个人的生命体验和对历史与社会的思考。这部书稿她从东北的八营村带到了毕阳的秦家庄，又带到学校，带到毕阳县政府，现在终于发表了、面世了。

过度的兴奋和激动，让她热泪盈眶。她想大声地喊，想和别人分享。然而知她之人，她最想分享之人，似乎又不在跟前。她双手抱着刊物，把心中汹涌的波涛压成平稳的浪花。浪花又化作泪水，滴答滴答掉在手中的书页上。作品把她带回到了十多年前那段不堪回首的日子。

她是死过一次的人了。新时代让她由“鬼”变成人，不但正大光明地过上正常人的生活，还考上大学，分到政府工作。就是这部自己认为很难发表的作品，竟然面世了。

她万分感激，感激那些把她从断头台上救下来的人，感激那些向她伸出援助之手的人，更感激新时代新生活为她实现人生价值提供了广阔的平台。

她不想出名，也没想获利，只愿这部作品能给人们一些启示，让人们听到正义的呼声、真理的呐喊和对良知的呼唤。作品发表时，她没有署真名，而用了“秦岭女”。她不想在机关张扬这件事，就连家人也不想叫他们知道。于是，她将样刊小心地包起来锁进自己的抽斗里。

十四

光阴如梭。秦铁到计划委员会已有一年多了,各方面的事情熟悉了,工作也顺手了。

时代已进入到一个新的历史时期,有些情况的发展,让人们始料不及。

新中国成立几十年来,大家一直在奋斗、在拼命,不怕困难,不怕牺牲,下定决心要争取胜利。可是事情并不遂人所愿,让我们这个民族吃尽了苦头。

我们的民族是伟大的,我们的人民是智慧的,在世界各国人们面前,决不低下高贵的头。我们要奋发图强,自力更生过上好日子。

然而,多少年过去了,我们并没有真正过上好日子,贫困的生活依旧。孩子长到十多岁了,还没有见过花生,特别是毕阳原上的人,更不知道鱼是怎么吃的。

一年又一年,没脾气,人们只得忍耐着凑合着过。于是不再盲目地拼命,不再声嘶力竭地喊着空洞的豪言壮语,而是慢慢地习惯了一种无奈的贫穷——只要饿不死,就是好日子。生活中常常听到这么一种自我安慰:我这人,别的不敢说,一生就是不爱钱。真是安贫乐道,过得坦然。

习惯是一种可怕的东西,任何事情就怕习惯了。勤快惯了的人,闲不住;懒散惯了的人,不想动;肮脏惯了的人不觉得脏,贫穷惯了的人也就不觉得穷了。穷得无聊,打打杀杀,在享受了盲目的精神快感之后,仍然一贫如洗,摆脱不了吃不饱穿不暖的生活困境。

突然间,一声春雷划破长空。

"十一届三中全会"召开后,"实践是检验真理的唯一标准"唱响了。"一心一意搞建设",全党的工作重点转移到经济建设上来了。一个新名词"商品经济"跳出来,开始进入大众的耳朵。一些先知先觉者,开始尝试着去干一些经商赚钱的事。就在报纸上还喋喋不休地讨论着姓"社"姓"资"的问题时,有些地方忽然就冒出了一些"万元户"。他们不仅吃捞面,还吃肉和菜,甚至下馆子。榜样的力量是无穷的。在这些先富起来的人的刺激下,人们忽地一下醒悟了:快去经商,经商能挣钱。在20世纪80年代末期的那几年,全国上下一时间掀起了全民经商的热潮。

星期六,秦铁回到家里,晚饭还没有吃完,忽然来了几个人。她赶紧放下碗筷招呼乡党。

来的人里就有石头。

权小顺忙掏出纸烟给几个人散发。

石头接过烟圪蹴在台沿上说,上一个礼拜六我们就过来了,你没回家。今儿个下午,超超瞅见你进了家门,我们就都过来了。

这个叫超超的小伙子留着小平头,睁着一双圆溜溜的大眼,乖巧地说,姑,我在家门口老远看见你骑着车子回来了。他身后还有两个年轻人不好意思地朝着秦铁笑笑说,我们也跟过来了。

秦铁对这个称她姑的小伙子不太熟悉。石头说,这是坤八哥的二儿子,叫超超,今年都二十四岁了,还没定下媳妇。

秦铁安排小棉到奶奶房里做作业。她把碗碟端到厨房没有洗,就出来和石头他们说话。

听音,他们找她肯定有什么事情,于是就让他们到自己房间说。

权小顺端把椅子放到石头面前说,石头哥你先坐。他和其他人就分别靠门靠墙站着。权小顺先开口,他对秦铁说,他们听说你在县计划委员会上班,就想来打听点消息。

噢!什么消息呀?秦铁不解地问。

姑姑,听说最近有好多人都在倒卖钢材、水泥,这事犯法不?超超第一个问。

犯啥法呀!你就是个胆小鬼,人家那是做生意。听我姨父说,他们那几个人,一次就倒卖了三辆汽车,嘿,拿麻包往回背钱哩。靠门的光头叫黑蛋,有二十四五岁,晃着脑袋自豪地说着。另一个眯缝眼,慢条斯理地一字一板地说,黑蛋,甭谝你姨父有多能行,先得问问咱姑,现在是不是实行什么“双轨制”?姑在县政府工作,懂政策。要是真实行了,关键是能不能给咱们弄到计划内的便宜货。

石头灭了手里的烟说,哎!秦铁啊,这些年轻娃跟你不熟,硬缠着我叔呀叔地叫领着他们来。这几个㞞,嫌果园赚钱太慢。听说如今很多人都在经商做生意,心里急了,想叫你给他们帮帮忙。

秦铁算是听明白了,她想笑。但是看到他们一个个认真的样子,却又不想伤害他们。于是就说,我能帮你们什么忙呢?

石头开了口,秦铁,我就给你直说吧。在你的权限范围里,看能不能给娃们批点计划内的什么东西？不管钢材，水泥，还是汽油。啥都行。

秦铁大吃一惊，这是她上班以来第一次听到村里乡党对自己提出的要求。这是个她没法办，也不能办的要求。她一时不知该怎么回答，想了想便笑着说，石头哥，你们的心情我理解，你们能来找我是对我的信任，我很高兴。现在政策好了，鼓励大家致富，可是这几年来，咱们村子的变化却不太大，我也着急。但是你们今天提出的要求，怕是不好办。不要说我没有分管这些物资分配指标，没有这个权力，就是我有这个权力也得根据政策，把物资分配给最需要的单位。哪能说想给谁就给谁呢？石头哥，超超，咱们想致富的愿望很好，可我们要在政策允许的范围内，努力争取，千万不能乱来。

石头用手挠挠脖子，看到秦铁的为难，就打着圆场说，有没有不要紧。娃们就是来找你打问打问。能弄了好，弄不成也没啥，总不能让你去犯错误吧。

权小顺又递上一根烟说，石头哥说得对，铁儿，以后上面有什么政策或有啥好消息，你就快给咱乡党说说。秦铁说，那是应该的，我今天说句掏心窝的话，今后如果有什么好机会，我肯定会记着咱们村的。

来人也许认为秦铁说的是搪塞话，可她是真心的，而且在后来也真的兑现了。

送走乡党，秦铁忙取出膏药给婆婆。冯婶说，又买啥药，好着哩。小棉眼一瞥，好啥呢，奶奶腿疼得晚上翻身都困难。

奶奶瞪了小棉一眼，你胡说啥呢。七十多岁的人，哪有个胳膊腿不疼的？又对秦铁说，惯了，没啥要紧的，再不要花钱买药了。倒是小棉，娃最近学习有些吃力，你快给她看看。

是吗？有什么不会，你也没给爸爸说说？

我爸——

唉！就凭她爸念的那几天书，都几十年了，早忘光了。奶奶替孙女说话。

秦铁拿过书包要看作业，又被小棉夺回去。

秦铁生气了，她说，爸爸不会，你不会去问老师吗？看你哥，上学就没让人操心过。

我哥，我哥，我哥聪明，我笨蛋行不行！我知道你老看我不如我哥。

你——秦铁气得不知说啥好。

好了，小棉，你咋能这样和你妈说话呢。奶奶劝小棉。她又说，其实小棉也挺乖的。她心灵手巧，下课时间给我钩了一个帽子，戴上好得很。奶奶说着取出小棉用黑毛线给她钩的一个带花边的老人帽。

手艺不错。秦轶说着又打开小棉的书包,里边除了书和本子,还装着一个钩针和一团紫红色的粗线团,连着一个钩了一半的小包包。

原来你在学校就干这些?秦轶问小棉。

小棉嘴一撇说,你在上大学时不是也给我们做鞋吗?我做点活咋就不行。

秦轶一把搂住小棉,说,都怪妈,我以后多回家,关心关心你。说话间,心中有一种说不出的愧疚。

可是小棉并不在乎。她挣脱妈妈的拥抱,平静地说,妈,其实不关你的事,我就是不爱念书。我看见几何、代数和物理就头疼,上课时只想睡觉,一下课就欢了。

秦轶吃了一惊,这娃咋这样?现在条件好了,人人都能上学了,小棉竟然说她不爱念书。唉!难怪母亲过去常说,人生就是这样,有的人有牙没锅盔,有的人有锅盔没牙。一时半会儿也难说服小棉,她抚摸着女儿的头说,先睡吧!明儿再说。原来还兴冲冲的她,不知怎的,一下子就忧愁起来了。

晚上躺在床上,秦轶随便说了句,没想到咱村这些年轻人还想做钢材生意。

权小顺说,这有啥奇怪的,现在做生意的太多了,有的卖葱卖蒜,有的摆摊卖面,还有的卖花生,卖茶叶蛋。街上要啥有啥,人们都想法子弄钱哩。可咱村这几个尿,不想下苦,总想飞着吃,空里弄大钱。咱们说是说,就是你能弄下计划内的货,也别搞,咱们现在的这份工作来之不易,千万不能栽在那些年轻人的手里。

秦轶问,你说黑蛋说他姨父的事,能是真的吗?权小顺说,说不准。我听说他姨父的爹在旧社会就是个生意精,常常六国贩马七国贩驴的,弄了不少钱。他家有那传统,中华人民共和国成立后弄不成了,管得死死的。现在政策一松,人家的心眼儿就动了。听说那几个人中,有谁的亲戚在北京干事,能搞到汽车,说不定真的赚了钱。

噢!有这事?秦轶若有所思。

快睡,别管那些事。人还得踏踏实实,靠勤劳致富。那些飞着吃的人,迟早会栽跟头。

秦轶感激丈夫。她说,你说得很对,有你在家掌舵,我放心多了。

有啥对不对的,咱就是个老农民,没多少文化,可老先人以农为本不能忘。

老先人的话不能忘,可人家西方的一些先进经验也得学习。秦轶声音很小,几乎是自言自语地说给自己。

十四

第二天早饭后，秦铁在院子的小桌边给小棉辅导数学。秦芹的儿子龙儿骑自行车来了。

小伙子有棱角的方脸，很像他爸郑昊。可不同的是，却留了一头长发，已长过耳梢，虽然分有中缝，但却总是把脸的一半用头发遮着，让人看不清面目。说话时，总喜欢把头一甩，让那搭在脸上的长头发向上扬一扬。他身上穿一件天蓝色花布衬衣，下穿一条九寸裤脚的喇叭裤，长度扫过脚面。

秦铁站起来说，这是龙儿吗？你妈怎么把你打扮成这个样子？

龙儿满不在乎地说，不是我妈，是我自己买的衣服。

小棉赶忙说，小龙这身打扮是今年最流行的，叫喇叭族。

秦铁拉着小龙说，娃呀，我不管族不族，就觉得这样不利索。一个男孩子，穿这么长的宽腿裤，就不怕被车链子给夹住了？

小龙笑着说，姨妈，你们大人都这么不开放。我奶奶骂我打扮得不男不女，还说她以后不买扫帚了，只要我在家里走一遍地就干净了。

惹得大家都笑了。

秦铁问，你爸妈最近咋样？

形势一片大好，他们的工作很忙，我不敢打搅人家。小龙一副玩世不恭的样子。

秦铁生气地说，这孩子，才几年咋变成这样了。

比以前英俊多了，是吗？他嬉皮笑脸地说。

英俊，很酷，不打扮也是个帅男！秦铁也笑了。

谢谢姨妈夸奖。你有事儿先去忙吧，我陪小棉做作业。

好，我给你们弄饭去。

看见姨妈一走，小龙赶紧低声说，小棉姐，上次给你说的事情你愿意吗？

小棉说，我看还行。就怕我妈知道了不同意。小龙说，我也担心这事儿。我们家好办，爸爸忙他的空心砖厂，妈妈的工程正在申报省优。我要钱他们就给，其他事一概不过问。

小棉羡慕地说，你真自由。

小龙一再鼓励小棉，这可是个难得的机会，以你自身的条件，咱完全可以去试试。

小棉有点为难，她说，明年马上要上高中了，我怕耽误学习。

没事,就周六周日两个晚上,不会耽误学习。正说着,秦龙腰里别的传呼机嘀嘀嘀响了,他掏出来一看,忙说,我得先走。

小棉说,急啥呀,吃完饭再走。

秦龙说,不行,我得找地方回个电话。说着又大声喊道,姨妈,我就是过来看看您。您忙,我有事先走了！没等秦铁走出厨房,他已骑上车子一溜烟儿地跑了。

秦铁觉得龙儿今天说话躲躲闪闪,一定有什么事瞒着她,就问小棉,小龙今天来有啥事儿?

小棉嘴一噘,人家说是来看你的,你又来审我。

奶奶嗔怪说,看这女子——

权小顺也说,你妈就问一下,咋叫审你。以后说话要注意点,你都快上高中了。

上了高中我也考不上大学,我没有我哥聪明。

别泄气,还没考咋能说考不上。权小顺鼓励着。

小棉的不上进让秦铁有点窝火,又看到村里的变化,人们都急着想挣钱改变生活,因为过去穷,连起步的资金都没有,甚至想出歪门邪道。虽说不一定能够成功,但像她和小顺这一代人,按部就班,一步一步地拼命实干,要见到效益,的确也太难太慢了。

他们的果园,今年是挂了不少果子,但现在还在树上。何况那年让人砍得只剩下三分之一,就是成熟了,也卖不了几个钱。第二次栽的树苗,还没挂果,村民们一个个等得着急,她也心焦。

回家时还满心高兴,可看到这些烦心的事,心情似乎又沉重起来。

第二天六点多,秦铁骑着自行车朝县城赶,她要赶在八点前签到。

十五

一天上午,秦铁正在办公室看一份文件,老米边喝茶边看一份报纸。突然有人敲门,老米说,请进。

进来的是秦芹。自打秦铁到计委,妹妹还从未来过,今天不知有什么事,竟找来了。

秦铁忙介绍说,这是我妹妹秦芹,在县建筑公司上班。转过头又对秦芹说,这位是米主任。

秦芹穿一件黑灰相间的格子呢短大衣,一条紧身的黑色健美裤,配上一双半高鞠棕色靴子,脖子上随意搭条紫红色长围巾,显得典雅、干练。一看就是个气质不寻常的职业女性。

她身子稍稍向前一倾,和蔼地招呼道,米主任好!米主任眼前一亮,心想,难怪听人说秦铁姐儿俩都是大美人,今天一见,真是名不虚传。他应了一声后,便站起身用公用杯子给客人倒了杯茶水。回头对秦芹说,请坐,我正好有点事,先走了。

秦芹坐定后,秦铁首先问她最近工程怎样。秦芹自豪地说,幼儿园楼已评定为省优工程,证书几天前刚拿到手。现在又参加了毕阳中学教学楼的竞标。

听到妹妹事业顺利,秦铁很高兴,她忽然想到小龙的情况,就说,你把精力用在工程上是好事,但也不能忽视对孩子的教育。上次我见到小龙的那身打扮,担心他和社会上那些不学好的娃混在一起。

秦芹说,不会的。咱们家大人都是正正派派的,咋会有不良影响呢?你说那身打扮,唉,他现在正处在青少年的叛逆期,穿两件流行衣服也不算啥。一个人的好坏不在衣服,而在于思想。

没问题就好,也许是我过分担心了。

别担心他,你还是担心我吧。

你有什么好担心的,这些年在社会上摸爬滚打,比我有经验多了。

光有经验不行,还得有权才行。

你是不是想当县建筑公司的总经理?

姐不是在笑话我吗?说实话,我今天来还真的想借用一下你的权力。

胡说,你姐一个副科级干部,有什么权力?

姐,据目前各方面的情况分析,我拿下毕阳县中学教学楼的可能性很大。因为我把标底报得比较低,这样胜算会大一些。

能中标就好,你们项目部的质量没问题,这是各方面有目共睹的。秦铁夸奖着。

现在是你得搞些计划内钢材?让我把成本降下来。不然很难赚到钱。

啥?计划内钢材,根本不可能。不要说我弄不来,就是能搞来咱也不能这么做。

咋?清正廉洁,大义灭亲,眼看着你妹子亏本?

谁灭亲啦,投标本来是公平竞争,谁让你把标底报得那么低?

不管我咋报,你说,这个忙是帮还是不帮?

我没法帮!现在的计划内钢材,都是年初省上批的,已经分到各个公司,名下有人,让我到哪里去弄?

姐,你——你竟然这样说,想当初别人是怎样帮助你的,我们冒着多大的风险?

芹,我一辈子都不会忘记你们的恩德。可这和目前的事是两码事。

秦芹说,据我所知,我们单位第七项目部吴经理就是通过他姐夫搞到的计划内钢材,一吨比我们买的少几百元钱呢。

吴经理他姐夫能搞,不一定你姐就能搞。

我看你就是脑袋僵化!你能不能找找市计委,看他们有没有预留的指标?秦芹坚持着。

秦芹,你姐没有僵化,我永远不会忘记你的救命之恩。正因为这一点,我才十分珍惜我的生命和工作。我要在有限的时间内,用我全部的精力来报答社会,报答救过我的人。

看到姐姐如此激动,秦芹一时没了话,正想起身出门,突然桌子上的电话铃响了。秦铁忙拿起话筒说,计委,你找谁?那边问,你是秦铁吗?答,是我。

权小棉和郑秦龙是你什么人?

得到回答,那边说,请你赶快到思源派出所来一下吧。

秦铁吃惊地撂下电话。

秦芹忙问,什么事?小棉和小龙怎么啦?

快,到派出所就知道了。

秦铁忙穿上外套,拿上围巾往外走。出了政府大门,秦芹用摩托车带上姐姐,直

奔思源派出所。

面前的情景让两人吃了一惊。

小龙手里提着破成两半的吉他垂头丧气地站在警察面前。他的长头发遮住了半边脸,露在外边的左眼周围已成青色。小棉双手搭在胸前,战战兢兢地站在小龙身边。令人诧异的是,她今天的打扮竟是这样:平时的马尾被高高地盘在头顶,配一个粉色带花边的头花,身上穿件红丝绒旗袍,格子呢短大衣披在身上,不住地发抖。一经描眉画眼,猛地一看,好像十七八岁的大姑娘。哪里还有十四五岁中学生的样子。二人一见母亲站在面前,赶紧低下头。经问方知,原来小龙背着家里,叫上小棉常常到镇上和县里的歌厅卖唱。有时赚个五六十,好了一次能赚一百多元。每次小龙都对奶奶说,是到姨妈家去玩,或者说是到妈妈工地体验生活。这样晚上不回家,奶奶也就不追问了。同样,小棉对爸爸和奶奶也说到姨家和小龙讨论学习。

昨天下午,小龙的传呼机上有一个伙伴的留言:珊瑚岛,晚七点。

小龙爱乐器,十岁时就到吉他班去学习。平时周日两小时,寒暑假集中学习。所以现在吉他弹得很不错。小棉虽不爱学数理化,可是有妈妈的遗传基因,从小歌唱得不错。到了古陵中学经常在全校歌咏比赛中拿名次。

20 世纪 80 年代初,在北方人的思想还未完全开放的时候,南方人开始进入毕阳,在火车站附近开办了一家歌舞厅。这一新生事物的出现,立刻引起轰动,白天晚上,场场爆满。乐队用的全是西洋乐器,包括架子鼓等。演唱者多为青少年,以女演员为主,穿着奇装异服,甚至还出现"三点式"。演唱形式一反民族传统,有通俗唱法,也有摇滚乐等。这些深为青年男女所喜爱,他们好像着了魔一样。对于这个新生事物,尽管也有人反对,认为这是靡靡之音,对一些演员的穿着不能接受,要求政府取缔和禁止。但有关部门对此事经过调研,觉得这是民间文艺团体,经过注册登记,没有反动淫秽歌词,不是颓废消极,所以不能取缔。这一结论的得出,让当地人有了信心,纷纷效仿。一时间,各种名字的歌舞厅,如黑森林、红河谷、碧浪等像雨后春笋一样在毕阳的各区各县迅速兴起。有的领导还将此作为拉动经济发展、促进消费的重要手段,把带嘉宾进歌厅当作最上档次的一项招待。这种情况,大大地吸引了年轻人,于是就有一些年轻的歌手在自己乐队的伴奏下走进歌厅。

小龙和小棉去过几次,不但没有被家里发现,而且也赚了几百元钱。这件旗袍就是花一百多元买的。

昨天下午看见传呼机上的留言，小龙赶紧骑车子带上小棉准时赶到珊瑚岛歌厅。不一会儿就有了生意。歌厅里一下子就进来七八个青年，他们全都是一式的打扮。长头发，黑色喇叭裤，上身红毛衣。虽然冻得直打战，可是没一个穿外套的，全都一个样。

他们进来时，小棉正在拿话筒唱《小芳》这首歌。几个人一见，眼睛就直了。小姑娘嗓音甜美，身材姣好，让这帮人马上来了兴趣。于是要了果盘、啤酒分坐在两张小圆桌周围欣赏。这一曲刚刚唱完，就有人打起呼哨。

一个长得又黑又粗的中等个儿的小伙子说，小姑娘虽然肤色不太亮白，可是这眼睛、身材却十分性感，耐看。于是就点了一支《纤夫的爱》，声言他要上去与小棉一起唱。于是一片掌声。

这小伙子粗喉咙大嗓门，曲调唱得倒也正经，可就是人不太地道。一会儿把小棉撞一下，一会儿又绕着她转一圈，当唱到“让我亲个够——”时，这小子干脆不唱了，当众抱着小棉狂吻起来。

小棉一边挣扎，一边大叫。正在用吉他伴奏的小龙一看急了，拿着吉他就朝那小子头上砸。于是坐着的一群喇叭裤都起来了，又一窝蜂地朝小龙脚踢拳打，小龙的哥们儿也拥过来，顿时乱作一团。

歌厅老板一时很难控制局面，忙拨了110，警察很快就赶来了。

那小伙子被打得头破血流，当即送到医院。小龙虽也被打得鼻青脸肿，但伤势较轻，又是他先动的手，只得把身上现有的三百元钱交给那伙人先给伤者治病，自己被带到了派出所。

他和小棉被带到派出所，警察让家长来。二人死活不说家长姓名。小龙说，我是男子汉，我打人我承担，与家人无关。小棉怕家里知道后妈妈批评她，更是闭口不言。两个人都答应第二天再拿钱给人家看病。就这么耗到天明仍不说家长姓名。

警察说，不说可以，你们就别离开，我们找学校去。小棉怕学校老师同学知道，实在扛不过去才说了母亲单位的电话。

秦轶姐儿俩万万没想到两个孩子会到歌厅唱歌，而且还打了人。她们又气又悔恨自己放松对孩子的管教。祸已经闯下了，她们对警察道了谢，就要带俩孩子走。

根据《治安管理条例》，小龙用器械故意伤害他人，须得拘留数日，以对其教育。秦芹哭着请求放了小龙，说是回家后严加管教。警察不答应。秦轶劝妹妹说，让他在里边受受教育。

然后姐妹二人又一起到医院去看伤者。还好,这小伙子虽被打破头皮,流了血,但从CT片子看,并没有脑内损伤。秦轶姐儿俩一再向伤者及家属道歉,最后留下钱和电话号码。

她们把小棉带回家。一路上批评教育。小棉哭着说,小龙带她来唱歌,是想减轻家里负担。现在人们都在做生意,他们是学生,只能利用周六、周日和假期在歌厅唱唱歌,又不是做坏事。

秦芹说,还说没做坏事,把人打伤,就是坏事!

小棉说,小姨你不要怪小龙,他是为保护我才打人的。何况,那人就是坏嘛。要不让警察放了小龙,我去替他受罚。

行了,别胡闹!警察是你舅舅?听你的?

秦芹今天来求姐姐办事未成,又碰上这事,真是窝火。儿子从小什么亏都没吃过,现在却要在拘留所待几天。她的心情真是坏极了,满肚子的火不知该向谁发。

她急忙骑上摩托车往回赶。回到村子,没进家门先到空心砖厂。见到郑昊,劈头盖脸就骂,你是死人,让你管龙儿,孩子现在在哪儿?

郑昊一见这阵势,知道出事了。吃惊地问,龙儿不是在学校吗,他出什么事了?

在个鬼!快到看守所找儿子吧!秦芹说着竟呜呜地哭了起来。

郑昊这会儿顾不得问原委,先拿条毛巾递给秦芹,再用杯子倒水。

秦芹现在是他们家的领导,一把手。改革开放以来,盖了几栋楼,让他们家的生活起了很大的变化,成了村里的首富。乡党见了都敬她三分,家里人更是事事体贴她、让她,难怪现在脾气见长,动不动就训郑昊。

听完秦芹说的经过,郑昊哎了一声说,不该让他学吉他。不好好上学,整天背着那个破家伙,这儿弹那儿弹地去闯祸。

秦芹说,学吉他有什么不对,多一项技能多条谋生的路。关键是你得管着他,“子不教,父之过”,得对他操点心。

这孩子大了,爷爷奶奶也管不住,我也有工作,总不能整天把他拴在裤带上。

难道就没有办法,让他一直这样下去?

领导,你说咋办?

秦芹扑哧一声笑了。她知道龙儿这样与她自己也有很大关系。现如今的孩子,有几个爷爷奶奶能管得住的？自己平时很少过问他的事情，见面就给钱。她训郑昊，不过也就是出出气。这会儿语气又缓和了许多。她说，这事看着是坏事，其实也给咱们敲了一个警钟。幸亏没酿成大祸，现在要紧的是得把他管严一点。

这天晚上，秦芹没有到项目部去。为了不让老人担心，她对公婆说，小龙最近复习功课，过几天再回家。

晚上，关于对小龙的管教，夫妻俩说了很多。生活富裕了，但新生活带来了新的烦恼，打破了原来平静有序的日子。夫妻二人都忙着各自的事情，有时好多天见不了一面，心里只装着提高效益多挣钱。对于儿子也很少陪伴，更无法了解他们的心理需求。直到今天惹了祸，才让他们暂时放下工作，好好在家待上一晚。虽然秦芹也吵了，闹了，但俩人在一起时，却久别如新婚，重新体验了以前的那种甜蜜。

这边秦轶下午也没有上班。她将小棉带回家，对丈夫和婆婆如实讲述了小棉和小龙闯的祸。母子俩听了大吃一惊，特别是权小顺又是一个劲儿地自责，说他对小棉关心不够。他说，学习中的疑难问题自己解决不了，但起码也得关心生活中的问题。冯婶则不停地问，小龙在那边怎么样？他们会不会打孩子，能不能吃得饱？她又心疼小棉说，看我娃可怜的，这么小年纪就知道出去挣钱，还受人欺侮，都怪你爸没本事，如果咱家有钱，也用不着小棉操心。说着说着，她还一把鼻涕一把泪的。

秦轶劝婆婆，妈，您别难过，歌唱得好不是坏事。但小棉的任务是学习，不是挣钱，挣钱有我和她爸。

小棉这次闯了祸，自知理亏，不像以前那样快嘴快舌，无理也要辩三分。她站在奶奶和爸爸面前，泪眼汪汪的，噘着小嘴，小声说，我和我哥上学都要花钱，咱们的果园还没有卖下钱，我就想悄悄挣点钱嘛！

秦轶把小棉的包拿过来，取出那件红丝绒旗袍让权小顺锁进柜子。她对小棉说，一个中学生，穿着要朴实，学习要踏实。现在别操心家里的经济，等你学业有成，再孝敬奶奶爸爸不迟。下午让爸爸送你到学校去，不能随便逃学。更不能再去歌厅。那地方，不适合你们小孩子去。小棉点点头。

这件事让秦轶想起来真有点后怕。最近歌厅里出现的事故不少，甚至还有凶杀案件。她庆幸孩子还没有陷得太深，幸亏因打架而让家里知晓。否则，她这个做母亲的会后悔一辈子。她深知自己对女儿疏于管教，没有负起应尽的责任，心中十分愧疚。

十六

自从上次在歌厅发生了打架事件后,小棉和小龙都受到了很大教育。之后,再也不敢背着老师和家里人去歌厅唱歌挣钱了。但毕竟有原来的影响,期末考试两人的成绩都不好。小龙两门不及格,小棉除物理不及格外,其他科目成绩也不太好。

秦铁姐儿俩非常着急,再过一学期就要升高中了。如果这半年抓不起来,到时上不了高中麻烦就大了。这么小,待在家里能干啥?

放寒假后,秦芹想让小龙到学校去补课,郑昊不同意,怕这小子不上课又到别处去玩。留在家里吧,学习疑难又无法解决。二人一时犯了难,想不出好办法。

这边的小棉也面临同样的问题。幸好,接到梦岗电话,说他过一天就要回毕阳,今年要和家人一起过年。

这让秦铁很高兴。梦岗这孩子,从小学习自觉,没让大人操过心。上大学几年了,只有在暑假回来过两次,在家也就待十天左右,寒假从不回来。他说,时间短,还要花路费,不如在校学习。

今年却说要回毕阳过年,当然所有人都高兴。根据他提供的车次,秦铁这天早早就到火车站去等候。两点多,她在出站口抻着脖子,瞅着每位出站的旅客。差不多人都走完了,才看到梦岗。怎么搞的,带这么多东西?他的肩上背着一个帆布包,手里还拎着一个彩条布做的旅行包。到出站口时,工作人员要给他称行李重量。这时后边一位六十来岁的老太太说,这包是我的,我一时头昏,这小伙子就帮我拿着包,还扶着我,耽误了他的出站。

工作人员听了,查了票对二人放行。

秦铁看到儿子的行为,很是欣慰。出站后,母子二人又为老太太叫了辆三轮车,扶她上车,帮着把行李放到车上,然后才放心地离去。

一进家门,奶奶,爸爸一下子围上来问长问短。妹妹小棉更是高兴地跑来跑去。特别是奶奶,她一直拉着岗儿的手,双手捂着,嘴里不断地说,看我娃心疼的,都长这么高了。手都冻冰了,快到奶奶炕上暖暖。唉!可怜的。

梦岗笑着说,不可怜。奶奶,我都二十多了,成大人了。奶奶又笑了,笑得眼泪都出来了。她说,噢,噢!成大人了,奶奶想摸一下头都够不着了。

梦岗就弯下腰说，奶奶你摸吧！

全家人都笑了。

这时梦岗就把背包放在小桌上，一件一件往外掏东西。先拿出四个捆在一摞的漂亮的纸盒，说这是北京果脯。又掏出一顶黑平绒老婆帽，说是给奶奶买的，奶奶冬天怕冷。接着又掏出一双黑色布鞋送给爸爸，说这是有名的北京布鞋，穿上舒服。权小顺接过来，高兴地说，好，好，我今年过年就穿上，到外面显摆去。小棉看着看着忍不住了问，给我买的啥？快拿出来！梦岗却一本正经地说，呀！咋就忘了给小棉买东西呢？这时，小棉两个拳头就去捶哥哥的背。梦岗说，变变变。突然，手伸到背包偏旁一个兜里，拿出一个漂亮的毛线帽，上边还有两个鲜艳的绒球。举着喊，这是给谁的呀，难道没人要呀？小棉一跳抓到手就跑，赶紧到妈妈房里的镜子前去照。这时梦岗手里又提着一个编织精美的红绳，下面拴着一个洁白如玉的小兔子喊道，小棉，你出来，看看这个戴在你的脖子上漂不漂亮。小棉跑出来一看，眼珠子都快飞出来了，一把夺过去喊，这是我的属相。马上给了哥哥一个飞吻。

全家人一起开怀大笑。

最后，梦岗拿出一个包装精美的服装袋递给妈妈。他淡淡地说，妈你先放着，是件衬衣，夏天穿的。

从衣袋透明的一侧，秦轶看见上边印着“高级真丝女装”的字样，衣服颜色是水红色的，特别艳，她心里一紧，想，这是岗儿买的吗？但出口时却说，这颜色，妈能穿吗？

当着全家人的面，梦岗说，我看见一个模特穿着这件衣服，特别好看，就买下了。

你这孩子，妈都四十多岁了，咋能和模特比？

妈，你知道吗？四十多岁的女人最有魅力，是一个女人真正的青春。这衣服特别适合你。

奶奶也说，不管咋样，是娃的一份心意。把每一个人都想到了，不知道得花多少钱呀！

梦岗笑着说，奶奶别担心，没花多少钱。我星期天和假期给人家打工，挣了一些钱，给家人买点东西是应该的。

奶奶非常紧张，问，是不是到歌厅去唱歌？小棉听了脸唰一下红了。

梦岗说，不是，唱歌不是我的强项，我是给人家当家教。看到奶奶不明白的样子，他又说，就是给人家孩子辅导功课。

秦铁一听兴奋地说,太好了,那么这个寒假你就在咱家做家教吧。

吃完饭,秦铁就打发小顺到郑村去通知小龙,让他假期来这里,叫梦岗给辅导功课。

晚上,问到梦岗在北大的学习情况,他告诉妈妈,他很幸运。梦岗所在的物理系,是集原北大、清华、燕大三校物理精英合并而成的北京大学物理系。这里聚集着许多中国物理界的领袖人物,为国家培养出了大批优秀人才。梦岗说得很激动,秦铁看得出,这孩子的胸中装着国家的科学和发展,他崇敬的是那些为国家做出贡献的杰出人物。她庆幸,梦岗这孩子已经成熟了,是个有出息的好青年。

权小顺还没回家,秦铁很想问梦岗是不是见过他的父亲,可是开不了口,怕权小顺产生误会。在上北京前,她已叮咛过儿子不要去找罗晓岗。现在也不好问。

这时,她拿出那件真丝衬衣来看,虽然颜色比自己平时穿的衣服艳丽,但的确很好看,质地不错。这是一件比较时尚的休闲款,她估计至少在二百元左右,梦岗不可能买。他给爸爸、奶奶和妹妹也就花十几元买个礼物,怎么能下手买这么贵的东西?于是她看着儿子的脸问,说实话,这件衣服哪儿来的?

对母亲,梦岗已不想隐瞒,就说,是父亲买的。

秦铁问,你见到他啦?

梦岗点点头说,是权爸爸给我的地址。妈,这里还有一封信。他从衣兜里取出一封信交给母亲。

秦铁一看信封上熟悉的笔迹,心跳就不由得加快。她不知道他能写些什么,又怕他会写些什么,很想马上打开,又没有立即打开,只是怔怔地拿在手中。梦岗看到母亲矛盾的神情,懂事地说,妈,我还有些东西要整理,先过去了。说完就离开,回到自己房间去了。

儿子走后,秦铁撕开信封,急切地看着。信写得不长,两页纸都没写满。第一页写的完全是对冯婶和权小顺的问候,对他们抚养岗儿的感激,以及他自己未尽父亲之责的愧疚。第二页才提到对秦铁这些年的努力和取得的成绩,表示高兴和祝贺,还有对她培养岗儿的感激。整个信的内容,并没有让她担心和心跳的话语,秦铁甚至有些失望。

她不甘心,拿起来又读了一遍。这一次,最后的几句话却忽然让她心动:

那天和岗儿在街上看到这件衣服，他说好看，我也觉得适合你，我们就买下了，不知你喜不喜欢。

时代变了，我们都应该与时俱进，接受一些现代化的元素。希望你能像它一样，随风飘扬。

秦铁反复读着这两句话，深深体会到罗晓岗在看似随意的话语中，却表达了对自己的关心、惦念和寄予的厚望。她读懂了他没有写在纸上的心愿：让她丢掉过去长期积淀的沉重包袱，趁着改革开放的春风，发挥自己的潜力，为时代、为国家做出应有的贡献，实现自己的人生价值。他更希望自己的生活，能像这件红绸衫一样飘扬起来，光彩照人。她知道，他虽然不在自己身边，却一直在远处遥望着她。

秦铁原本不想让权小顺知道这衣服是罗晓岗买的，但看了信以后，她决定将信交给权小顺。他应该知道罗晓岗对全家的一番谢意和问候。最后她还是将衣服叠好装进袋子，认真地放到柜子里，连那份特别的心意也一起封存起来。

第二天一早，小龙背着书包就来了。他很高兴到姨妈家来。不但能听梦岗哥哥的辅导，还能听他讲北京的有趣事儿。学习累了，还能和小棉一起唱歌。

这次来，小龙的长发已经剪成小平头，穿着棉夹克，喇叭裤也换成了一条牛仔裤，精神多了。

在谈论如何复习功课时，秦铁回忆自己在上初中时，化学梁老师在总复习时给同学们画的一个桃子，桃子的把上写着单质，两旁的桃叶上分别写着金属和非金属，再往上分别是碱性氧化物和酸性氧化物，再往上画出桃子的轮廓，左右轮廓线上分别标着碱和酸，最上边交会处酸碱中和就是盐。顺着这个图，重点给学生讲物质的化学性质及化学反应方程式。非常生动、清晰、好记。她如法炮制，给小龙和小棉也画了一个桃子说，你们吃下这颗桃子，把它消化了，初中化学就学好了。

小龙一听，兴趣果然来了，说，原来化学并不难学。他马上从书包掏出好几本练习册，都是初中数理化练习题。他说，这些都是我妈买的，可我一翻开就头痛，不会做。

梦岗一看说，咱先不管这些，把这些头痛的练习题放在一边。我看你们初中物理、化学的重要知识点就那么一二十个。咱们花几天时间，把它们先弄懂、记熟，再去看那些练习题，保准你看一个会一个。

小龙说，哥呀，你当时在学校是不是就用的这个方法学的？

梦岗说，是呀，所以我就不头痛。

小棉自豪地说，所以哥才能考上北大。刚说完嘴又一噘，可是哥本来就聪明嘛，人家都说女生比男生笨，我要是学不会咋办？

梦岗捏一下小棉的鼻子说，小棉是个小精猴，没有你学不会的东西，就看你用心不用心。

和你在一起，我一定用心。她攥起小拳头。

那你一定比男生学得好！小龙鼓励小棉。

梦岗说，我相信你们的成绩都会提高。我今天出一份题测试一下，如果你们的成绩提高了，如何报答我？

小龙说，请你到羊肉泡馍馆撮一顿。

小棉说，我给你钩一个钱包，你当家教挣了钱就装在里边。

梦岗说，这些都不要，我要小棉唱支她最拿手的歌，小龙吉他伴奏。

二人同时欢呼，太好了！太美了！

这个寒假，几个孩子过得最开心，最快乐。梦岗以他在北京做家教的经验，让小龙小棉轻松地提高了学习成绩，解决了学习中的难点，两家大人既放心又高兴。

初五这天，秦芹和郑昊带小龙来拜年。烟酒、点心、水果不必说，还给梦岗一千元。

梦岗说啥也不收。小姨说，这不是给你的家教费，是龙儿攒的私房钱。他说他从今以后不再乱花钱，要向哥哥学习。

梦岗说，小姨这是借口，向我学习，就好好学习吧，还给钱干什么？

小龙这时从妈妈手里接过钱，走到梦岗跟前郑重地说，哥，这次你给我们辅导功课虽然只有十来天，可是我学到了方法，有了信心。那天我说过，我一定要考上高中，考上大学。

梦岗说，对呀。应该有这样的信心。

小龙说，那天你还说了，要考不上呢？咱打赌。

梦岗说，我是在激你。其实只要你努力就好了。

小龙说，不，我今天就要正式和你打赌，就赌一千元。我要考上大学，这一千元你给我。如果考不上，钱归你。

几个大人都说，小龙有这个决心很好，劝梦岗收下，权当是对弟弟诺言的监督。

大家说说笑笑，中午秦铁姐儿俩和冯婶一起做了一桌子饭菜，两家八口人吃得高高兴兴。还没吃完，小龙突然放下碗筷，抱出他的吉他说，为了答谢各位长辈的养育之恩，答谢梦岗哥哥辅导有方，我和小棉给大家表演一个节目。话音一落，掌声一片。

小龙将吉他上的宽带子往身上一挂，眼睛似闭非闭地弹奏起来。小棉忙跑进房子，取出哥哥买的毛线帽戴在头上，身子随着节奏一晃一晃，唱起《小芳》这首歌。她的嗓音洪亮、圆润，节奏感强，表演天真自然，的确像歌词中的小芳姑娘。俩人，一个伴奏得有模有样，一个唱得有板有眼，听得几个大人连饭都不吃了，干脆放下筷子欣赏。当唱完第一首歌时，所有人都给了掌声。

奶奶忙端出一杯水递给小棉说，哟，我娃咋唱得这么好听的，和电影上那些人一样。快喝点水，别把嗓子打了。

梦岗说，没看得出，我妹子的演唱水平真不错呀！高中毕业也可以报考艺术院校嘛。

秦轶说，你看龙儿那架势，还真像个专业演奏家。

之后，两个人又唱了几首歌，大家赞扬归赞扬，可最后一致都说，现在好好读书，考大学才是正路。

秦芹这次来还想和姐姐说计划内钢材的事，可是看到大家都在关注小龙和小棉，话到嘴边又咽了回去。心想，下次找她单独谈，一定要说服姐姐，权力不用，过期作废。

十七

春天来了,最早报春的是一簇簇一丛丛嫩黄色的迎春花,它们与路边随风摆动的柳枝和一片片绿油油的麦田把毕阳原点缀成一幅美丽的风景画。

这个春天是一个温暖的春天,让人思绪激荡的春天,万物像雨后春笋一样狂长的春天,但对秦铁而言却孕育着是非与灾祸。

秦芹今天心情特别好,春节前烫的头发,经过一两次修剪后既能随便梳成各种自然的发型,又无矫揉造作之嫌。她今天穿件橡皮红开襟毛衣,下配一条黑色“哥弟”牌裙子,脚蹬一双米色浅口四季皮鞋。座驾已由小木兰换成深红色大踏板摩托车。这天她骑着大踏板潇潇洒洒地进了县政府大门。

三月初,毕阳中学教学楼工程揭了标,秦芹投的项目顺利中标。虽然这楼不算太大,是个一般工程,但比起以往她干过的面积还算可以。所以秦芹非常高兴。上次让姐姐搞钢材,没有弄成。最近她得到一个确切消息,县物资局把一批计划内钢材,略微加价卖给几个项目部。虽说每吨钢材比原进价高出几百元,但比市场上的价格还便宜四五百元。她今天来找姐姐,想抓住这个机会买点便宜钢材。谁知到了办公室一问,方知姐姐最近到省上去参加一个什么培训班学习,不在县上。

秦芹觉得好晦气,自己的运气咋就这么差!姐姐迟不学习早不学习,偏偏这个时候去省上。她十分沮丧地和米主任告别。米主任看她焦急的样子,便问秦芹有什么事。秦芹照实说了。米主任一听,秦芹的确有困难,出于好意,就说,既然物资局能给别人,那我写个条子,你拿去试试,看看能不能给你解决一些。等你姐回来怕来不及了。

秦芹当然巴不得能搞到手。拿了米主任的手令,千谢万谢后,驱车来到县物资局。

一见面,竟然还是熟人。秦芹当年给县物资局修房时,就是这位孟局长发话给她们奖励一百元的。孟局长已经是老资格了,一看条子,就说,原来秦主任是你姐姐。于是客客气气顺利地把事办了。

拿到孟局长的批条,秦芹有了底气。在往回走的路上,她在心里感谢米主任,也感谢孟局长。又庆幸自己运气好,遇见了贵人。心想,姐姐今天没在倒好,她这人太直,如果在,说不定这事还办不成。

秦芹自信地加了一把油，大踏板飞快地跑起来。她觉得自己不是坐在摩托上，而是坐在飞机上。

十几天的培训结束了，就在秦铁回到单位的当天下午，省影视制作中心有人来找她。一个身穿灰色毛衫，套件军绿色马甲的中年男子，自称是影视中心的编剧。他的头发很长，就像小龙当时的发型，只不过没遮住眼睛。他的马甲至少有六个兜，上边两个小兜，下边两个大兜，大兜上分别再缝两个小兜。她不知这么多兜用来装什么，心想洗都不好洗。

编剧可不管她咋想，从大兜里掏出一个本子，小兜里掏出一个蓝色碳素笔，开口直爽地说，你就是小说《大难不死》的作者？我们上次来，听说你今天回单位，跟脚就来了。

秦铁泡了茶放在他的面前说，有什么事，您请说吧。

编剧说，我们想把你的小说改编成电影，由我省著名导演吴老执导。如果你同意，请在授权书上签字。另外，影片的名字想改成《呼唤》。因为小说从头到尾都在向社会、向人们发出正义的呼唤，良知的呼唤。即便在亡命途中，主人公心中还在追求美，还有对美好生活的向往。所以她才能在上了断头台以后，得到众多好心人的拼力相救，大难不死。不知这个想法你能否同意？

秦铁听后，深情地点点头说，好，好！没有犹豫，她便在这份已经拟好了的合同或者叫授权书上签了字。

编剧走后，她想了很多。没料到自己的这篇处女作能受到社会上这么多人的关注。她想，虽说自己是个文学爱好者，但毕竟在这行是新手，没有什么经验，更谈不上技巧。或许因自己所反映的内容真实，才能打动人心，让人们感到震撼。真实是重要的，但更重要的是她再现真实的同时还形象地表达了作者对现实的认识、态度和情感。而恰恰是这些，给了经历过那段历史的人们以积极的启发，引起共鸣；为未曾经历过的人们提供了一个认识那段历史的蓝本。特别是作品中的主人公对正义的期盼和对良知的声声呼唤，用时下的用语来说，就是对社会释放出正能量。

不管怎么说，这篇小说，注定会搬上银幕的。

秦铁又一次感慨，时代进步了，禁锢被一次次打破。她真正享受到了“出版自由”“平等参与”的民主权利。

这正是她和许多人，几十年前就追求和渴望的生存状态和生活环境。她好感

动，庆幸自己大难不死，赶上了这个好时代。

这个周六一定得回家。不光是到省上学习了十多天，最主要的是清明节到了，她得给父母去上坟。

“清明时节雨纷纷，路上行人欲断魂。”过去，特别是自己逃亡东北的那些年，每到清明这个中华民族的传统祭祖日，每家的儿女都会到自己祖先的坟上去祭奠和扫墓。可她却不能，她只能在心里默默地祈祷。没有别的祭奠办法，就只能流泪，她自己本就是一个沦落天涯的断肠人呀。

时过境迁，她能在清明这天带着孩子给父母上坟，阳光灿烂，心情也比较舒畅。小棉这孩子，每次上坟时，还要在地里挖点野菜，掐几朵菜子花。她总是蹦蹦跳跳，说清明节真好，给姥姥、姥爷上坟还能踏青。

这个周日，小棉和同学一起去华山，权小顺主动要求陪秦轶一起去上坟。

二人来到秦家庄公墓，权小顺从一个塑料袋里掏出一沓打了铜钱眼儿的黄纸和几张冥币划着火柴就烧。秦轶拿出那本登着自己作品的刊物，站在父母的坟前说，爸妈，我要告诉你们，我几十年前的读书愿望实现了。现在大学毕业了，有了工作，我写的一篇作品也发表了，如今还有人要拍电影。

权小顺一边用树枝拨着燃烧的纸钱，一边听着。此时，突然站起来问，什么？你写的小说发表了，还要拍电影？这么大的事咋没听你对家里人讲，也不让我们高兴高兴！

秦轶淡淡地说，就是一篇小说，有啥值得说的。可是父母不一样，我上学时作文得了优，他们都高兴半天呢。

权小顺说，现在不一样，你的作品不是得了优，而是要拍电影哩！

秦轶说，所以我今天特意来告诉他们。正说着，风把一股清香送进他们的鼻子。秦轶一瞅，原来是身边的那棵洋槐树。它是十几年前，秦芹他们堆空坟时，权小顺特意栽的。这棵树树冠已经很大了，弥漫着洋槐花香。现在正是洋槐花开放的季节。秦轶感激芹妹和运哥当年为掩人耳目在这里堆了座空坟，让自己逃到东北得以喘息。她更感激不知情的权小顺，以为她真的被埋在里边，竟然还悄悄地在这里栽了自己喜欢的洋槐树。她感激地说，这树真好，这么多年了，花儿还这么香。

权小顺也想起以前那么多事，就说，这树开的花本来就香，只要它不倒，就永远是香的。

秦铁点点头。

烧完了纸，权小顺说要领秦铁去看一样东西。

他们来到一大片麦田边，权小顺问，你看看，咱队的这一片麦地和路南的麦田有啥不同？

秦铁惊奇地说，嘿！你可真行呀。咱们这地里是不是泼了油？

权小顺自豪地说，你还是在外边工作的人，对目前的高科技都不了解。

什么高科技，不就是多上些化肥吗？又一看，说，不对，这块地和路南的那块地麦子的品种好像不一样。麦秆粗，叶子宽。

对，对！你还真有眼力，关键是品种不同。

该不是“超大穗”吧？

哎呀！媳妇，你太行了，你怎么就能认出这是“超大穗”呢？

我怎么不认识！去年国家领导人来咱县视察，还看过超大穗呢。

太好了！今年咱就等着卖钱吧。权小顺很高兴。

卖钱？这个品种还在试验阶段，不太稳定。秦铁觉得丈夫太过乐观了。

权小顺说，稳定不稳定咱先别管，你没听说过，任何一个新品种的研发开始都是有风险的，只有走在前边的人才能赚。

你呀！看到权小顺的高兴劲儿，秦铁不想给他泼凉水。但她知道，今年这片地的麦种子的价钱，肯定比普通麦种价钱高出几十倍。

一路上，权小顺脸上洋溢着止不住的兴奋，他已经开始想象着夏收后，攥着一沓票子拿回家里的喜悦。

秦铁却高兴不起来，觉得前途未卜。她知道任何一项试验都不是那么容易，得通过反复的试验才能成功。

十八

春天总是这么蓬蓬勃勃，万物在天地间生长，希望在人们心中膨胀。还没弄清有些事的原委，春天就忽地一下子过去了。

夏天已经到了，真的到了。小棉嘟囔着，她那漂亮的花毛衣还没穿几天，就要换上单衣了。

权小顺整天在那片种着超大穗的地里转。又黑又绿的叶子，又粗又壮的秆子，撑着又长又大的麦穗。它们好像要到前线去征战的士兵，雄赳赳，气昂昂，一天一个样。权小顺看在眼里，喜在心里，他总算给村民办了件好事。他只要走到地边就看不够，甚至不愿意麦子黄，想把这振奋人心的壮观景象多看几天。心想，瞧这阵势，今年的产量绝对比普通品种多收两到三成。产量莫要说起，等把这些麦子当种子，以高出普通麦子几十倍的价钱卖了，哪家不得收入十多万元？想到这里，他吓了一跳。这么多钱，以前谁见过呀！每天晚上，他都拿笔在纸上算。一亩地一千斤，五亩地可产五千斤。如果一亩地能产一千二百斤，五亩地就能产六千斤。一斤麦种卖二三十元，按最低价算，六千斤也能卖十二万元。十二万呀！谁还敢说咱农民穷？照这样子，给个县长也不当！

权小顺就这样想着算着，算着想着，一天天麦子就黄了。和他一起种超大穗的几户人家也都高兴得合不上嘴。他们各自做着自己的美梦。见到权小顺时，总是笑嘻嘻地感谢个不停，感谢他把自己带到了致富的正道上。

权小顺心想，别急，咱农村是个广阔的天地，来钱的路子多着呢。除了超大穗，咱们的果园今年也要丰收了，就等着数钱吧。

想着想着，这麦子就黄了。先是那些旱地的，自然产量最低。接下来是普通品种的麦子，虽说往年刮风下雨怕倒伏，可是今年风调雨顺，产量也不低，亩产可达五六百斤。而预测亩产千斤以上的超大穗却迟迟开不了镰。急得这些人天天晌晌蹲在地头看，恨不得烧把火给麦子烤烤。揪心揪肺地熬过大约一周时间，终于可以开镰了。这些人家都不用钐子，麦秆太粗，钐不动，全部用镰割，小心得一穗一粒不敢丢。不错，各家的产量平均都在千斤以上。权小顺家五亩多地就打了近六千斤。人们把这些宝贝麦子晒干放好，等着卖个好价钱。

可是一个多月过去了,却无人问津。权小顺着急了,去问供给他们种子的老魏,老魏只是让他等待,说山东河南客人一到他就领去。

又一个月过去了,权小顺又去找老魏,说,我看这事有些悬,周围的乡党也没见动静么。

老魏却说,没动静不奇怪,咱们这里的人一贯保守,没有风险意识,干啥事都前怕老虎后怕狼,㞞事都干不成。

权小顺急了,他求老魏,你快给山东河南的客商打电话吧！电话费我出。我们村二十多户人家,可是听了你的承诺才种的这超大穗呀！

老魏抽着烟说,别急,离种麦还有一月呢。

九月一日开学了,学生们都上学去了,还不见老魏的消息。种了超大穗的农户,个个像热锅上的蚂蚁,天天来找权小顺。

这个周六,秦轶刚回到家,自行车还没放稳,就见铁牛领着几个人冲进来,直吼,权小顺！你出来！

秦轶忙迎上前,啥事？先坐下再说嘛。

铁牛大喊,坐啥？如今还坐得住吗！

听到喊声,权小顺已经从房间走出来,他走到铁牛跟前说,别急,你听我说——

还没等他说出口,旁边一个壮汉就给了他一拳,这拳刚好打在权小顺的胸口上,他打了个趔趄,被秦轶一下子扶住了。另一个一手叉腰,一手指着权小顺骂,老实说,你吃了老魏多少回扣？日弄我们大家掏高价买种子、买化肥,如今堆了一屋子的麦,一斤也卖不出去,你说咋办？

铁牛说,咋办？咱们现在把麦全拉到这儿来,按斤两,让权小顺付钱！别当我们都是瓷㞞闷种,由你当猴耍。

权小顺一手捂着胸口,气得说,铁牛,你——

秦轶瞅着铁牛问,他当时答应包销你的麦子？

铁牛支吾着,他介绍我们种超大穗。

秦轶又问,是他强迫你买的麦种？

权小顺说,当时听说老魏种超大穗发了,他们都鼓动我去联系种子。那天买种子时,大家都去了,也看见山东河南的客商要买。老魏只给他们少量的,说要照顾扶持当地老乡。山东客说,这么好的麦子,我们明年要种上万亩。河南客说,明年你们

可一定要给我留下种子。

外号黄毛的青年说，这两个是不是老魏雇的托儿？

壮汉说，不像，明明看见他们付了钱，背着种子走的。

铁牛还想找权小顺的麻达，他说，如果他是老魏的托儿呢？嘴朝权小顺努了努。黄毛说，他家的几千斤麦子不是还放在这儿吗？

秦轶走过去，解开两个袋子，抓出麦子让大家看。她说，这事的确让人着急，但小顺为什么要骗大家呢？如果谁发现我们今年卖了哪怕一斤超大穗的种子，你们的损失我们全部赔偿。

这时，来的人你看我，我看你，一时无语。

秦轶又说，不管那两个人是不是托儿，得先问问老魏是否与他们签了收购合同就明白了。

对！去找老魏！大家被提灵醒了，一下子把对权小顺的愤怒转向老魏。

黄毛说，快找。麦子不离八月土（农历），再过几天，黄花菜都凉了。

权小顺说，好，我们大家一起去。

老魏何许人也？为什么他一下子就发了，而其他种超大穗的人却全栽了呢？

原来这老魏以前就是毕阳县农科所的职工。所里有什么新品种研究出来要试验，就由他来负责种试验田。其实他就是个拿工资的农民。这几年退休在家没事干，听说农科所的小麦专家老范研究出了一种小麦新品种，抗病虫害、抗倒伏，产量还高。他到所里一打听，果然如此，多年种试验田的他，深知新品种的价值。正在这时，适逢国家领导来毕阳视察，还看了超大穗。这一消息让他产生了一个大胆的想法，租地种超大穗卖种子，意识超前的他，刚好踩到点子上。他当即租了五十亩地，投资一万多元，开始为农科所推广新品种。当年产量五万多斤，除了给农科所交一部分种子钱，趁着国家领导人视察超大穗的契机，几万斤种子一销而空。其中包括权小顺他们，还有山东、河南等外地客商。老魏直言不讳，除去成本，当年一下子赚了七八十万。这在当时有几万元就称得上富人的情况下，了得！

这个示范效应，像风一样吹遍五陵原。寻种子买种子到处托人找关系。真是一斤超大穗难求呀！只要能得到几十斤种子，就等于有了十万元，巴不得把钱往人家手里塞，抢了种子就走。这个时候，谁还不识时务地跟人家提签合同的事呢？事实上老魏并没有与山东河南客商签合同，权小顺他们也没有与老魏签合同，当然村里的那些农户更没有与权小顺签。

可怜的农民，当时就凭着一股热情，赚钱心切，哪个能想到这个风险，以及保护自己合法权益的措施呢？

河南山东的客人，当时的确想种万亩超大穗，当地的农民也有想种着发财的。但毕竟还有动脑子的人，还懂得“实践检验真理”。对这个正在试验阶段的新品种，经过试验，质疑了。

行家说超大穗的确有抗病虫、抗倒伏的优点，但经过杂交的这种麦子，根系不发达，所以颗粒不饱满，影响出粉率。同时由于秆粗、穗大，穗系不能再增长，当然产量难以再上升。这样的结论让一般农民选择了放弃。至于这个品种以后怎样进一步试验和改进，那是小麦专家的事。

现在要告诉读者的是，我们秦家庄的这些超大穗种植户，找到老魏，混吵混闹之后，却没有任何依据和理由让老魏赔偿损失。司法部门只能同情，无法支持。权小顺他们无功而返。

铁牛几个本来还想和权小顺闹，但看到找老魏的结果，也都泄气了。

权小顺虽然很憋屈，但善良的本性让他恨不起来，只能唉声叹气。把他的！咱农民想要致富咋这么难呀！他理解大家对他的怨气，就说，弟兄们打我应该，是我把问题想得太简单了。现在没有别的办法，就只能好好务我们的苹果树。无论今年我的苹果能卖多少钱，我保证一分不花，先用来给大家做补偿。

十九

超大穗风波就这样在期待、怨恨、吵闹和无奈中平息了。人就是这样,开始什么都争来争去,最后争不到,就只能面对,不了了之。聪明人还可以搞点自我安慰。种超大穗虽然上了当,受了损失,但总算没有血本无归。家家毕竟还都剩下一大堆麦子。卖不出去,就只能加工了自己吃。出粉率低,麸皮还可以喂猪。不养猪的人家也可以卖饲料,多少可以换回点钱来。有粮吃总比没有强。三年困难时期,如果每天能有这东西,孩子也不会饿得面黄肌瘦。

农户们就这样说着,怨着,自我安慰着,跨过了过不去的坎儿,跨过了闹心的九月,挨到了让人心情愉快的十月。

十月,对于建起果园的农户不是一般意义上的十月,而是一个丰收的金色十月。今年,这些人家由于渴望得到丰厚回报,太多地关心超大穗,而忽视或冷落了果园,以至这些果子在叶间一天天膨大,他们也视而不见。直到超大穗麦子彻底卖不出去时,他们转到果园,才突然看见满树光亮鲜红的苹果。这些果子,个个抑着脸儿朝他们笑,似乎在说,别愁,我们来弥补您的损失。

人常说,“有心栽花花不开,无心插柳柳成荫”。这一年家家果园的苹果树枝头都挂满了可喜的果子。他们第一次尝到了苹果丰收的喜悦。

果子还没下树,礼泉那家卖树苗的人就来到秦家庄找权小顺。

权小顺热情接待客人,感谢他提供了好树苗,要他中午在自己家里吃饭。客人老袁,已不是几年前卖树苗时的打扮,而是穿着一件黑色皮夹克,下边是一条棕色西裤,开着一辆白色面包车来的。

权小顺忙倒了一杯热茶。老袁说,不用了,我车上有矿泉水。咱们先到果园去看看。权小顺说,地不远,还开车呀?老袁说,上吧,开车快一些。权小顺就拉开车门上了车,坐在前边副驾驶的位置上。老袁扔给他一瓶矿泉水,权小顺没有打开,一直拿着。

坐在老袁的面包车上,权小顺心中特别高兴。出村时碰见几个乡党,他将手伸到车窗外对他们摇摇。几个人羡慕地说,权小顺这小子竟然坐上汽车了。这么有钱的人也来找他?他们弄不明白到底是咋回事。

到了果园，老袁一看，情不自禁地说，好呀！没想到你的小树苗，几年后已长大成林。一家家果园连成片，片片相连形成一个果林带。远看郁郁葱葱，简直是一个绿色的海洋；近看果实累累，一派丰收景象。离几里路外都能闻到苹果的清香。

看到老袁欣赏的表情，权小顺当然高兴，但他此时不只是高兴，他种苹果不是为了让别人欣赏，而是为了卖钱，他担心的仍然是销路，所以便热情地对老袁说，老袁呀，今年的果子长得好，这么多的货，你能不能帮我们找个买主？

老袁故意矜持了一下说，行呀，帮人帮到底，送佛到西天。谁让我当时帮你们建果园呢！不过话说到这里，你既然让我帮你们寻买主，就不能一个女子许两家。你们村今年的果子我全包了。

权小顺没想到老袁的口气这么大，顺便问了句，你估计今年的收购能是个啥价？

老袁说，往年七八毛，今年得看客人多少，随行就市嘛。

权小顺暗暗一惊，看样子亩产会在六七千斤，如果每斤七八角，粗算，一亩地能收入四五千元，当然比种麦划算多了。这样看来，种果树的人家最少也能收入两万多元。

这个意外的消息让他很高兴，有了上次超大穗的教训，他硬着头皮说了句，老袁呀，你这人，我信，咱们打交道这么多年，可是人家客商的底细咱不知道，到时候，他们不来咋办？

老袁笑了笑说，看来兄弟还是信不过我，给！这是五千元。随手在他的黑皮包里掏出一沓票子递给权小顺说，这五千元算是定钱，十月底以前我如果不来拉货，这钱就归你了。

权小顺送走了客人，把钱锁在柜子里。有了上一次的教训，他把这个喜讯暂时没有告诉别的果农，想到时候给大家一个惊喜。

话说老袁看了权小顺他们的果园后，高高兴兴地把车开走了。原来老袁这几年已经由卖树苗改成经销果子了。其实客商最近已多次和他联系，这里的苹果既打眼，味道又好。他和客商谈到九角到一元，而客商运到广州深圳每斤已卖到三元多。可惜礼泉周围的果子今年刚到了小年，产量不高，外表也不太打眼。

果树产果子分大小年。大年产量高，质量好，第二年肯定产量低，称作小年，他们今年就碰到小年。老袁估算着，秦家庄的这批果树，正好在丰产期，为了满足客商的需求便亲自开车找到秦家庄。信息时代，谁掌握了有价值的信息，谁就能赚到钱。

老袁没有失信，但是他并没有把客商带到秦家庄，而是让权小顺他们把货拉到礼泉，送到他们的冷库里，当面过秤付款。

这一年，种了果树的人家，最低收入都在两万以上，有的达到三万多元。当然老袁更是赚得锅溢盆满。

权小顺的果子卖了三万五千元。如他所说，他拿出一万多元，把所有种超大穗的农户召集到一块，声言要按每亩二百元的种子钱赔偿各家的损失。当时只有铁牛和壮汉等三家拿了补贴钱，其余人家全都不要。特别是石头他们含着泪说，权队长也是为了大家好，现在搞什么事情都有风险，我们参与这事，自然也要承担风险，这钱不能拿，就是拿了也会烧手。

黄毛说，今年要不是队长替我们联系买主，我们的苹果也卖不了这么好的价钱。

晚上，三家拿了钱的人家，又都把钱送回来了。铁牛说，不送不行，媳妇在家把我骂得鬼吹火，说我没良心。权小顺明白，铁牛媳妇是为了那次砍树的事，权小顺不但没有追究，还帮他们建果园，再拿人家的钱，就是丧尽了天良。

还好，苹果的丰收，稍稍安抚了这些受伤的农民。大家又扛着锄头下地了。

家里虽然不宽裕，但秦轶很理解权小顺，他的确是为了大家好。超大穗没卖出去她毫无怨言，而且支持权小顺把钱拿出去给大家补偿。她说，就当咱们今年的果树还没挂果。再说，这新品种的确是咱介绍给大家的。

当大部分人不要补偿，特别是那三家拿了钱又送回来时，秦轶两口子特别感动。

权小顺拿着一沓子钱说，我没想到，真没想到乡党们能这样理解和支持我。好像这些钱是别人资助他的一样。

秦轶说，你诚心诚意为大家办事，大家都清楚。我们应该相信，大多数人是有良心的，人人心里都有一杆秤。所以不管啥时候，只要凭良心办事，准没错。

秦轶的理解和支持，使权小顺心里得到很大的安慰。他感激妻子，却不知该怎么表达，情不自禁一下子抓住她的手，激动地说，轶儿，牵着你的手，错路不会走，我以后听你的……

棘手的超大穗问题顺利解决，让秦轶放心多了。星期一，她早早地到单位去上班。

打完开水，正在擦桌子，米主任手里拿份文件进了门。她招呼道，米主任来得早！

米主任愁眉苦脸，一屁股坐在椅子上，唉了一声。

秦铁停住手问，米主任有事吗？

米主任顺手将文件递给秦铁。秦铁一看，原来是组织部印发的《关于机关干部到生产队蹲点的通知》，仔细一看，才知道计委要蹲点的村子是坡头乡的圪垯湾村，计委要下去的人是米主任。

她问米主任，你是有什么难处吗？

米主任摸着头发稀疏的脑袋说，我母亲最近有病住院，这圪垯湾离城又远，我——

秦铁一听，说，噢，原来是这样。说完放下手中的抹布就出去了。

过了一会儿，她又回来了，对米主任说，问题解决了。咱们头儿与组织部做了沟通，同意让我去蹲点，你就在家照顾母亲。

米主任感激地说，秦主任，太谢谢你了。我虽然有难处，但我不想给组织添麻烦，不料你却主动替了我，真是——

秦铁说，谢什么，我本来也想下去锻炼锻炼，这不刚好吗？

秦铁不是说客气话。自从上次到省上培训后，她早就想到下边去，实际了解一下农村农民的现状。这回正好是一个机会。

她把手头上的几件事向米主任交代后，特意回了一次家。她向丈夫和婆婆说了，自己要下乡蹲点一个时期，不能每周都回家，要他们把小棉管紧一点。

冯婶说，你放心去吧，公家的事要紧。小棉每个星期回家，我让她写作业。

权小顺笑了，他说，妈还把小棉当小学生，看着她写作业。

秦铁说，回来后，让她帮爸爸在地里干点活，帮你洗洗衣服，别在外边乱逛就行。说完便到房间拿了一床铺盖和换洗衣服。

权小顺问，咋？还真要扎根圪垯湾呀？

秦铁说，蹲点就得住下。看一下就走，那叫走点，不是蹲点。

权小顺说，不，是视察。

秦铁说，领导下去叫视察，咱级别不够。

家里只有这一辆自行车，自从秦铁上班之后就一直骑着。这次她去圪垯湾要把车子留下。

下午，权小顺骑车带着秦铁往城里走。当时这条路还是土路。下过雨后，人踏车碾，到处坑坑洼洼。秦铁抱着行李坐在后边，被颠得一上一下，屁股都颠疼了。她

说，坐着难受，还不如下来走。权小顺用力扶着车把，吃力地蹬着脚踏，说，忍着点，还是骑着快。一句话刚完，车子前轮滚到一个车辙里，尽管他用腿撑着，没让车子倒下，可是媳妇还是从车子上掉了下来。

权小顺拾起行李卷，拍拍土放在后车座上，笑着问，没事吧？跌伤没有？

我说下来走，你是诚心想摔我。

我说主任，咱这路还算差不多，你要到了圪垯湾，那可到处是坡坡坎坎，疙疙瘩瘩，别去弄个鼻青脸肿地跑回来。

秦铁白他一眼，放心，你媳妇也不是泥捏的纸糊的，没那么脆弱。

二人说着笑着走过了那段疙瘩路，前边稍平整一点，秦铁又坐上车去。

眼看着太阳已经快到西边山尖上了，望着一块一块平整的刚刚下了种子的麦田，还有一片一片待收的秋庄稼，权小顺说，麦种上，没后晌，天气短多了。还得快走。

秦铁坐在车后，像是对权小顺，又像是对自己，口中念道：老牛自知夕阳短，不用扬鞭自奋蹄。

权小顺脚下用着力，秦铁心中使着劲，朝着县城，朝着心中的目标前进。

二十

县政府的吉普车开到一个土路口，秦铁就下来了。司机一看还有一段上坡路，就要把她送进村子。她不让，说，车上还有三个同志，你快走吧。

秦铁左肩背着一个包，右肩扛着铺盖卷，看见离路口不远处的歪脖树下有两个人。她走到跟前问，请问圪坮湾村委会在哪里？一个衣衫褴褛，歪着脖子的光头看她一眼说，噢，好像又来了一个镀——不，是帮助农民致富的。我说，村委会你就甭找了。一会儿，你们那个车过来，你顺便坐回去，还省点路费。上边要问，我们给你做证，就说你下过乡了。

旁边那个穿黑夹袄的，大约四十岁，比光头稍大一些，他靠在歪脖树上，用脚踢一下光头，骂道，看你那贼式子，人家正经问咱呢！

光头用胳膊回一下黑夹袄说，我也是好心。然后又故意大声说，你说咱这穷地方，疙疙瘩瘩，坑坑洼洼，穷了巴唧的，谁来了也没有办法。以前来过多少？还不是转一圈就转身走了。我看她呀，转半圈就得哭——崴脚。

秦铁听完笑了，说，乡党，请你们带个路，让我先把这半圈转了，等崴了脚，你们再笑行不？

光头窃笑一下，晃着脑袋在前边走。黑夹袄接过秦铁肩上的铺盖卷，不好意思地说，我替你拿上。

确切地说，歪脖树没有在圪坮湾的村口，而是在离公路较近的一条通向圪坮湾的土路旁。秦铁在二人的带领下，沿着这条土路朝北向上走。这条上坡路也就二三百米，坡头上有些树，可能就是村子了。还没走上去她就开始喘气了。

光头回身一看站住了，他说，还没到崴脚的地方就喘上了，好，歇一会儿。三个人就地站了两三分钟继续走，走了几分钟，终于上了坡。这里有几棵槐树，却没有一块石头或砖头之类供人坐的地方。秦铁就靠在一棵树上，想再歇一会儿。那两个人异口同声：走吧，这下省劲了，是下坡路。

秦铁一看，他们现在站的地方，东西各有一个慢坡，走下去才是村子。刚才那条坡路把他们升到了一定的高度，但是还没有到原上。再往上走二百多米才是原。这里应该是介于原上和原下的中间地带。她便跟着下坡往村子走。

虽说这坡没有刚才的坡陡，但却不平整，看来牲畜车辆常走，道路的确坑坑洼洼，一不小心就会崴脚。她小心地跟着两个人进了村。往东走，大约经过七八户人家，在一个不大的砖房前边停下了。

光头说，到了，这就是村委会。她一看，旧木门上挂了一把大铁锁，黑夹袄把铺盖卷往门外一个树墩上一放说，哎呀，不巧，这村主任书记还不在。你先在这儿等着，看他啥时间能回来。说完，两人转身就要走。秦铁客气地说了声，谢谢！

这两人走后，秦铁看了看这条东西走向的所谓街道。路北是一排土窑，现在除了不多的几家好像还住着人，大部分已经废弃，只留着一个个黑洞洞的窑门，门前已经杂草丛生。她站着的这一排，也就是路南，全是砖盖的瓦房，新旧不一。看起来是从土窑里搬出来的。路上不时跑过来几头小猪，到处可见牲口的粪便。整个村子破破烂烂，给她的第一印象就三个字，脏乱差。难怪那个光头说了些怪话。

半个多小时过去了，还没见村主任来。她想，也许光头说的情况是真的。她想起秦家庄，虽然经济不行，可是每次上边下来的驻村干部，村里干部总是热情接待，把住处安排得妥妥当当。没见过这个村子，这样不欢迎驻队干部。不管咋样，总得见见村主任或书记，报个到。她干脆坐在铺盖卷上等着。

看时间，已是做中午饭的时候了，等了好半天也没见一个人。又过了一会儿，老远看见一个人从坡头上下来。走近了，原来是一个十来岁的女孩，背着书包。

秦铁走过去问，你们才放学吗？

女孩子好奇地看着她点点头。

你知道村主任的家在哪里吗？

村主任？不就是我爸爸吗？你要找他？

秦铁友好地点点头。

女孩说，跟我来。

秦铁提起行李跟着女孩走。走过大约五六家，女孩朝路北一拐，进了一个木门。就听见女孩喊，爸！有人找你。

里边有几间厢房，院子虽窄，还算干净。往里一看，仍是原来的窑洞，她想，村主任家咋还没有搬出去？

正看着，从厢房的一间挂着门帘的房子走出来一个人。二人一见，却有点似曾相识的感觉，秦铁一时想不起她在哪儿见过这个人。几秒钟后，这个人好像想起什么,惊奇地问她,你是不是姓秦?秦轶马上点点头说,是,我叫秦轶,刚从县上下来。

女孩子进房间放下书包,对这个人说道,爸,她肯定认识你,要不咋能老远跑来找你。

被称作爸爸的男子激动地说,认识,认识,秦姐,真没想到会是您。秦轶惊讶地说,我看你也有些面熟,你是——

我叫袁凯,这就是我的家。

看来你就是村主任了?

袁凯有点无奈地笑笑,我是村党支部书记,村主任没人干,乡上让我兼着。快放下行李,不知道是您,有失远迎。立即又改口说,如果早知道是您,就更不能迎。你看这村子,唉,老天爷也没有办法,到这儿来,简直是遭罪!

刚才那两个人是你派去拦我的?

唉!说实话,听说这次驻村是个女的,还真不知道是您。以前几个男的来了,过几天都走了。不是说人家能力不行,是咱这村子的条件太差,就跟张艺谋演的电影《老井》里的那个村子一样,你说谁有啥办法!县上下来的干部要住,要管饭,弄得各家各户紧紧张张的,也弄不出个好吃水[①],何必让大家都受难场呢。袁凯一个劲地解释。

秦轶说,这回是我自己要来的,听你这么一说,就更应该来。行了,先给我安排个住处,看看再说。看到他这么诚恳,又把自己当熟人,说了这么多实情,可她一时还是想不起她在哪里见过这个人。

这时就听见一声脆脆的喊声,她爸,吃饭!袁凯陪秦轶出房门走进窑洞。靠窑门的东侧盘着一个土炕,脚地摆着一个旧木方桌。桌上已经放着几盘菜:凉拌土豆丝,凉拌小豆芽,还有一盘韭菜炒鸡蛋。

坐定后,就见女孩端着一摞子煎饼,身后跟着一个四十岁左右的主妇,手里端着一个很旧的木盘,盘上放着三碗饭,她一一放在桌上。主妇圆脸,皮肤有点粗糙,但身材不错,腰身细细的,难怪他们的女儿身材也好。

袁凯忙说,这是秦主任,来咱们村蹲点的。媳妇微笑着,听丽丽说啦,你看也没做啥,家常便饭。

秦轶感动地说,还说没做啥,再做这桌子上就放下不了。我说,你的速度也太快

① 吃水:方言,饭食。

了，一会儿就做了这么多。

袁凯笑了，说，红豆早就煮在锅里，煎饼也是早就摊好了。你来了就弄几个凉菜。她这人，一听说上边要下来干部，不用我说，就准备了。

秦铁对着主妇说，谢谢，我就喜欢吃咱这家里的饭，快，你也坐下，一块儿吃。

主妇笑着说，你们先吃，说完就退出了窑门。

袁凯拿起一张煎饼卷了菜递给秦铁，笑着说，她叫梅子，姓张，娘家离我们村四五里地，不太远。

秦铁笑着说，她人挺好的。又对丽丽说，快点吃，你还要上学哩。她说着，咬了一口煎饼，就在这一咬时，突然想起了，这不是当年营救过自己的那个袁凯吗？他曾从牢房的小窗口给她扔进钢笔和纸，还有两个小馒头。这一记忆让她十分激动，袁凯已经认出她，可她却没有想起，真是的。她忽然记起当年在毕阳北大街饭馆答谢时见过袁凯，可是十多年过去了，都变了，认不出来了。再说，她平反后上大学，又进机关工作，袁凯复员后回村当书记，他们之间没有来往，所以并不知晓。想到这里，她一下子没有了刚才来时的陌生感。看见袁凯，就像是见了娘家兄弟，难怪袁凯总是秦姐秦姐地叫着。她想，袁凯的村子原来这么贫穷，不说上边派她来，就是冲着袁凯她也要住下来，一定得帮他把村子的面貌改变了。她忽然大大咬了一口煎饼，端起碗喝着稀饭，就像在自己家里一样。

看见秦铁这么热情，袁凯心里既高兴又后悔，自己没弄清情况就派人去拦挡，真是太不应该。他做梦也想不到，这次来村里蹲点的人会是秦姐。这是他早就崇拜的人，敬重的人，曾和战友舍命相救的人，当然也是他最信任的人。

吃完饭，他亲自到全村家庭条件最好的吴老师家，说让县上来的秦主任和她住一起。吴老师欣然应允。

吴老师叫吴秀芝，多少年来一直在坡头乡中学教书，现已退休在家。老伴几年前去世，女儿出嫁，儿子在外工作。她一个人在家，屋子收拾得干干净净，但却孤孤单单，秦铁来正好与老人做个伴儿。

住处落实后，秦铁便让袁凯带她到村子各处走走。

圪垯湾，以秦铁刚来时走的南北路为界，分为两个村民小组。一组在路东，就是袁凯家和村委会的所在地。二组在路西。两组各有六七十户人家，全村共有一千多人。

村子处于原上和原下的中间地段，高高低低，沟沟洼洼，地形复杂，旱涝不定。

他们先在一组转，来到一户住窑洞的人家，秦铁停住脚步，要进去看看。原因是这户人家的窗门被一个木棍撑着，看样子很穷。但窑门外的院地却扫得异常干净，白光白光的。说是院子，其实并无院墙更无院门可言，只是原来的院墙倒塌后，还残留着一截断墙，不到二尺高，上边还放着一个破筛子，里边晒着点野菜。

袁凯说，这家主人叫刘四，老婆死后留下三女一男四个孩子。每年都吃救济粮，是全村最困难的一户。

他们走进窑门，其实已经无门。只是怕年久失修的崖土往下掉，才用木棍撑着块横板顶着。他们小心地从木棍旁边挤进去，看到靠窑门东侧盘有一个土炕，上边放着一床破被，几个粗布袋装着麦草像是枕头。这时里边走出一个十四五岁的姑娘，也是破衣烂衫。她刚才像是在窑里面一个靠墙支着的小床上收拾着什么。看到有人走进来，一声招呼没打，只是睁着一双黑黑的大眼睛看着。

秦铁问，你住这儿？姑娘点点头。

又问，炕上呢？姑娘说，二妮、招弟、金贵和我大。

秦铁又问，他们上哪儿了？

我大下地，二妮领招弟和金贵耍去了。正说着，两个光屁股的孩子回来了喊，姐，肚子饿！姑娘对两个孩子喊道，出去，到外边耍去！

有吃的吗？秦铁看看周围。姑娘蹲下，从床底下拉出一个瓦盆和一个粗布袋子。一看，瓦盆里有几斤苞谷糁子，布袋里有十多斤苞谷。再看窑门西侧有一个锅头，上边一口不大的铁锅，锅头旁边有一个黑瓷盆，里边卧有酸菜。

他们走了出来，秦铁心里一阵难过。怎么会是这个样子？困难时期已经过去多少年了？秦铁情绪非常低沉地自语。

袁凯说，唉！国家的困难过去了，可他家没有过去。刘四本来就懒，为了生个顶门杠子，硬是生了五胎，活了四个。第五胎总算生了个带把的，就是这个金贵，可是生他时难产，老婆死了。他自己抓个毛蛋娃，什么也干不了，就越来越困难。唉！提不起串。

刘四家弄得两人一下子没有了心情。又过了几家，看到男男女女地蹲在门口，无精打采，毫无生气。在一个通往北原的慢坡前，秦铁看见坡头有个像庙一样的破旧房子问，那家人怎么独独一家住在坡头上呢？

袁凯说，那是孔庙。听老人说，咱们渭河南有个孔张寨。传说当时从山东曲阜来的孔姓和张姓两位商人在那里屯田建寨，起名孔张寨。

秦轶说，孔张寨我知道，是在渭河南，住的好像有孔子后裔。

听我爷说，清朝那会儿，孔张寨一个孔姓男子死了，美貌的媳妇怀着孕没法生活，改嫁到圪垯湾。这妇人啥都不说，只有一个条件，腹中的孩子降生后必须要姓孔。丈夫人好，答应要求。后来她生了个男孩，果然聪明、强干，对继父孝敬，直至养老送终。他有两个儿子，家业兴旺。为了继承孔家文化，就变卖家产，硬是在原上建了一座孔庙。他有时也去渭河南祭祖，那边也有孔姓人到这儿烧香。有一年沣河发大水，渭河南的孔庙被冲毁，这儿地势高，没受影响。只是个破房子，里边也没有啥，没人看得上，所以还在。

噢——

问题是现在，这家的后人，也就是你见到的那穿黑夹袄的，他叫孔中辉。他知道这庙是他先人建的。虽然吃了上顿没下顿的，却东跑西跑地张罗着重修孔庙，说是继承祖先文化。

光头呢?

光头是他门中侄子，叫孔继祖。游手好闲，不务正业，大家都叫他孔气祖。刚才让你在村委会门口等，他俩跑来对我说，这个女干部硬要来，就让她来了先修庙。

秦轶笑了。

他们又转了村民二组，大体上差不多。总体来说，这里缺水，粮食产量不高，人们比较穷。

晚饭仍是在袁凯家吃的。他说，秦姐，你要愿意，就在咱家吃，派饭挺不方便。

秦轶笑笑说，明天就派饭，挨家挨户。

晚饭后，袁凯拿着铺盖卷送秦轶到吴老师家。一进门便闻到一股焚香的味道。袁凯说，老太太信佛，没事就爱上个香，你可能不习惯。

这是一个坐北朝南的房子。原来的窑洞已废弃，儿子就在窑门口的院子盖了这几间房。东西各一间，中间开着，摆着供桌，敬着一尊石雕佛像。香炉里的三炷香还顶着小红帽，散发出幽幽的清香。

袁凯先喊了声吴老师，随手揭开西边房子的门帘说，秦主任来了。

老太太已年近古稀，一头花白短发，但身子硬朗。端端地坐在一张藤椅里，微闭着眼睛，像是在思索着什么。秦轶走到跟前，尊敬地叫了声，吴老师好!

吴老师睁开眼，平静地说，你住东边房子。没有跟客人再聊的意思。

二人退出房门的时候，她又淡淡地说，暖瓶里有热水。

秦轶没再打搅老人，送走袁凯后便进了东边的一间房子。这边也盘着土炕，虽然没住人，却已收拾得干干净净。炕上铺着褥子，其上覆有半新不旧的粗布单子，脚地放一个旧的木桌。

秦轶拿起炕上的小笤帚，在床单上拂了几下，不见灰尘。老人已经打扫过了。

干净的住处，让她心情宁静，好像到了母亲住过的房间。

这一夜，秦轶睡得很好，屋外清香留下的味道，像催眠剂一样把她带入梦乡。她轻松地徜徉在流着溪水又长满桃树的粉色桃花沟里。

第二天，秦轶刚刚醒来，就听见外边有动静。她穿好衣服走出房门，就见吴老师在开间摆上小方桌，上边一碟咸菜，一碟萝卜丝。秦轶忙说，吴老师您起得可真早。

吴老师仍旧平静地说，你们机关人习惯吃得早。说着又从锅里盛了小米稀饭，拿了馏好的热馍。

秦轶在开间靠墙的缸里舀了瓢洗脸水，吴老师给她兑了些热水。

早饭清淡可口，秦轶边吃边问，平时儿女不在跟前，您一个人行吗？

行。就一个字。秦轶不好再问别的。吃完饭赶紧去洗碗。

这时袁凯已经进来了。他问，昨晚睡得咋样？今天你就别出去了，好好在家休息，昨天跑了一天。

秦轶问，你们平时怎么集合村民？

袁凯说，唉，现在很少集合，各家干各家的活，不像以前生产队派活时总打铃。

有事怎么通知？

吹哨子。紧急事连吹三声，一般的慢吹三次。

秦轶说，那就连吹三次，我有事。

听到哨音，村民们着急地跑到村委会门口，不知道会有什么要紧的事。

秦轶站出来对大家说，乡亲们，我是县委组织部派到咱们村蹲点的秦轶，大家认识一下。

袁凯忙插话，是县计委的秦副主任。

对不起，耽误大家一会儿。我今天来请大家帮个忙，就是每家抽出一点点时间，把自家门前和街道打扫一遍，打扫得要和刘四家的院子一样干净。如果谁家扫不干净，我就帮着去扫。散会。

袁凯说，秦——主任，不再说点别的？

今天就说扫地，快拿扫把。

大家没有料到，这个下队干部到村后啥政策不讲，第一次见面就让大家扫地，怕是卫生局长吧。不管情愿不情愿，这一天，全村来了个彻底大扫除。街道一下子变了样，人人走在上边都觉得舒坦。

第二天，秦铁借了袁凯的自行车回了趟县城，第三天又回到圪垯湾。她对袁凯说，我想把咱们村的街道用炉渣铺一下，不然下雨没法走。

袁凯为难地说，我早就想修一下路，可这钱——

炉渣不要钱，我昨天已经和氮肥厂联系好了，你只要准备拖拉机就行。人员，各家出义务工，只能这样。

好！不管谁家出了义务工先记下，这是公益事嘛，我马上让组长组织人员车辆。袁凯马上有了信心。

先给二组铺，人员车辆也先由二组出。秦铁出主意。袁凯说，应该，我在一组，不能先顾一组。

一周后，通向西边二组的街道平平整整，人们走在上边舒舒服服。

一组的村民有了意见，怨秦铁，怨书记。村委会在一组这边，为啥先给二组铺路？再想弄到不掏钱的炉渣，不知该等到猴年马月。

秦铁准备到别的厂再去寻找炉渣。这天二组的组长跑来说，他在渭河发电厂的侄子这周回家，看到村里的街道修好了很高兴。听说书记弄来炉渣先给二组修路，他很感动，说他们厂里有炉渣。现在联系好了，让马上组织车辆去拉。

秦铁通知袁凯，他满脸高兴地说，秦主任，你的主意真好！

秦铁笑笑，只要肯动脑筋，办法总比困难多。

半个月后，全村的道路都铺好了，人们的精神一下子变了。他们走在平整干净的道路上，有一种说不出的自豪，仿佛自己也是城里人了。孔中辉换下黑夹袄，穿上一件夹克衫。老婆说，你又不出门，换衣服干啥？他说，现在街道这么平整干净，再穿破烂衣裳，我怕辱没了咱街道。

二十一

立冬已经七八天了，眼看着就到小雪了。天气一天天变冷，转眼间秦轶来圪垯湾已一个多月了。这段时间，她整天劳心，先为村子铺好了道路。下雨天，人们再也不怕那泥泞的坑坑洼洼。群众打心眼里认可了这位秦主任。她的话也能起作用。多少年来的脏乱差彻底变了样。各村民小组已建立制度，街道卫生门前自包。家里没人住的和五保户老人家，由组长派各家轮流打扫。如果检查谁家不打扫，就罚他扫全村街道一周。在开会时，她对村民说，穷富先不说，首先我们要活得干干净净，休体面面。就是给小伙子介绍媳妇也容易些。几个小伙子一齐鼓起掌。

这些事初步告一段落，秦轶打算回一次家。看看老人和女儿，再带几件厚衣服。

早饭后，袁凯推着自行车，要送秦主任到公路上等公交车。刚走到村口，几个村民围上来着急地问，咋？秦主任是不是要回县上去？你还来吗？有的人就说，秦主任，你不能走，你能办事。别的村有的打了机井，可咱这村就是打不起。能不能想办法给咱也打眼机井？孔中辉说，是呀，我们这里确实需要打眼机井。这时，吴老师也从家里走出来了，她对围着的人说，让秦主任走吧，总该让人家回去看看吧。她来了一个多月，让我们村子变得干干净净，街道平平整整。她要有心，一定还会来的。

秦轶非常感动，就说，乡亲们，大家如果信得过我，就信我一句话，不让圪垯湾人活出个人样来，我决不离开。周围响起了掌声。

秦轶眼眶湿润了，她这句承诺绝不是一时冲动、心血来潮，而是从进村那一天开始就想说的一句话，一直藏在心里。现时，看到此情此景，让她情不自禁脱口而出。

在她挥手和乡亲们告别，向公路边的那棵歪脖树走去的时候，感觉比来时的心情沉重多了。

来时，她对圪垯湾没有什么印象，心中是空的，只有愿望。而现在对圪垯湾村的印象则是实实在在的，连哪家的锅灶安在哪儿她都清楚。村民们的企盼和自己刚才的承诺都是那样沉重，她已经肩负了一份责任。她的心中有一种沉甸甸的感觉。

秦轶回到县上，领了工资，在办公室的桌子上有份县上的《情况反映》。上边登着她在圪垯湾领群众铺路的事情，心里一阵激动，自己就干了那么点小事，组织已经知道了。还登在《情况反映》上。她知道这是县里的一个内部刊物，上边反映的都是

全县一个时期的大事。心想，既然组织上重视农村工作，关心农民生活，就干脆把圪垯湾群众缺水、生活困难的事给领导说说。

秦轶找到了常务副县长赵斌。他人高马大，身体魁梧。一进门，开始还有点怯，不知该怎样开口。赵副县长一见是她，倒是先开了口，这不是计委的秦轶吗？坐下谈。

看到领导这么客气，和蔼可亲，她的心情立刻放松了一些，坐在办公桌对面的椅子上。

赵县长在他的文件夹里拿出一份文件说，我看到了你在圪垯湾工作的情况，不错嘛。我们的干部下去就应该帮助群众干点实事。

得到领导的赞誉，她借机一口气把看到的群众困难和急需打井的事全部说了出来。

赵县长说，县上每年安排一定资金扶持农村打井。每眼机井县上补贴费用不超过三万元，其余资金需村上自筹。还说，有的村连这少一半的钱都筹不上来，去年县上的补贴都没用完。

秦轶站起身来说，赵县长，我今天先给圪垯湾村报个名，登记一眼机井，只要县上能支持一半，另一半我们自己筹。

赵县长答应了，他说，这是好事。秦轶几乎是在鞠躬，她对赵县长说了一声，谢谢！

走出赵县长办公室的门，她高兴得长出一口气，比给自己补助三万元还高兴。两腿轻盈，像飞一样跑回自己的办公室。

这时，打字员小刘和小王，还有其他科室几个同志一起进来，谈起下乡的情况，秦轶又把刘四家的困难给大家说了一遍。几个人不知道现在还有这么穷的人家，如此困难，真让人同情。小王先从口袋掏出四十元钱说，秦主任，你把这钱带上，算我一点心意。于是几个人都掏腰包，有的二十，有的三十，一会儿就凑了一百多元。秦轶从她刚领的工资里取出五十元凑够二百元说，我先替刘四谢谢各位，明天就把各位的心意转达给他。

下午，秦轶又忙赶回秦家庄。

一个多月没回家了，一进家门却见屋里屋外打扫得干干净净，农具和扫把都放在应有的位置，整整齐齐。她从心里感激婆婆，感激丈夫。听见厨房里有拉风箱的声音，秦轶赶紧到厨房说，妈您辛苦了。自己便坐在柴火墩上烧火。

婆婆说，辛苦啥，你看我这身体不是硬朗着吗！说着又去刮土豆皮，择菠菜，忙个不停。

菜还没弄好,权小顺和女儿也进了门。小棉忙跑过去抱住妈妈说,妈,你可真的是去蹲点啦,一蹲就一个多月,想死我啦!

秦轶说,妈也想你们。好了,都上中学了,大姑娘了。她从脖子上把小棉的手拉下来。冯婶笑着说,再大也是孩子,不说孩子,大人也想。

秦轶看一眼权小顺,他正在看自己,她的心里酸酸的,觉得自己亏欠家里人太多。

吃完晚饭,秦轶拿几瓶丹参片送到婆婆房子,叮咛她,每天吃两次,每次吃三片。这还是她在圪垯湾时,看见吴老师每天服用,说老年人服用对预防和治疗心脑血管病有好处。

婆婆说,有时候晚上有点胸闷。秦轶指着药盒上边的字说,正好对症的。您先吃一瓶,如果还觉得闷,咱就去医院检查。

婆婆说,查啥!没有那么金贵,白天啥都觉不来,就是晚上觉得不好。

小棉过来又抱住妈妈的脖子说,妈,你给我买块擦鞋的白粉,人家那白球鞋都发黄了,洗不出来。

秦轶说,行!小棉开始讲究了,知道擦鞋啦,还需要啥?说。

小棉不好意思地说,那我可要说了。

说吧。

这次让你出点血,给我买件太空棉大衣。我班几个同学都有,暖和得很。

秦轶看看权小顺,小顺说,买,买!我们就这么一个宝贝女儿,可不能给冻着了。

秦轶说,那就让爸爸领你去买。妈妈没时间,明天得早点走。

晚上,秦轶用尽量多的温柔和激情,弥补对丈夫的亏欠。权小顺能感觉到她所做的一切。他心疼她,知道她在外边不容易,便安慰道,我知道你好强,凡事总得干出个眉眼来。可也得注意身体,悠着点。村里要没啥事就回来歇几天,家里人也想你。秦轶一下子紧紧地拥住丈夫……

这天晚上,他们谈到了鸡叫。她告诉他,这次蹲点的村子,村支书就是当年参与救她的袁凯。谈到村子的贫穷、落后,她说,恐怕得待比较长的时间才能回来。

权小顺说,我支持你,相信你的选择没错。再说,人家可是救命恩人,帮他们把村子搞好更应该。家里有我,你就放心好了。小棉知道学习了。

秦轶问,最近家里还有啥事没有?

权小顺说，去年种超大穗亏了，但还得搞，这次我打算种葡萄。葡萄周期短，见效快，没啥风险。

妻子说，那就搞吧！

小顺说，不搞不行。以前没钱能混，现在不行了。没钱气短，活得没尊严。

秦铁说，女儿现在要太空棉衣，上大学说不定还要手表，这家长不好当呀！

小顺说，放心！我能当好这个家长。

好！好——秦铁实在太累了，一会儿便进入了梦乡。

这一次回到圪垯湾，秦铁除了大伙捐的二百元，还给刘四的儿女们带来一大包袱衣服和一床被子。衣服是岗儿和小棉小时的旧衣服，被子是她原来自己盖过的。

把钱和衣物送给刘四家后，秦铁让袁凯把村干部召集到一起，说了打井的政策和想法。她铁了心要给圪塔湾打一眼机井。

袁凯和村干部们听了很高兴，如果有了机井，起码可以解决吃水问题。但有两个具体问题要解决，一是这部分自筹资金哪里来？二是机井放在一组还是二组？

村干部也为难了。有人说前边铺路时，二组先一组后，群众有意见，打井的事一定得慎重。也有人说，虽说县上给一眼井补贴三万元，可是现在大家都困难，村里又一分钱拿不出，这几万元真的不好办。

袁凯想了想，突然兴奋地说，干脆把自筹资金按人头分摊到各户，哪个组先筹到资金，机井就放到哪个组，当然也由那个组管理。

对！大家顿时来了劲，都觉得是个好办法。有人说，没有交自筹的人家也可以用水，但须得多交一点水费。

办法出来了，然后由两个村民组长分头去征求群众意见。

三天后，二组的组长跑来说，大家都说打井是好事，但就是拿不出钱来，又不想放弃。

秦铁说，再给你们三天时间，去想办法。

一组同样也是拿不出钱，但组长袁长庆又想出一个办法——贷款。听到贷款要还利息，有人就提出去向亲戚借。借不来的人同意贷款，但还有几户，一是刘四，他说自己人头多，又无偿还能力，不能贷。还有两户是五保老人。组长袁长庆一心想把机井放在一组，一是吃水方便，同时还想到一个用处，就是种菜。最近他在城里看到新鲜的蔬菜价格很好，就想种菜。可是他们这地方水不方便。

县里每年年底要确定来年的打井指标，哪个村子要打井，得先把自筹资金打到指定账户才能拨给补贴的三万元。

离规定的期限只有三天了，二组组长汇报，二组放弃。而一组还有几家没落实，也就差一千多元。

秦轶对袁凯说，绝不能让这个指标作废，我这月工资还有二百元，先垫上。

袁凯说，其余不足，在我名下贷款。

第二天，圪垯湾村把打井的自筹款打到了指定的账户上。

第二年的春天，圪垯湾的黄土地上，出现了第一眼机打深井。

当碗口粗的水管里冒出一股清水时，人们哇的一声，沸腾了。小媳妇、老太太，高兴地拿盆去接。小伙子干脆拿桶接了水，喝一口，然后向周围观看的人身上泼。水花乱溅，人们嬉笑着、打闹着、泼着、躲着、跑着，像那些少数民族在过泼水节。

七十多岁的袁大爷拿着烟袋锅，朝他孙子头上敲了一下，骂道，你这龟孙子，这么好的水，打上来容易吗？容你这么糟蹋！

小伙子忙放下水桶说，爷，看你，这不是高兴嘛！

袁大爷着急地说，你快回村拉架子车，跟支书把秦主任拉到医院去。她累病了，发烧到四十度。

咋？秦主任病了？我说她昨晚一直在这儿，现在水出来了，咋没见她人。组长袁长庆听到后跑过来说，架子车太慢，让尚娃开拖拉机送到城里去。

袁大爷说，拖拉机不能用，一会儿还要送东西。我叫人在路口挡出租车去了，先用架子车拉着往路口走。

这时，好几个群众也跟着回了村，要送秦主任。村民心里清楚，她把这眼井当成给自家打井一样重视。吃不好，休息不好，昨晚整夜守在工地，生怕打井过程有什么问题。现在水出来了，这么清、这么旺的水冒出来的时候，她却病了。

一组的村民心里过意不去。有的拿鸡蛋，有的拿挂面。孔中辉抱只鸡，说让秦主任拿回家炖着吃。秦轶躺在架子车里，摇摇手，一样都不要。她说，放着吧，我回来时再吃。

二十二

秦轶被送到县医院，经检查，由于过度疲劳，免疫力下降，加上淋雨感冒，扁桃体发炎，而且还有点心肌缺血。在医院治疗不到两天，刚退了烧她就要出院。大夫只好开了口服药让她在家休息。权小顺将秦轶接回家中，才过了一天，扁桃体的红肿还没有退下，她又喊着要回圪垯湾去。权小顺劝她，井已经打好了，你就放心在家休息几天。

秦轶说，井是打好了，可是怎么管理，各家用水的费用怎么收？集资和没集资的应有区别。这些制度还没有建立，弄不好，还会起矛盾，我得帮袁凯他们出出主意，尽快建立起机井的管理制度，让它好好发挥作用。

权小顺有些生气，你一口一个圪垯湾，咱是把人卖给圪垯湾了吗？连自己的身体都不顾了！

秦轶说，怎么就不顾了，我这一发烧，村里不是赶紧送到医院了吗？我知道自己的身体有点弱，稍有劳累、受些凉就扛不过去，会发烧。一点头疼脑热没多大个事。

没事你就自个儿去吧！打算牺牲在战场上呀，一条道跑到黑！

冯婶一听就骂小顺，看你那死样子，不会说话就学驴叫。轶儿有病在家休息两天，你这样撑声撑气，咋养病呢？

正说着，就听见有人喊秦主任，原来是圪垯湾村的书记和一组组长打老远跑来慰问病人。袁长庆手里抱着两只鸡。袁凯一手提着一篮子鸡蛋，一手提着一箱牛奶，笑着说，昨天我们到县医院去看秦主任，听说她已经回家了，今天就赶过来。不知秦主任身体好些没有？权小顺赶紧接住礼物说，拿这干啥呢！

秦轶闻声赶紧下床走出房间，说，没啥大不了的，你们还大老远跑来。冯婶也忙给客人端凳子、倒茶水。

袁凯说，秦主任，你为咱村操心受累，弄得都病倒了，大家都不忍心，要来看你。这鸡、这蛋都是大伙托我们带给你的，你就好好在家多休息几天。

秦轶摇摇手，咱们这井来之不易，水质又好，一定要把井保护好。马上盖井房，找一个责任心强的人看管。还有，要尽快制定制度。

袁凯说，你放心，这些事我回去马上做，我们先提出个方案，再来给你汇报。

不，我明天就回村上去。

别急，你还是在家多待几天吧。

饭还没做好，客人已经推上自行车要走，他们都说，回去还有很多事要做。

刚送走袁凯他们，秦芹骑着大踏板，风风火火地又来了。红色新大洲摩托在门外一撑，提着包装得鲜艳夺目的水果篮和一大包这个口服液那个胶囊的保健品，进门就喊，姐呀！

秦芹用眼一瞭，看见旁边的鸡蛋和牛奶，还有墙角扑棱着的两只鸡就问，刚才谁来啦？权小顺说是圪垯湾的村干部。

秦芹马上不悦，姐夫，我姐有病你也不吭一声。我是今天听公司一个人说昨天在医院看见姐姐才知道的。你说圪垯湾的干部，我姐给他们办了那么多的事，累得住了院，就换来两只鸡？

权小顺说，农村人嘛，其实很实惠的。

秦芹反一句，农村人咋，农村人也应该知道三个多两个少，懂个礼数。

冯婶已从厨房出来，惊喜地说，哎呀，秦芹来了，你看我摊了这么多的煎饼，刚刚做好。秦轶也从房子出来，看到果篮，就说，芹，自家姐妹，还弄个果篮，多破费。冯婶用手摸着篮子上丝带做的花说，这花多好看，给小棉戴头上。这塑料花纸，能包书皮。这篮子能放鸡蛋。

秦芹笑了，你看，婶给它们都派上用场了。她顺手提过篮子说，这是火龙果，这是山竹，这是芒果，这是……都不是咱们这儿产的。这苹果，你看上边的“福”字多喜庆，搭配在一起，让人赏心悦目，病就好得快不是？

冯婶忙夸道，芹如今嘴真会说，还是在外边闯闯好。

秦芹又拿过那个塑料袋，一样一样地说，姐，这是养颜的，这是益肾的，这是健脑的……说真的，哪一样不值这一堆？眼睛又朝鸡蛋和墙角的两只鸡一瞥。秦轶说，好，芹现在时尚了，懂得享受生活了，比你姐强了。

秦芹嘴一噘，好心当作驴肝肺！还笑话我！

冯婶端出煎饼和菜，又去烧鸡蛋汤。

秦芹把姐姐拽到房内，小声说，姐，我听说咱们毕阳的职业技术培训大楼可是你们计委批的项目，招标也由计委管。

啥意思？秦轶问。

你装糊涂呀！我说这可是千载难逢的好机会，无论如何也要把工程弄到手！秦芹很坚定。

芹，你想得太天真了。我现在正下乡，计委的安排不好过问。再说，咱要出面打招呼，对别人也不公平。

什么不公平！姐你念了那么多书，脑子咋越念越糊涂了呢？现时的人，哪一次招标前不是托人找关系，千方百计把活揽到手。咱现在有这个条件，在评标中给有关人打一声招呼，却怕这怕那，你说你到底怕啥呢？

我怕丢掉良心！

行了，甭拿良心做借口，说穿了就是怕丢了你头上那顶破乌纱帽。你说，你为圪垯湾打井跑了多少回？人家给你提了两只鸡、几个鸡蛋你就感动了，连家也不回地干？我说，咱要把这栋楼拿下，我给你的报酬能买一汽车鸡！

就是能买一火车的鸡我也不能干！这叫以权谋私！

听到姐妹俩的吵声，权小顺娘儿俩都进来了。冯婶说，轶儿，你就让让芹，有啥事，吃完饭再说。

权小顺也劝，他姨，甭生气，你姐的病现在还没好，有事好说行不？

秦芹一步跨出房门说，还能说什么？我姐人家现在是政府干部，清正廉洁，大公无私，宁可大义灭亲，也绝不牺牲他人的利益！

权小顺说，秦芹，你咋能这样说你姐姐？

秦芹瞪着权小顺，眼睛已经湿了，声音已经颤抖：咋样说我姐都听不进去。她眼里没有我这个妹妹，我叫她娘都没用！怪我来得不是时候，影响病人恢复健康，我走！说着便跨出大门，权小顺和冯婶拦都拦不住，她生气地骑上大踏板走了。

全家人都在惋惜、遗憾、叹气，谁也没法说，谁也不好说。特别是权小顺心里更矛盾。他同情秦芹，又觉得秦轶的理由也是对的。她一生为人耿直，从不为自己的私利着想。秦芹是她唯一的娘家亲人，可是这要求有悖于她做人的原则，有悖于她的良心，所以直言拒绝，搞得姐妹反目。权小顺不好受，秦轶的心中也很痛苦。

一桌子的饭菜，谁也无心吃。

秦轶虽然大声地拒绝了妹妹，可是那时心却已经软了，动摇了。她问自己，难道不能帮妹妹一把吗？只要她稍微在米主任跟前提一下，米主任肯定会想办法给参加评标的人员暗示，或者给一把手郁主任打个招呼，让他关照一下妹妹也行。再说，就是自己不打招呼，不一定别人就不做手脚，到底该怎么办？她脑子很乱，拿不定主意。但她绝不能在家人面前说这些，她知道婆婆和丈夫本来就同情秦芹。

下午，秦轶让权小顺送她去圪垯湾，她说她想一个人静一静，心里乱极了。

权小顺知道秦轶的脾气，没再拦她，骑着车子把她送到圪垯湾。

本来身体还没有恢复，加上秦芹的事，弄得她心情不好，当然精神也差多了。

看到秦轶的状态，吴老师觉察出她心中有事，知道她一定有解不开的难题，便放下手中的经书，来到秦轶的房中。看见她躺在炕头上，吴老师端了一碗米汤，劝她喝下，然后坐在凳子上和她拉起家常。

吴老师问，家中长幼可安好？

秦轶回答，一切都好。

又问，你心中可曾宁静？

秦轶反问，吴老师，我很羡慕你，如何心静如水？

吴老师淡淡一笑，我衣食无忧，身静；与世无争，心静；研习佛法，脑静。

秦轶坐起来说，可我做不到，我是政府干部，无法遁入空门。

吴老师说，误会，误会。

秦轶说，请吴老师指点。

吴老师说，佛并不遥远，他就在你身边。其实你就是佛，你已经在做佛事。佛是什么呢？“佛是开悟了的众生，众生是还没有开悟的佛”。“佛是开悟了的众生”？

看到秦轶的迟疑，吴老师慢慢地说，也许你还不了解，佛是人不是神。佛祖释迦牟尼，其实是个平平凡凡的人。他在二十九岁那年舍弃了即将可以继承的王位，出家学道，寻求解脱人生苦难的方法，直到三十五岁才彻悟了宇宙人生的根本道理。曾发誓愿“地狱不空，誓不成佛，众生度尽，方证菩提”就这样终其一生，为普度众生奉献一切。

秦轶静静地听着。接下来吴老师又讲了关于中国和天竺国的两位高僧的故事。尽管她不知道秦轶心中的疑难问题是什么。可是这两个僧人的精神此刻却让秦轶受到很大的启发，她心中仿佛有一盏明灯在闪亮。已经十点多了，这对每天早睡早起的吴老师来说，已经破了例。秦轶再三致谢，送吴老师回西边房子休息。

第二天，太阳刚刚冒了头，秦轶就起来，她从一个坡道走到原上。这里有一片油菜地，正好是油菜花盛开的时候。那绿秆绿叶托起的一片黄色，竟是那样鲜亮，那样

纯洁,那样生动,让人流连忘返。

太阳已经升起来了,灿烂又温暖,照得油菜花儿更加鲜活,也照得人心暖暖的,她不觉轻松了许多。

秦轶在地边一处干净的塄坎上坐下来。她想一个人静一静,让烦乱的心清一清。她想起昨晚和吴老师的谈话。当然自己不会像吴老师一样去烧香拜佛,但从吴老师这里,她算是对佛有了一个新的认识。知道了释迦牟尼的身世,特别是吴老师讲的两个高僧,她在有的书上也看过。就说那个来自西域天竺国的鸠摩罗什高僧,他父亲鸠摩炎,当年硬是放弃宰相不做,只拿一根打狗棍、一个乞食钵就独行天下,翻山越岭,蹚河过谷,一直朝着东方,坚持不懈,最后终于到达中国。儿子鸠摩罗什子承父业,又东行来到长安,在终南山下的草堂寺译经、讲经。到他圆寂前,竟译经书七十四部,三百八十四卷,何等惊人。另一个就是唐僧玄奘。由于《西游记》的演绎,中国人家喻户晓。他又是在二百年后踏着前者东行的路线,经过九九八十一难,西行到天竺国取经。他终于在那烂陀寺的三棵菩提树下修持六年,取回真经。

秦轶想,不管书上写的是真是假,吴老师讲的故事有无渲染夸张,但有一点她信,就是当时确有从西域来的高僧到中国大讲佛法,同样也有中国的高僧到西域天竺国取经。那西安的大雁塔不就是唐僧当年译经讲经的地方吗?玄奘可算得上“舍身求法”之人。

他们的精神感染着她,让她慢慢理出些头绪来。在她们家里,父母去世十多年,只剩下她和秦芹,还有谁能比自己的妹妹更亲呢?难道她不想帮妹妹一把吗?她想帮,可她不想用手中的特权,更不想用损害别人的方法来使自己人获益。如果这样,那当年自己的奋斗、呐喊、呼吁还有什么意义呢?千万人用生命的代价换来今天的新生活,难道又新汤熬旧药吗?她想,我一定会帮助妹妹,但不是用这种方式。

她终于想通了。她要趁自己还没有老,还在政府机关,多为这些贫穷的老百姓办点事。不管别人怎样,她首先要鞠躬尽瘁,尽职尽责。或许有人会利用手中的权力以权谋私,但她首先要管住自己,起码能独善其身。做到这些,有时的确很难。不光是周围的人不理解,有时候自己也会动摇。可细一想,只要坚持,总比那两个东行西去的高僧容易得多。

太阳热起来了,面前的油菜地里飞舞着一群群忙着采花的蜜蜂,它们飞来飞去,拥拥挤挤,无任何人督促,却没有一个偷懒,难道它们是为了得到表扬和奖赏吗?

秦铁站起身来，深深地呼吸了一口新鲜空气，她觉得轻松多了，阳光和大自然给她充了电。

秦铁的力没有白费，这眼机井在夏收中取得了立竿见影的效果。

这口井的水很旺，那些率先用它灌了升浆水的农户，今年小麦每亩增产都在一到两成。还有几家眼亮的人，井刚打成，就在机井附近的承包田里弄出一块地种菜。他们虽然花了一些水费，可是地里长出的各种蔬菜卖的钱却让全村人红了眼。特别在夏收中，往年因干旱井里水少，常常人畜喝水成了大困难，半天只能绞上来一些浑黄的泥水。可今年一切问题都解决了，无论一组还是二组，拿上水票都可以在机井拉水。人们不再为大忙天缺水发愁，还能在村里买上新鲜的黄瓜、豇豆、西红柿这些往年很难吃上的蔬菜。

大家从心眼里感激这位驻队的秦主任。孔中辉媳妇见人就说，秦主任人长得好，心眼也好，能力更强，给咱们村办了这么多的好事。光头手里拿根大黄瓜，嘴里嚼着，见人就吹，是我把秦主任接回来的。孔中辉踢了他一脚，还吹，你不是差点把人家给气跑了吗?

光头嬉笑着，我那是考验她，如果那几句话就能气跑了，那就不是秦主任了。

她没有跑，看到这几家种菜的农户卖了钱，想到了另一个主意，搞蔬菜大棚。在此以前，种蔬菜的大多是原下的农户。那里井浅，不缺水，原上从来没有人专门种菜。现在圪垯湾打了机井，可以搞蔬菜大棚，冬季也可以种蔬菜。

她和队干部商量，先让那些愿意搞大棚的人搞起来，做个示范。她听说过，县上给建蔬菜大棚的，每个大棚补助一千多元。

到底有没有这个政策，她急忙又去农业局联系。还好，果真如此。这让秦铁非常高兴，几家愿意搞大棚的农户也有了劲头。于是秦铁又骑上自行车，忙着落实补贴，请技术员，在县上和圪垯湾来回地跑。

二十三

初见成效的努力和夏季丰收的喜悦，让秦铁的心灵得到了一定的抚慰。她那因无法答应妹妹的要求而产生的烦恼也减轻了许多。回到办公室，看见办公桌玻璃板下压着一张字条。原来是舒月来找她，没见人，留下了条子。上边写着本周日高中班的同学在毕阳河滨公园的聚贤厅聚会。请求她务必参加。她知道舒月现在在毕阳中学教书，离机关不太远。可她一直在乡下蹲点，所以见不上。

看到条子，秦铁心中一阵激动。三十年来，除了舒月他们少数几个人，大多数同学都未见过面，不知见面后是否还能认识。

这些年来，社会上聚会多得是，战友聚会、同学聚会、牌友聚会、舞友聚会，甚至还有难友聚会。聚会中人们一起诉说衷肠，共享欢乐。于是商家也动了脑子，饭店推出婚庆宴、满月宴、谢师宴、聚会宴等，名目繁多，并承诺给 8.88 折优惠，来吸引顾客。

秦铁这些年一直忙于进修学习和工作，马不停蹄。她从来没参加过任何联谊聚会，也没时间去邀请别人，就连梦岗考上北京大学也没有搞什么谢师宴，此时甚至有点遗憾。这次同学聚会，人家特意通知自己，所以无论多么忙都得参加。她真想和同学们见见面。

周日，秦铁安排了家里的事情，告诉权小顺，今天她要去公园参加同学聚会。

权小顺忽然想起，梦岗从北京带回来的那件红绸衫秦铁一直未穿，便说，你不是还有一件红衣服吗？今天同学聚会，穿上正好。

秦铁听后，非常感激丈夫。那次看完信后，他不但没有介意，还提醒自己穿上罗晓岗送的衣服。他的大度让她感动，但是她还是没有穿，而是笑着说，那件衣服太艳丽，太时尚，我穿不出去。最后还是穿上那件浅蓝色格子布上衣去公园了。

一路上看到原来的人民路在拓宽，毕塬路和沿渭河的渭阳路也在重修，公园的大门也已修缮一新。门楼雕梁画栋，园内绿化令人赏心悦目。她打听到聚贤厅是在东边的荷花池边，就顺着里边的花砖小路走，看到一片片玫瑰、金盏、月季还有许多叫不上名字的花卉，实在让人心醉。走了一阵，果然看见一片盛开的荷花。又圆又大的绿叶托着一朵朵粉红色的荷花，让人心动。她忽然想起在上教院时的那次舞会。想起林把她称为荷花仙子。

美丽的荷花，亭亭玉立，出淤泥而不染，可敬可佩！

她再朝前走，忽然发现一个建筑群。首先看到一圈戴着帽的青砖墙，不高不低，恰到好处。所谓帽子，就是墙头上全部斜搭的一层琉璃瓦，庄严华丽，红漆大门开着，朝里一看，正面有座大房，有点像皇宫的宫殿。东西走向，南北都是大窗户。正厅的两边配有面积小一点、高度也比正厅矮一些的厢房，均为白墙、灰瓦、红门窗。远看错落有致，近看素雅大方。

院子里有几棵玉兰树。满树肥厚的，泛着深绿色光亮的叶子，给院子增添了不少活力。她觉得这地方真不错。

秦轶进门后，正在瞅着正厅的牌匾，舒月忙迎了过来，高兴地说，还怕你看不到留言，你能来，太好了！她又说，聚贤厅大，我们这次只联系到二十几个同学，就放在怡心厅。对面是思齐厅，大小差不多。

秦轶说，见贤思齐，修身怡心，很文化的嘛。

舒月领秦轶进了厅，里边围成圈的桌子上摆放着香蕉、橘子、瓜子、糖果等。在座的已有十多人，舒月说还差五六个就齐了。

秦轶微笑着向众人打了招呼，被舒月拉着坐下。她瞅了一下，有的人已记不起名字。挨她左边的男同学剥好一根香蕉递给秦轶，她忽然想起这个人，叫道，你是李文！对，就是他，积极、热情，每次劳动总是跑到前头。

李文自嘲道，所以嘛，学习虽不怎么好，老师还给我封了个劳动委员。秦轶问，记得你当年考的是——李文谦虚地说，不行，不行，只考了个农学院，现在在市农业局混呢。郝文宣考的是政法学院，在司法局当科长。舒月拿了个橘子，还没有剥开，却唉了一声，你们都是精英，这个长，那个主任的，就我背，还是个孩子王。郝文宣闪着一双大眼反讥道，舒教授，别得了好还卖乖。现在教师可是吃香得很，你又在重点中学，哪个学生想到你们学校上学，家长还不得去求你？说着又朝旁边的几个喊，刘乡长、南局长、张院长、王村主任，你们谁家有孩子上学就去找咱舒教授。舒月顺手将橘子扔过去，砸在他的手上，笑着说，你这个组织部长当得可真行呀，一下子就封了这么多的官。以后谁家孩子安排不了，就去找郝部长。

一阵大笑。

正在笑着，又一个人进了门。秦轶愣了一下，脸上的笑容马上消失了。心想，他来了，她怎么没有来？立即就有人喊道，杜局长驾到。

杜力一边拱着手说，对不起，迟到了，迟到了。一边朝秦铁的脸上瞅了一眼，他的脸上突然浮现出一丝不易觉察的惊喜。他们高中毕业后最后一次见面，应该是十年前，秦铁与权小顺没能完婚的婚礼当天。他在人群中看到了秦铁、权小顺和罗晓岗。而秦铁只在他转身离去时，远远看见了他的背影。

今天见面，只是互相看见了，还没有来得及互相招呼，后边又有几个人进门了。大家又是一阵大声寒暄。因为这一拨人里，既有聚会发起人张龙、刘宏伟，还有一对为聚餐埋单的人。

大家就座后，张龙数了一下人数对郝文宣说，人已经到齐了，现在你主持开会。

郝文宣是个活跃人物，哪儿有他，哪儿热闹。

他站起来说了句，同学们好！先深深地鞠了一躬。然后抬起头来说，这一躬是我替发起人张龙、李文、刘宏伟给大家鞠的。大家能来参加聚会是给他们赏脸！大家一阵掌声。

接着又说，咱们古陵中学高六四乙班原来共四十五人，除工作在外地赶不过来的，还有身体欠佳的，再就是三位驾鹤西去的，今天实到二十三人，已超过半数。凡超过半数的聚会就是成功的聚会！又是一阵掌声。

现在请张龙代表发起人讲话。

张龙这个人长相普通，学习成绩一般，也没有什么特长爱好，就是有一点，为人诚实厚道。他站起来说，毕业快三十年了，很想念咱们班的同学。我在街道办事处做了份小工作，不太忙，就找李文商量，想搞次聚会。李文很热心，谁知还有更热心的一个，就是刘宏伟。于是我们骑着自行车到处打听、寻找，一个一个联系。原来打算有工作的每人出一点钱，凡在农村没有工作的人一律免费。谁知在一个人跟前却碰了钉子，让他给臭骂了一顿。

我今天要特别感谢的是李文的舅舅给咱们提供了这个场所。李文，我在这里先谢谢咱舅！大家又给出掌声。

张龙说，今天也没有什么主题，随便聊，从我的左边开始，挨个儿往下轮。

杜力正好坐在他的左边，便自动站起来说，各位同学好！我今天来迟了，向大家道歉，把我要说的话和此刻的心情，填在一首词里：

江城子(同学聚会)

三十余载事茫茫,虽未见,却难忘。天各一方,难以叙衷肠。

偶尔相逢似不识,细端详,鬓已霜。梦里古陵松柏苍,小树下,读书忙。

今日相见,霎时泪盈眶。半生操劳为何事?趁今朝——

请同学们填上下边几个字。

秦铁听着,总觉得这首词像是对自己写的,这时,有的同学喊,趁今朝,尽风光。

有的喊,趁今朝,尽辉煌。

秦铁想,趁今朝,博一场。但她并没有应声,心中已很不平静。

郝文宣就说,杜局长的词好,咱们这些人,不管是努力,还是奋斗,或者说是艰难,现在都已是半百之人,就让我们紧紧抓住青春的尾巴,尽情享受生活吧!部分同学鼓了掌。

轮到一个女同学,她叫李秀莲。刚一站起来就让人眼睛一亮,头发是刚刚烫过的,焗成了栗色。上身穿件浅黄色镶了边的新款短袖,看起来对这次聚会非常重视。她一站起来眼睛就湿了,同学们,我很想念大家,可是那些年——她哇的一声哭了,说不下去了。旁边的人就劝,别伤心了。也有人说,让她哭出来也好,她结婚早,两个孩子很小时丈夫就去世了,实在不容易。这么多年憋在心里的话,见了同学说出来也是一种发泄。

过了一会儿,她把眼泪擦干,继续说,现在好了,我不但在村里教书,有份正式工作,孩子们都听话顺教,我每天还打打太极拳。我觉得啥都不重要,健康就是福。

一阵长久的掌声。

之后便是纪书。他今天穿件黑色暗条纹衬衣,头发洗得干干净净,站起来就说,刚才张龙说有人臭骂了他一顿,就是我。你们是有工资的人,但也不能瞧不起咱农民嘛。想当年我们几个在公园聚会时,可怜得啥也拿不出来,没办法,偷了别人家一个向日葵头,拿去给同学们每人分了一块。现在好了,我大小办了个厂子,别的不敢说,给大家管顿饭还是可以的。张龙这小子却说没工资的人不让出钱。这样瞧不起人我能不骂他?

大家哄然大笑,郝文宣忙挥手,骂得好,应该骂。我们的农民企业家纪老板、纪

大款,要给大家表示诚意,大家欢迎!又是一阵哗哗的掌声。

会场上的气氛一下子活跃起来了。已经不按次序,谁想说什么就站起来激动地大发感慨。

刘宏伟刚一站起来,所有人的眼睛都朝他瞅。他今天的打扮,让人不知该说什么好。一身亮黄色的运动衫,镶着红色的两个道,鲜艳夺目。然而穿在他那又黑又瘦而且有点驼背的身上,就显得怪异。

秦铁很诧异地看着他的打扮。旁边一个同学小声说,你还不知道吧?宏伟当年因对家庭升成分不满而遭受打击,精神失常,行为有点不太正常。

虽然听到同学们的议论,而刘宏伟却一点儿也没有感到不好意思。开口说道,同学们好!我本来经常送《华商报》,到处跑,听到要聚会,就自愿加入联络的行列。今天我给大家带来了我的两个小册子,每人赠送一份,请不吝赐教。

大家拿着小册子,这是在街上复印部打印的那种。于是互相看看,无法判断这个同学精神到底正常还是不正常。

有人翻开他的小册子,看见他写的一些人生感悟的句子,觉得挺有意思,随口念了出来。

人无魂则死,国无魂则乱;

幸福不在金钱中,苦日子里头有幸福;

钉子是敲进去的,时间是挤出来的。

秦铁也翻开一页,竟然看见一首为秦铁新作改编成电影而作:

苦辱玛利亚,大爱随菩萨。胸怀女娲志,魂魄在中华。

再翻,其中还有赞世的、反贪的、自律的、诫子的,内容各异,题材多样,有的是律诗,也有打油诗,无论是雅是俗,但都是积极的、向上的,劝人学好的,毫无私愤和怨情。

她对这位“怪异”的同学,突然刮目相看,心中不由升起一分敬意。

秦铁的脑子正在思考刘宏伟这个人,突然有人让她发言。一下子不知该说什么,就起来鞠了一躬说,我很幸运能有今天,还能和这么多同学见面,十分高兴。虽然自己现在还很不行,但我会努力的,一定会。

张龙插话,秦铁同学太谦虚了。她这几年一直努力,从学校到机关,勤奋读书,努力工作，进步太快了，而且还为我们奉献了一部很了不起的作品。听说要拍成电影，更让我敬佩的是，她吃了那么多的苦，受了那么大的冤，却从无怨言，未发泄过不满，而是坦坦然然向前看，真让人感动！

秦铁说，人的一生，谁能一帆风顺？总会有个坎坎坷坷，曲曲折折，只要翻过那一页就好了。掌声四起。

漫谈结束了，在去餐厅以前，纪书站在门口，提个大袋子，给每人发件包装精美的衬衣，说，不成敬意。同学们一一谢过，欣然笑纳。

午餐是在离河滨公园较近的一家餐厅。开席后，主持人说刚才的座谈时间有限，很多人言犹未尽，现在边吃边聊，随意、自由、时间不限。几个女同学便和秦铁坐在最里边的一张桌子旁，热切地问长问短，互相关心着对方的家庭、事业和生活。大家的注意力不在筷子上，而在谈话上。近三十年的分别，真是有说不完的话题。

这时，杜力端着酒杯来到这边，客气地说，让我先敬各位女士一杯，先干为敬。说着一饮而尽。之后又给自己斟满，眼睛盯着秦铁，说，这一杯是自罚——为我所犯下的错误……对于他和秦铁当年的那段情感纠葛，同学们都有所耳闻。坐在秦铁旁边的舒月知道杜力有话要说，赶紧站起身来让开位子说道，杜局长今天要自罚，就坐下来好好罚几杯。随手一按，杜力便坐在了秦铁的旁边。他对舒月连连点头，好，我喝，我喝。又是一杯。旁边的人又给他满上。此时，杜力的脸已涨红，他摇晃着身子，伸手去抓秦铁的胳膊。秦铁用手挡了一下说，你喝多了。杜力看着她反复说，没喝多，没喝多，我今天有话要对你说，就一句，一句，对不起！对不起！并且双手合十，连连点头。秦铁一看，杜力喝了几杯酒后已经情绪难以自控，就说，行了，你别自责，你没有什么对不起我的，我现在很好。

可是杜力仍执意不休，他又把手中的那杯酒一饮而下，激动地继续说着，你现在很好吗？不，不好！这么有才有貌的人竟然屈嫁给一个农民，一个没有文化的农民！这都是我的错，我的大错呀！那年——就在，在你要和那个农民结婚的时候，我，我也去了你们村子。我本来想求得你的原谅，用我的后半生来照顾你，以弥补以前给你造成的伤害和损失。可是我看见北京那个拄着拐杖的人来了，听说你们已经有了一个孩子。我原以为你会跟他走，谁知你最后竟……我为你感到可惜，感到遗憾！遗憾呀——说着竟一把鼻涕一把泪，还呜呜地哭着。

杜力今天的突然失态，让秦铁始料不及。虽说是酒后真言，但却让她非常难堪。

虽然这些话是对她一个人说的，但这个桌子上的同学都听见了。让秦铁感到难过的不仅仅是勾起了她对往事的回忆，而且她还担心这些话会引起什么误会，以及同学中间添盐加醋地议论和传播会产生什么后果。杜力再一次去拉她的手，并一阵阵呕吐，她实在无法，不便再说什么，就让别的同学先陪陪杜力，自己起身告辞了。

离开餐厅后，心中五味杂陈，虽然有说不出的不快，但是下午她还是和舒月一起去了国强家，这是她计划中的事。听李文说，秦国强最近情绪很不好，邀他参加聚会，他坚决不来。当她们带着水果和纪书发的衬衫进门后，看到的情况的确让人寒心。满院子的树叶、柴火以及倒在台沿上的锄头，乱七八糟。靠墙的地方杂草丛生，简直像没住人一样。走到房门外，就闻到一股呛人的烟味。见有人来，国强从炕上溜了下来，那张毫无生气的脸上突然出现了惊喜，噢，你们来了。经聊，才知道因二十几年前的那桩冤案，让他的精神受到很大的打击，从此一蹶不振，日子过得艰难。所以至今还没有成家，一个人混着。看他眼下的模样，秦铁心里一阵难过。衣衫不整，头发不理，萎靡不振，简直像个六十岁的老头。

秦铁赶紧开导，国强呀，你不能这样下去。你当年多有见解呀，现在形势好了，自己却缓不过劲儿。世间的人，谁能一辈子一帆风顺？生活中的苦难，虽说难以忘记，但也不能让它把自己压垮了。我们要向纪书一样，翻过那一页，走进新的生活，开辟新的领域。

国强说，我不像你，你是个强人，我是懦夫。

秦铁急了，加之午餐时杜力的那一幕，令她十分激动，便声音很大地说，我不是什么强人！我只觉得自己的命是重新捡回来的。这么宽松的环境，如果不抓住机会，活出个人样，那才是混蛋！不仅对不住自己，更对不住死去的父母！

国强呜呜地哭了，他抽抽搭搭地说，你骂得对，我就是那个混蛋。

舒月在院子扫完地走进房子，她说，国强，对不起，是我伤害了你，有什么困难，我们大家一块儿解决。顺手掏出二百元递给国强。这是几十年来她第一次面对国强说的最真诚的心里话。

国强不要这钱，秦铁劝，你就收下吧，这是舒月的一点心意。

她们要走了。国强说，你们能来，我已经十分感激，还拿这些东西干啥呢，我又不是病人。

秦铁说，不是病人就好。可是你得补补身子，健健脑子，尽快振作起来。人活着就是个精神,如果精神垮了,谁也救不了你!最后又转达了纪书的问候和送给他的衬衣。

国强被同学们的关心感动得眼眶又湿了。

这次聚会,秦铁印象中那些天真的同学,一晃三十年,都已经年过半百。有的都已有了第三代人。她看到有人风光了,自由地享受生活;有人牛马般地拼命,却惨淡地经营着生活;有人感恩戴德地劳作,仍在忍辱负重地生活。还有人,就像国强这样,受到一点儿挫折便一蹶不振。

看到同学们各种不同的生活方式,她不知道什么是错,什么是对,只知道凡此种种,都是存在,是现实。人们现在可以无忧无虑地做自己想做的事,是这个时代给了大家宽松的环境。她为此而感到高兴。

从杜力今天的情绪看,他好像并不十分开心。秦铁不知道为什么,但已经对他完全没有了以前的怨恨,甚至有些同情。今天唯一让她揪心的就是国强。她知道,一个人在生活中遇到再大的困难,只要心中有爱就会支撑下去,如果那份爱没有了,就会觉得一切都暗淡无光。她自己能走到今天,要感恩那些滋润过自己的爱。她想,要让国强振作起来,得用爱去温暖。此时,她想起了一个人……

二十四

秦铁东跑西颠，弄清了有关蔬菜大棚的补助政策，满怀信心地回到圪垯湾。她准备尽快落实大棚个数。谁知刚一进村，就碰到几户种菜的人来反映，说他们地里的西红柿让人偷了，连蔓都踏了。跟牢媳妇一把鼻涕一把泪地骂着，偷人的不得好死，我的这一茬黄瓜刚长好，昨晚就让人偷了。种的辣子还没长大，连辣椒秆都被拔掉了。

一会儿，村口就围了一大堆人。原先想搞大棚的人心也凉了。有的说，唉！苦心费力务了一料子菜，倒给贼娃子做了好事。有的说，搞啥大棚呢，趁早收拾算了。咱这村子，屎事都弄不成，就是过穷日子的命。

这时村主任袁凯走过来对众人说，大家先回去，这事一定要调查清楚。我们一定要保护农户的利益。秦主任刚来，等我们研究个方案，弄清楚后给你们一个交代。这样人们才纷纷离去。

到了村委会办公室，秦铁惋惜地说，这件事肯定会影响那几家搞大棚菜农的积极性。想想看，是本村人干的还是外村人干的？

袁凯说，有人怀疑光头和二娃。这两个货以前偷过外村的苹果，回来后还在村子炫耀他们多能行。可是光头这几天不在家，听说回渭河南老家去了。

你是说他去了渭河南孔张寨？袁凯点点头。

那能有多远？最近晚上派人到村子周围转转。情况没弄清之前，要保密，免得闹矛盾。

正在这时，袁大爷提个烟袋锅进了办公室。他说，昨夜我跑后，听到门外有响动，开门一看，见有人推着自行车从我门上过去了。我喊了一声谁？那人走得更快了。没有月亮，看不清是谁。

是由东头过来的？向村口走？袁凯赶紧问。

袁大爷一边装烟一边说，是的，往村口走。

掌握情况后，这天晚上，袁凯和几个人轮流在村子里转。大约十二点左右，光头骑车子往回走。袁凯刚从办公室出来，正好撞上，就问，光头，这几天你上哪儿去了？

光头笑嘻嘻地说，支书这么晚了咋还没睡呢？

我在问你！

噢！我——我到河南帮他们卖菜去了。说着把车子推到门口，准备回家。门刚一开，袁凯先往进走。光头急了，说，书记有啥事明儿个再说，不能耽误你休息，说着就要关门。

袁凯用手一拨，走了进去，他说，秦主任来了，要帮大伙建蔬菜大棚，问你参加不参加。

我——我哪里会弄大棚，根本不会种菜。

你只会卖菜是吗？还只会卖西红柿、黄瓜、辣子？

光头站在门口，一听慌了，结结巴巴地说，领导，你咋能这样说话呢？快回去休息吧！

进屋坐坐！袁凯走进院子直接问，黄瓜、柿子在哪儿？因为下午，他扒在门缝看见光头院子有掉在地上的辣子和辣子叶。

书记，你说啥，我哪儿有什么黄瓜、柿子？

光头，你不说是吗？袁凯问。

看这阵势，是瞒不过去了，光头一下子软了，他支吾着说，书记，村主任，我错了，真的错了——我们孔族人要修孔庙，我拿不出钱。

打开灯！袁凯命令。

光头走进房子，拉了灯绳。

房子里亮了，地上随便乱放的西红柿、黄瓜和绿辣椒，像小偷现了原形，一个个睁着眼睛看着来人。

袁凯在房子转了转，除了这些没卖完的西红柿黄瓜，门背后还蹴着一袋子东西。他问，这是什么？光头说麦子。袁凯不信，隔着蛇皮袋，看着不像麦子。他走过去抓了一把，原来是弄碎了的土粒。一切都明白了。他也听说有人用这东西搅在麦子里交公粮，果然不假。

这地方的土质硬，有人就粉碎成小粒，再用筛子过了，留下这些和麦粒大小的土粒和麦子混在一起，粮站过筛时筛不掉，自然就增加了重量。

袁凯问，你在哪儿学的这一套？

光头说，只有你不知道，好多家都在弄，谁家门背后没有一袋两袋的。

唉！我好糊涂的光头呀，不好好把庄稼务好，也早点成个家，净想些歪门邪道！今晚别再出去了，在家等着处理吧！

走出门时，袁凯心里沉沉的，不知该说什么。第二天一大早，他就去找秦轶。她现在就是袁凯的主心骨和靠山。

听了袁凯的汇报，秦轶沉思了一会儿，放下擦脸的毛巾说，清理街道的垃圾容易，可是清除人们心灵上的垃圾就不那么容易了。

袁凯认可，他唉了一声说，你说这光头，整天嘴上喊着建孔庙，孔子是怎么教育人的，难道让他去偷别人的东西，给公粮里边掺假吗？

秦轶说，冰冻三尺，非一日之寒；光头行窃，非一念之差。这问题暂且放下，你今天先和我到各家走走。

一个上午，他们将一组所有的人家都跑了一遍。只说秦主任想到各家转转，顺便征求一下对蔬菜大棚的看法。走访的结果，一部分人想搞大棚，但是担心有人手脚不地道，就像现在那几家种菜的遭窃一样。赚不来钱还倒贴。也有人根本没这个胆，对新事物一概不信，他们绝不做第一个吃螃蟹的人。说，还是老老实实种粮食，老先人种了几千年，错不了。

在入户的过程中，正像光头说的，他们确实看到有不少人的家里，都放着加工过的土粒。有的装在袋子里，有的靠墙放着，还有的正在加工，用筛子筛土末。也还看到有两家的担笼里放着红红绿绿的西红柿和大小不一的黄瓜。明显不是从市场上买的。

秦轶和袁凯心知肚明，看来偷菜的不仅仅是光头一家。

更让他们心痛的还是刘四家，院子依然扫得很净，没有围墙，门用木棍支撑着。当他们走近时，听到房内有哭泣声。进去一看，原来是刘四的大女儿大妮在小床上抹眼泪。问了几遍，才说昨晚有个男人进屋欺负她。秦轶问，你爸呢？他没在家吗？大妮哭着说，他又出去喝酒了。秦阿姨，你上次给的几百元，除了买化肥，剩余的我大①都喝酒了。

秦轶问，喝酒？你没有阻拦吗？

大妮说，我大带我们也不容易，他闷了喝点酒，我能说啥？

秦轶问，昨晚那人你认识吗？大妮摇摇头。秦轶心里酸酸的，她拍着大妮的肩膀安慰，别难过，我们会帮你的。她为大妮的善良和孝心所感动，也为她的处境而难过。

走出来后，袁凯问，秦主任，你看咋办？秦轶说，你回去先想想，拿出一个意见。

---

① 大：方言，父亲的意思。

其实,她也是给自己留时间,她要好好想想。就在发现村民中存在的诸多问题时,她的心中已经产生了一个想法。但她得考虑考虑,看能否行得通。

中午,吴老师做了煎饼,拌了凉菜叫秦轶吃饭。自打秦轶在全村各户派了一遍饭后,便固定在吴老师家吃饭,这样方便些。

秦轶半天没动筷子,吴老师说,你心里有事,看你这几天都瘦了。

秦轶拿起一张煎饼,却没有立即卷菜,她问,吴老师,我看咱村的人都还挺不错的,为啥问题这么多?

吴老师盛了一碗汤递给她说,饥寒出盗贼,还是穷吧。

秦轶接过汤碗,若有所思,觉得有道理。她想起三年困难时期,班上有个平时表现很好的同学,竟然偷了别人一个馍,弄得连共青团也没入上。又一想,贫穷并不是产生偷窃的唯一原因。在我们国家的历史上,有时也不很富裕,民众常常被贫困的生活所困扰,但却出现过夜不闭户,道不拾遗的良好风气。所以家风、村风、民风才是最重要的。风气坏了,再有钱也会出盗贼。她想,自己这次下乡,应该做好两件事:一是帮村民致富,解决生活上的困难问题;二是要帮他们清理思想上的垃圾,树立良好风气。

秦轶说,吴老师,请你帮帮我,咱们一起来做一件事情。

吴老师说,你是说来教化我们的村民?我看是件好事。佛教不相信有顽劣不可教化的人。

秦轶感激吴老师的理解,她说,谢谢吴老师。两人不约而同端起汤碗喝了一口,好像是在喝约定酒。

吃完饭,秦轶忙去刷碗。这时袁凯却急忙走进门,看样子有重要事要说。

秦轶问,你是不是有了好主意?

袁凯在脖子上挠了一下说,秦主任,你家里如果有事就回去吧,在家多待几天。

秦轶放下正在擦桌子的抹布问,你没啥事吧?

袁凯支支吾吾地说,没有,我是说你来咱村以后,街道的路铺了,卫生制度化了,村容变好了,又打了机井。有的村几年也干不了这么多事。

你是撵我走?

我是说你没有必要把时间浪费在这填不满的穷坑里。

出了什么事?快说!秦轶双眼盯着袁凯。

秦主任你为圪垯湾做了这么多好事,够了,你还是回去吧。

袁凯！你还是不是党支部书记,是不是这个村的村主任？有什么事这样瞒着我！告诉你,这里弄不好,我不会走！

好心的袁凯,知道圪垯湾的问题太多了,他不忍心让秦铁长期陷入这种无休止的麻烦之中。在村子的面貌初步变化之后,就想劝她离开,趁好收场。但看到她这样坚决,他便实说了。

原来二组有两个青年娃,在公路上对一个行人拦路抢劫,被公安上抓走。刚才派出所来人调查。

秦铁问,情况怎样？

袁凯答,只抢到二百多元,可是情节恶劣,把人打伤了,正在医院治疗呢。

走！到医院看人去。秦铁很坚决。原来脑子里不太清晰的方案一下子明确了,心中的主意也因这件突发的事件而更加坚定了。

半个月后,圪垯湾村的村民大会召开了,是在村委会门前的空地上。这里没有凳子,人们全都站着。这是秦铁蹲点近一年来,召开的规模最大的一次会议。每家都有人参加。

会上先由村党支部书记、村主任袁凯宣布几件事:一是决定给二组也打一眼机井;二是今年在一组搞蔬菜大棚试点,首批参加的有自愿报名的十户村民;三是——谁也没有料到的一件事,村上支持重修孔庙。

下边是村民表态。

第一个发言人竟是光头。这让人们大吃一惊。

光头今天头脸洗得干干净净,穿一件白布衫黑布裤。上台后(其实就是站在村委会门口的石头上),先给大家鞠了一躬。然后说,各位乡党,我错了,我给跟牢、三群他们道歉！我糟蹋了他们的菜。前几天赔给他们的钱是秦主任给的。我做了辱没先人的事,村干部、秦主任没有嫌弃我,替我赔钱。我就是借钱也要参加大棚试验,要用自己的双手挣钱,让日子好起来。

大家先是吃惊,接下来就响起了掌声。光头又说,听说村上支持重修孔庙,我替先人感谢各位！又鞠了一躬。

袁凯说,请秦主任讲话。

秦铁走上前,她显得清瘦,但却很有精神。她向所有村民扫视一遍,然后恭敬地说，谢谢各位乡党。今天能有这么多人来参加大会，是对村委会和我工作的支持。今天有两件事需要给大家说明：一是修孔庙，这不仅仅是孔姓人的意愿，也是我们很多百姓的意愿。但这毕竟是民间行动，所以我们村委会一定会支持和管理这件事。孔子不仅是孔姓人的祖先，而且是儒家文化的集大成者。孔子是我们中国历史上的第一大圣人，是我们高尚道德和优秀品质的源头。现在好多人要求重修孔庙，这是件好事，不是什么封建迷信。据我所知，在世界上有好几个国家，已经建起了孔子学院。别的国家都在用我们的传统文化教育他们的国民和后代，我们更应该学习。可我认为，孔子不能只进孔庙，还要让他进入千家万户，让他的精神在我们民众中得到传承，让他的思想在我们精神文明建设中发挥更大的作用。所以我建议，在我们村举办周日国学班。让我们村里的娃娃们、小学生、中学生每周日抽出一两个小时来学国学，读读《三字经》，学学《弟子规》和《论语》。这件事主要由我们村的退休教师吴老师来负责。第二，我今天要表扬一个人，就是刘大妮。她母亲去世早，她一直照顾弟妹，把家里打扫得干干净净，而且还能孝敬父亲。是值得我们青年人学习的榜样。我今天宣布，派刘大妮到县农牧局参加蔬菜大棚技术培训。回来后当我们村的蔬菜种植指导员。

话音刚落，圪垯湾的村民们，用他们那粗糙的双手拍出了响亮热烈的掌声。

秦铁双手合十，表示对村民们的谢意。之后，便对旁边的袁凯说，散会。

这时，一个青年突然跑到前边，大声说，叔叔婶婶们，别急走，我还有两句话。

跑出来要说话的是半个月前跟随别人拦路抢劫的二牛。他喘着气说，我对不起全村的人，我给咱圪垯湾村丢了脸，抹了黑。是我思想糊涂，十几天前建鹏叫我给他帮忙，我没问是啥事，稀里糊涂就跟着去了，结果干了坏事，伤了别人，也害了自己。咱们的袁书记和秦主任去医院看望被我们打伤的人，向人家道歉，回来后又让我父母去看望人家，给人家赔礼道歉，把钱送去给伤者治病。公安局鉴于我是胁从，经过教育把我放了。我要感谢袁书记，感谢秦主任。请全村的人监督我，我今后绝不会再做这样的坏事。我若再犯，就朝脸上打。我为这次错误先替大家打我自己。说完，啪啪啪！朝自己脸上扇了几下。

群众议论着离开了会场。秦铁十分沉重地对袁凯说，兄弟，我们要做的事还真不少呀！这是她蹲点以来，第一次称袁凯为兄弟。回过头来又对吴秀芝说，吴老师，今后要劳你多费神了。

吴秀芝用手拢拢她的白发,精神十足地说,在我的暮年,还能有机会为村里的孩子们做点事,这是佛的意愿,是我的福分。

袁凯十分激动,他的脸几乎都涨红了,对秦轶说,秦姐,你这样全心全意为圪垯湾村的群众谋福利,真是上天派来的活菩萨!

吴老师说了句,阿弥陀佛!

秦轶突然有了一种神圣感,她想起一位作家说过的一段话:“我们放心不下的是在我们身上,除了仁义理智信外,同时也有着魔鬼……只有物质之丰富,教育之普及,法制之健全,制度之完备,宗教之提升,才是人类自我控制的办法。”

如何做好这里的工作,她觉得难度太大,担子太重了。

秦轶没说别的,只是深深吸了口气,把自己的拳头握得紧紧的。她要一步一步地来实施自己的方案,一件一件实现心中的蓝图。尽管她还没有非常成熟的办法,也不知道后边还会遇到多大的困难,然而有一点是明确的,就是要干,要让圪垯湾的面貌发生变化,一步一步向小康迈进。

二十五

榜样的力量是无穷的。

看到一组在机井上的获益,二组的村民积极主动要求打井。所以自筹资金这一块就比当时一组筹集时容易得多。而一组的大棚,虽说是政府每棚补贴一千多元,但自己还得拿出多一半,也有不少困难。他们商量,袁凯和村干部负责自筹资金,秦轶到县上落实补贴和第二眼机井的事情。

这次到县上去她要顺便带上大妮,让她到农业技术学校去学习大棚蔬菜的栽培技术和病虫害的防治等。

这天上午,大妮穿着一件蓝粉格子的紧袖口衬衣,一条灰色制服裤。她往村口一站,很多人都不认识了。呀！真是,人是衣裳马是鞍。今天这衣裳让大妮一下子变了样,洋气多了！

孔中辉媳妇跑过来,拉着大妮的手说,哎呀,妮妮呀,你咋一夜间出脱成个大姑娘了。真是女大十八变,越变越好看,我还以为你是城里来的人呢。大妮不好意思地说了声,婶子,看你——羞得我脸都红了。站在旁边的刘四也感到心中有愧。他嗫嚅着,半天挤出一句话,我没本事,给孩子连件像样的衣服都买不起。这身衣裳还是秦主任送的。这时秦轶也背个包走到村口。她对刘四说,大妮一走,你得照顾几个小的,别老去喝酒。大妮说,大,我已经给二妮说好了,让她每天回家做饭。她已经十二岁了,跟我学会做饭了。又说,你要是实在憋不住,喝一口也可以,别喝醉了,弟弟妹妹还要你照顾呢。

孔中辉媳妇又是一阵啧啧,她夸道,大妮这孩子真懂事,知道心疼她大。

刘四的眼眶子湿了,他赶紧转过身去,用衣袖擦泪,他对秦轶说,秦主任,大妮交给你了。

秦轶笑着说,放心吧,你可要把家管好。

刘四把她们送到村口,大妮说,大,你回去吧！刘四便停住脚步,站在坡头上,目送她们朝南走,直到过了歪脖树,最后从视线中消失,他才转身回家。

大妮到县上去学习,全村人都说是件好事,可刘四却高兴不起来。

妻子的去世,对他打击沉重,整天失魂落魄,借酒浇愁。这几年,实际上就是大

妮在支撑着这个家。那时她初中还没毕业,两个妹妹正要人管,母亲却撇下一个刚出生的弟弟,撒手人寰。大妮硬是端着碗,哭着到村里有奶羊的人家去讨要羊奶,救活了这个可怜的婴儿。两个月后,她开始用面糊糊喂养小弟弟。

四五年来,她眼看着原来的同学有的上了高中,有的还考上了大学,而她却从那时就失去了上学的机会,默默地承担起家务重担。她虽然心里很苦,可从来未在父亲面前表露,甚至因他喝酒弄得全家上顿不接下顿,她也没有埋怨父亲。

这一切刘四心里明白,他欠女儿的太多了。如今孩子能有这个学习机会,本该高兴。可大妮这一走,他一下子手足无措,不知今后的日子怎么过。心里空落落的,怎么也打不起精神。

回到家里,他不由自主地走到灶火旁,心想,今天中午吃什么呢?难道真的要等二女儿回家才做饭吗?自己还是个父亲吗?于是他给锅里舀了几勺水,点火烧了起来。哪怕煮点苞谷糁子,也得让孩子们中午有饭吃。

中午放学回家,二妮见父亲熬了苞谷糁,高兴地喊,大,你做饭了?刘四笑着点点头。二妮放下书包,烫了点干灰灰菜,用蒜一拌,便喊弟弟妹妹吃饭。这天中午,她们第一次吃父亲做的饭。

二妮说,这下不怕了,姐姐走了,还有大可以做饭。

刘四说,管不好你们,不光是对不住你妈,也对不住秦主任。

没想到,大妮到县上去学习,刘四没了指望,很短时间不但学会做苞谷糁,还会擀面条、打搅团。慢慢地也把酒戒了。他觉得大妮学习后,能当上技术员,也许以后就会拿上工资。朦胧中,他似乎看到了一线希望。

一天,刘四的酒瘾又犯了,在村头的小商店里,刚想拿瓶便宜酒,但看看手中的两元钱,如果买了酒,就不能买盐。想来想去,又放下那个已抓到手里的酒瓶,对营业员说,拿两袋盐。他像一个经常犯错误的孩子,开始慢慢地改正错误。

二妮现在就是当年母亲去世时大妮的年龄。她放学后自觉承担起家务,帮父亲做饭,给全家人洗衣服,和姐姐一样把屋里屋外打扫得干干净净。晚上督促妹妹写作业。这个原来破败的小院,正在不知不觉中悄悄地发生着变化。

吴老师这边,自从上次秦轶提出让她给村里的孩子们教国学,自己也有了精神。原先虽说衣食无忧,自己一个人在家烧香拜佛,修身养性,终归是一个人的事,也体现不出什么社会价值。现在让她教孩子们,她可以把自己所学所悟和别人一起分享，何乐而不为？所以她把原先的供桌搬到她的房间，把开间腾出来，让上小学、上初中的学生周日到她家中学一两个钟头的国学。领学生们读《三字经》，念《弟子规》，学《论语》。

开始，来学的也就十来个人，后来多一点。再后来连送孩子的家长也坐在那儿听。回家后，家长就和孩子一起背。听讲的人越来越多，天晴时，吴老师就让大家拿着小凳子坐在院子里念。袁凯的女儿丽丽也帮吴老师给大家领读。就这样，圪垯湾这个全县最穷且又偏僻的村子，也学起国学来了。

“天有不测风云，人有旦夕祸福。”就在秦轶着手抓的“两个文明”建设刚刚起步的时候，圪垯湾村的袁有德突然遭遇车祸身亡。这件事搞得全村不得安宁，好多事不能正常进行。

村里人先是惊慌，接着忙把人送到医院抢救，当听到医生告知抢救无效时，自然十分悲痛，不断安慰家属。下来很快想到追究肇事者责任，索要赔偿诸多事情。

有人说，要他们赔偿十五万，也有人说二十万，还有人说，至少得要他三十万。

这时袁有德的外甥彪子前来吊唁，他听说只要三十万，一下子躁了，骂道，真是个笨㞞！你爸的命就那么不值钱，三十万就打算了结？真是白养了你们兄弟俩。

哥哥明事说，祸从天降，我们全家悲痛欲绝，连东西南北都不知道了。彪子哥，你说咋办？

弟弟明理说，彪哥在外闯荡多年，见过世面，我们听你的。

穿着时尚的彪子把手中的大哥大往桌子上一放，瞪眼对两个表弟说，你们两个听着，现在这事，一切听我安排，哥这次给你们做个样子，让你们学学。

明理小声说，事情咋办，总得给大伯打声招呼，他这几天一直为咱们操着心呢！

彪子问，你大伯，不就是村里的袁大爷吗？

明理说，是，他是我们袁姓户里最有威望的人，也是村里的调解委员。

彪子说，不行，年龄大的人都是老脑筋，要让他们掺和，这事就弄不成。让他在村里待着。

两天过去了，袁大爷过来看有德下葬的事如何安排，有德老婆就哭天号地，哎——天杀人嘛，早上出去还好好的，后晌说没就没人了！都几天了，还不得下葬，人在医院冰棺里都冻成冰棍了，他大伯，你快给娃做主呀！

明事从房子出来说，大伯，我们已经和对方接触了，他们不答应咱们的条件。这

事急不得,还得去。

袁大爷说,出去说事,大礼在前,人家交警队会按规定划分责任,按照条款进行赔偿。差不多就行了,快点让亡人入土。

这时彪子也从房间走出来,他说,请袁大爷放心,这是我舅的事,我会尽力办好的,您老就在家歇着。

袁大爷临出门前又叮咛,和人家商谈时要注意,不要发脾气,更不能动手,绝不能做出输理的事情来。

谁知这几个小子,哪里听得进去,他们已经商量好了第二天采取的又一个行动。彪子说,他要为舅舅讨到一个天价赔偿。

第二天,一群穿白戴孝的人,打着横幅,抱着亡者的照片堵在肇事者工作单位的门口喊冤。弄得交通堵塞,上班的人进不了门。劝说无效,直到出动了警察,事态才有所缓解。

肇事者的家属闻讯,忙派出他的哥哥出面磕头认错,赔礼道歉,答应再次协商。这帮人还是不依不饶。声言,明天要将尸体抬到他们家门口。

这帮人到县城里去闹事,村里正在建设的大棚也被迫停下,因几户袁姓人家不在,通水的管子没法架设。周日,这几家的孩子也都因本家子出了事,不来吴老师家学《三字经》,街道的卫生也不能正常打扫了,一切都乱了。

下午,袁凯正在给秦铁汇报情况,这帮人却浩浩荡荡地回来了,而且押回了肇事者,并威胁说,如果不答应赔偿二百万,别想活着回去。

秦铁得知此情,立即叫来袁大爷,让他以家族长者身份出面劝阻,绝不能做出违法的事情。

袁大爷把明事明理叫到家里做工作。

兄弟俩蹲在台沿上一声不吭。

袁大爷说,娃呀!你大殁了,咋还有心思出去胡闹呢?

明事说,我们没有胡闹,是想给他们点压力。他们是城里人,漠视咱农民的生命。以为多少给点钱就把咱打发了,没门!他们敢说十几万,咱就敢要二百万、三百万!

袁大爷躁了,骂道,明事,你说这话不怕人骂先人?你爷给你大起名叫有德。咱袁家人老几辈讲理讲德,没亏过人。你大给你们起名明事明理,你到底明不明事理?你没打听一下,咱毕阳原哪家因车祸亡命的给人要二百万、三百万?这不是讹人吗?

听说人家当面磕头谢罪，赔不是。你在人家单位闹了不说，还把人押回村。这是犯法，知道吗？

明事说，我彪子哥说，得给他们点厉害，让他们害怕，赔偿才能加码。

加什么码！你大身遭大难，你不痛心，还想趁机发财呀？不孝的东西！口口声声你彪子哥，他这些年在外边干了些啥事，结了些啥人你不知道？要按他说的，就把你领到糜子地里去了！

明事反讥道，你是我大伯，事情出来了，不能站在自己人一边，还胳膊肘朝外拐。照这样，别说你年龄大了，我不服你。

袁大爷气得手发抖，但他知道目前当紧的是把人放了，就说，服我也好，不服也好，你回去先把人放了。

明事说，不能放！好不容易才把他弄来。

袁大爷说，你不放，好！说着转身就走。

明理说，哥，还是按大伯说的办吧。

袁大爷大步走到有德家。见几个青年娃围着一个满脸沮丧的中年男子。他说，你们都走开，我来和客人谈。几个晚辈一看袁大爷来了，就闪在一边。

袁大爷问，你就是车主？

是，是，真对不起。这人头发散乱，身上的条纹衬衫已被扯掉几粒扣子，说着便给袁大爷作揖。

袁大爷忙说，年轻人不懂事，硬把你叫到村子来。咱们这是交通事故，明天到交警队去谈，你现在可以回去了。

几个年轻人一看，忙喊，彪子哥——

袁大爷厉声道，送客人走！

车主一见这位长者真的要放他走，忙趴在地上磕头，连声说，谢谢老伯！因我开车不慎，给你们造成灾难，我这里谢罪了！又连连磕头。

袁大爷说，你看快十二点了，快回去吧。

车主刚走，明事明理兄弟俩也进了门。

彪子从房间出来，挺着三十来岁还不该有的大肚皮，手中握着大哥大，生气地说，你们袁家有能行人，我再也不管了，哪怕人家不给一分钱也行！说完扭身出门，骑着他的大摩托车走了。明事忙叫，彪子哥！但彪子没有回头。

彪子刚走,袁凯就过来了,对袁大爷说,秦主任让过来看看。

袁大爷说,人已经放了。袁凯问,人是啥时间扣的?

明事说,昨天晚上一点多。

袁凯严肃地说,你这是非法拘禁!一群法盲。如果再过一个小时就整整十二个钟头。再要动手,连你两个也得进去,糊涂!凡事得按着规矩,不能胡来。这事也能漫天要价吗?

在秦铁、袁凯和袁大爷的干预下,这场由彪子导演的闹剧总算结束了。并且避免了明事他们因非法拘禁他人而触犯刑法。车主也因袁大爷和村上出面,很快达成协议,不但诚恳表示道歉,也做出合理的赔偿,让亡人入土为安。

中断了十多天的大棚又开始正常建设,村里的学生周日也都到吴老师家里去学国学。

通过这件事秦铁看到,过去的家族长者不一定能完全解决问题。她提出在村里必须用村规制度来约束、教育群众,说话办事不但应讲文明礼貌,而且要有法律意识。

于是,秦铁立即召集村委会干部,以最近接连发生的几件事,让干部讨论,明确认识。而且提出:一是要对村民进行普法教育。二是起草村规民约。后来,经村民讨论起草的、具体规范村民行为的“十要十不要”,村干部一致同意,并表示先从干部做起。

二十六

在村上的工作基本走上正轨后，秦铁就开始往县里跑。她为心中的蓝图早日实现，马不停蹄地奔忙着。

她一会儿到农业局，一会儿又到水利局，最后又找赵副县长签字。心中只装着圪垯湾村民的致富和民风的转变，对于县上最近的人事变动却一无所知。

在去水利局的路上，碰到县档案局一个下乡的小伙子，见了秦铁便停车打招呼，秦主任，你也回来了。你的事进展得怎么样？应该没问题吧？

秦铁笑笑说，没问题，赵县长已经答应了。

那就好！小伙子流露出不易觉察的羡慕与嫉妒。他说，我知道你没问题。你们单位本来就红火，再说你这次下乡又为群众干了那么多事情，成绩突出，不提拔你还提拔谁呀！

秦铁这才听出小伙子跟她说到两岔去了，真是哭笑不得。她对小伙子说，你忙，我还要去打井队，一会儿下班就找不见人了。小伙子骑上摩托车一溜烟地跑了。秦铁没有把他的话当真，只顾忙着圪垯湾的事。

打井队的冯队长答应给圪垯湾的第二眼机井排上队，让他们等待勘测后开机。

从打井队出来，秦铁轻轻地舒了口气，带着几分满意、几分自豪地走进县政府大院。她要到办公室取几本书，然后再回家看看，尽快回到圪垯湾，交代二组选定打井位置，准备打井队来钻探。

她一进办公室，就见米主任手里拿着一张纸在看。见她进来，米主任脸上流露出不自然的表情，不知说什么好。她先开口，我回来拿几本书。

噢，噢！回来得正好，我还打算让人给你捎话。

有什么事吗？秦铁惊奇地问。

你看，不知谁这么无聊，搞这些没名堂的事。

是什么？秦铁警觉地问。

都什么时候了，还搞这些传单小字报的玩意儿来害人！米主任顺手递过那张纸说，是从门底下塞进来的。

秦铁看着看着，倒吸了一口气，脸上现出愤恨的表情。

米主任安慰道，知道就行了。有些事我会给领导去说明。至于其他事，分明说得没道理，你也别在意。如果身体不好，你就回家休息几天，别太认真，身体是革命的本钱。

秦铁看完那张纸，放在桌面上，叹了口气说，谢谢米主任，这事跟你没关系，不怪你。说着打开抽斗，拿了书说，我还得下去，不能给人家村上撂下一摊子事不管。放心吧，我没事。她转身要走。

没事就好，可是你得向领导说明，澄清事实。

我想，不理就是最好的澄清。她一只脚已跨出门。

不，关键是等到那时，机会就失去了，也许就过了年龄。米主任好心地劝着。

你是说提拔吗？这——她摇摇头，说了声谢谢。

秦铁很快离开政府大院。此时，她不想见任何人，心里乱极了。刚才看到的那张打印的污蔑性的传单，其中无端地对她造谣中伤，她简直气坏了，委屈极了。是可忍，孰不可忍！但，她竟然忍了，没有发作。她不能给好心的同志增加负担，不能让米主任由于让她替他下乡而感到不安和愧疚。

虽然当时忍了，可那张铅印的句句言辞却像一把把匕首插进她的胸膛，像一支支毒箭射向她的头颅。她弄不清来历，一头雾水。就像一个人背地里挨了一砖，可四下却找不到扔砖头的究竟是何人。她悲愤万分，却欲哭无泪。她想当面还击，却找不到对象。心想，自己又没招谁惹谁，哪来的冤家对头？缘何如此凶狠地对待自己？她知道，和这张同样内容的纸片已经塞到政府办、县委办以及县上各大领导办公室的门缝里去了。

当走出县政府大院时，她忽然感到一种异常可怕的阴谋在笼罩着她，以前的信心不见了。这个时候，她不想找任何领导去表白，但又排解不了胸中的烦闷和委屈、无奈和恐惧。

她没有直接往回家的路上走，而是无目的地在街上转。不知不觉在一条小巷里看见一座小楼。她记起了这座小楼，就是已经退休了的办公室陈主任家的那座楼。她腋下夹着两本书，急忙朝那座楼走去，甚至连一点水果什么的东西都没带，就敲响了陈老师家的门。

开门的正是陈主任，她开口叫了声陈老师，声音就开始发颤，眼睛也已经湿润。

看到秦铁进门时的神色，陈主任让座后便问，出什么事了？

秦轶叫了声陈老师，就像见到了亲人，心中的痛苦和委屈再也无法抑制，泪水便在眼眶里打转。

陈老师给秦轶倒了一杯水，听着她的叙说。

陈老师在政府干了多年的办公室主任，官场上的事经得多了，对秦轶遇到的情况，觉得不足为奇。她对学生说，不要害怕，你并没有招谁，也没有惹谁。目前出现这种事情，其实并不奇怪。

为啥我就得当这箭靶子？

你听说过外国人在大选前的闹剧吗？那些参选的要员，在平时啥都好好的，可一到大选前，便会传出他们这样那样的事情，特别是桃色新闻。

秦轶说，可我什么都没有参加，啥想法都没有。

这就对了。陈老师续了水，接着分析。

想想看，和你一起下村蹲点的，还有谁像你这样给村上办了这么多的事？

秦轶说，我不太清楚。

我可清楚。好多人去了也就是走个过程，三天两头往回跑。也就是你，下去后就一个心眼给群众办实事。听说组织上真的要给你加担子，这样有些人一看自己的位子要被你挤占，还不急了？他们明知那些半议价钢材是米主任给秦芹开的，偏要说是你。你给群众办实事，村民满意，他们硬说你下去为镀金，为提拔搞政绩。还有说你在小说中抬高自己，贬低别人。还不是明摆着损你、诽谤你吗？谁不知道小说是虚构的，怎么能和生活中真人对号入座？别去理睬这些，你没听说过两个高僧有一段对话吗？

秦轶摇摇头。

一个问：世间有人谤我、欺我、辱我、笑我、轻我、贱我、恶我、骗我，该如何处之？

一个答曰：只需忍他、让他、由他、避他、耐他、敬他、不理他，再待几年，你且看他。

秦轶耐心听着，觉得这些简直就是说给自己的。她感动地说，陈老师，你永远都是我的老师。

陈老师说，关于你的作品，以后再听到类似的话，一笑置之。绝不能让这些话搅乱你的思想，耽误了你的正事。

秦轶赞同地直点头。

我知道你胸中的志向，继续努力吧！陈老师诚恳地嘱咐。

秦铁起身告辞。

陈老师离开官场后的豁达和淡定感染了她。刚看到那张纸上的谤言，她真是气愤极了，真想上前给那些无聊的人一拳。此时，她的心情已经释然了。于是想起一句话："狭路相逢宜转身，往来都是暂时人。"何况她连这人是谁都不知道，何必让他气自己呢。

在陈老师的帮助下，秦铁的情绪虽有所好转，但仍然闷闷不乐。回家前，她硬是让自己振作起来，不想让丈夫和婆婆觉察到自己的不快。

这天是周四，还没到小棉回家的时候。进门后，婆婆高兴地问，回来了？中午想吃啥饭？我去做。秦铁笑脸相迎，妈，您别忙，我来做饭。婆婆说，你走那么远的路，太累了，还是我来，中午包饺子。

婆媳俩一个和面，一个择菜。冯婶不停地问，村上的事办完了？啥时能回来？快放假了，岗儿今年能不能回来，你没写信问问？

秦铁心不在焉，只是说，嗯，问问。

一会儿，秦铁的面和好了，婆婆的菜也择完了，二人就开始和馅包饺子。

闻到炒鸡蛋的香味，权小顺走进厨房对秦铁悄声说，我就知道是你回来了。平时妈才舍不得炒这么多鸡蛋呢，今天跟你沾个光。

冯婶说，光知道吃，还不快剥蒜去。

等饺子煮好后，权小顺的蒜也捣好了，一家人在小院的桌子上吃得津津有味。

正在这时，忽然听见门外响起摩托车声，原来是小龙这小子来了。

权小顺开玩笑说，龙儿，你真有口福，咋知道今天包饺子？这个平时最爱和姨父闹着玩的小家伙，今天脸绷得紧紧的，一点笑容都没有。秦铁忙拿来一个小碟和一双筷子，叫小龙快来吃饺子。可他却半天不动筷子。

秦铁突然想起今天不是周日，小龙为啥没有上学？就问，龙儿，有什么事吗？

小龙的眼泪唰一下就出来了，他说，姨妈，我妈她——

你妈怎么了？快说！秦铁急了。

我妈受骗了，躺着不起来，我爸让告诉你们一声。

受了谁的骗？情况怎样？权小顺急着问。

详细情况我也不知道，反正让人骗光了。

秦铁一听，对权小顺说，咱们现在就去看。

权小顺说，别急，让我先带上些钱。

秦铁问，手头能有多少？

一万，前几天刚从礼泉要回的苹果钱。

全部带上，现在就走！

吃完饭再走，龙儿还一口没吃呢。冯婶连忙阻挡。

不吃了，奶奶，我爸让我赶紧回去哩。

权小顺给龙儿说，你用摩托车带你姨妈先走，我骑自行车马上就到。

赶到郑昊家，只见秦芹平时扎在脑后的马尾巴已经散开，披头散发地躺在床上。听见姐姐来了，这个一贯自信、强势有主意的妹妹一下垮了。她叫了一声姐，便扑过来，哇的一声痛哭起来。

她捶胸顿足，自怨自艾，悔不该当初急于求成，竟意气用事，铸成大错。

秦芹是个自尊心非常强的人。自那次与姐姐反目，她发誓要揽一个大工程。挣很多钱，还要给村里建一所希望小学，让姐姐，让所有亲戚，让郑村和秦家庄所有人看看，看看她秦芹到底有没有本事，能不能行！

说来也巧，就在秦芹急切寻找工程的时候，另一个项目部的熟人告诉她一个有价值的消息，宝二发电厂在建工程投资几个亿。有一个军队的工程部已搞到一个多亿的活，现在想把一部分承包给地方的建筑单位。

真是天赐良机，千载难逢。秦芹决定立即与对方接触，见面洽谈。

地方是在毕阳县城登凯荣饭店，一个刚刚装修一新的商务间。淡黄色的壁纸，深红色的实木圆形餐桌，一圈雕刻着花纹的靠背椅。宽大明亮的玻璃窗下，放着配套的沙发和茶几，款式新颖的吊灯发出柔和的光。这个地方是秦芹自己挑选的。干了多年工程，请了无数次甲方的人用餐，从来没舍得到这样高档的地方来。可是今天不一样，这是第一次与军队的人合作，请部队的领导来吃饭。不能小气，不能抠门，不能让人家觉得咱实力不行，一定要把势扎①起来。

她点的菜是当时最贵的，一桌一千五百元，要的酒是茅台，烟是软中华，茶是龙井。秦芹对自己说，整！舍不得孩子套不着狼。人家可是四千万的大工程。

---

① 扎势：方言，把形式做好。

项目部的小张请秦经理对选定的包间和菜品做最后过目。秦芹心中升起一股抑制不住的愉悦。她为自己的决策感到骄傲,为自己的大气感到自豪。虽是女儿身,却为丈夫事。

上午十点钟,部队的人准时来到。太准时了,到底是军人的作风。来者一行三人,一律身着军装。到了包间,一个夹着黑色公文包的年轻军人介绍,这位是我们工程队的刘队长。这位是司机小王。

小张接着说,这是我们毕阳建筑公司第五项目部的秦经理。

秦芹忙让各位就座。当她第一眼看见这位刘队长时,便肃然起敬。四十多岁,高挑个儿,轮廓分明的方脸上,长着一双好看的大眼。第一印象,让她对这位合作者有了好感,拘谨立即就消除了。

他们分别坐在茶几两边的沙发上,拿公文包的年轻军人坐在刘队长旁边的椅子上。

刘队长操着南方口音,很快介绍了他们工程部的实力以及在全国各地的工程情况。他说,宝二电厂这几个亿的工程不算什么。因为别处忙,所以将一部分承包给地方建筑公司,听说秦经理是个女的,原先还不大放心。今日一见,真乃女中英豪。顺口夸道:胆识才学压倒须眉,英姿飒爽不让巾帼。工程交给这样的项目负责人,我们放心。

几句夸奖的话,听得秦芹心里热乎乎的。她亲自抽出一根软中华递到刘队长手中说,刘队长过奖了,不知下来的事该怎么办?

刘队长点燃香烟,吸了一口,慢慢地说,不瞒秦经理,尽管听人说你有多年的从业经验,又是一位以质量求生存,很有实力的项目经理,可我们仍然担心。这毕竟是国家的重点工程。

秦芹问,合同,我们的合同什么时候签?

刘队长头一摆,旁边的人就从公文包里拿出一份印好的制式合同交给秦芹看。

没错,是宝二发电厂的工程,造价四千万。但拿到这个项目的条件是,必须向甲方交纳3%的质量保证金。注明:工程验收合格后如数退还乙方。

这个行道的规则秦芹知道。一般都要中介费,但这个合同里没有提到中介费,只是说要交质量保证金。而且保证金是在工程结束后退还乙方,无可厚非。只是这笔费用太大,一下子得拿出一百二十万。秦芹心中的为难和实力不足让刘队长看得清清楚楚，他弹了一下手中的烟灰，善解人意地说，干工程这个行当，说有钱也有钱。如果要开一个新的工程就变得没有钱了。所以领导让我们这次多考察几个建筑公司。一定要把工程交给有实力的、可靠的单位。我们要对国家负责。

刘队长入情入理的话语让秦芹很感动。她为自己刚才打退堂鼓的一闪念感到羞愧。这是一件大事，也是一个千载难逢的好机会。可是她的确拿不出这么多的钱。她想再好好想一想，看能否再找一个合作伙伴，绝不能让煮熟的鸭子飞了。于是她吩咐马上上菜。对刘队长说，咱们边吃边谈。席间，秦芹不再提交保证金的事，而是不断地问工期及质量要求等情况。刘队长说那是以后的事情。秦芹又忙给刘队长斟酒，刘队长以不易觉察的冷淡口气说，我不会喝酒。转过头对旁边的同伙说，去前台结账吧，让秦经理再考虑考虑。咱们先到别处去考察。

秦芹一听就急了，忙说，别急，咋能让你们结账？刘队长，你们提的条件我答应，不过我一时半会儿拿不出那么多钱，能不能先付一半，等进场后再付另一半？

刘队长心中有了底，他欲擒故纵的招数已经起了作用。便给旁边的人使了个眼色说，我看秦经理是个实在人，就依你的条件。明天给工程部的账户上先打六十万，拿着汇款单来签合同。

过了一会儿，年轻人拿着结账单说，账已经结了。

秦芹过意不去，拿出一沓子钱硬塞给对方。

年轻人看一眼刘队长，刘队长便客气地说，恭敬不如从命，既然秦经理这么有诚意，我们就在宾馆再住一天，争取明天把手续办了。年轻人欣然将钱装进包内。

秦芹回家对郑昊一讲，郑昊说，四千万的工程，按20%的利润，干完这一单就是八百万。天哪，这是不是有点太悬了？

秦芹说，开始我也有点担心，可是合同是制式的，写得清清楚楚，上边甲方的红印都盖了，就等咱们把保证金一交，公司把章一盖就生效了。再说，如果不是真的，今天饭店花销至少也有两千多元，人家硬是抢先把账结了，很仁义的。

郑昊说，人家去结账？我怎么看好像人家是在求咱们哩，你看那个刘队长真的是部队的？

那还有假？三个人全都穿着军装。秦芹自信地说着，瞪了郑昊一眼，你的疑心咋这么重？

郑昊说，你就看着办吧！反正家里那些钱也是你挣的。你要觉得可靠，那就办吧。我可不敢把你的八百万给耽搁了。

这天晚上，秦芹几乎一夜没睡。

虽说她对刘队长的第一印象是好的，但在交谈中，她似乎隐约感觉到了他的狡黠，偶尔也看到了他鹰隼一样的眼神。还有，这么多年，每次吃饭，都是她在请甲方。今天却打了颠倒，心中不由得生出一些疑虑。不过这些疑虑也是一闪而过，很快就被她一一否定了。这次是和部队打交道，多少年来形成的对军队的信任，况且丈夫郑昊又是军人出身，他的正直作风一直影响着她，不容她再有任何怀疑。她想任何成功都伴随着风险，不能因自己的优柔寡断丧失良机。她需要成功，决定搏一把。

就这样，第二天秦芹便把所有的积蓄拿出来，打入对方的账号上，并且顺利拿到合同。

可是后来再联系，电话就打不通了。

又等了半个月，还是打不通。秦芹急了，亲自搭车到宝二电厂。一打听，秦芹傻眼了，当即就昏倒了。这里确实有工程，也在附近驻过一支部队，不过这支部队是假的。前几天，这位刘队长刚刚被捕。

秦芹哭诉着，说她不想活了。她做了这么愚蠢的傻事，不要说给村里盖学校，把全家这么多年来的积蓄打了水漂，让生活都成了困难，没脸再在世上混了。她说自己对不住姐姐，对不住郑昊，对不住公婆，自己是一个罪人。

秦芹的精神彻底崩溃，三天来粒米未进。

秦轶抱住妹妹，劝道，芹，你不要太自责，人生在世，谁能没有个闪失？只要人在，钱是失去了还可以再挣回来的，权当那些年没干工程，我们还有责任田，可以打粮食，饿不死。

权小顺说，这一万块钱你们先用着，等今年卖完苹果，我再给你们送些。

郑昊说，也怪我，她回家告诉我，我也没有仔细分析，就让她决定，我太相信她了。

秦芹已经流不出眼泪了，秦轶拍着她的肩膀说，别怕，有姐哩，一切都会过去的。还记得吗？“天生我材必有用，千金散尽还复来。”姐相信你！

姐——秦芹抱住姐姐，失声痛哭。她想起当年母亲被害后，她哭了几天几夜，那时，姐姐对她说，芹，别哭了，擦干眼泪，我们要活下去。她马上停止哭泣说，姐，我听你的。

郑昊端来了鸡蛋汤，秦芹喝了。

二十七

秦芹受骗,秦铁强烈自责。

看到她的脸色凝重,权小顺说,回家吧,休息两天再去。

她说,不行,大家都在等着我。

我骑车子送你去,权小顺知道拗不过她。

不,还是我自己走。家里还晒着豆子,天转阴了,你回去收拾,妈岁数大了。

她站着,非得等权小顺骑上车子后自己才走。

天阴得越来越重了,一丝风也没有,让人胸闷。走着走着,不由得一阵心酸,眼眶里的泪水噙得满满的,就像空气中含着饱和的水分,随时都会掉下来。

秦铁心想,我们姐妹的命咋这么苦呀!

自己无故受到伤害,妹妹又遭大祸。六十万,这是一笔多大的数字呀,多少年来,妹妹风里来雨里去,凌晨两点骑着摩托车连夜赶路,大风大雨里跑去盖水泥。夏季40°C 高温又到工地督促工队养护混凝土,砌好的墙被闹事的村民推倒,修好的路被闹事者堵塞。她单枪匹马,独自作战,闯过一关又一关。这对一个男性项目经理也许算不了什么,可她一个女子,要经受多大的压力和痛苦才能挺过来。

六十万,这在当时的农村,能修十院小平房。现在说没就没了,连一分钱也捞不回来。不要说秦芹,就是自己听到这事后也如五雷轰顶,一下子都蒙了,可她当时不能哭,不能失态,她要给妹妹撑腰,做妹妹的精神支柱。

现在妹妹已经一无所有,这个时候,她不能怨妹妹意气用事,急于求成,轻信别人,上当受骗。而是要安慰她,鼓励她,想办法帮她,让她渡过难关。这是她的责任。她能为圪垯湾的村民负责,难道就不能为自己的亲妹妹解忧吗?她走着想着,离圪垯湾还有二里多地的时候,忽然起了风,天上刚才还是一块一块的黑云,转眼就慢慢地连在一起。她知道雨马上就要来了,于是加快了脚步。可是没走多远,天上已经开始掉雨点了,这时,她眼中的泪水再也控制不住唰唰地往下流。雨水从她的头上流到脸上,和着泪水一起往下淌……

雨越下越大,但她不能停下来,只能深一脚浅一脚地往前走,走她自己选定的路。脚下道路泥泞,她咬着牙前进。终于看到了歪脖树,她想再坚持一会儿就到了。

二十七

站在通往圪垯湾村的半坡上，她四下望去，阴雨茫茫，一个人也没有。一种前所未有的孤独和恐惧袭上心来，她深深感觉到前进中的困苦和艰难，曲折和不易。她想哭，可是却哭不出声来。就呆呆地望着天空，任凭雨点打在脸上。突然，一个电视剧中的几句歌词闪上心头：

一心要江山图治垂青史，
也难说身后骂名滚滚来，
有道是人间万苦人最苦，
终不悔九死落尘埃……

忽然脑海中一道亮闪，是啊，连封建时代的帝王要干成几件事都不容易，都会有人责难，有人在身后谩骂，何况自己一介小小草民。骂就骂吧，苦就苦点，大凡要干点事业的人，谁又能不受苦受难呢？只要问心无愧，何须顾忌他人！

她长吁一口气，再次向道路两旁望去，那些被雨水冲刷和滋润的庄稼，叶子翠绿翠绿，精神饱满，随风摇曳，都像是在对她打招呼问好。她不再感到孤独，擦一把雨水和泪水，坚定地朝村子走去。

看到她像落汤鸡似的回来了，吴老师忙拿着毛巾嗔怪，你呀！天气不好就在家等一天不行吗？要淋出病来咋办！

秦铁苦笑着说，没事，不要紧的。

吴老师没说别的，赶紧弄了生姜汤，让她喝完睡一觉。秦铁心里暖暖的，想起了母亲。

果然，晚上做梦就梦到了母亲。母亲还是原来干干净净的样子。见她回家就问，秦芹咋样了？没和你一起回来？秦铁忙放下给母亲买的吃货说，妈，是我不好，没把芹照顾好。父亲穿着白布衫黑布裤，突然站在她旁边说，芹也不小了，该自己管自己了。她刚想对父亲说说秦芹的不幸遭遇，父亲却飘然离去了，她叫了声爸——就失声痛哭，一下子哭醒了。

醒来后，枕头是湿的。她反复想父亲在梦中的那句话：该自己管自己了。对呀，她和芹都已过了不惑之年，不管做什么事情，都应该对自己的行为负责，都到了会判断是非曲直的时候了。

在圪垯湾，秦铁强忍住内心的痛苦，帮村民一起建大棚。一个多月后，十户大棚已基本建成。从机井通往大棚的地下水管，袁凯也安排铺设完毕，并接好通往每户大棚的分支水管。

秦铁忙联系县农技站的技术员和大妮回来一趟。让他们给大家推荐几个目前市场上走俏的产品。她认为，最后种什么，由农户自己拿主意。这样，他们就会为自己的选择负责。

放暑假了，天气越来越热。村里不上学的孩子们就像没王的蜂，三五成群，到处乱窜，惹是生非。一会儿打得头破血流，一会儿又结伙去祸害人家地里的西瓜。这种野马式的无管束生活，几天就把他们逛野了。任凭爷爷奶奶抠鼻子挖眼睛地骂，让写作业就是不写。

有人建议，暑假把孩子集中到吴老师那儿，每天看着管着写点作业。

听到这个建议，秦铁觉得很好。她立即和村干部商量，把村委会的房子腾出来，每天上午把孩子们集中起来，用两个小时，既可以写暑假作业，也可以继续念《三字经》《弟子规》。这样在一定程度上解决了家长们的后顾之忧。

袁凯担心吴老师年龄大，身体吃不消。秦铁建议让袁凯的女儿和刘四家的二妮帮忙，二妮也可以带上她的弟弟妹妹。

村委会决定，凡愿意送孩子来的人，每个孩子交三十元钱。这样不但可以给孩子们安一个吊扇，也能给吴老师多少有点补贴。

商量好后，他们一同去征求吴老师的意见，吴老师欣然应允。她说，不累，每天从早上九点到十一点只两个小时，下午我可以休息，何况还有丽丽和二妮帮忙，肯定能行。

这个老太太，一听给村里的孩子辅导作业，非常高兴。她认为这是善事，还对秦铁和袁凯说，台湾的一位马先生在家训中说，“黄金非宝书为宝，万事皆空善不空”。

听说他们的家风是很严的。

村里能把办公室腾出来，大家很高兴，都为自家的孩子准备了小板凳，让孩子们参加吴老师的暑假辅导班。

这世上的事物，本来就是一物降一物。再劣的孩子总是怕老师。这群在家不听话的孩子，一到吴老师这里，一不打，二不骂，却个个乖得像小绵羊似的。老师说写就写，让念就念。就连丽丽和二妮这样的小老师他们也服。要检查他们的作业都乖

乖地拿出来让看。在街上碰到了还打招呼，丽丽老师好！二妮老师好！真让他们的家长惊叹不已。

这天上午，秦铁来到辅导班。二妮正领着孩子们背《弟子规》，她悄悄坐在吴老师旁边。墙上木质的黑板上，吴老师用粉笔工整写着“读圣贤书，立君子品，做有德人。”秦铁一阵感动。吴老师低声告诉她，今天的作业刚刚做完，休息了一会儿，开始念《弟子规》。这时二妮让一个剃着光头、后脑勺留着豇豆一样小辫的男孩子念。小男孩双手背在后面，晃着脑袋背着：“弟子规，圣人训。首孝悌，次谨言。泛爱众，而亲人。有余力，则学文……”

秦铁微笑着问，谁能知道这几句是什么意思吗？几个孩子你推我，我推你，都不说。

秦铁就说，弟子是谁呢？就是你们，是学生。规呢，就是依据圣人孔子先生的教诲而编的学生的生活规范。让我们在生活中孝敬父母，和兄弟姐妹团结友爱。行为要谨慎，与大家和睦相处，有爱心，多接触品行好的人。还要学好各门功课。对不对呀？

孩子们齐声说，对！

吴老师这时站起来说，秦主任说得对，她可是有学问的大学生，我们以后不懂就问她。

孩子们又齐声说，好！又说，秦主任好！

上午的两个小时很快就过去了，大点的孩子自己回家，还有小的，就等着家长来接。

来接孩子的有爷爷奶奶，也有爸爸妈妈。一个叫建民的小伙子高兴地说，咱村这辅导班办得真好，我这小子不但把作业做了，还给我背《三字经》，喊着什么“养不教，父之过”，我看是给我念的。这孩子教育不好，是做父亲的错误嘛。来的几个人都笑了。

袁大爷说，当然嘛，孩子不学好，家里大人是有责任的。太平媳妇笑着说，我家妞妞，原来叫她三四声都不答应，气得奶奶骂她，你长耳朵没有！现在只要叫一声就跑过来了。奶奶问，妞，你现在耳朵灵了？妞妞说《弟子规》上说，“父母呼，应勿缓，父母命，行勿懒。”奶奶笑得眼泪都出来了，哎呀，这才几天，都学会说文话了。还有一次，我和隔壁她婶无意间说起咱村那两个青年娃拦路抢劫的事，结果让妞妞把我训了一顿。她说，妈你再别说了，“扬人恶，即是恶，疾之甚，祸且作”。我没听明白，她一下子念了五遍，爷呀，简直是个人精么！

吴老师微笑着说，这是蛋在教训鸡。在场的人都恍然大笑。

秦铁深情地对吴老师说，看来我们这件事是抓对了，不过，让您太辛苦了。

吴老师说，不辛苦，是你的主意好，孩子的启蒙教育实在太重要了。

从村委会办公室出来，秦铁又朝袁凯家走去。她感到很欣慰，努力没有白费，各方面都在悄悄地起着变化。没有想到国学教育，不但能让孩子们受到教育，也让大人的思想起了变化。

她忽然想起了三人效应，一个人的力量是有限的，说一件事，如果一个人，或两个人在做，影响不会很大，也没人在乎。可如果有三个人在做，就会立即引发很多人来做，就会形成一种趋势，一种潮流。

秦铁的心中豁然开朗，她知道该怎样在这里革除坏风气，形成好风气了。

几天后，中午下地回来的村民在村口，在街道，在自家的门口，总会遇到几个放学的孩子。有的见到大人，站住了说声，伯伯辛苦了！有的说，天气很热，婶婶快回家休息吧！也有的孩子腼腆，见到袁大爷说，爷爷！就没词了。袁大爷弯腰问孩子，你有事吗？孩子脸一红说，爷爷好！说完就跑开了。

此后，圪垯湾村的人们不断碰到一些孩子在跟他们打招呼，问好。慢慢地，大人见面也开始用文明用语互相问好。形成了见面微笑，开口问好的新气象。

人们惊奇地发现，原来那些四处祸害的“小土匪”不见了，到处可见文明懂事的乖孩子。

原来，这是秦铁和吴老师商量，给孩子们专门做的一项训练。让他们在街道上和大人们打招呼，是作业，也是功课。开始有些孩子不习惯，害怕、害羞，后来竟慢慢变成了自觉行动，连大人也受到影响。

二十八

二十四节气已到大暑，一只只狗躺在树荫下，伸出舌头呼哧呼哧直喘气。一般农户，除早上趁凉快去锄一锄苞谷地，午饭后大都有三四个小时在家乘凉。下午，等火辣辣的太阳有所收敛后，再到地里干一两个小时的活。

土地承包以来，人们出工时间短，干的活却不少，打的粮食也比以前多得多。

今年热天，在一般家庭，男的打牌听戏匣子，女的打褙子、纳鞋底的时候，搞大棚的这几家却人人闲不住，在大妮和农技站小张的指导下，他们挖好并平整大棚里的地面，拿锨一点一点把大的土块拍碎，铺均匀等待播种。这里的每一块地要比那些粗放型耕作的土地细得多。菜种子很小，对土壤的要求很高，下种时得小心翼翼。为了伺候好这块宝地——他们的钱袋子，多少天来，他们起早贪黑地干活，忘记了天气的炎热，忘记了吃饭。衣衫上的汗，能拧出水来。

秦铁一直跟着他们。按照要求，这里建的大棚应该是那时西北地区最先进的大棚。钢结构，厚墙体，半地下室，大跨度，并配有稻草制作的保湿帘，人工操纵放风口，以及全部实行滴灌等这些比较先进的技术。

几十天来，秦铁和大伙一起，忙得昏天黑地，搞得灰头土脸。接到岗儿来信，说他最近回来。要回家了，她才弄一盆水洗头洗脸，把自己拾掇一下，换了身干净衣服。

听说秦主任的儿子从北京回来，袁凯用蛋架装了两盘鸡蛋，又逮了一只鸡让她带上。秦铁不要，袁凯硬推着自行车要送她。

节气已过了大暑，又碰上阴天，而且还吹着微风，天气不太热，走到南北路上，往东一看，那一片大棚一眼就能看到。袁凯感叹着说，秦姐呀，的确太感谢您了，您真的要让我们圪垯湾改变面貌呀。

你啥时学会客气了，我来不帮你们，是逛会来了，难道转一圈就走？你不是一开始就想撵我，是不是现在又想撵我？

袁凯不好意思地说，就是我想撵，那群众也不答应呀。

秦铁故意说，我知道，我要是现在走了，将来大棚万一失败了，还找不着算账的人。

袁凯说，秦姐你真会开玩笑。

袁凯骑着车子，母鸡绑着腿挂在车把上，秦铁坐在后边提着鸡蛋。一路上说说笑笑，不多会儿就到了秦家庄。

袁凯说，我就不进去了，村里还有事。

秦轶说，进去喝口水，不进去，怕你姐夫吃醋是不是？

袁凯一阵脸红，说，秦姐你真逗，我真的有事。说着取下鸡放在地上，骑上车子就走了。

秦轶在后面喊，谢谢村主任！心想，这个袁凯，都四十多了，还像当年在看守所背枪站岗时一样傻。这么单纯、这么憨厚的人，不帮他自己忍心吗？何况他们都是有恩于自己的人。

她一手提着鸡，一手端着鸡蛋，肩上还背着一个包。一进门婆婆就惊叫，轶儿，真是不要命了，这么远的路，拿这么多东西，你是咋走回来的？

小棉听到后，赶紧从房子跑出来，接过妈妈肩上的包说，老妈了不起，是个搬运工。

妈哪有那么大的本事，是人家村干部骑车子送回来的。

送的？不拿群众一针一线，这三大纪律你咋就忘了呢？

甭耍贫嘴，快给我倒水喝，我都快渴死了。

小棉这才放下东西，给妈妈倒了杯水说，你尝。

秦轶喝了一口说，真甜，你还放了白糖。你爸呢？

到城里接哥哥去了。我爸现在可是个大忙人，你不知道，他们的拖拉机多美，不光在咱村耕地，还到外村、外县很远的地方给人家耕地挣钱呢。今天知道哥哥回来，他才让石头叔换下他。

这时就听见冯婶喊，小棉，快来择韭菜。

冯婶早就发好了面，昨天接到岗儿来信，说坐火车今天就到毕阳。所以她早上起来就准备。

小棉，最近学习咋样，吃力吗？秦轶边择菜边问。还行，小棉拿根韭菜在手里玩着。

开学就高二了，课程不轻，可要加把劲哟。

嗯！小棉应着。

择好菜，秦轶就拿出去洗了切了，又拿出几个鸡蛋炒好，放在一边凉着。

冯婶这边，放了碱，揉好面，用刀子切下一块，先看看切面的蜂眼，再用鼻子闻了闻，自信地说，正好。面也发旺了，碱也合适，烙。娘儿俩一个烧火，一个做馍，两翻三转，一会儿就烙好了几个菜合子和一个大锅盔。

妈，我哥回来了！小棉在院子里喊。

奶奶，你做菜合子了，我早就闻见了。梦岗一进门就喊。

正做饭的娘儿俩也走出厨房，一家人高兴得合不住嘴，像过年一样。

冯婶让权小顺杀鸡，小顺高兴地问，你们还买了只鸡？

秦轶说，是村干部送的。他们听说岗儿要回来，送了鸡和蛋，还用自行车把我送回家。

梦岗转过头对奶奶说，鸡还是放着吧，你不是给我说过，有福不能重受，油饼不能夹肉吗？今儿个有鸡蛋韭菜合，就最好了，鸡就放到以后吃。

冯婶笑得合不住嘴，这小子，还记得奶奶说的话。按你说的，今儿个不杀鸡了。小顺给鸡弄点吃的，喝些水，放到鸡窝去。

梦岗回家，让这个家顿时热闹起来。这孩子从小就很细心，吃饭时不停地问爸爸的果树、拖拉机，问奶奶的健康，问妈妈的工作，还有小棉的学习。

晚上，秦轶到梦岗房间问，毕业后估计能分到哪儿？梦岗说，可能是保密单位，现在通知还没下来。

她又问，你上一次不是说有个女朋友吗？那个女孩咋样？咋没和你一起回来？梦岗脸上立即布满阴云。

出问题了？又不愿意了？妈妈很着急。

不是，她很愿意。

是她父母不愿意？

也不是，妈——梦岗很难为情，不知咋答。

这也不是，那也不是，到底咋回事？你这孩子，大学念了几年，连个问题也表达不清楚！

梦岗不语。

听到秦轶的声音，权小顺跑过来拉着她往外走，劝着，孩子不愿说就不要逼他，什么表达不表达的。

你知道了？

我也就听了几句。人家女孩和她妈都喜欢岗儿，就是不愿意和咱家结亲。

是吗？这女孩家在哪里，父母是干什么的？

问那么多干啥？权小顺想搪塞过去。

你们想瞒着我？

干脆告诉你，其实他们和你很熟，那女孩就是杜力和李红云的女儿。

他们有孩子吗？听说他们离婚多年了，才复婚不久，有孩子也不会这么大。

这就不清楚了，只说和你是同学。

岗儿喜欢那女孩？

肯定，那还用说。

好了，不说了。秦铁本来还想问权小顺拖拉机经营的情况，梦岗的婚事，让她想起前些天塞到办公室的那张纸，心中升起一股难以名状的烦恼。她的心很痛，那个年代已经过去了，但阴影还在，这阴影伤害她不要紧，她不怕，因为她已经尝过那些痛苦的滋味。但她不能让这些阴影伤害她的孩子。她很难过，可怜的岗儿，我知道你是怕妈妈伤心才不告诉我。可是你为什么偏偏爱上李红云的女儿呢？世界那么大，优秀的女孩那么多，为什么不去追别的女孩？为什么！命运呀，你捉弄了我，为什么还不放过我的孩子！她一个人在房间难过得直咬自己的嘴唇。

不，绝不能放弃！她忽然站起来，又到儿子房中。她对儿子说，岗儿，别怕，有妈在，你想爱谁就去爱，妈永远支持你。

妈，您放心，这事我自己会处理好的。

妈相信你，不会轻易放弃自己的真爱。

妈妈您休息吧，您在村上的工作太累了。

母亲离开他的房间后，梦岗好久都不能平静。他理解母亲的苦衷。她这一生受的苦难太多了。现在一切都过去了，不能因这件事再引起她伤心。所以他并不打算告诉母亲。可是在回家的路上，爸爸问他对象的事，他却忍不住说了实情。他不想瞒爸爸，从小他们就相依为命。他心中不管有什么事都想一股脑儿地告诉爸爸，尽管也知道，他未必能为自己解决问题。

那个叫李彤的女孩，高挑个儿，有一双很耐看的眼睛。在人民大学上学，和他读一个专业，比他低两级。

一次，校际间的活动让他们相识。相同的口音，让他们没有了生疏感，便自然地聊了起来。更重要的是，梦岗在一次讲演赛中，一下子让女孩佩服得五体投地。那天，她偷偷跑出去，在楼下的花园里，折了一枝芍药藏在书包，等散会时在门口献给

了梦岗。

她的真诚和可爱打动了梦岗,从此二人你来我往,关系越来越密。李彤常常找一些学习上的问题请教学长。梦岗也毫不保留地和学妹一起探讨。后来他才知道这个学妹非等闲之辈,在班上也是数一数二的人物。两人互相欣赏,却是从未问及家庭情况。直到有一个周六,他们一起在街上转,走到报社门口碰到罗晓岗,梦岗和父亲打了个招呼后,罗晓岗便说,你明天回家来吧,爷爷奶奶都想你了。说完就进了报社。

至此,李彤算是知道了梦岗的家原来在北京,父亲是报社的编辑。

李彤回家后,谈及男朋友的情况,母亲一听喜出望外。举双手赞成,支持女儿和梦岗交往。听说男孩人长得帅气,学习又好,家住京城,父亲又有一份体面的工作。这可是打着灯笼也难找的主儿,她鼓励女儿抓紧时间主动出击。

得到母亲的支持,李彤更是有了底气,自然对梦岗好上加好。有一次她对梦岗说,能不能去你家看看?梦岗说,有机会一定带你去。第二次,李彤又说,丑媳妇总得见公婆呀!

梦岗笑着说,那当然,赖女婿也不能总躲着丈母娘,等到放假时,回到毕阳,这两件事一并完成。

李彤一听,有点诧异,你家不是在北京吗?怎么说等回到毕阳?

梦岗说,谁说我家在北京?我可是地道的毕阳土包子。

李彤以为他在开玩笑,便说,想到毕阳当上门女婿,那还得有我父母的恩准。

梦岗说,谁要倒插门?我家可没有三兄五弟,就我一个男孩,还等着我领个媳妇回去哩。这些话让李彤糊涂了,难道他家真的在毕阳?对,他的口音明明就是,那么北京的这一家又是怎么回事?至此,梦岗才主动说出了他家的一切情况。当李彤母亲再次问到女儿和梦岗的关系进展到何种程度时,李彤便给母亲讲了实情。

李红云听后,态度来了个 180 度的大转弯,坚决反对,让女儿立即和梦岗分手。

李彤决不服从,她说,我这辈子非梦岗不嫁。

拗不过女儿,李红云提出一个苛刻的条件,要她同意,梦岗必须与毕阳的父母脱离关系,婚礼必须在北京的家里举行。

梦岗说,我就是这辈子不结婚,也不能背弃毕阳的父母。

李彤痛哭流涕,梦岗心如刀绞,事情僵住了。

李彤再次回家恳求母亲答应。她说，我要嫁的是梦岗，不是他的父母。

母亲说，哪桩婚姻和家庭没有关系？你看梦岗家里人员关系多么复杂，你和他结婚后能适应得了？

李彤说，我觉得没啥适应不了的。

你没啥，可我适应不了。一家五口人，奶奶不是亲的，爸爸不是亲的，妹妹也不是亲的，有谁能真正心疼他？再说了，一个农民，要供几个学生，家里还有个棺材瓤子。真正结婚了有你的穷日子过！

妈妈，你说话不要这么难听行不行？他家穷，我不嫌。

你不嫌我嫌！你要愿意嫁给他，就别再上我的门。

妈，你真能把话说到这个份上，我也没啥可说，人家王宝钏在寒窑能苦熬十八年，我就不相信自己能饿死街头。

彤彤，你要气死我吗？实话告诉你，别人都不打紧，我就是不想和他妈这样的人结亲。

我觉得阿姨人挺不错，听梦岗说她很仗义。

仗义？小彤呀，我本不想告诉你。当年她和你爸爸有过一段感情纠葛，竟然还写到书里去了。她在书里尽量打击别人，抬高自己，差点气死我了。

你是说阿姨还写过书？我怎么不知道。

就是那名叫《大难不死》的小说，署名秦岭女。

是吗？这个小说，原来是阿姨写的，我看过，真是太感人了。我为梦岗有这样的母亲而感到骄傲。

骄傲个屁！我怎么就生下你这个傻女子，死心眼！这几年的书念到鼻子里去了。

不管咋说，我就是要嫁给梦岗。

不行，坚决不行！你非逼妈把实话说给你？

我不想让你隐瞒我什么。

好，我原本为了你爸的尊严，不想告诉你，今天就让你知道。当年在古陵上学时，她和你爸就有感情瓜葛，后来你爸选择了我，她一直不死心。这不，还把这段事情写进小说。写了就写了，她还不甘心，听说在同学聚会时有意勾引你爸，你爸竟然借着酒劲去拉她的手，流着泪表示什么道歉，认什么错。你说他们到底想干什么？彤彤呀，你知道妈这些年来有多么不容易，现在我们一家三口刚刚生活在一起，她又来掺和。如果你要嫁给她儿子,这还有完没完?他们之间接触多了,要再出个什么事,妈这辈子就全完了,我承受不起呀!我的宝贝女儿,你能不能为妈着想,离开她的儿子?我不想再见到她,更不想让你爸爸接触她,你就答应妈妈吧,彤彤!李红云说着呜呜地哭开了。

李彤拿毛巾递给母亲,温柔地说,妈妈别难过,我不想评价你们上一代人的感情纠葛,但我读过那篇小说,我觉得很感人,让我震撼。李红云推一把女儿说,她在书里贬低你爸爸妈妈,抬高她自己,你还受感动?

妈妈,难道你真不懂吗?那是小说,允许虚构,你为什么硬要对号入座呢?再说了,即便小说中的某些情节与现实吻合,那又能怎样呢?你如果真的好好读完那本小说,你会被感动,你会去深思。这个小说应该说是那个时代的映象,是我们民族灾难的缩影。有一个著名文学评论家评论这部小说"是一部用失去的爱和终生的痛铸就的热爱生活、热爱生命的'青春之歌'"。还有专家学者说这是正义的呼唤,真理的呐喊,是一曲当代正气歌。我的妈妈,你也是受过高等教育的人,为什么不能从大处着眼,而是老停留在个人的感情纠葛上呢?时代已经前进了,不能再用旧的思维方式看人了。对人要宽容,做事要大气。

母亲闭上眼睛说,我不想听你给我上课!

李彤哭着回到学校,向梦岗讲述了这一切。她说,要说以前我对阿姨还不了解,现在我却非常理解她、敬重她,而且崇拜她。如果小说中主人公的原型就是阿姨,我就更加同情你们一家的遭遇,更喜欢你。这辈子不管遇到多大的困难,我都要和你在一起。你是一个懂得感恩的人,是一个真正有孝心的人,也是值得我李彤托付终身的人。

李彤的胆识和纯真让梦岗感动,他为自己以前说的那句"宁可一辈子不结婚"的话向李彤道歉。他说,我宁愿自己受罪,也不能让父母伤心,不能让你受委屈。

一边是李彤的诚恳表白,一边是她母亲的毫不退让。梦岗想求助父母的帮助,在回家的路上,他向爸爸和盘托出。权小顺告诉儿子,关于李彤母亲的说法绝不能告诉你妈。那样会勾起她痛苦的回忆,让她伤心。他叮咛梦岗,对人家女孩多关心,处好你们的关系。

梦岗很感激爸爸,但他还是担心地说,如果李彤妈妈一直坚决反对呢?

权小顺安慰道,别担心那些事,过一段时间也许就变了。不过你妈要问,你就随便说两句应付一下。

父子俩善意的谎言,只是为了让她免受伤害。可是秦轶早已心知肚明。就算自己不计前嫌,但对方却始终耿耿于怀。李红云总认为那个小说是对他们的报复,是对他们人身的攻击,所以对自己怀恨在心。不仅仅是这原因,还有,也只有秦轶本人才能意识到,那就是李红云最怕杜力和她再有接触的机会。加之上一次聚会时杜力的酒后失态也许已经传入她的耳朵。这个老同学呀,真是让她哭笑不得。

对方对秦轶所做的一切都是暗中行动。让她不能当面阐述自己的观点和想法。即便暗中流泪,也没有任何理由去找他们理论。她一时想不出更好的办法解决,又不愿儿子受委屈,只能在心中说,红云你多疑了,难道我愿意和他接触吗?我还愿再见到他吗?我还嫌你们对我的伤害不够深吗?命运呀!你总是爱捉弄人,你为什么又让我们的孩子相爱呢?

第二天,秦轶接到一封东北的来信。原来是黑龙江许多倪的舅父郭老大病了,希望见秦轶和小棉一面。

看到这封信,秦轶的眼眶马上就湿了。她为自己这么多年未去东北看望老人十分愧疚。她没有忘记,那年许多倪亡故,她带小棉离开时告诉老人,我会回来看你们的。可是身不由己,到了毕阳,一连串的事情让她脱不开身。孩子上学,她教书,后来又考上大学,毕业分到政府更忙。十多年来,一路小跑,简直没有喘息的机会。对杂姓村的堂舅也只是写过几封信问候,告诉他自己在家乡的情况。几年前,岁至耄耋的舅父舅妈在三天之内相继离开人世。一周之后,郭老大才写信告诉秦轶。舅父生前有遗书,他谢世后不要告诉毕阳的外甥女(那时秦轶正在上大学),他的后事由村上负责,房产也留给村委会。等办完后事,再告诉秦轶。接到那封信,秦轶在宿舍痛哭了一场,可是心中一直觉得欠舅父舅妈的情。现在正好是暑假,她决定带着小棉去一趟东北,看望郭老大,让孩子看看她的出生地,看看那些帮过她娘儿俩的恩人,也去给堂舅父他们上个坟。她把这个决定告诉小棉。小棉张开双臂,像中了大奖一样高兴地喊着,太好了!妈妈你太英明了。

小棉长大以后,也听说自己是东北许多倪的女儿。可东北老家什么样子,她什么也不知道。哥哥几次从北京回家,又坐火车去,她很羡慕。但妈妈没有那么多钱,让她没事白白溜达一趟。妈妈还说,小棉已经坐过火车了,从东北黑龙江到毕阳。其实那时她才三岁,什么也不记得。

这次妈妈要带她去东北，顺便也可以到首都北京逛逛。她太高兴了，不住地夸妈妈。

冯婶和小顺知道后很是支持，说她应该快点去。于是就积极准备，给舅舅带什么特产，给八营伯父伯母带什么衣料。还有小二这个俏皮的小姑子，现在早该结婚了，是不是有小孩了？秦轶想了很多，准备得很充分，打算和梦岗一起走。到北京也让小棉到哥哥的学校——北京大学看看，以激励她的学习积极性。

一切都准备好了，打算第二天出发。不料圪垯湾村下午来了人，说在钻探中发现了地热水。让秦轶回去商量该怎么办。是继续在这里打，还是换地方？村干部分歧很大，必须让秦主任回去决策。

这个消息，无疑为她心中的蓝图又涂了一笔重彩。所以她毅然放弃了去东北，只能委托女儿小棉代表自己，回东北完成心愿，而她必须马上返回圪垯湾村。

再说权小顺。秦轶全身心投入圪垯湾工作的精神，也激励了他。他想，一个女人能让她蹲点村子的面貌发生改变，难道一个男人就不能让自己周围群众的生活发生改变吗？种超大穗失败了，不怕！他又联合石头几家买了一台上海五菱牌拖拉机。他清楚地看到，改革开放以来，人们的思想在变化，生活的节奏在加快，做庄稼再不能用过去的老牛破车疙瘩绳，而要用现代化机械。事实证明，这台拖拉机开回来后就一直忙个不停。除了给本村人耕地，外村的人也来预约，看来不长时间就可以收回成本。这时，他又琢磨着再买一台收割机，龙口夺食，机械会更吃香。八百里秦川，地域广阔，因气候的差别，麦子的成熟时间先后不同。他要让自己的收割机从东到西，驰骋在八百里秦川麦浪滚滚的海洋里。

二十九

秦铁急忙回到圪垯湾，问明情况。原来这次探测到的水层深，而且水温明显高于以往的地下水好几度。若从此处继续往下钻探，很可能是一眼热水井。

得知这个情况，秦铁立即到县上档案馆和图书馆去查找资料，她要把问题搞清楚。

从有关资料查到，毕阳原来所处的五陵原属黄土塬带。受基底构造及新生代断层谷控制，塬面呈槽状洼地与梁状地定向排列。这里有很多塬间洼地，分布于台塬之间，圪垯湾洼地就是其中比较大的洼地，占地十多亩，而且其中有暗涌，常年积水不竭。最深处有三四米，上边可以行船。

在二组村南发现的地下热水，则是属于地下的热核反应产生的热能，传导给附近的地下水，故而成为热水。据资料介绍，这里的地下水距热源很近，如果井深打到三四千米，上来的热水可达100℃或者以上。因为在地壳恒温层以下，地温呈梯度增加，每往下100米，增加3℃。难怪毕阳这一带，在以前就出现过很多温泉。

经过调研，秦铁将自己的想法写成建议报告到县委县政府。其中主要内容有两条，一是招商引资，在圪垯湾建地热城。利用地下热能搞洗浴中心和温泉游泳馆。二是县上可以成立地下热能资源开发管理机构，规范管理和保护地热资源。

报告递上去后，秦铁立即召集村委会干部，谈出自己的想法。圪垯湾要得富裕，光靠传统的农业是不够的。这里有洼地，应该想办法发挥作用，这里还有地热资源，通过招商引资，建地热城。如果这两项有希望，那我们圪垯湾村就有了商机。首先，我们的蔬菜大棚可以保证常年有新鲜果蔬。再将我们村子加以改造，进行绿化。家家门前种上果树，比如桃树、柿子树，春天可以赏桃花，夏秋满树果子，把我们的穷村子变成桃花沟。再搞几家干净卫生的农家乐餐馆，这样不愁没人来。

干部们一听，觉得新鲜。这在以前，是万万没人能想得到的。可是有人赞成，也有人担心。觉得好是好，但这些都好像是画中的东西，到底能不能变成现实，谁心里也没谱，难啦。

袁凯说，秦主任给咱们提出了设想，我看有些事难办，有些事好办。咱们先从好办的事情开始，就说咱们的洼地，多少年来就那么荒着，的确没有发挥任何作用。不如现在搞承包，每年五万，前两年免费。但必须把洼地岸边绿化好，栽好梧桐树，才能引来金凤凰。

大家觉得这个主意不错。关于各家门前栽树的事情,二组组长说,必须栽,这是硬性任务。栽几棵树,成本不大,到时桃花一开,满街道都是花,多漂亮。我们圪垯湾真成了桃花沟。一组组长兴趣也来了,他说,美着呢,不光是春季看花,到了夏季、秋季,家家门前有桃子,有柿子。不但美化了家园,也能有经济收入。

会后,各组把这几项精神传达给村民,征求大家的意见。

关于栽树,大家没意见。但对于承包洼地,却无人响应。因为这个村的村民,大多数连鱼都没有吃过,更别说养鱼。人们认为,这里离城远,谁会来这儿钓鱼?心里一点底都没有。

再次开会,袁凯提出,既然本村没人承包,就在报纸上打广告,对外招租。会议决定:一、愿意投资者,给予优惠。二、引资成功者,村上给予适当奖励。

秦铁又到县上询问地热城的事,领导答复:建议很好,但事关重大,得找专家论证,得通过人大常务委员会,县委扩大会、县政府常务会议的审议,让她等候结果,这是程序。

秦铁回到圪垯湾后,袁凯告诉她一个好消息,已经找到洼地承包人了。对方现场考察后,对咱们的条件一口答应,立即就要签合同。并答应十天内先付咱们八万元,让咱们在洼地周围先搞绿化。秦铁很吃惊,八万?袁凯说,长庆这小子机灵,人是他带来的,人家问承包费,他顺口说了八万。心想,什么买卖都有个讨价还价的过程。一口说到底连个余地都没有。谁知这人来了一看便一口答应。听说咱们免费两年,大吃一惊。他说既然咱们要求在岸边栽树,就先付八万,让咱们自己栽。其实咱给人家只免了一年,运气真是太好了。

秦铁说,要能留住客,必须得讲诚信,让人家有钱可赚。如果说一年赚的钱全给咱交了承包费,那他不是白忙活了?弄不好还会跑了。袁凯说,秦主任说得有道理。现在合同已经签了,他说这几天就送钱过来,如果还有什么要求,咱们尽量为人家提供方便。

第二天,秦铁正在和吴老师谈学生学习国学的情况,长庆跑来说,承包洼地的那个客人来了,要求见秦主任一面。秦铁便起身和长庆一起去村委会办公室。

一进办公室,袁凯就对那人介绍,这位就是我们村蹲点干部秦主任,她可是让我们尽量为你提供帮助和支持的人。又指着那人说,这位就是来我们村投资的客人。

秦轶看看面前的这位承包人，刚焗过油的头发，不算浓密却油黑发亮。蓝白相间的格子短袖筒在一条休闲裤里，自然大方。桌子上放着的黑色男士包鼓鼓的，想必是装着那八万元。她先是吃惊，后又笑着说，原来承包人是你！客人也笑了。原来在这里搞得风风火火的蹲点干部是你秦主任！

袁凯和长庆惊奇地说，原来你们认识？

二人都笑了。

袁凯和长庆松了一口气，长庆说，认识就好，以后有什么事都好说。

秦轶一看是纪书，问他怎么知道这里有地要承包。纪书说，先在报纸上看见广告，那天你们这个长庆在我那儿买砖时又说到这个情况，我感兴趣就来了。

秦轶说，你可想好了，别赚不到钱中途跑了，让我给村民没法交代。

纪书说，当着你们几个的面，我要在合同上添一条，承包期至少十年。十年以后，续包时我有优先权。

几个人都说同意。纪书当下拿出八万元现金。当着他们几个人的面，一捆一捆往外掏。看他往桌子上摞钱的时候，袁凯和长庆的眼睛都直了。他们哪里见到过这么多的钱。

办完手续，袁凯和长庆先走了，剩下他们二人。秦轶问，纪书，你咋没讨价，一下子就答应，如果亏了咋办？

纪书说，情况我看了，按水面情况，其实他们要价并不高。我以为每年至少要十万，人家只要八万，我不签合同还等啥？

秦轶问，你有把握在这里赚到钱？

纪书笑了，我想这你恐怕比我清楚，头一年怕不行，以后嘛，只要地热城建起来，怕村里人会向我加价呢。

秦轶说，你这家伙，以前会借花献佛，现在又借鸡下蛋，头脑比我灵多了。我担心你搞着砖厂，哪有时间忙这里的事。

纪书胸有成竹地说，砖厂先让南华看着，等这里初具规模，肯定要请人来管理。

秦轶问，有合适人选吗？

纪书说，目前还没有。

秦轶说，你忘记了一个能人。

是国强，对吗？咱这老同学做事认真，责任心强，比我能干多了。可是这么多年一直窝在家里，这次得让他出来发挥作用了。

纪书的眼光和行动，给了秦轶很大鼓舞，让她更有信心。

尽管政府对地热城的论证结果还没出来，可是她却很有信心。现在就得紧锣密鼓地开始做前期的各项工作。她要赶在投资商考察之前让这里的环境来一个翻天覆地的变化。

拿到八万元后，村委会立即召开干部会议，给这些钱派用场。一部分用来买洼地边上的柳树，一部分用来买村里各家门前的桃树柿子树。为了尽快出效果，全部买较大的树，不惜花掉所有的钱。而栽树的工钱全部免掉，由全村各家出义务工。把这作为对投资方的优惠和支持。这样一来，村民们没意见，投资方也高兴。特别是那些搞大棚的人家，一直忙着种菜的事，现在村里统一买回果树，当然很满意。

一切都在有序地进行着。人们对贫穷的圪垯湾将要出现的美好前景，充满着热切的期待。

三十

小棉回来了。这次东北之行,让她长了见识,像换了个人似的,情绪非常好。家里人看到她变化很大。最明显的就是把头发染成金黄色,而且还拉了丝。原来的马尾巴,现在可以随意地披在肩上或扎起来,显得潇洒漂亮。人们见了,都说她变得洋气了。

可妈妈却怪她,说不应该把头发染成这样。因为她还是个学生,正在念书。何况,做这样的头发得花不少钱。有这些钱,来回路费都够了。

小棉不在乎,她说是舅爷家的那个姑姑让她做的。并且还替她付了费用。姑姑说,小棉长得漂亮,身材又好,做了头发更好看。

小棉说的这个姑姑是郭老大的小女儿,名字叫小梅。她比秦轶小七八岁,秦轶在东北时,她才十几岁,现在应该过三十了。问及小梅的情况,小棉高兴得眉飞色舞。她说梅姑姑现在可有钱了,穿得很洋气,还用十几万给舅爷盖了新房子。

秦轶一听便问,梅姑姑现在干什么工作?小棉说,她现在已经嫁到日本去了,什么也没干,就在家里做饭。日本人和咱中国人不一样。中国人谁家的媳妇在家做饭,那是你的本分,没有人给你发工资,可是在日本,媳妇在家做饭,家里其他人就得给她钱,她也就有了自己的收入。这样下来,几年后小梅就攒了几十万元。前年她把钱寄回家,盖了房子。这次她爸有病,她又飞回来,带了几万元,到底是给父亲把病治好了。

小棉给家人说,梅姑姑真有本事,很能干。她声音大,语速快,一副羡慕的神态。

秦轶又问了八营村伯父伯母及小二的情况,听说现在都很好,她也放心了。

好了,你这次独自去东北,替我看望了舅爷、大爷和大奶他们,又安全返回,我很高兴。你真的长大了,小棉。秦轶虽说对女儿在生活细节上有些看不惯,但看到她大胆泼辣,敢想敢闯的劲儿,还是感到欣慰。现在的社会变了,需要年轻人自己去闯,一味谨小慎微,是没有多大出息的。

她对小棉说,你现在完成任务了,要很快安下心来看看书,开学就高二了,功课很重,要考上大学,还得下很大的功夫。

小棉却轻松地说,妈您就放心吧,我以后一定会让你们过上幸福生活的!

看这女子！秦铁总觉得小棉这次回了一趟老家变了，说话有底气了。她安排了一下家里的事，又匆匆回到圪垯湾去了。

秦铁心里很着急，按她的想法，在这里，她要三年迈出三大步。让这个贫穷的村子彻底摘掉穷帽子，过上好日子。她想，如果能赶在每年一次的杨凌农博会之前批准，就可以在农博会上招商。那里每年都有来自全国各地和世界各国的商家，具有实力的企业不少，说不定有人愿意投资。

想到这里，秦铁坐不住了。她赶忙找行家咨询，找广告公司策划，让他们提前制作有关建设地热城的宣传资料。一旦上边批下来，就可以拿着宣传资料上农博会。免得到时候手忙脚乱，弄不好会错失良机。要等到下一次农博会，又得一年时间。时间紧迫，现在已经到了九月份，离十一月农博会的召开也就是两个来月。着急的她，没有多想，直接去找县委周书记。

周书记一听她谈地热城的事，先在旁边的饮水机上接了一杯水放在茶几上，客气地说，听说你在下边的工作不错，为咱们县上的发展提出的建议也很好。只是最近县上的事比较多，还没来得及上常委会。你别急，我会安排胡县长尽快研究。

秦铁还想说，最好赶在农博会以前批，这样可以把项目拿到会上找投资人。突然电话铃响了，周书记看看座机上的来电显示，抱歉地说，你先去吧，我接个电话，是市上的。

问题没解决，她不甘心。既然周书记刚才说了安排胡县长解决，她便大胆地敲响了胡县长办公室的门。

进门后，她看到的不是一张将要升迁的那种踌躇满志、充满自信的得意面孔，而是心烦意乱的表情布满面颊。看到下属进门的一刹那，他的表情发生了微妙的变化，稍稍平静地问，你有事？

秦铁照实说明来意。

不是说让你等吗？胡县长看着对面的墙说。

我怕等不及，十一月份的杨凌农博会就快要到了！秦铁不管不顾。

胡县长这才转过身来说，你的心情我理解，过去受了一些坎坷，现在就急切地想干出一些成绩来证明自己。可是你要知道，有些事情，是欲速则不达。

胡县长，不，不是这样——

好了，建地热城不像打机井、建蔬菜大棚那样简单，项目还得评估，有些问题还得调查了解。

好。秦轶已经明白了，她无话可说。

走出胡县长的办公室，她一阵心酸。想不通，这么好的事情，为什么办起来这么难呢？调查了解？不知又有谁在这件事情上做什么文章。她不怕，事实会揭穿一切谎言。而她最担心的还是她的报告迟迟上不了会。错过农博会，招商的机会就错过了。

秦轶虽然心中感到委屈，但还是坚定地朝圪垯湾走去。她的性格决定了，她只要认准的目标，就千方百计地要去实现，十头牛都拉不回来。

她想要彻底改变圪垯湾的面貌，就要从一些基础的事情做起。不管现在上边批不批地热城项目，都要把投资环境搞好。一旦上边批下来，保证考察万无一失。

想到这里，她已经忘记了刚才遭到的冷遇和不快，急步前行，她要尽快把洼地改造好，把大棚搞成功，把圪垯湾建成桃花沟，吸引商家落户，让更多的游客驻足。

三十一

从毕阳返校后,梦岗就拿到了学校的毕业证书。这个让他盼望已久的毕业证,当真正拿到手之后,对他来说,所感到的不仅仅是高兴,还有失落、酸楚和不可名状的忧伤。

北大,这个让妈妈梦寐以求而又未能如愿,让爸爸曾经风光却又遭受磨难的学校,后来又让自己考取,而且完成了所有学业。现在毕业了,要到新的岗位去工作。可是他的恋人,学妹李彤还得两年以后才能毕业。因此,这里和他有着千丝万缕的联系,有他太多的牵挂。离开这里,怎么也没有入学时的那种新鲜、亢奋和激动的感觉。

八月的天气,晚饭后,天还没有黑,李彤来找他,梦岗就带她来到这 U 字形的未名湖边。他们从湖的北岸来到湖心岛,在一个木椅上坐下。这里是李彤每次来北大他们经常坐的地方。

在这个炎热的夏天,傍晚的凉风夹带着湖水的湿气,吹在身上清爽惬意。

李彤不由得就靠在梦岗的肩膀上,她要尽情地享受两人在一起的美好时光。

你看! 梦岗指着湖东岸的博雅塔。黄昏时分,掩映在清澈的湖水和茂密的树丛中,博雅塔显得更加雄浑、高大和神秘。梦岗情不自禁地赞叹道,难怪说这塔是北大标志性景观,真的太美了。

李彤抱着梦岗的一只胳膊说,这塔就是你,你就像这座塔一样雄伟。梦岗哥,我要你发誓,你对我的爱就像博雅塔一样,永远不变。说着眼睛就湿了。

梦岗抽出胳膊,抚摸着她扎在头后的马尾巴,严肃地说,我发誓,海枯石烂,永远不变!

李彤忽然想起在阿姨的小说中,男同学一再海誓山盟,但后来还是变了,抛弃女友,便大声说,不,发誓有时也靠不住!

梦岗知道她的担心和痛苦,一下子抱住她的双肩,慢慢地说,彤,誓言对于某些人来说是靠不住的,但你知道,世上还有一诺千金的人。对于你,我并非一时心血来潮,而是经过深思熟虑的。长相美、学识好的人大有人在。可是在是非面前,能明确辨别,正确对待,善解人意的并不是很多。而你,彤,就是这为数不多的女孩中的一个。有缘遇到你是我的福分,我怎么能不珍惜呢? 梦岗拉着李彤的手说,当你知道我父亲在报社工作，家在北京时，那时对我的爱，我并不十分在意。可是后来知道我的身世，我的家其实就在毕阳，特别是我的养父就是一个没有多少文化的农民时，你依然爱我。并且直言和伯母相争，几乎学王宝钏和母亲击掌表明态度，我实在是太感动了。对你这样的女孩，我要是还三心二意，那不是天底下最大的糊涂蛋吗？

李彤赶紧用手捂住梦岗的嘴，不准他这么说自己。她说，我第一次认识你，是你本人，并不是你的家庭。后来读了阿姨的小说，知道她就是女主人公的原型，从此我便知道了阿姨的坎坷遭遇，知道了你的身世。我发自内心同情你，敬重你。你是一个知恩图报有孝心的人。你说宁愿终身不娶，也不能背弃自己的父母。为了这句话，我曾经很难过，但又觉得自豪。父母是天，一个轻言背弃父母的人是绝对不能交往的。而你是个有良心、有道德，值得托付终身的人，我爱你！她紧紧抱住他。

梦岗用手轻轻拍着李彤说，我也一样。不知什么时候，黄昏退去，月亮已经挂在了枝梢，它不声不响地照着这对恋人。

树上的秋蝉和草丛中的蛐蛐用它们美妙的歌声为他们祝福。

梦岗似从梦中惊醒，他松开手，对李彤说，你还没问我会分到什么单位呢。

李彤说，这不重要，不管天涯海角，我都跟你去。

梦岗说，问题是，即便近在咫尺，你也不能去，起码在一段时间内。

为什么？李彤急了。

我们学的这个专业，你还不懂吗？

你说是保密单位？

梦岗点点头。他说，以后我们只能用书信方式联系。等到了单位，我把信箱号码告诉你。

李彤说，我要是想你了怎么办？

梦岗说，国家每年都会给一段休假时间。

李彤用手绢擦眼泪。

梦岗说，你安心学习，两年时间很快就会过去。等你毕业了，我们就结婚。

结婚？我妈要是还不同意呢？

别担心，时间会解决一切问题。你是她的宝贝女儿，难道她会永远阻止女儿的幸福？

说的也是。那天顶撞妈妈，我心里也不好受。其实，她也很可怜，不容易。从我

生下来后，就是妈妈一个人把我拉扯大的。小时候，我问她要爸爸，她总是搪塞。说爸爸到别处上班了。后来大一点，我才知道他们离了婚，还知道是妈妈离开了爸爸。直到有一次，我在作文竞赛中得了奖，文章无意中让爸爸发现。那时，他已经在教育局上班。教育局组织了一次高中学生作文竞赛。题目自拟，要求写自己一个亲人。我当时自拟的题目是“爸爸，你在哪里”，看到这篇作文，爸爸才知道原来他还有个女儿，现在已经上高中了。

后来呢？

后来他从别人那里得知，妈妈和他离婚时已经怀了我，为了不让我跟那个家庭受影响，妈妈硬是和爸爸分手，并且隐瞒了有我这个事实。当爸爸弄清我就是他的女儿时，马上找到我，他激动地说，李彤，我就是你要找的爸爸呀！对不起，你都长这么大了，爸爸才知道。我没有尽一个做父亲的责任。他痛哭流涕地说了许多。凭直觉，我相信他就是爸爸，于是我们抱头痛哭。

想起自己和父亲相认的情景，梦岗感慨万千。

李彤流着泪说，后来我就两头撺掇，终于说服了他们。在我考大学的那一年，他们才复了婚。

月亮已经偏西了，他们站起来，依依不舍地离开湖心岛。

你回学校休息吧！梦岗要送李彤回去。

不，我不困，我要和你多待一会儿。

好，咱们就再走走。梦岗知道他这次要到一个科研机构去工作。据说能到那里去的人，将来很可能抽调去参加我国的航天工程，为我国的飞船上天做某一部分工作。这一切都是保密的，他不能向李彤说得太具体。所以，今后见面的机会很少，他现在尽量满足她的要求。他们沿着湖岸走到南端。这里有钟亭、临湖轩，还有花神庙。一方面陪李彤，一方面在离校之前也想好好欣赏一下校园的美景。他觉得自己太幸运了，不但能考上这所名校，还在北京碰到了自己心爱的姑娘。

未名湖的夜晚，美丽而宁静。

李彤边走边说，我问你，如果一个人对着天空射鸟，发了一支箭，射下一只鸟，这叫什么？运气，梦岗说。

发了十支箭，射下十只鸟？

功夫。

发了一百支箭,射下一百只鸟,甚至一百多?

神手。

你就是那个神手！李彤激动地抓住梦岗的手,又说,我知道你的计算机水平很高。这次能把你挑走,就是你的计算准确率太高了。

准确率高还不行,要求百分之百。计算一万个数据,得一万次准确。梦岗纠正。

会的,梦岗哥,你会一万次准确,十万次准确！你放心地去学习,去训练,在我们宇宙飞船飞向太空时,你哪怕只计算了一个数据都是值得骄傲和自豪的。加油！

我一定！彤,你也要加油,到你毕业时,争取也能加入我们的行列。

我会的。

他们站住了,伸出手相互击掌,不约而同地喊出,加油！加油！加油！

深夜里,洪亮的声音回响在未名湖畔,回响在北大校园的上空。

这是爱的宣言。

这是一对年轻人报效祖国的誓词。

三十二

小棉不像哥哥那样,计算一万个数据,要求一万个准确。这么高的准确率,神仙恐怕也难办到。那是需要具有最强大脑的人,而她只是个凡人。

下午的课上完了,小棉来到学校东操场边的一棵柏树下。她不是在复习功课,而是读着母亲的来信。母亲在信中说,高二的课很重要,稍有疏忽,就会给后边的学习带来困难。还说她现在的工作忙,顾不上给小棉辅导,要小棉自己抓紧学习,有疑难找老师,尽早解决。希望小棉像哥哥一样,考上自己理想的大学。

站在母亲的角度,本来是对女儿的关心和爱护,可是对小棉来说,这封信正好触及她的痛处。高二的课程的确很难,特别是那讨厌的物理,什么静力学、动力学,还有流体力学,更令小棉头疼的还是这几方面的知识综合在一起的应用题。每当遇到这样的题,她简直如坠云雾之中,怎么也理不清该用牛顿三定律中的哪一个定律。每当这时,她不要说问老师,就连旁边的同桌也不想问。女孩的自尊心、虚荣心搞得她心烦意乱。她最怕同学说,你哥哥学习那么好,是咱古陵中学多少年来唯一考到北大的高才生,你一定没问题。

是的,以她的智商,如果一步一步扎实地学习,成绩肯定会不错。可是小棉不像哥哥那样专心,平时爱打扮,喜欢唱歌,初中时还因到歌厅唱歌惹过麻烦,经常上课思想开小差。这样,学习上的问题越积越多,越来越困难,导致厌学,成绩自然不敢在人前夸耀。

这时,她把书本压在屁股底下,靠着一棵大树坐着。心想老天爷太不公平,同是一母所生,为什么哥哥的脑子就比自己的脑袋好用?他考上北大就那么容易。而自己,连念完高中都觉得困难。母亲还要求自己向哥哥学习,我学得了吗?这不明明是赶着鸭子上架么。

这时她想到了父亲。小时候,小棉糊里糊涂的,只知道他们的父亲是权爸爸。后来长大了,偶尔听说权爸爸并不是他们的生身父亲。特别是这次暑假回东北,对自己的生父和出生地有了更具体的认识。原来自己的生父许多倪,在小棉三岁时因煤窑塌方而亡故。这十多年来,一直是权爸爸将自己和哥哥抚养大。

小棉虽然没有哥哥学习好,可是她知道感恩,自尊心强,不服输。看到哥哥大学毕业，马上要工作拿工资了，自己也着急，也想早点挣钱来报答爸爸妈妈和奶奶。她想，难道除了上大学，就再无别的挣钱路子了吗？

有！她忽然灵机一动，想起了舅爷家的表姑，她因嫁到日本而给舅爷盖了房，拿回钱。这不是一个短期内快速致富的捷径吗？

恰巧这时梅姑姑从日本来了信，让小棉喜出望外。信中说，她那里有一个非常合适的人要介绍给小棉。此人只有二十五岁，小伙子人品好，一直想找个中国姑娘。听说小棉人长得不错，正在读高中，愿意接触。不过中介费需十万元。表姑信中说，她已经先付给人家五万人民币，另外五万得小棉自己准备。

小棉觉得机会难得，首先是对方年轻，未婚。不像她们找的都是些四五十岁的老男人，而且大都在山区或乡下小镇。而这个小伙子的家却在城市，本人还在什么会社工作。

这种情况小棉求之不得，她立即给表姑回了信，让她转告自己的联系地址，并答应尽快把五万元中介费寄给表姑。

小棉这天的情绪非常好。晚自习不再为物理作业而发愁，也不再为化学中有机物分子的复杂结构而烦恼。她用双手撑着下巴，眼瞅着天花板憧憬未来。同桌问她，作业做完啦？她未置可否，只是冲她笑笑。心想，让这些烦人的作业见鬼去吧！我要到一个新的地方，去过自己的幸福生活。

晚上熄灯以后，宿舍的同学们很快响起了鼾声，可小棉却久久不能入睡。

在这个樱花盛开的季节，她穿着婚纱，被帅气的日本小伙子挽着手，慢慢步入婚礼的殿堂。之后又乘飞机回国，在秦家庄，小伙子西装革履，小棉穿金戴银。双双站在奶奶和父母的面前。三鞠躬后，小棉从包里掏出一沓一沓的人民币，一个劲地往爸爸妈妈奶奶的怀里塞。看着全家人高兴的样子，小棉又像《白蛇传》中的白娘子一样，用手在空中一指，她们家原来的旧房子就变成一座富丽堂皇的小楼。奶奶爸爸妈妈全都穿戴一新坐在客厅里，幸福地笑着。小棉大声喊，你们的小棉还可以嘛！

旁边的室友碰了一下小棉，你深更半夜喊啥呀！小棉醒了，她为自己的美梦感到可笑。

两周过去了，小棉的五万元还没有着落。

她不想将此事告诉家里，她知道他们不会答应，而且家里也没有这么多钱让她交中介费。她非常着急。就在这时，梅姑姑又来信了，里边还夹了一张日本小伙子

的单人照。

这封信彻底坚定了小棉的信念。不光是小伙子帅气的照片，主要是他对中国友好的态度更让小棉动心。小棉下决心借到五万元，加快与日本小伙子关系的进展。

第一个想到的就是小龙。虽然她知道小姨在承揽工程时跌了跤，但姨父的空心砖厂应该还有活动余地。另一个就是舅爷。她上次去东北，知道表姑给舅爷留下几万元，先借用一点，等她嫁过去后想法再还他们。

小棉以十分恳切的语气给舅爷写了一封信，然后又去找小龙商量。

小龙一听小棉借钱是为了嫁给日本人，一下子就火了。他虽然比小棉小一点，管她叫姐姐，可是这会儿也顾不得长幼。他骂道，亏你想得出来！中国的帅男都死光了吗？竟然要把自己嫁到日本去，这不成卖国贼了吗？再怎么贪图享受，也不能把自己卖给日本鬼子！

小棉说，是日本友人。

小龙气得呸了一声，狗屁！你不知道南京大屠杀吗？难道你会忘记国耻？

小棉哭了，她委屈地说，不管你怎么想都可以，但我有我的目标，我追求的这个男孩不坏，我喜欢他，不是你所说的单纯为了钱！如果说到那里能赚到钱更好，我要用这些钱来孝敬奶奶，孝敬父母，有什么不好？再说，政府对涉外婚姻有政策，我也不违法！你不帮我可以，也用不着这么损我！小棉说完甩手要走。

小龙见状忙拉住小棉的胳膊说，对不起，小棉姐，怪我一时冲动，让你伤心，我只是不想让你远离家乡。既然你说了，我就帮你一把，让我试试，不一定能成。

小棉激动地流着泪，一把拉住小龙的手说，还是小龙弟好。不管你能不能弄到钱，绝不能让我妈和小姨知道这件事，如果她们知道了，这事绝对得泡汤。

小龙说，好，我保密！

小棉说，龙弟，你想想，那边我表姑已经花了五万元，如果我这边反悔不干了，不是让人家白花钱了吗？就凭咱们这里的现状，我啥时间能给人家还上？

小龙听小棉说，在日本，只要肯出力，一个人再不行，一个月也能挣一万多元人民币。如果是男孩，挣得更多。

听到这里，小龙激动了，他说，行，如果你去那里觉得可以，我也去！

好！两人三击掌。

小棉的外嫁活动就这样紧锣密鼓地悄悄进行着。一个月后，她终于凑够五万元，连同自己的两张单人照一块儿寄给表姑。这两张照片是她精心设计的，在毕阳电影院十字的一家照相馆照的彩照。一张是梳着两条小辫，扎着红绸子面带笑容的纯情少女。另一张则是盘着头，戴着丝绒头花，穿着红色旗袍，有点矜持地显出中国女性古典美的丽人照。

洗出后，效果不错，她又放大成五寸，给自己留下一套，给表姑寄去一套。

东西寄出后，小棉的心再也静不下来，根本无法回到面前的这些书本上来。在英语课堂上，她更是常常走神，心想，外语如果开设日语该多好，学了还能用得上。其他课堂上，她不是昏昏欲睡，就是想着日本的樱花，或者猜想东京街道是什么样子。

就这样，她心在空中飞，梦在云里游，人在雾里走。她日日盼，夜夜盼，盼望来自日本的佳音，盼望幸福之光早日照耀在自己的头上，更盼望通过自己的努力改变家里的状况。

三十三

金秋十月，丰收的果实激励着人们干起活来更有信心，劲头更足。就在秦铁带领大家忙着打基础、搞环境时，县上新来的书记一下子就批准了地热城的项目。因为就在距离毕阳三十公里的平阳县刚刚打了一眼热水井，出井水温达 102°C。而秦铁她们上报建地热城的这个地方，正好和平阳县的热水井在东西横向的一条边上。这里的地下水都是接受地核热能传导的最佳位置。

这时距杨凌农博会的召开已不到一个月。听说项目被批准，秦铁急忙去找新来的县委书记，想在农博会上争取给毕阳布展，以便招商引资。

她急匆匆地敲响县委书记办公室的门，听到一声请进，推开门之后却吃了一惊。她愣了半天才说，是你?

这人看了看来人笑着说，没想到吧？快请坐。

秦铁并未即时落座，她十分疑惑，不知对方和他们的县委书记是什么关系，为什么像主人一样招呼她。

这人给一个茶杯里放上茶叶，又在饮水机上接了杯热水，递给秦铁说，你先坐下，咱们慢慢聊。秦铁不自然地将茶杯放在茶几上，坐在茶几另一边的沙发上。

真是山不转水转呀，没想到咱们又在这个地方相遇了。他俨然就是主人，是毕阳的县委书记!

她的确没有想到，庆幸没把他当作客人的话说出口。她呷了一口茶，让自己刚才紧张的情绪慢慢平复。他比以前胖多了。以前他给她的印象是清瘦、帅气、轮廓清楚，完全是一个文弱书生。而现在面前的他，不光是身材比以前魁梧了，而且内心也强大了，一看就底气十足。开口说话，举手投足，完全是一个领导干部的气质，令人刮目相看。

只知道来了一个新领导，没想到会是你。秦铁略微放松地说。

变化很大吧？当年的同学见面后几乎都认不出来了。没有办法呀，人在江湖，身不由己，不想变也由不了你。这位当年高秦铁一级的教育学院历史系高才生，讲述了他这几年在政界的历程。

他叫林丰义。就是当年在学校执着地向秦铁表白，当得知她已是有夫之妇后，备感失意、失落，希望离校被分到一个偏远的县上去工作的人。他工作能力强，刚入党后又考上中央党校，党校毕业后就任了一个县委副书记的职务。两年后升为县委书记，才干了一年，这次又被交流到毕阳来当书记。

说实话，我很幸运。书记也呷了一口茶，他问秦轶，你这几年就一直在毕阳政府机关工作吗？

这两年下乡，在圪垯湾蹲点。

噢，难怪你对下边的情况这么熟悉，提出的方案也切实可行。特别是利用地热代替燃煤取暖很环保，很有远见呀！

谢谢县委通过了这个项目。我今天来就是想请求在农博会上为这个项目布展，进行招商引资。

好，我正想找你来商量这事。我们不但要为这个项目布展，而且要多争取几个展位，要抓住机会把毕阳推出去，让更多的人了解毕阳，让更多的商家投资毕阳，让更好的企业落户毕阳。

谢谢！谢谢书记，我替圪垯湾的村民向你致谢！秦轶的泪水在眼眶里直打转，可始终没有掉下来。

别这样，我一直非常敬重你。我，不，是县委这样决定，不是因为这个项目是你提出的，也不是仅仅为了一个圪垯湾，而是这个项目好。如果我们不果断决策，就会失去商机，给毕阳带来很大的遗憾。

她的泪水终于忍不住掉了下来，书记刚才的一番话正是她想要说的。可是在此以前，她几次找到前任领导都没有机会说出来，她实在太着急了。

林丰义把一包纸巾递过去，看到她流泪，他的心情也沉重起来。他慢慢地说，让你受委屈了……

我不委屈。秦轶抽泣着，几乎哭出了声。在受到误解后忽然得到理解，是最让人感动的事，也最容易使泪水失控。

我都知道了，你不光有过去的委屈，还有目前的委屈，很多事我都听说了。

我是为圪垯湾有了希望而高兴，为项目的获准而激动。她觉得自己有些失态，忙擦干泪水。

过去在学校，我只知道你刻苦好学，现在更知道你品德高尚，对工作执着。在受了那么多不实之词的打击、不公平的待遇后，仍不改初衷。尽管背后有人搞小动作，你仍然能一心一意想着群众的利益,想着地热城的项目。不说我们过去是老校友,就是素不相识,对于这么好的干部如果不去支持,还有什么资格当这个县委书记!

林书记,请别这么说。

既然我是书记,你今天就听我说,一是抓紧时间,去准备宣传资料,把农博会上的展板搞好。资料要简洁,明了,突出,醒目。让人们在最短的时间,清楚了解项目最核心的问题。二是这个项目是你提出的,情况也最熟悉,你做好思想准备,准备将来承担更重要的担子。

林书记,你误会了,我今天来只是为了谈项目的事,可不是跟你要官的。书记说,对你来说,这不是官,而是担子。

我怕担不起——

你不是担不起,而是心有余悸。我虽然来毕阳时间不长,可一来就听说你的事了。你不像有些人,整天拉关系找门子,眼睛盯着哪个位子肥,哪个位子瘦。你一下去就是两年多,一心为群众办实事,有几个人能像你这样?这样的干部,应该放到更重要的位置上,可这么多年还是一个副科级。我知道,虽说全国拨乱反正,平反了很多冤假错案。但很多人原来的思想框框还是改变不了,自觉不自觉地压制了好多人才。不光是别人,就连当事人自己也不是理直气壮。你想建地热城,如果没有职务和决策权,事事要听别人的,你怎么干?

秦轶没说话,一直听着。面对这个昔日的校友,今天的领导,她为自己的想法感到羞愧。从林丰义的谈话中,她受到很大的启发,自己与他的差距太大了,难怪组织把他放在县委书记的位子上。人家是站得高,看得远,而自己则是埋头拉车,到处碰壁。

好了,你看我只顾和你谈工作,忘了告诉你一件事,我已经结婚了,你知道我爱人是谁吗?

这时有人敲门,进来的是办公室主任,他说市委办打来电话,要林书记马上到市委去。

秦轶听后,马上起身告辞。

从林书记办公室出来,离开机关大院,秦轶就急忙搭上公交车往圪垯湾赶。

公交车上人很多,没有座位她便手抓立柱站在汽车的后门口。她今天心里很激动,满脑子都是书记刚才的谈话,久久不能平静。书记布置的工作应该让她高兴,这些正是她想干的。但说让她担什么担子,却让她始料未及。这件事情来得太突然了，不，不光是这个提升职务的说法来得突然，而是这个书记来得更突然。她实在没有料到，昔日那个曾经荒唐地追求过自己的林，竟然成了自己的上司，当了毕阳县的一把手。这件事既让她高兴，又让她不安。她不知道后边还会出现什么麻烦，听说他已经结婚了。并不奇怪，像他这么优秀的男人，什么人找不下？她的脑子很乱，以至于到站了也没有注意到。后边的人大声喊，你到底下不下？挡在门口还不让别人下！她这才发现那棵歪脖树，知道自己该下车了，便急忙往下走。

离开汽车上拥挤的乘客，脑子好像清醒了一些。她对今天和书记的谈话进行了梳理：书记同意在农博会上布展，说明他对这个项目重视。又说让她担任什么职务，当然是对她工作的认可和支持，这些都值得高兴。当前要抓紧时间做好农博会上的招商引资布展工作，这才是最重要的。她突然对自己刚才那些不安感到羞愧。

对！马上把这个好消息告诉村委会的干部和群众。立即找专家提供确切资料，找广告公司的专业人员设计版面和宣传页。抓紧完善洼地建设，加紧对村子的改造，让村里的文明建设再上一个新台阶。

她越想越激动，越想越兴奋，虽然走着上坡路，可是一点也不觉得累。脚下的步子不由得加快，双臂不由得张开，竟像一个青春少年那样喊道：迎接吧，迎接新生活的到来，迎接光辉灿烂的明天！

此时的秦铁几乎进入一种幻觉，仿佛看见一头雄狮，一头沉睡百年的雄狮，它遍体鳞伤，慢慢地从东方站起，昂着头，向着天空，向着世界，长吼一声：我醒了！

秦铁流着眼泪，心想，我就是这头雄狮身上的一根毫毛，是它庞大身躯的一个细胞，是它血管里流淌着的一滴血。我要和它一起奔跑，一起大喊，一起向前。

二十天后，一整套资料和主题醒目的宣传版面印出来了。

这些东西在运到农博会之前，要接受县上领导的最后一次审查。

县委会议室的桌子上摆着一摞摞印好的宣传彩页。正对门口的墙上靠着两块高大的宣传板，其中一块是天蓝底色，橘红色大字。林书记高兴地念着版面上的两句话：让我们向地核要能源，为地热找出路。他高兴地说，太好了！另一块版面则为浅绿底色，版面的右下角是两只张开的手，充满热情，充满真诚，充满活力。上边的两行字是：欢迎你，能源在地球，出口在毕阳。所有领导赞不绝口。

翻开桌面的宣传彩页，既有对测量情况的介绍，又有对地热城的展望。有一张宣传页上介绍：据省市专家的考察，毕阳的地热资源最好，这里地热水有益成分丰

富，可满足医疗、洗浴、保健等旅游度假不同选择的需要；另一个宣传页上介绍关于前景的预测，随着全社会环保意识的提高，大批的燃煤锅炉将一批批退出城市热源的舞台，地热这种清洁可再生的新型能源，将以其不可阻挡的优势引起政府的重视，以其独有的魅力引起房地产开发商及其他企业家的注目！

他们的宣传并不过分，就在此后的十几年间，全市已成功开凿了几十眼地热井。地球深处的滚滚热浪，仿佛要挣脱厚重久远的压迫，像巨龙一样沿着人们开凿的通道喷涌而出。它的出世，让人们的生活发生了变化，给毕阳这座宝城再添风采。时间刚跨进 21 世纪，毕阳便以得天独厚的地热优势，被中国矿业联合会命名为“中国地热城”。这是全国首家获此殊荣的城市。

这是很多人没有料到的，也是我们的主人公秦轶没有料到的。当时她只是想到圪垯湾的发展，最多想到对毕阳的好处。

好了，我们还是到杨凌的农博会上看一下，看看秦轶她们的努力结果如何。

十一月八日，已经立冬了。虽然天气变冷，人们身上加了衣服，甚至穿上了棉衣，可是农博会上却是人山人海。热烈的气氛让与会的人员热情高涨，有的人干脆把外套脱下拿在手上。这里有几百个展位，有来自全国各地和国外的商家。他们用各种方式、各种手段在推介他们的农产品，宣传他们科研成果的专利，希望将科研变成产业。展出项目各式各样，琳琅满目。而毕阳县的地热城宣传更吸引人们的眼球，来此观看展板和索要资料的人很多，但一看到项目的投资很大又望而却步。

三天过去了，宣传材料散完了，但却没有一家前来具体商谈投资事宜的。这让秦轶他们先是高兴，继而着急，最后彻底失望。她不知回去后如何向县委交代。她想的最多的不是自己的面子，而是林书记。这个项目是林书记刚到毕阳就鼎力支持和批准的。现在别人不来投资，毕阳自己的经济实力又达不到，这不等于放了一个空炮？其他人会怎么看林书记？她当初感激林书记给这个项目开了绿灯，现在又后悔自己上报这个项目，让林书记跟着受连累，真是于心不忍。

农博会结束了，回到县上后，林书记主动来看望大家。秦轶很愧疚，她说，都怪我，没有想到情况会是这个样子。

林书记问，关注这个项目的人有多少？

秦轶回答，不少。很多人都来了解咨询，到农博会结束时，宣传材料都发完了。

林书记说，没关系，大家都辛苦了，先回去休息两天。

她看不到书记高兴，但也没有生气，更没有怪她的意思。而是很平静地说让大家休息，她真的搞不清领导的想法是什么。

半个月后，县委通知秦铁立刻到县上来，说有急事。

秦铁心里很紧张，不知是不是这次农博会上无功而返，给县上造成损失，要挨批评。她想，至少也要批评她做事不慎重，让她今后吸取教训。不管，豁出去了，该挨的棒子迟早得挨，该承担的责任自己承担，躲是没有用的。

刚进机关大门，就见政府办主任从大楼的台阶上跑下来，着急地说，秦主任你才来呀，大伙都在等着你哩，快到会议室。秦铁忐忑地跟着就走。

进了会议室，就看见林书记、胡县长及财政局局长、计委主任等，还有两位不认识的客人。她搞不清今天会有什么重要事情。

办公室主任将她安排在与客人对面的一个位子上坐下，胡县长就对客人说，这就是我们这个项目的负责人秦铁同志。还有什么需要了解的问题你们就问吧。然后回头对秦铁说，秦主任，这是中地能源开发公司的同志，他们今天来要和咱们谈开发的事情。

噢！秦铁这才松了一口气，原来这个项目有人关注了。

一个四十多岁的中年男子，红光满面，挺着已发福的肚皮说，我们的同志在农博会上看到你们的项目介绍，觉得不错。我们花了半个月的时间考证，决定在你们这里投资，共同开发这个新能源项目。

难怪林书记很平静，没有责怪她，也许他心中有数，对这个项目有信心。不管怎样，现在有人愿意投资，就是天大的好事！秦铁一高兴，思想也灵活了，加上她前期的调查和对项目熟悉的优势，客人有问必答，而且不问自答，积极介绍和宣传。这让客人兴趣高涨，投资的信心更坚定了。

近三个小时的洽谈后，双方初步敲定，由中地能源公司投资，占地三百亩，修建毕阳温泉疗养中心。关于合同，则要投资方实地考察周围环境后再行签订。

回到圪垯湾时，村委会的干部正在开会。看到秦主任回来，一下子全都站了起来。袁凯忙走到跟前，眼巴巴地瞅着她，想知道到底是凶还是吉。

秦铁激动得半天说不出话来，不管旁边有这么多干部，竟一下子抱住袁凯，脸上笑着，眼里却流出了泪水。

其他几个干部都傻了，不知出了啥事，便小声问，秦主任，出什么事了吧？

秦铁松开手，对着大家说，有非常重要的事。

所有人都担心地倾听。

兄弟们，有人要投资开发建设温泉疗养中心。我们有希望了！说完后，她激动地用手背擦着笑脸上的泪水。

袁凯又问了一遍，是有人要投资吗？

对！有人要投资。

霎时，这个小小的村委会办公室就沸腾了。

几个干部一起来围抱秦主任，就像获胜的球队队员抱住教练那样，差点将她抬了起来。

秦铁自信地说，虽然只是初步敲定，但还是值得高兴的。看来我们的想法是正确的，我们的努力没有白费。不过人家要在实地考察之后才能签订合同，所以我们的任务很紧，就按原来的计划和方案加紧完善。准备迎接投资方的考察，迎接新机遇的到来！

几个干部立即来了精神，他们像出征前的将士一样意气风发。这么好的机遇，真是千载难逢。他们庆幸自己的运气，庆幸自己遇上了好时代，他们梦寐以求的愿望就要实现了。圪垯湾将要旧貌换新颜，走出新路子，摘掉穷帽子。

袁长庆，这个纯朴的农村青年，小小的村民组长，激动得不知说什么。他站在秦铁面前深深地鞠了一躬，说，秦主任，你真是我们圪垯湾村的救星！

秦铁说，你说错了，从来就没有救世主。要改变贫穷落后的面貌，只能靠我们圪垯湾的干部群众、老少爷们。

她清清嗓子，一字一顿地说，天上不会掉馅饼，得要我们干！目前的紧迫任务是搞好两个文明建设。一是提高我们村民的素质，二是将我们的环境搞好。我们不仅要协助纪老板把洼地改造好，更要把我们村子建设好。让我们的桃树开出美丽的花朵，柿子树结出累累果实，把贫穷脏乱的圪垯湾变成美丽洁净的桃花沟。要让客人见了就舍不得走！

哗哗哗！小小的村委会办公室响起热烈的掌声。

三十四

春节前，毕阳原上下了一场大雪，直到大年初三，房上、路上、田地里都被厚厚的白雪覆盖着，因为立春晚，雪还没有融化。

往年过年看不到雪，虽然天晴道干，但人们还是有些遗憾。今年这场雪的确给过年增添了不少风采。只要走出门去，总能看到穿着五颜六色新衣的人们迈步在大街小巷，行走在田间的路上。他们的新衣，特别是大姑娘小媳妇的太空服、羽绒衣，还有头上的时尚帽子、脖子上的彩色围巾，在一片白雪的映衬下形成一道难得的风景。这让过去土了巴唧的农村，一下子变成了一个美丽的童话世界。就连这寒冷的西北风也带着新鲜的、刺激的味道，孕育着与往年春节不同的带着希望的味道。

一群穿戴一新的年轻人，站在村头雪地里胡说浪谝。石头今年也穿着在县里买的洋货棉袄，出门没见他们这个年龄的人，便凑到年轻人跟前。他嘴里叼着平时舍不得抽的香烟，神气地吐着烟圈，得意扬扬。在别人羡慕的眼神下，却故意谦虚地撂了一句，混得不如人，抽的哈德门。然后笑嘻嘻地给周围人散上几根。虽然损失了几根烟，却获得了慷慨之后的自豪和尊严。

人们冻得搓着手，跺着脚，但还是不走，硬站在村头说笑。他们心里热乎着呢，肚子饱了身上就不觉得冷，即便是还没有吃饭，但是知道囤里有粮，笼里有馍，锅里有饭，也就不觉得饿。

权小顺没有出去。他在家帮忙收拾，今天家里要待客。秦轶和婆婆已经准备好几个凉菜，包好的饺子也摆在高粱秆篦子上，等着客人来。

正在抹桌子的小棉忽然听见门外嘟嘟嘟的拖拉机响，便喊道，我小姨来了，就往出跑。

果然是秦芹一家三口。农村的习惯，除了家里有人故去还没过三年的，一般初一不待客。初一这天待客叫点钱粮（钱是为死者烧的纸钱，粮是指蜡烛，为亲人照亮）。初二则待的是新亲或重要客人。自从秦芹出嫁后，每年初二都来秦家庄。父母不在了，她把冯婶这儿当娘家。姐姐回来和权小顺结婚后，这里更是她拜年的唯一地方。

往年天晴道干，他们全家骑着两辆摩托车。今年雪没化，怕路滑，干脆开着拖拉机来了。

秦芹穿着深红色雪袍,脚蹬一双黑色高勒棉皮靴。郑昊穿件黑色羽绒短大衣,小龙则是很漂亮的天蓝色太空棉夹克。三个人手里提着大包小盒一大堆。冯婶见后就怪秦芹,你看看,这不是把商店搬回来了吗?得费多少钱呀,这女子!郑昊先问大家过年好,随后便说,也没拿啥,给我哥买了两瓶酒、两条烟,给婶买点营养品、点心,都是应该的。这捆饮料咱们吃饭时要喝嘛。

大人寒暄时,小棉已将瓜子糖果摆在干净的小方桌上,又端出奶奶炸的油炸馃子。招呼小姨和姨父坐下,然后给每人倒上刚泡好的热茶。

郑昊不断地感谢权小顺给他们送去的一万元,让他们渡过难关。秦芹说最近又干了些零星小工程,钱还没有结回来。

秦轶问妹妹,那个诈骗案子了结了没有,能不能追回些损失?秦芹哎了一声说,他们承认是承认了,但那几个家伙已将钱挥霍殆尽。他们几个月在那里雇人操练,买假军装,供那些人吃喝,到处旅游……哪里有钱还咱们呢。说着眼睛又红了。

权小顺和郑昊在一旁说着男人的话题,冯婶赶紧到厨房去弄菜,小棉趁机端了盘瓜子把小龙叫到哥哥房间嘀咕去了。

小龙问,梦岗哥咋没回家过年?

小棉说,听说有紧急任务,回不来。年前给家里来信说的。

小龙又问,你那边的事情有进展吗?就那个日本的叫什么山上的狼怎么样?

小棉碰一下小龙,什么山上的狼,他叫丘山次郎。

小龙嗑着瓜子,满不在乎地说,我可不管他是秋天山上的狼还是冬天山上的狼,反正是狼!这只狼呀,正盯着咱们这只小绵羊垂涎三尺呢!

小棉踢小龙一脚,别胡说!小声点。

咋?姨妈他们现在还不知道吗?

现在要知道就完啦。

那怎么办?总有一天得让家人知道吧?难道你会偷偷溜走,像孙悟空那样一个跟头翻到日本去?

别急,等日本那里把有关手续办好了,再告诉家人。

如果人家要求你现在就去,还不满十八岁,怎么结婚?

别忘了,那是日本,中国的政策不适用。

如果现在就去，高中没念完，太可惜了。

没办法，我得尽快把钱还上，然后再挣钱给家里寄回来，那时他们肯定不会再骂我了。小棉双手插在橘色太空棉短大衣的口袋里，憧憬未来。

龙儿、小棉，出来吃饭了。权小顺看到各种菜上齐了，便招呼孩子们出来吃饭。

哎——小棉听声赶快应着出来。

饭菜很丰盛，但秦芹的情绪却一直不太好。那次受骗，对好强自信的她打击太大了。

秦轶劝妹妹，不要紧，你们还年轻，发展的机会很多。吃一堑长一智，以后小心就是了。

郑昊问秦轶，姐，听说你们正在搞一个大项目，看能不能有什么机会？

秦轶停住筷子，正经地说，是的，这个项目不小。可是目前合同还没有签订，我们一直在积极准备，争取早日与投资商把合同签了。如果真的把这个项目拿下来，活儿是肯定不少的。不过得通过正常渠道，正式报名，经过公开招标，才能拿到工程。

到报名时，姐可得告诉我们。郑昊叮咛着。

那还用说？你们现在既有公司，秦芹也有项目经理的资格证，完全可以参加投标。

吃饭时，权小顺不停地从厨房端饺子，很少说活，饭也没吃多少。

小龙说，姨伯，你今天咋这么慎言呀？

郑昊瞪一眼小龙，别跟长辈这么开玩笑。不过，哥呀，你是不是太劳累了？看着精神有点差。

权小顺笑笑，没啥，好着哩。过年就得彻底打扫卫生，哪能不累？

秦轶不好意思地说，都怪我，大年三十才到家，今年家中里外都是你哥和你婶在忙。再说，还有这机子，整天在外忙着干活，的确太累了。岗儿这孩子工作特殊，听说任务紧，今年不放假，在单位过年。

姐，这次回家就多待几天，也让小顺哥休息休息。秦芹提醒姐姐。

小顺说，不瞒你说，你姐呀，过了初五就又得走，那边的事紧火了。

秦芹说，真的吗？我听说人家那些下去蹲点的人，跟放了假没什么两样，隔几天去看一眼就成。没人像你这样，简直把自己卖给圪垯湾了。连年都没过完又要去，你不怕打搅村民吗？

秦轶无奈地说，芹，别这样说。我们的项目等了很长时间。就在年前，人家投资方打招呼说三月份要来我们这儿实地考察，然后就签合同。可是我们有些工作还没做好，你说能不急吗？

权小顺说，去吧，领导得现场指挥。你姐那是事无巨细，必须亲自督阵。

中午过后太阳出来了，路上的雪开始融化。秦芹他们要走，一家人出门相送，再三叮咛郑昊，开慢些，小心路滑。

秦轶这个年过得简直像打仗一样。年三十回来，初二待客，初三给妗子拜年，初四在家给小棉收拾换季衣服，初五约了舒月一块去看望国强，初六就急忙赶往圪垯湾。

小棉这丫头，最近一直在等一封信。平时她让表姑把信寄到学校，现在放假了，她告诉表姑如果来信就寄秦家庄。她想，万一有信，妈妈不在家，奶奶和爸爸好哄，随便编个什么话，就把他们应付过去了。

放假十多天了，什么动静都没有，表姑那边连个只言片语也没寄过来。小棉天天在等，盼望有自己的来信。她想，初五以前邮递员也回家过年去了。一过初五就该上班了。可是从初六到初十，连个信影子都没有，她真的很失望。谁知正月十三竟然收到了表姑的来信。

小棉的心情非常激动，她没有马上打开信封，而是兴奋地把信抱在怀里享受着幸福，猜想表姑肯定会安排她什么时候去日本，并告诉她需要办哪些手续。她又想，该怎么对家里人讲。想了好几个方案，最后决定先给爸爸讲。爸爸平时最关心她，如果妈妈不同意，爸爸肯定会站在自己一边说服妈妈。等爸妈都同意了，奶奶也就跟着同意了。虽然她不舍得孙女离开，但是大家都同意了，她也不会坚持自己的意见。想到这里，小棉高兴得几乎流出眼泪。她觉得自己已经不是小孩子了，现在长大成人了，该为这个家做出应有的贡献。自己虽然不能像哥哥一样考上大学，但对家里的贡献和对老人的孝心一定不比哥哥差。

她自信地打开信封，仿佛在开启一扇幸福的大门。

她小心地抽出信纸一看，几乎傻了。

她不相信自己的眼睛，跑到房间取了湿毛巾擦擦眼，再仔细地看了一遍。这回真的傻了，她真想大哭一场，可是一时却哭不出来。小棉坐在哥哥房间的桌边，一字一句念着表姑的来信。

小棉：

告诉你一个噩耗，丘山次郎在一次车祸中不幸身亡……

表姑在信中还写了许多安慰小棉的话，以及大家都为失去这个好青年而悲伤的话。这些小棉无心看。她只是傻傻地反复念着信上“不幸身亡”这几个字，看它能否从信纸上消失掉。念着念着，她的泪水才慢慢地流出来，一滴一滴地掉在信纸上，把整个信纸都弄湿了。

奶奶很奇怪，这个一贯叽叽喳喳，像个喜鹊一样的小棉，今天整个下午都钻在屋子不出来。晚饭做好了，奶奶喊她吃饭，没见动静。爸爸便到房间去看，却见她躺在床上，用被子蒙着头不出声。

爸爸问，小棉咋了，是不是有病了？

权小顺听见被子里抽泣的声音，又往桌子上一看，便见那张泪迹斑斑的信。拿起一看，第一眼就看见那句噩耗。忙问，小棉，这什么次郎是谁？他的死为什么要告诉你？是谁给你写的信？权小顺边问边掀开被子，小棉这时已经哭成了泪人儿。她一下子扑到爸爸的怀里哭诉着，把这件事的前前后后全部告诉了爸爸。

权小顺听后大吃一惊，心想这碎女子的胆子也太大了。要不是事情出了意外，她真要嫁到日本怎么办？他一时想不出恰当的话来安慰，就说，小棉，快快擦擦眼泪吃饭，要不然奶奶问你，你咋回答？乖，吃完饭再说吧。

听了爸爸的话，小棉勉强走出房门随便吃了一点，又一个人钻进房子。

权小顺没有说什么，一个人想了很久。首先考虑的是这件事情对秦轶讲不讲。如果她知道了，肯定会全面分析利弊，能用恰当的方法教育小棉。但也有不利的一面，就是过于严厉的批评会给小棉造成压力，万一孩子有什么想不开，问题就大了。更重要的还是她最近很忙。权小顺知道这个合同的签与不签是多么重要！秦轶为这个项目费了多大的劲，连年都没有过完就急着去做准备工作，如果在这个节骨眼上让她分心，就会耽误大事。想到这里，他的主意定了。责任是男人的脊梁，小棉惹的这个麻达，谁也不用说，他一个人扛着。

想当初，秦轶想和他再生一个孩子。他当即表示，不用。一儿一女活菩萨，咱们已经很幸福了。再要孩子，你的工作还干不干？岗儿、小棉就是我的孩子，我会像亲

生父亲一样把他们养大成人。

权小顺思谋着。岗儿现在已经大学毕业了。困难时期过去了，就剩下小棉。当然她欠人家五万元，这的确不是个小数目。全家人再怎么节约，要凑够这些钱，短时间内还是有困难的。他又想，不怕，有我这一身膘，不信挣不到五万元！我是家长，我会把这个家的担子担起来。

第二天，他和女儿谈了很长时间。他说，小棉，爸爸昨晚想了半夜，这件事不怪你。你是出于孝心，想替爸妈分忧，想为改变咱家的面貌出一份力，所以爸爸很感动。我为能有你这样的女儿而高兴，你妈知道后一定也会感到自豪。权小顺先对女儿安抚一番。

爸爸，您真的这么想，不怪我？一心等着挨骂的小棉，没料到爸爸这样理解自己，简直不敢相信。

看这女子，爸还能对你说假话吗？

爸爸，都是我不好，给家里闯下这么大的祸。小棉说着，眼泪唰唰地流下来。她的泪水一方面为丘山次郎的死而难过，一方面也为自己怎么还这五万元而忧愁。

娃呀，不是你不好，只是你没想周到。你当时应该把这事告诉我们，也许我和你妈能为你拿点主意，帮你考虑，不至于造成——权小顺把损失两个字没有说出口，他怕增加小棉的心理负担。

停了一会儿，他又说，现在事情已经这样了，你也不要害怕，不要忧愁。只要你答应我好好念书，还钱的事交给爸爸。

咱家明明没有钱，拖拉机挣的钱都让石头叔借去买收割机了，妈妈知道了一定会骂我。爸爸，是我给咱家惹下麻烦了。

小棉，我只要你一句话，保证好好念书。

爸爸，我会的。小棉哭着点头。

我相信小棉，只要你能做到这一点，钱的事好办。咱们地里有苹果树，拖拉机也可以挣钱，只要爸爸再干点零活，会攒够的。不过这件事暂时不要告诉你妈妈，别让她分心；也别让奶奶知道，她年龄大了，会担心的。

小棉咚的一声跪在权小顺面前，哭着说，爸，我的好爸爸，女儿给您磕头了。

权小顺扶起小棉说，正月十六就开学了，你快准备一下东西，后天就报到上学去。

这两天，小棉像变了个人似的，不用谁说就拿着笤帚扫院子，帮奶奶烧火做饭，刷锅洗碗。

冯婶对儿子说，你说小棉咋就忽一下子长大了，懂事了，变得勤快了？

权小顺笑着说，过个年长大一岁，当然要变。家里的活就让她干，你老了，有孙女替你干活不是很好吗？

母亲高兴地说，好！好！

正月十六这天，权小顺准备好学费，送小棉到古陵中学报到。一路上，他对小棉说，娃呀，不能迷信外国，咱们中国是在那些年耽误了。现在全国都在以经济建设为中心，大家的劲头大着呢，很快就好了。在国内一样有机会挣钱，有本事在国内使，不一定非要去国外。

小棉说，我听爸爸的。

送走女儿，权小顺就去找石头。

这个善良厚道、有担当的汉子，为了替女儿还债，他趁着地里的活还没开，赶紧去找一些零活干。石头年前在一个建筑工地干活，听说那里浇筑混凝土是按方计算，挣钱比较快，也挣得多，他想和石头一起去。

石头听后打趣说，好我的权队长，你咋成了财迷鬼呢？你家有果园，还有两个干部挣工资，是哪根筋抽的，想和我一样出大力？

权小顺笑笑说，钱多不烧手，越多越好。

对！对！领导干部，带头致富，明年就该给你这个万元户戴上大红花“游街”了。

权小顺生气地说，滚！过去让“四类分子”游街呢，我游什么街！石头打一下自己的嘴说，不叫“游街”，就叫“示众”。权小顺说，要示众咱俩一块去。

石头哈哈笑着，然后两人就骑车直奔工地。自行车蹬得飞快，权小顺为自己的决定感到自豪。他觉得能为妻子分忧，为女儿尽父责还债，是值得骄傲和高兴的事情。这件事情处理得好，用时下的话说，也就体现了他一个当家男人的价值。他在心中暗暗说，权小顺，你是一个能挑起两座山的汉子，不是孬种。现在妻子的事业正在关键处，儿子也参加了国家的重要工程，你现在一定要挺起脊梁骨，把这个家撑起来。

他用力蹬着自行车，心中就一个目标，尽快攒够五万元，替女儿还清欠债。

小棉自从经过这件事后，吃一堑长一智，忽然间就长大了。她最近一下子安静多了，不再想着去日本拿人家的钱给爸妈盖房子。那半年多时间，她人在学校，心在日本，功课荒废得一塌糊涂。还有一年多就要高考，她急了。

爸爸说得对，只要自己努力，哪里都有挣钱的机会，为什么不在国内找个机会呢？有了这个认识，她除了拼命赶上文化课，还抽时间练唱歌，准备报考艺术学院。

当再收到母亲来信时，她不再心虚，而是发自内心地回信道，妈妈请放心，我不会让您失望的。

小棉正在用实际行动弥补自己的过失。

就在毕阳原下雪的这个春节，北京也落了厚厚的一场雪。

往年，保姆桓灵秀在春节前，一定把家里的卫生打扫得干干净净，把过年该做的热菜、凉菜都准备好了，然后回家。每次老太太都叮咛她在家多待几天，可是她总是在初五这天准时又返回来。而且还赶在中午，为大家做一桌可口的“破五”饭。

对于桓灵秀多少年以来的做法，罗家人都习惯了。他们除了夸她勤快、敬业、守时、厚道外，每月都要多给几十元钱让她零花。同时在心里庆幸，碰上这么好的保姆很难得。

至于桓灵秀，她一年当中再苦再累并不觉得。其实真没有什么可累的，家里都是大人，东西摆好了，几天后还是原样，地也不脏。她每天照例清扫一遍。可让她最害怕的就是过年，原本放她五天假却成了她的负担。罗家人都说让她回家陪父母，可实际上她已经没有了父母，但她不想说明。每年春节前，即除夕这天离开罗家则是她最难过的日子，因为她已经无家可归。这几天她实际上背着包四处游荡，宁肯住旅社，也不愿回到那个空荡荡的家。所以到了初五，她便急切地回到罗家。在她心里，这里已经成了她的家。

今年雪下得特别大，直到大年三十，还是漫天纷纷扬扬的雪片。午饭后，桓灵秀没有急着走，而是在房间帮罗晓岗抄一份稿子。

说起抄稿子的事，那是有一次桓灵秀下午出去买菜，在桌上留下一张字条。罗晓岗回家后看见字条上的字迹非常漂亮，很是惊讶。晚上吃饭时就说，灵秀，不知道你的字写得这么漂亮，很有功底呀！

桓灵秀听后眼睛一亮说，我在上小学时，语文老师的字写得很好，对学生要求严，我们就跟着学，还凑合吧。

罗晓岗说，什么凑合，简直是太好了。女子当中能把字写成这样的，实在是难得。

桓灵秀听着，心里热乎乎的，便试探着说，如果不嫌，你以后的稿子让我帮着来抄，你太忙了。

罗晓岗高兴地说，这当然是求之不得，不过你的工作量加大了，不公平。

什么不公平？咱家这点事，我一会儿就做完了，每天下午都闲着没事。

从此以后，桓灵秀经常帮罗晓岗抄一些稿件。除夕下午，她还在抄。

老太太喊，灵秀，不要写了，你爸妈都等急了。

灵秀说，不急，我爸妈今年被哥嫂接走了，今年过年不在北京。

老太太一看外边的鹅毛大雪便说，是吗？你爸妈不在，那你——能不能不回家，你看这雪下得多大呀！

桓灵秀感激地说，姨要不嫌，我今年就不回家去了，反正家里也没人。

真是太好了！等你父母回家后，你再回去多陪几天也行。老太太高兴地说。

桓灵秀抄完稿子，就到厨房弄饭菜。老太太进来要帮忙，灵秀忙说，姨，你歇着，这点事我一个人干就行了。

一会儿，罗晓岗又进来说要帮忙洗菜，桓灵秀拦着他说，快出去，菜都洗好了。他又说帮着剥蒜。灵秀说，不用，这不是男人做的事。罗晓岗笑着说，咋不是？你每年回去后，这些活都是我帮母亲干的。桓灵秀没再撵罗晓岗出去。他拿起葱，早已剥好，拿起菠菜，也早已洗干净了。他插不上手，就站在旁边说，谢谢，你的稿子抄得又快又好又准确。我以后就直接送报社印刷。桓灵秀说，不，你必须再看一遍。万一出现什么差错，我可担当不起。

老太太听见二人在厨房说这说那，暗自高兴。这几年来，她已经喜欢上了这个保姆，忽然间就想让她做自己的儿媳妇。可那只是一闪念，她知道儿子和老头子都不会同意。儿子大学毕业，在报社有份体面的工作，怎么能糊里糊涂娶一个保姆做媳妇？世俗的观念影响着她，再说，虽然灵秀各方面都不错，但毕竟是个保姆，而且对她家的情况也不了解。她这么大年龄为什么还没结婚？难道生育上有什么问题？要不就是犯过什么错误？她一个人胡思乱想，心里乱乱的。

一会儿，饭菜就做好了，摆了满满一桌。和往年不同的是，桓灵秀还在桌子的中间点燃了红蜡烛。她说这是她在街上买的，每年回家都点。今年回不去了，就拿出来增添点喜庆气氛。全家人都说，很好，这才像个过年的样子。这蜡烛不是平常那种一根一根的，而是将红蜡烛放在一个高脚的玻璃杯中，中间有根捻子，点燃后，玻璃杯像盛了红酒一样非常漂亮，一下子就有了过年的气氛。

就在大家都要就座的时候,忽然门铃响了。于是都站起来,不约而同地说,谁这个时候会来敲门呢?

桓灵秀忙去开门,进来的竟是梦岗。

他头上落满了雪,手里提着一盒脑白金和两瓶杜康酒。爷爷奶奶高兴得不知说什么好,急忙给孙子拍打头上身上的雪。罗晓岗惊奇地问,你今年没回毕阳去?

梦岗说,单位任务紧,今年不放假。但今天快下班时才宣布,大年初一让同志们休息一天。下班后,我就来了,给爷爷奶奶和爸爸拜个年。

太好了,太好了!爷爷高兴地拉梦岗坐在自己身边,奶奶也紧挨梦岗坐下。她高兴地宣布,开饭。

等大家全都就座后,桓灵秀先给老太太斟上葡萄酒,再给罗院长、罗晓岗和梦岗一一斟上北京二锅头。这时梦岗忙端起酒杯说,今天是我第一次和爷爷奶奶爸爸过年。我先给爷爷奶奶敬一杯,感谢你们对我的关心和照顾,祝你们新年快乐,健康长寿,都能长命百岁!一阵掌声,他又说,再敬爸爸一杯,是你这么多年一直教育岗儿,让我学会做人,努力做事,才有了毕业时的好成绩,分到了好工作。我还要敬阿姨一杯,感谢你对我爷爷奶奶爸爸的照顾。说完一饮而尽。然后离开座位,向在座的长辈三鞠躬。

奶奶激动得流出了老泪,忙在衣袋里乱摸,她说,快,给我孙子压岁钱!

梦岗笑着扶奶奶坐下,说,不用了,我都工作了,该给您发红包了。

大家笑声一片。

这时桓灵秀早已给自己斟满葡萄酒,端起说,今天我要敬罗伯伯和阿姨一杯,祝您二老春节愉快,寿比南山!感谢多年来对我的关照,把我当自家人一样看待。还要感谢罗编辑对我的帮助和鼓励,在给他抄稿子的过程中,我学到了不少知识,受到了不少教育,得到很大提高。也祝梦岗工作进步,说完一饮而尽。

罗晓岗也端起酒杯说,今年过年我们特别高兴,有灵秀参加,梦岗回家,我们的年味更浓了。我祝爸妈身体健康,祝灵秀越来越年轻,感谢你对我们全家的周到服务,也祝我儿子事业有成。

好!所有人举杯同饮。

吃饭间,老太太突然说,灵秀,我要问一句话,你可别生气。

桓灵秀客气地说,问吧,阿姨,我怎么会生您的气呢!

老太太呷一口酒道，你在我们家这几年，我们真的很满意，舍不得你离开。可是我就不明白，你都四十多了，就这么下去也不是个办法，难道就不想组织个家庭吗？

桓灵秀笑着说，谢谢阿姨关心，不急。

罗晓岗觉得桓灵秀肯定有什么难言之隐，母亲这么问会让人家难堪，就说，妈，快吃菜，一会儿凉了。老爷子也说，对，灵秀、梦岗难得和我们一起过年，我们都高兴，多吃点。

话题岔开后，就都说这道菜好吃，那个汤好喝，真像一家人一样高兴地吃起年夜饭。

这天晚上的年夜饭，是多少年来吃得最高兴的一顿年夜饭。

酒足饭饱后，桓灵秀就说，罗伯伯和阿姨快去看春节晚会，我来收拾。梦岗也帮着端碟端碗，桓灵秀不让。她说，你去和爷爷奶奶说话，我一个人就行了。

三个长辈你争我抢地问这问那，又千叮咛万嘱咐，让梦岗好好工作。之后梦岗就说他要回单位，明天单位大会餐，领导还要给大家拜年。

桓灵秀收拾完毕，她将刚才吹灭的蜡烛又点燃，给三个小碟放些饺子、肉丸子和点心，把这些放在靠窗户的案板上，先鞠一躬，悄悄地说，爸妈你们吃吧！女儿不孝，我给你们二老拜年了。说着，泪水止不住流了下来。

正如罗晓岗猜想的，桓灵秀一肚子话，多么想对人讲，可还没有找到倾吐的对象。她有难言之隐，如果把一切都说出来了，她肯定会离开罗家。可是，她实在不想离开，心愿还未了，所以就这么一天天地忍耐着、隐瞒着，在罗家干着保姆工作，拿一份家政服务的工资。

然而，她心甘情愿。

三十五

就在桃花盛开的时候,秦铁他们迎来了中地集团的一行人。

投资方是在对地下热源专业考察后,最后对周围环境进行考察。秦铁新年还没过完就跑来和大家一起准备,就是为了迎接这次考察。

地热城的占地完全是在坡头乡,大部分在圪垯湾村,一二组都有。这次能不能通过考察,把用地的红线划定,是关乎圪垯湾村村民经济打翻身仗的大事。

村委会办公室的桌子上,已经摆好烟茶和水果,准备接待考察团。可是在村口等候的青年突然回来报告说,考察团没有进村,直接到村东的洼地那边去了。秦铁袁凯他们一听立即赶往洼地。

考察团是在常务赵副县长和农业局、招商办的有关领导陪同下来的。村干部几乎与考察团同时赶到。

考察团一到洼地湖边,所有人都情不自禁地喊道,哇！真是个好地方。只见水域周围的岸边全是垂柳。沿岸五米宽的地面已全部处理成水泥路面。这个东西走向的水域,西边水深,东边水浅。设计人员就从中间建了一座横跨南北的木桥。这木桥中间有两米宽的人行道,两边有各种不同形状的圆桌、方桌、六边形桌,再配一圈木凳。整个桥上除人行道是露天的,两边有圆凳的地方全被五颜六色的彩钢覆盖。

考察团一行走上木桥,只见两边圆凳上坐满吃凉粉的、卷煎饼的、喝冷饮的、嚼油炸小鱼的、调饸饹的,各种吃相的游客。有人惊叹,没想到这里会有这么多的游人。

木桥两边有栏杆,放眼西看,那一个个鸭子形的、飞机形的,还有木屋形的游船也是坐满大人小孩。他们尽情地在水中划来划去,有人看见这么整齐的一队人,还向桥上招手,嘴里喊着:“欢迎,欢迎!”秦铁心里疑惑,游人怎么知道这是考察团？竟然还喊口号。通过木桥,一行人又走到洼地湖的北岸,这里的水面上漂着几个硕大的彩色充气塑料滚筒,许多小孩子在里边爬着滚着,玩得既刺激又开心。这个运动项目叫水上漫步。再往前走,又见湖里有个不大的小岛(修湖时挖的泥土堆积而成),上边搭建着一个木屋,这里的负责人介绍说,这是鸭房。说着,那边就游来一群鸭子,有灰色的、白色的,好几百只。他又说,这些鸭子,每天平均产一百多枚鸭蛋。

我们的鸭肉和鸭蛋,除了供给这里的餐饮单位外,在外边还有定点销售单位。

他说的是效益,除此之外,这些鸭群明显成了这里一道亮丽的风景线。就在水域的最东边又隔离出一块一亩多大的鱼塘,专供人们垂钓。这里已有不少人坐着小凳子,在柳树下静静地钓鱼呢。考察团的人还发现,整个水域岸边,每隔一段距离,都有一个自来水龙头。龙头下边是一个漂亮的池子。游人随时可以洗手洗脸洗水果。考察团的一个小伙子走到跟前,拧开水龙头,一股清水流出,几个人就凑过去洗手。人们都赞叹着,很人性化呀!

这第一站,就让人们对圪垯湾耳目一新,连赵副县长也为之一惊。他只知道秦铁几次跑去联系打机井,没想到把这个洼地整成了景点。心里赞叹,真是事在人为,了不起呀!

接下来,考察团又看了蔬菜大棚。虽然才是春天,可是这里已经是瓜果满棚。黄瓜、西红柿、圣女果、草莓、彩色辣椒,应有尽有。

看见考察团来了,光头早就摘下几盘圣女果,洗得干干净净,端着让人们尝鲜。他说,我这是冰糖的,尝尝!有人放在嘴里一咬,惊呼,啊!真是很甜呀!于是都拿着尝,真的不一般。凡是他们经过之处,每个大棚的务作人都积极推介他们的产品。袁凯媳妇端一盘水果走到赵副县长面前说,听说您是赵副县长,您今天一定要尝我的草莓,这是奶油的。赵副县长拿起一颗放在嘴里,说,真的很好吃,这个品种要推广。主家说,草莓好,一是要感谢县上对我们的支持,也要感谢农技站同志的帮助,还要感谢我们的驻村干部秦主任,她把全部精力都放在我们圪垯湾人的致富上了。

看到一根根通到各个大棚的水管,秦铁说,赵县长,没有县上支持打井,这大棚就建不起来,谢谢你对我们的支持。

看完大棚后,一行人才往村子走。人们刚到村口,扑面而来的满沟桃红,让人们惊呆了——这简直就是桃花源了。

袁凯介绍说,不,我们这儿叫桃花沟。我们要把这里建成春天赏花,秋天吃果的观赏沟。

人们看到,这里虽然没有水泥路面,但用炉渣铺成的道路确实干净平整,不像有的农村街道坑坑洼洼。这里每家门前全部整齐划一,都是四棵桃树四棵柿子树。现在正是桃花盛开的时候。放眼望去,粉红的桃花,张开笑脸,从街道的两旁欢迎考察团,伴随着阵阵扑鼻芳香,好像在说,远方的客人留下来,让我们携手共同开发这片乐土宝地！还有，过去那些废弃的旧窑洞也被人承包，装修一新，成了冬暖夏凉的窑洞式农家乐。有人赞叹，在这种环境下生活，真是一种享受。

都说圪垯湾变化很大，没想到，竟然变成仙境了。袁凯说，这都是秦主任的功劳。正说着，几个戴红领巾的学生背着书包回来了。见到这么多陌生人，他们马上站住，举手行了少先队礼，并问候道，伯伯叔叔们好！欢迎到我们圪垯湾来，欢迎来桃花沟看桃花。

所有人感动得鼓起掌。

就在几个孩子离开时，有一个小孩看见前边的小朋友掉了一块碎纸片，赶紧弯腰捡起来。走了两步，路边有片树叶，他又捡起拿着跑了。

有人说，难怪村子这么干净。

又有人说，圪垯湾大有前途。

到了村委会办公室，虽然桌子上也摆了烟茶水果，但大家并没有喝水，而是都往墙上看。在一面墙上，挂着两块黑板，一块写着"至要莫如教子，至乐莫如读书"，另一块上写着"读圣贤书，立君子品，做有德人"。

这是村委会办公室吗？有人疑惑。

看到人们疑惑的眼神，袁凯赶紧解释，这里的确是村委会办公室，我们星期天、节假日在这里给孩子们教国学，讲《三字经》《弟子规》和《论语》。这些都是老师写的，这边有我们的村规民约。顺着他的手，人们看到另一面墙上，用纸糊的一块板上，整齐地写着圪垯湾村村民"十要十不要"，进入人们视线的有"以孝为先，以和为贵；爱国守法，友善诚信；勤劳致富，以农为本；以洁为荣，讲究卫生；教育子孙，国学是根"，还有"不要打架斗殴，不要偷鸡摸狗，不要嫖娼贪酒，不要违法乱纪，不要败坏风气"等。

看到这里，有人笑了。袁凯说，这都是根据村里原来出现过的问题，大家讨论提出的要求。说着，他又从桌斗里取出打印好的"十要十不要"说，除了我们办公室挂的，每个村民家里都贴一张，让大家记住。赵副县长感慨地说了句，很好，这是村民自己的村规民约。

大家不约而同地感到，尽管这些条款、句子还不是那么严谨，还不是那么规范，但毕竟是村民自己发自内心提出的，切合实际的道德约束，有道是，法律不张，道德不立。从这里看出，我们的村民开始有意识地学习法律，自觉约束错误行为了。

考察团的领队说，赵县长，茶不喝了，烟不抽了，我们请你们吃饭。我们花了几个月时间考察地下热源，合格；只花了半天时间考察环境，满意！村上的干部一起走，吃完饭我们就签合同。

秦铁的眼睛湿了，袁凯和几个干部的眼泪已经流出来了。赵县长说，快，秦主任和袁村主任坐我的车。其他村干部也都分别被农业局招商办的领导叫到他们的车上，一同到县里。

地热城项目合同的签订，很快就见了报，圪垯湾环境亮点也跟着报道出来。之后便有更多的人来圪垯湾旅游观光。特别对那些一时还没有条件去远方旅游的人来说，这里自然成了最佳的去处。他们可以骑着摩托车或者自行车，花半天时间就可以带孩子在水上玩，去大棚摘圣女果、摘黄瓜草莓，去看桃花。桃花落了，那满树的桃叶、柿树叶又把圪垯湾变成了绿色的海洋。肚子饿了，随便花上十几元二十元就能吃上煎饼卷菜、凉粉鱼鱼、绿豆稀饭和卤鸭掌、鸭蛋什么的实惠农家饭。这里填补了低收入人群和没有充足时间的人们休闲娱乐的空白。圪垯湾的旅游很快火了起来。

再看纪书，虽然承包洼地以来，在改造修建上投资了几十万，但从目前的势头看，游人会越来越多。单就游船、餐饮、水上娱乐这三大项，一个月的收入就好几万。一两年收回成本不成问题。以后就只管挣钱了。他庆幸自己碰上了好时代，好机会。

国强是个细心人，又能干。自从来到这里以后，就像变了个人似的，脸上有了血色，人也有了精神。他平时把白衬衫、蓝夹克总是洗得干干净净。洼地景点要写个布告、说明、标语什么的，不用花钱请别人，只要他挥笔就成。这里的工作人员都叫他秦副总。听到别人的称呼，那种被人尊重的感觉让他更有了信心。很快，当年那个能干的帅小伙又回来了。在纪书他们的撮合下，国强和李秀莲也开始交往，他们情投意合，打算在适当的时候举行婚礼。

再说秦铁，拿下这个项目后，她稍微松了一口气。这个项目占地三百亩，大部分都在圪垯湾。这就意味着，家家都能分上几万元，多的甚至达到十几万元，对于一直穷得连自行车都买不起的农民来说，一下子有这么多钱，的确不知道该咋花。有人商量做生意；有人打算把房子修漂亮，正儿八经开个档次高点的农家乐；也有人想买辆农用车。总之，他们不穷了，有希望了，开始向往幸福生活了。

秦轶觉得也该喘口气，照顾照顾自己的家了。首先，她得通知秦芹，让他们准备投标，争取拿到一些工程，也好弥补前边的损失；再就是关心一下岗儿，问问他的工作有无困难，和女朋友处得怎样，看她母亲是不是松了口；当然还有女儿小棉，马上也到高三了，又快参加高考了，再不关心孩子的学习，的确就是个不称职的母亲；再说婆婆年龄也大了，丈夫在家担着重担，为自己分忧……她越想自己应该做的事越多，越想越觉得自己亏欠家里人的太多。再想也没用，唯一能做的就是回家，分担一些家务。她告诉袁凯，趁甲方正在办理征地手续的空当，她要回家看看家人。

三十六

县委会议室里，七个常委已经从下午两点坐到五点，会议还不能结束。

这次常委会的重要议题，就是几个单位的人事任免。前边几个人因年龄到站，需要递补的副局长、副主任已经通过，唯有对于秦轶任命招商办主任的事出现了分歧。大家对秦轶几年来的工作、本人的能力及素质都一致认同。特别是在下乡蹲点中，改变圪垯湾面貌的突出成绩，有目共睹，受到群众拥戴。让她担任招商办主任，升为正科级，业务上，魄力上，都没有问题，完全可以胜任。但是有的常委提出，在这一两年中，接连出现匿名信反映秦轶，其中还提到作风问题。比如最近出现了一封匿名信，直接指明她和某部门的领导关系密切，影响到人家夫妻关系。尽管是匿名信，但信中的内容却很清楚，咱们难道不应该把问题弄清楚吗？

这个常委的发言引起其他人的注意，身为县委第一副书记的胡县长说，我们党的干部应该在各方面都是表率，能经得起考验，如果仅仅业务上能力强，而品行不端，会影响我们党在群众中的威信。

胡县长虽然没有当上县委书记，可他仍然是第一副书记。以他在毕阳七八年的常委班子成员，可谓是老资格，他的意见当然是举足轻重。紧接着另一个常委发言，要不关于秦轶的任命先放一放，等把问题弄清楚再研究。这时已是下午五点半，离下班只有半个小时。

别的常委虽然同意秦轶当招商办主任，但对于上边提出的问题也弄不清，不好发言。

作为毕阳县一把手的林丰义，看到这个情况，心情十分沉重。这里的思维模式，依然陈旧，“文革”遗留下来的小字报、散传单的做法依然被有些人利用着。不管他们匿名信中说的事情是否真实，而这一招还很“奏效”，一些同志就是在这样的情况下，一次一次被耽误，一直不被重用。而那些不干实事，只知在上级领导面前讨好的人却是一路走红，步步高升。

林丰义整理了一下思路，做出决定。他说，同志们刚才的意见的确重要，既然问题出现了，就一定要搞清楚，这样对组织对个人都是一个负责任的态度。不过我们目前的时间紧，任务重，特别是招商办的负责人必须尽快确定下来。

胡县长说，既然这样，看能否另定人选？

林丰义说，既然匿名信中指名道姓反映情况，那就找当事人调查落实，限三天完成。胡县长在毕阳时间长，情况熟悉，我看还是由你安排调查。今天是星期一，三天过后，星期五再议。

其他人先后离开了会议室，唯有胡县长没有走。他叫住林丰义，面带难色地说，林书记我知道这事重要，你才交给我。可是有些事三天内根本无法落实，比如说，有人说她在上学期间的事。

林丰义一听，一笑置之。他很轻松地说，不管啥事，先调查完再说。

那是，那是。胡县长只好走了出去。

胡县长悻悻地离开了，他有说不出的窝火。原想以他的老资格，只要表示点不同意见，林丰义怎么着也会给他点面子，谁知道今天却碰了个软钉子，竟然把皮球踢给自己。这个几乎年轻他十岁的林丰义真是太狂了。在政界，这一正一副，就让他无可奈何。胡县长虽然心中不悦，但行动上又不得不服从。

他明知道秦轶的能力和目前的表现，担任招商办主任是最合适的人选，但他就是不甘心这么轻易地同意林丰义的提名。这不仅仅因为他的侄子胡杰已经从劳动人事局调到招商办临时负责，就等编制批下来后扶正，还因为他等待已久的县委书记的位子，竟然被这个外来的林丰义占了，真是事事不顺。好在老天有眼，不知是哪个让秦轶得罪过的仇人，竟在这个节骨眼上抛出匿名信，给秦轶脸上抹黑。这就给胡县长一个充分的理由，拿匿名信说事，让秦轶的任命受阻，让林丰义又挑不出什么。同时通过这件事，他还想给这个年轻的书记提个醒，别把老同志不当一回事。

调查——如何调查？派谁去调查？他边走边想，忽然，计上心头，他有了主意。

就在县委的常委们为秦轶的任命争论不休的时候，秦轶自己却全然不知。就像一个长跑运动员刚刚冲刺，还坐在地上喘气呢。到圪垯湾的几年，她一心为改变这个全县最穷的地方想方设法，殚精竭虑，压根儿没把什么提拔当回事。

不是秦轶多么高尚，而是她的经历决定了她这样做。她清楚，自己本来与世无争，还招来了非议。按说，当时在万人大会上为自己平了反，以后又上了大学，入了党，进入政府工作，让她有机会发挥力量，为社会为人民做点实事，这也是很正常的事。但实际上，在一些人的思想中仍然存在旧的看法，总认为她是蹲过监狱的人。他们宁可提拔一个工作平庸，历史清白的人，而不愿意为她这个曾经进过监狱(尽管是冤狱)的人担风险。宁可少一事,不愿多一事。这些,虽然人们没有在她面前明说,但她却隐隐地感觉到了。正是这种感觉,既让她心痛,又是让她不甘平庸的原因。

她是遭劫难含冤死过一次的人,又是被好心人从死神手里抢救过来的人。她任何时候都铭记着:第二次生命来之不易,要报恩,报大恩!如果她活着只为自己,为家庭和儿女,她宁可不要第二次生命,还不如当时一枪毙命,一了百了。

她现在活着,而且有机会在政府工作,让她有机会为农村这些贫苦的人们做点事,这是上天对她的眷顾,也成全了她的心愿。经过努力,圪垯湾的面貌初步得到改变。这次地热城项目合同的签订,又为这里的人们奔小康打下了基础。对她来说,已经如愿以偿,所以她很高兴,很满足,别无他求。

秦铁现在正在去县建筑公司的路上。她要找妹妹,让秦芹做好准备,争取在地热城的建设中拿到部分工程,也算是对妹妹的补偿。

县建筑公司就在渭河岸边。看到姐姐来,秦芹倒了杯水说,姐,你先喝杯水,一会儿咱们出去转转。

公司里人来人往,没有个清静的地方。她们很快出门,过马路,穿过一片草坪就到了渭河岸边。此时正是春暖花开的季节,渭河长堤的治理初见成效。河边的垂柳全部长出绿叶,那婀娜的柳枝,随风招展,就像披着长发的少女向行人招手致意。周围还有许多早开的花儿,树上鸣叫的小鸟飞来飞去,真是鸟语花香。

长时间紧张工作的秦铁,此时得到了些许的休闲,情不自禁地赞叹一声,啊,真是太美了!

秦芹想起姐姐自从东北回来,已经十多年了,她一直埋头苦干。教书,上大学,进政府,下乡蹲点,简直马不停蹄。人人都说她能干,是个女强人,可到现在却遭到非议,秦芹一时感慨万千。特别是前几天,她听到机关有人说,又有人印出小传单攻击姐姐。可看到姐姐的情绪,好像全然不知。她从心底愤怒,为姐姐打抱不平:姐,你实在太傻了,善良到了愚蠢的地步。别人在你背后扔黑砖,你却毫不在乎,还只顾拼命地苦干呢!

秦铁高兴地告诉妹妹,项目的合同签了,很快就要招标建游泳馆、洗浴中心、宾馆等设施。她让秦芹做好投标的准备。并告诉她业主是中地投资公司,由他们公开招标,政府不参与。

秦芹说,那就是说,你不怕了,影响不到你。

秦铁瞪她一眼，你还记仇呀！

不是我记仇，的确也不想走你的后门了，不是不想，而是根本走不通。

知道就好，我相信不走后门你也能中标。你以质量求生存的宗旨，人人都知道。何况你前边干的工程不是评上省优了吗？这次要如实预算，报价不能过高，但也不能过低，人家可是注重质量的，不为省几个钱。

好了，姐，这个你不要操心了。这次公司已有安排，让我们项目部去投标，争取拿下部分工程。只是姐，你最近没听到什么吗？

你指哪个方面？秦轶很是吃惊。

关于你，又是小传单，还说你和杜力怎么样。

真是闲得没事，扯他娘的蛋！

难道你真的没听说过？秦芹不理解。

如果说有，除了她，还能有谁？我想起因不是我，而是咱们岗儿。走到一条木椅旁，两人便坐下来说。

秦芹很生气。她说，不管起因是谁，现在他们给你撂黑砖，这么一而再，再而三地欺辱你，难道你就不生气，就这么熟视无睹？

生气又能怎么样？难道我要拿别人的错误来惩罚自己吗？肚里没冷病，不怕吃西瓜。我和他之间没有什么，这么多年来，除了上次同学聚会见过一面，还从来未打过交道，我怕什么！

不怕，我看你是在回避！你以为捂着耳朵不听，谣言就不存在了吗？这么多年你在机关的工作还不出色吗？可现在还是个副科级，不都是这些莫须有的事影响你吗？

只要人们承认我在工作中尽了力，这就够了。级别我不在乎。芹呀，十多年以前，咱们哪能想到还有今天，那时在村里教个夜校都不允许，而今天我不但有机会上了大学，还进了政府工作。你也能在县建筑公司当上项目经理，妹子，知足吧！对于我们，不是计较什么级别，而是要看我们如何尽力工作，回报社会。

姐，你真是太善良了。

善良有什么不好？人类需要善良，我们周围的人更需要善良。听说国外有个科学家做了一项试验，给一杯水贴上美的、善的词语，水的结晶就会显出美的水结晶图案；反之，水结晶就很丑。我相信世界万物都需要爱，人心的力量是强大的，它可以改造世界，让世界变美。如果人的私欲太重、太贪心，那么，也可能毁灭一个美好的世界。

你说得对，可是姐，你整天这么辛苦劳累，总是想着工作，想着别人，想着回报，完全忘记自己，你觉得快乐吗？

说起快乐，也就是幸福。其实是人对自己生活的一种心理体验。这种体验分几个层次。当人们吃饱穿暖，衣食无忧时，感受到的快乐是肉体的快乐。在此基础上，又有一技之长，会点琴棋书画，甚至名扬天下。这时，他感受到的快乐又上升到一个层面，就是精神快乐。如果他能够付出，为社会、为大众做出奉献，让他人因为自己的存在而快乐，这时他感受到的快乐才是最大的快乐，是灵魂上的快乐！

秦轶说得很激动，秦芹也被深深地感动了，她连连点头说，深刻深刻！

芹，我们现在早已是衣食无忧了，难道不应该追求更高层次的快乐吗？

姐，放心吧，我会的。

姐相信你！

姐妹俩从木椅上站起来，看着滔滔东去的渭河流水，不由得心潮澎湃。

春风吹拂着她们的衣衫，抚慰着她们那曾经受伤的心灵，也鼓舞着她们前进的步伐。

三十七

秦铁和妹妹在渭河岸边分手后,就急忙走进机关大院。

这时已经将近七点,秦铁开门进了自己的办公室。好久没有来这里,办公室还是很干净的。米主任每次来都先抹一下桌面,这她知道。但那张单人床,看上去似有一层薄薄的灰尘,说明没有人在上边躺过或坐过。米主任这人很细心,他不会随便去坐一个女同志的床。秦铁拿起被子后边的小笤帚,扫去床上的灰尘。她今天不回秦家庄,明天还有事要做。她掂了一下水壶,沉沉的,倒出一杯水,水还很热。她从内心感谢米主任,勤快、敬业、厚道。

和秦芹分手时,她们一起在附近一家小店里吃了荷叶饼粉蒸肉,喝了红豆小米粥。回来喝一口热水,觉得很舒服。

现在她半躺在这张小床上,让自己的身心完全放松,尽情享受几个月紧张劳作后的小憩。虽然在这座城里,还没有一间属于自己的住房,可是能有这么一间干净的办公室,这张八九十公分宽的木板床,让自己累了的时候躺一躺,在不能回家时,晚上有个住处,她已经很满足了,觉得很幸福。

人在满足和幸福的时刻,性情会变得温和,对别人也会变得善良。

此刻的秦铁,就处在这种状态。她在考虑明天见到这个人时,应该谈哪些话,表什么态。想着想着,竟不知不觉地进入了梦乡。

第二天,米主任还未到办公室,秦铁起来倒了暖瓶的陈水,去水房打了壶开水。洗完脸,拖完地,擦干净办公桌,然后给教育局办公室打了电话。接电话的小伙子说杜局长还没有到。秦铁便交代,杜局长来后告诉他,请他上午到南阳街的怡心茶社,有人在那里等他。

虽然改革开放几年了,但毕阳县的茶社并不多。一是人们习惯买一斤茶叶喝半年的老习惯;另外,刚从饥饿中走出,才吃了几年饱饭,还真舍不得坐在那里,出钱让别人给自己泡茶。要让家里人知道了,会骂你没长手吗,口袋里才几个钱,就烧得让人伺候呢!在这种情况下,有人虽然也知道外地的茶社赚钱,可就是不敢在毕阳投资。只有少数特别有眼光的人,看到外国电视剧中,人们常到茶社里谈生意,才大胆地尝试着办起茶社来。因为茶社少,没有竞争对手,所以生意还不错。

秦铁要了一个小包间，一壶龙井茶，坐在小沙发上等候杜力。

再说杜力，他和李红云复婚不久，因为女儿的婚事曾经吵架。最近女儿写信回来，说让父母不要干涉自己的婚事，她和梦岗不可能分手。李红云气急了，骂女儿没良心，不听话。杜力就劝她，孩子大了，她的事由她做主。可李红云不依，喊道，什么由她做主？这是原则问题，不能由她！杜力说，你能管下你就管吧。李红云急了，怪杜力不站在她一边，就骂，我知道你愿意这桩婚事，这样你就有机会和亲家经常见面，拉你们的知心话了！

杜力回驳道，你这样有没有意思，好不容易生活在一起，怎么又节外生枝？

李红云不依不饶。她说，你觉得没意思还可以离嘛，这么多年没有你，我和女儿还不是过来了。

离就离！你就继续享受孤独去吧！

你好狠心，咱们走着瞧！

杜力原本的一句气话，让李红云发了疯。她猜测，可能是秦铁的作用，才会使杜力对自己这样绝情。于是不择手段，不计后果，就胡言乱语。碰见熟人，便信口开河地讲秦铁如何勾引杜力，破坏他们家庭幸福。

不料，她这情敌的凭空猜测和不负责任的气话，恰在此时被嫉妒秦铁的人所利用，于是，关于秦铁的绯闻一时在机关大院闹得满城风雨。

杜力知道前几天李红云因为和他吵架，一气之下胡言乱语，直接伤害了秦铁，也影响到自己的声誉，心里的确很烦。听到有人约他，也想出来散散心，便赶紧出来赴约。

教育局离茶社不远，几分钟就到。一看约他的人竟是秦铁，心里吃了一惊。心想，来者不善，肯定是来找我算账的。

秦铁看见杜力来了，忙站起来客气地说，对不起，杜局长，没有事先打招呼，耽误你的时间了。

杜力看她态度平和，不像要吵架的样子，才稍微放松了一些，便说，没关系，承蒙邀请，不胜荣幸。

秦铁今天的穿着并不靓丽，一件黑底带白色隐条的“手拉手”牌衬衣，合体、庄重又显得时尚。下边配一条诗丹女裤，淡青色，显得清爽，裤脚微微张开，给人一种活泼的感觉。这身打扮，在别人眼里也许并没有什么特别。可在杜力看来，却是恰到好处。既显出一种朴素大方的成熟，又不显得过分守旧和呆板。

第一眼看了，就让他心起波澜。他在心里告诉自己，要挽回以前的错误，争取主动。

还没等秦轶开口，杜力便主动承担责任。他说，秦主任，真是对不起，都是那个疯女人闹的事，我这里先给你道歉了。我也不明白，她哪里就有这么大的仇恨呢？

秦轶递过去一杯茶，给坐在对面的杜力淡淡地说，看来我猜得没错。不过仇恨我没关系，我倒要感谢仇恨。正是这种仇恨激励了我，给我动力，让我没有轻易地颓废和停滞不前。我现在倒是担心被仇恨毒害了灵魂的人，今后的日子该怎么过？

杜力端起茶杯呷了一口，瞅着秦轶，半天说了一句，你被人伤害成这样，还不憎恨，反倒关心人家的日子。你是真正关心别人呢，还是故作高尚呢？

不管你怎么看我，这并不重要，重要的是我今天约你出来，就是想劝你几句。毕竟我们是在同一个教室坐过六年的老同学。

你今天是来劝我的？

对，既然你们已经复婚了，就应该相互珍惜，不能因一点小事就闹什么再离婚，这不是小孩子过家家。

我也不想闹，可是你不了解，这个人实在不好沟通，整天疑神疑鬼，见风就是雨，弄得她自己满身的病。

我说杜局长，你既然当初选择了她，第二次又选择了她，难道你不知道怎样沟通？我想劝你一句，一定用真心去待她，要对你的选择负责！

不是我不负责，而是这个人不可理喻。一句话说不好就生气，一生气就会晕倒。

我知道，她跟你闹气，表面上是因为孩子们之间的事，实质还是大人之间的事。能开导就开导，说不通就暂且放下，别动不动就提什么分手，说这些话会伤人的心。

我说秦主任，我不像你，就是受再大的委屈，也要为遵守一句不值钱的诺言而苦守终生。我今天也劝你一句，该分手时就分手，人生苦短，就过几天幸福生活吧！

听到这里，秦轶生气了。她把手中的茶杯很响地放在茶几上，严肃地说，你怎么知道我现在过得不幸福？什么叫不值钱的诺言？什么该分手时就分手？

我怎么就不知道，你一个知识分子，现在又在政府担任部门领导职务，和一个连初中都没毕业的农民生活，能有什么共同语言？有什么幸福可言！杜力理直气壮。

秦轶一下子从沙发上站起来，她看着杜力的眼睛说，没想到你会这么世俗，会这么简单地评判一桩婚姻。你知道吗？人世间需要的不仅仅是丰厚的物质和权力，还需要高贵的精神。缺少高贵的精神,人就会变成连自己也不认识的凶残的暴徒。

人都需要爱,需要真爱。爱能让人变得温柔善良,爱能化解心中的仇恨,爱能给人无穷的力量。

你——杜力一时反不上话来。

你误解我了,因为我在生活中得到了爱,所以我是幸福的,这个感受只有我自己知道。今天我诚恳地劝告你一句,回去吧,用真诚去温暖她的心,用真爱去化解她心中的仇恨,这样一切问题都会解决。我的话有没有用,你再好好想想。我想提醒你,不要轻易提什么分手,婚姻不是儿戏,要为对方负责,也要为孩子负责。你坐,我有事先走了。

杜力还想说些什么,可是秦轶却头也不回地走了,就像三十多年前在兴庆公园分手时一样。他了解她的性格,她常常都是这样,语言犀利,说理透彻,无懈可击。

秦轶心胸豁达,对人宽容。杜力原以为她今天会因小传单的事兴师问罪,可人家什么怨言也没有,对自己受到的伤害只字不提,反倒来为他俩劝和,这是一种什么境界!

杜力细细回想,秦轶今天的话很有道理,李红云反对两个孩子的婚事,归根结底是对他不放心,是怕他和秦轶藕断丝连,旧情复燃。而这担心也是由他自己引起的。平心而论,他当初本来爱的是秦轶,由于形势所迫,为了自保不得已而选择了李红云,所以对于她的爱只是出于敷衍。特别是当他在甘南的那段困难的日子里,她竟然毫不留恋地提出离婚。就连这次复婚,他也是因为突然得知自己还有个女儿,出于对女儿的爱,才同意与她复婚的。女人在感情方面是最敏感的,当他的敷衍和不真诚让她感觉到时,她就会受到伤害,感到危机,从而引发出人性中的自私、猜忌和残暴,把一切气都撒在秦轶身上,所以才做出了不理智的事情来。

杜力呷了一口已经凉了的茶水,心想,看来这事情的根源还在自己身上。秦轶今天的话虽然不多,却刨到了问题的根子上。特别让他感动的是,她只字不提自己所受的委屈,却不厌其烦地劝他和李红云和好,他服了。

再说秦轶,她急忙离开茶社,是要到古陵中学去看一看女儿小棉。小棉马上就要到高三了,现在知道用功了,听说几个星期都没有回家,得给她送点生活费去。

古陵中学在原上,离县城还有十多里地。秦轶走到一个十字路口,红灯忽然亮了,她便停住脚步等待。这时只见一个人急急忙忙地从她身边过去,朝斑马线走去。

秦铁忙喊，别急，红灯亮了，红灯！可是这人充耳不闻，一意孤行。就在这时，突然由西向东驶过来一辆小车，车速极快，那人一惊，回头一看，咚的一声倒在了地上。

秦铁一看急了，大喊，停车！撞人了！谁知道这辆小车却像是什么事也没发生似的，竟然朝北进了一条胡同。一溜烟地跑了。

秦铁跑过去一看，谢天谢地，车子并没有撞着她，是她自己被吓晕了，倒在地上。秦铁急忙叫她，摇她，那人却昏迷不醒。

这里是个小十字，平时人不是很多，这时只有秦铁。她赶紧抱起一看，啊！不是别人，原来是李红云。她不知她有什么事这么急着闯了红灯。她抱着她，向路边一辆出租车招手，可是司机没停。秦铁急了，跪在地上喊，救人呀！这时一个开三轮车的过来，秦铁赶忙从衣袋里掏出十元钱说，快呀！帮我把人送到医院吧！开三轮车的是个中年男子，便把秦铁和李红云拉到中心医院。

到了医院，她把准备给小棉的钱全部拿出来交给医院，救人要紧。然后又把自己的工作证押下，承诺一定把钱送过来，要求医院全力抢救。

经检查，患者因猛然倒地，有轻微脑震荡，又有贫血，昏迷不醒，急需输血。

她急忙给教育局打电话，可单位人说杜力还没回去。那时的干部还没有手机，大家用的全部是单位的固定电话。没办法，秦铁就守在医院。医生说，病人贫血严重，昏迷时间过长，必须得赶紧输血，可是现有的血液正好缺少 A 型的。得等到从中心血库调来 A 型血才能输。

秦铁急了，又给杜力单位打电话，他还是没到单位。她忽然想起自己就是 A 型血，便告诉医生马上检验自己的血液。

谢天谢地，秦铁的血液符合标准，马上输了血，李红云得救了。

当杜力赶到医院时，已是下午两点多。人还昏迷着，守候在旁边的秦铁脸色苍白，浑身无力。

杜力看到秦铁这个样子忙问，这是怎么回事？你怎么成了这个样子？

旁边的护士问，你是患者的家属吗？快让这位同志去吃饭休息，她今天为患者输了好多血，身体很虚弱了。

杜力说，原来是这样，我去给你买饭。

不用，你为什么现在才来，你的任务就是好好照顾病人。秦铁以命令的口气对杜力说。

在病房外的长椅上,秦轶给杜力讲述了事情的经过。她要求他一定尽力照顾李红云,用真爱给她力量,这样才能使她早日康复。

临走时她又说,今天危险得很,就差一点,要是被车撞上就不得了了。

杜力此时的感激之情难以言表,他后悔在秦轶离开茶社后没有即刻回单位,心里烦闷,一个人又坐了一会儿,然后在街上吃了饭,回单位听人说才赶到医院。他明白,后悔也没用,只有按秦轶说的,好好照顾红云才能安抚她那颗因得不到爱而变得疯狂的心灵。只有这颗心安静了,才能停止对别人的伤害,也是对秦轶最好的感谢。

秦轶几乎是摇晃着离开了医院。杜力看着她的身影,只有此刻,他才真正体会到什么叫善良,也体会到善良对社会是多么重要,更体会到善与不善之间的巨大差别。

至此,他才真正认识了一个值得尊重的灵魂,一个平凡而又伟大的灵魂。

三十八

再说胡县长这里，原本想在常委会上给林丰义设难点，没料到却领到一个烫手的山芋。常委会后已经两天了，他还没想出一个好办法，到底该怎样去调查这件事。

星期三下午，见到县委组织部长景华，胡县长顺便问了句，教育局杜局长最近在吗？景华说，杜局长的爱人有病，他正在医院陪着呢。胡县长觉得是个好机会，便安排景华趁到医院慰问病人的机会，顺便落实匿名信上的事情，也好在星期五的会上有个交代。

上午，组织部长景华提着一袋水果来到中心医院。这个年轻的部长，一到病房先是关心地询问病情，传达县领导的问候。

杜力忙说，谢谢领导关心，不要紧了，人已清醒，体征指数正常了。还说多亏计委秦主任，是她及时发现送医院，又输了血，才避免了大的危险。有经验的景华部长，听到杜力提到秦主任，便有了主意。他说，嫂子没啥事就好，领导就不担心了。杜局长，请你好好照顾嫂子，我就不打搅了。李红云也撑起身子说，谢谢景部长。

杜力将景华送出病房，景华便趁机问了一句，你说是秦主任把嫂子送到医院，还输了血？我就有点不明白——难道你最近就没听说过一张小传单的事吗？

杜力心知肚明。对于组织部长的来访，他已经有了想法。妻子住院，教育局来人看望是正常的，而组织部长来看望一个家属，他觉得应该还有别的事情，果然不出所料。

杜力本来被这件事弄得心烦意乱，很没面子。但因为是封匿名信，他又不便向别人主动解释，那样会让人有“此地无银”之嫌。今天景华既然提起，干脆说个明白。于是他们坐在病房外的椅子上，杜力把小传单的前后真相全部说了出来，也坦白了他们三人之间的感情纠葛。他还强调，正因为三十多年前有负于秦轶，他这么多年一直无颜面对，更谈不上接触。三天前，她专门约他出来，真诚地讲了那么多让他们夫妻和好的话，的确让他很感动。

老杜，你让景部长进来一下。李红云在喊。

什么事？二人正在谈话，听到喊声又忙进病房，问她哪儿不舒服。只见李红云流着眼泪说，景部长，你们说什么话我知道，不要避着我，是我对不住秦轶！

景华没有想到，他吃惊地安慰她，嫂子，别激动，你慢慢说吧。

杜力也倒了杯水，把床摇起一点，让她半坐着润润干燥的嘴唇。

李红云坐起来，惭愧而又认真地说，景部长，我知道你是为那张小传单的事来的，告诉你，虽然那不是我写的，但里边的一些内容确实与我有关系。是我一气之下，当着别人胡说的，没有任何依据，只是我的猜想。

景华又忙给她续了点水说，嫂子慢慢说。

李红云说，都怪我疑心重，错怪秦轶，我和老杜吵架后，就把气撒在她身上。就在出事的那天上午，我有事给他办公室打电话，听说有一个女的约他出去了，我一下子就冒了火，心想一定是秦轶，所以就疯了一样在街上到处找，结果……出事后，人家秦轶不但没有记恨我，还在关键时候救了我，不是她把我送到医院，又给我输了血，恐怕我连这条命也难保。景部长，都是我的不对，我愿意接受组织的任何处分，给秦轶赔礼道歉。

景华安慰道，嫂子，事情说明就行了，你现在要好好养身子，早日康复。

景华离开医院，他没想到今天的任务完成得这么自然，这么顺利。原来担心的尴尬，怕病人烦躁等情况都未出现，一切都是在当事人自觉自愿中叙述出来的。他感到很幸运，这次胡县长派他调查的意图他也清楚，但事实的真相却符合林书记的心愿，他当然会实事求是地给领导汇报。这也是对一个干部负责。

这次意外的特殊考察，其实对秦轶来说是件好事。是组织部门在对她工作政绩肯定的基础上，又对她思想品德的进一步考察和认可。

周五的常委会如期召开，关于秦轶的任命再无异议，全体通过。

接到县委组织部下发的任命文件，秦轶有点不敢相信自己的眼睛。她感谢组织，深感责任重大。

林书记找她去谈话，问，看到任命你的文件，有何想法？

秦轶惶恐不安地说，这个我没想到，更没有思想准备，不知道我能否胜任。

林丰义说，没想到这么快是可能的，因为你把那个匿名传单的作用想得太大了，觉得不可逾越。如果真是这样，还要我们组织部门干什么？现在这个问题已经搞清楚了，没有你的任何责任。如果说没有思想准备，就不应该。从工作实际出发，还有谁能比你更适合这个位置？你热心地热城的建设，熟悉这方面的情况，责任心又强。这是一个新工作，问题很多，然而又很有前景，特别是把中地能源公司引进来在毕阳

落户，这将对全县的经济发展起到一个示范作用和推动作用。圪垯湾开发了，其他有条件的地方也会效仿。这就需要我们的招商部门做好招商管理工作，以新能源开发利用为契机，带动全县经济的发展。

林丰义说得很激动，他呷了一口茶，接着说，秦轶，请你担起这副重担，这不光是对毕阳经济发展的贡献，也是对我工作的支持。

秦轶的眼睛湿了。她说，恭敬不如从命。组织任命我，是对我的信任。我没有别的选择。为了毕阳人民，我愿意尽心尽力，只怕干不好。

好，这我就放心了，今后只管大胆去干，有什么困难请直接说。相信我，一定会做你的坚强后盾，绝不会给你带来任何麻烦。

谢谢书记，谢谢！秦轶发自肺腑地感谢，她明白林丰义最后一句话的含义。所以此刻说不清自己是感激还是自责。不过有一点让她很高兴，她明显地看到林丰义已经没有当年在学校时的书生气，而是一个非常成熟的县委领导了。

秦轶心中高兴，表完态后又说，请领导放心，我会尽力。不过得给我两天时间，让我到村上把事情交代一下，再来上班。

林丰义高兴地回答，很好，做事情就应该有始有终。

秦轶高兴地回到圪垯湾。

她原打算给村干部交代几件事就走，可是一进村子，就不由她了。

袁凯到吴老师家，看见秦轶正在收拾东西，知道她得走了。昨天他到县里去，听到机关的人都说，秦轶已被任命为招商办主任了。一见面就说，祝贺秦主任荣升。秦轶打趣，你的小道消息还是挺快的。袁凯说，哪里是小道消息，分明是正式的红头文件，我都看到了。既然你升了，我们再舍不得也不能强留你，不过对你有个小小的要求，耽误你一点时间行吗？

秦轶放下手里的活说，什么要求，痛快点！啥时候学会绕来绕去的？

也没啥，就是想让你给我们村委会干部再开一次会。说实在的，你对咱们村贡献太大了，你让我们对生活有了信心。

见外了不是，袁凯，你是我的救命恩人，比起你们对我做的，我再怎么都补不上。快走！我也有话要对大伙说呢。

袁凯一听高兴地说，那现在就去。看到吴老师在择菜，便说，吴老师，你先别忙着择菜，这会你也得参加。

吴老师继续择着一把芹菜说，看你这个书记，我又不是党员，参加你们的会干啥？你们快去，我做饭，秦主任开完会就回来吃饭，我等着你。

袁凯说，哎呀，你先别做饭，今天不是党员会，你一定要参加，非参加不可。说着就催二人一起走出家门。

袁凯没有去村委会，而是领二人去了自己的家。

袁凯把秦轶和吴老师引进他家的一间厦子房。这是前院盖的几间背西面东的厦子房，一间是卧室，原来是闲房子，现在让他腾出来做了客厅。平时乡上或村上的干部找他谈工作，为了安静，他都让到这间房子。这里放有一个农村木匠做的三人沙发、一张茶几和几个塑料凳子。平时一有人来，爱人端来茶水后就赶紧离开，让丈夫谈他们的工作。

今天，这房子的布局变了，茶几搬走了，取而代之的是一个高一点的大圆桌放在房子中间。周围放一圈凳子。桌子上放着几个盘子，分别放着瓜子、草莓、圣女果、小黄瓜、水果糖、香蕉等。

进来后，袁凯先把秦轶和吴老师让到靠墙的沙发坐下，然后就招呼妻子上茶。

看到这个架势，秦轶疑惑地问，这是开会吗？

袁凯笑嘻嘻地说，是，是开会。

人呢？

袁凯回答，马上就到。说着就听到几个人说说笑笑地进了门，有人喊着，书记，秦主任来了吗？

听声，秦轶赶紧起身走出房门。就见袁长庆、袁大爷还有其他村干部五六个人站在院子里。有的手上提着活鸡，有的提一捆啤酒，有的提篮蔬菜，还有的提一吊子猪肉。秦轶惊奇地问，是不是袁书记家今天过事呀？几个人只是笑。袁大爷这时从怀里掏出一瓶西凤酒说，秦主任，书记今天要给你开欢送会，不能让他一个人花费，我们都有份。

秦轶笑道，袁书记呀！原来你葫芦里卖的是这个药呀！

袁凯出来责怪着，长庆，让你通知人开会，谁让你搞这个名堂？你嫂子早就把饭做好了。

长庆说，那不行，做好了也得把我们的心意添上。

东西送到厨房，人们说笑着进了房子，围坐一圈。袁凯端起盘子递到秦轶和吴老师的面前说,快尝尝,这些都是咱们村大棚里产的,新鲜得很。其他人都拿起往嘴里放。二组组长跟娃说,真的好吃,还从来没吃过这么甜的草莓呢。

袁凯说,你真的没吃过?

跟娃平着脸说,没有,连草莓长的啥样子都没见过。嫂子把草莓看得比她的金耳环都紧,我们啥时候能吃上?

袁大爷尝了一个说,看得紧了好,这么好吃的东西,听说几十块钱一斤,如果放开了,怕是你们连草莓树树都拔得吃光了。说得大伙都笑了。

袁凯说,秦主任,听说你当了招商办主任,大伙都高兴,真的该回城了。说实话,哪个下村干部能像你这样,一来就是几年?你扑下身子为咱圪垯湾干,耽误了自己多少事呀!现在咱们村有这么大的变化,哪一样不是你的功劳?虽说我们舍不得你走。可大伙听说你升了,都高兴,所以大家都要求给你开个欢送会。也希望你临走再给大家做点指示。他用期待的眼神看着秦轶。

秦轶此时的心情很复杂,虽然接到任命文件后她很高兴,但她高兴的不仅仅是自己由副科变成正科,成了一个单位的一把手,而是在她背后受到不明攻击时,组织能够弄清是非,信任自己,这比什么都重要。现在真正要离开圪垯湾了,她却有些舍不得。这里不再是几年前那个陌生的穷地方,而是全村的家家户户连村里的每块土地都熟悉的圪垯湾。这里有理解她的乡党、朋友和恩人,有她为之奋斗的一切。

现在看着和她朝夕相处的这些憨厚的村干部,善良的老人,她情绪激动地说,谢谢各位,谢谢大家几年来对我的支持。因为有了大家的理解和支持,才有了我们村今天的变化。就说这次考察,如果没有我们的村民乃至下一代的共同努力,文明行为,他们也许不会那么痛快地就和我们签了合同。还要感谢吴老师给我们进行的国学教育,让我们的娃娃个个懂文明、讲礼貌。希望我们把这些好的传统坚持下去。我今天要说的一件重要的事是,下一步工地要开工,我们一定要按照合同,给予施工单位积极配合,提供方便。绝不能以地头蛇的姿态出现,耍野蛮,刁难人家:今天堵路,明天挡车,用不正当手段向人家索要钱财。二是要管住咱们的村民,特别是青年人,不要偷盗工地的钢筋、水泥等建筑材料。如果有什么合理要求,可以通过正式渠道协商解决,当然也可以来找我。三是关于征地款的分配,一定要公平合理,多开会,多商量,不要在村民中搞纠纷,闹矛盾。

袁大爷抖抖手中的烟袋锅说,这几点太重要了。过去有人偷菜,把脸丢在圪垯湾，如果有人偷工地的东西，就把人丢到全县去了。弄不好还会吃官司。再说，这征地款的分配，原来没有钱大家和和气气，如果要因分钱弄出些矛盾，还不如不引进这个项目。

经过近几年与秦轶的合作，袁凯已经成熟多了。他以村里领导人的身份站起来说：秦主任指出的几点，我们村委会一定要重视，开会研究订出纪律，我今天要说的另一个问题，就是给我们村委会再增加一个主任。过去咱村穷，摊子烂，没人愿意当这个主任。现在情况变了，工作多了，我的能力有限，建议给我们村再选一个领导。

大家异口同声说，很好。

这时菜已经做好了，长庆和两个干部一块儿去端。有香椿炒鸡蛋、凉拌荠荠菜、凉拌牛蹄筋、油炸小鱼等。四荤四素，热的凉的一齐上。

袁凯让大家把酒满上，愿喝啤酒的倒啤酒，愿喝白酒的倒白酒，他自个儿端上白酒说，让我们为秦主任的荣升干杯。又忙说，吴老师、袁大爷随意。干杯！所有人一起干了杯中酒。

长庆这小子机灵，他此时端了白酒走到吴老师跟前说，请让晚辈敬您一杯，是您替全村人给秦主任做饭，又给孩子们教《三字经》《弟子规》，让我们的村风有了好转。吴老师淡淡地说，你们让我长寿，我得感谢大家。趁长庆再倒酒的机会，二组组长跟娃赶紧走到袁大爷跟前说，该我敬大爷了，大爷是咱村掌舵的，有大爷的威望，狗日的歪风邪气抬不了头。

袁大爷瞪着跟娃，你小子敬酒就敬酒，甭胡说。明明是秦主任来了点子多、主意好，风气才改变了，怎么说是我的威望？

秦轶坐不住了，她忙端起酒杯说，我也得敬两位长者一杯，的确是你们的表率，让年轻人有了榜样，你们的支持，让我们的工作开展顺利，应当敬你们一杯！随之几个干部一同敬老者、敬秦轶，个个喝得满脸通红时，一双双筷子才伸进菜盘子。

梅子的臊子面已经端上来了，有人还在碰杯。秦轶倒了一杯说，让我敬咱们大厨一杯。梅子用手挡着，满脸通红说，不了，不了！我不会喝酒。忙退了出去。

秦轶说，快吃面吧，我下午还得回去。正说着，就听见院子里又来了几个人，袁凯出去一看，原来是光头和几家搞大棚的人。他们用定制的纸箱子装了圣女果、草莓、黄瓜和彩色辣椒等，说是要送给秦主任。

秦轶听声赶紧出来说，不用送，这些我今天在这里都吃过了，很好，谢谢大家。

光头晃着脑袋说，既然你觉得好，就拿回去给我们宣传宣传，做个广告嘛。

长庆笑着，光头呀，你的脑袋够灵活的嘛，秦主任给咱们村办了这么多好事，你还不放，让给你做推销员呀！光头说，今天各位领导都在，我说实话，秦主任对咱村贡献的确不小，这不是要走了么，但还有一件事没有兑现。

袁凯说，你个熊，还有啥事没兑现？光头挠挠头说，我是孔家后代，咱村这孔庙还没建么。

秦轶一听笑了，她说，你问得好，我回答你，已经建了。

光头吃惊地问，在哪儿呢？

秦轶说，在你们家里，在每个人心里。吴老师这几年给娃娃们教国学，就是在传播孔子的思想。现在对《三字经》《弟子规》的内容，不但娃娃们知道，会背，就连我们大人也知道“百善孝为先”，说话办事讲德讲孝。我们的村风变了，我们有自己的村规民约。上次考察团来，他们非常肯定咱们的做法，赞赏我们的村风。你说孔庙建起来没有？我们需要人们在心里知道和尊重孔子，记住孔子的思想，这不比把孔庙建在坡头上每天烧香强多了？

噢！这么一说，大家都领会了。

秦轶说她要走，大家又让她把果蔬收下，她感激地说，各位的心意我领了，把东西拿回去，就是给我我也拿不动。

袁凯说，不急，一会儿用拖拉机送你。

这时吴老师也起身和秦轶一块儿走，刚到门口，又碰见纪书急急忙忙地过来了。他大声说，听说秦主任提拔了，高升了，也不请个客？

秦轶笑笑，提拔什么，还不是个科级干部嘛。纪书说，好，那就等你当了县长再请客，今天我先把科级干部请一下。

秦轶对老同学也不客气，便说，别胡扯了，我还要收拾东西呢。纪书却认了真，好我的主任领导，你的架子咋这么大，真的不到我们那儿指导指导？自打我们洼地改造好以后，你是再也没有去过，现在要走了，来的机会就更少了。国强和秀莲都想见见你，让我来请你。

说到这里，秦轶的心也动了。她想，真应该去看看洼地现在的经营状况，看看国强秀莲他们。于是就让吴老师先回家歇着，自己便和纪书一起去了洼地。

到了洼地，纪书招手叫来一只木屋式的小船。上船后，见船的中间有一个小方桌，周围配有条椅。桌子上摆着鸭脖、鸭翅和卤制花生米几个小菜。

秦铁说，你没看见我刚放下筷子，还往哪儿吃？

纪书说，这哪里是吃，磨磨牙吧！正说着，就看见国强走过来。纪书说，快上来吧，我把领导请来了。秦铁问，秀莲呢，咋没叫着一起来？国强说，那儿还有几桌客人，走不开。等国强上了船，经营的小伙子把船一松，小木船就在水上漂走了。

小船在水中荡着，三个老同学在上边说着笑着，感慨万千。

秦铁问国强，在这里怎么样？纪老板没欺负你吧？

纪书双手合十，无奈地说，好我的领导呢，你安排的人我怎敢怠慢，现在一切事都听秦总的，连在哪儿开会说个什么都由他定，就这几样小菜都是秦总指示的，我没敢拿向日葵来糊弄您。

贫嘴！现在都当了老总，还没正经的，国强以后别给他写讲稿，由他咧咧去。

国强一贯不爱开玩笑，听两位同学为自己打嘴仗就说，秦铁现在很忙，的确没时间来这儿，今天有机会坐在一起，我得说几句。

纪书拿一个鸭翅递给秦铁说，尝尝，是我们自己养的鸭，自己卤制的。又递给国强一块鸭脖说，轻松点，别老这么正儿八经的！

国强还是轻松不起来，他非常严肃地说，我要谢谢二位。特别是秦铁同学，多次到家里看我，关心我，鼓励我，才让我从过去的阴影中走出来，让我翻过了那不堪回首的一页，走出泥沼，有了今天。

“阳光总在风雨后——”纪书又唱了起来。国强继续说，纪书对我很好，他要有事，这里的一切都交给我管。就是什么事弄错了，他也不怪我。给我的工资开得的确不少，我真的很感谢，也很感动。

纪书拿一个花生米填到嘴里嚼着说，哎，哎哎，国强你要说实话，你感谢我可不是因为工资开得不少，而是我把秀莲安排在你身边，你说是不是？

国强这才露出笑容，他的脸红了。

秦铁忙说，这很好，国强呀，你们打算什么时候办事？到时候可得通知我一声哟。

纪书说，我今天就通知你，五一，不能再推了，难道等到五十岁以后才办！

国强红着脸说，还没问人家呢。

你呀！等着秀莲定日子，你好像去当上门女婿呀！

秦铁说，五一前吧。要放在五一刚好是放假期间，你们还要全力接待游

客哩。

好好好！纪书拍着手说，还是领导想得周到，两不误，那就放在4月26日。

国强说，我一会儿就告诉秀莲，说是领导定的。

他们开心地聊着，任由船儿在水上漂来荡去。

秦铁的心情很好，看见国强的变化，她放心了。纪书承包洼地生意不错，也给圪垯湾的群众带来了益处，一些能行人也在这里卖起了小吃。她建议纪书，把这里的餐饮业搞出特色，上一个档次。将来去地热城的人，游完泳，洗了澡再到这里，领略水上风光，品尝特色小吃或来钓鱼。关键是把服务搞好，要讲诚信，讲文明，人性化，这样必定能吸引更多游人。

夕阳斜射，把一片橘红色的光铺在水面上，水面上像漂着美丽的绸缎。看着一群白色的鸭子，岸边一排排垂柳，还有孩子们嬉笑着蹬着滚筒在水上漫步，秦铁忘情地说，啊，这简直是神仙般的生活！桃花源怎能比得上！

国强又感慨，如果不是你们，我差点就把这美好生活给丢了，别说我俗，我还要说，谢谢！这个耿直的汉子，他没有别的奢求，除了感恩就是实干。

秦铁看着这两个昔日和自己一起被冤，进过看守所的善良的同学，她说，痛苦和幸福都是我们人生的组成部分，让我们开心过好每一天。

纪书拿起船桨用力一划，他说，让我们紧紧抓住青春的尾巴。

三十九

春风徐徐地吹着,一辆白色的面包车行驶在田间的土路上。窗外油菜花和麦苗儿的清香,随风一阵阵飘进车内。坐在车上的秦铁忘情地说,春天真好!

纪书今天穿一件卡其布夹克,里边的白衬衣很显眼,小分头洗得干干净净,人显得很精神。他一手握着方向盘,一只手把头发向上捋了捋说,哎,主任,你看咱这车咋样?虽然比不上什么桑塔纳呀,奥迪呀,总比圪垯湾的拖拉机强吧?亏袁凯也想得出来,要用拖拉机送主任回家。

坐在副驾驶位上的秦铁说,有拖拉机也不错,总比我用两条腿走路强,要知道,二十多里地呢。

看把你难的,以后有什么事,就给我招呼一声,想去哪儿都行。

我可不敢,随便用老板的车,违反纪律。

哎呀,哎呀!真是党的好干部,清正廉洁。

别损我!

我损你吗?就说你把鞋底子都能跑透了,给村上修路、打机井、建大棚,改变面貌,今天送一点瓜果蔬菜,你还把钱付给人家,这不是瞧不起人吗?

纪书,他们不像你,已经有点底子,别看今年卖了点钱,可是借款都没还完呢。

你的辛苦难道就不值几箱水果?

我有工资,每月都发,替他们跑跑路是应该的。她说得很坦然,并没有觉得有什么功劳。

车子稳稳地前行,秦铁问纪书,南华最近咋样,没见她到洼地来。纪书说,她在砖瓦厂忙着哩,顾不上到这儿来。

秦铁叮咛,你没事多去那边看看,别在外边花了眼,把南华给忘了。

纪书耍贫,好领导,我哪敢忘了老同学,就是有贼心也没有那贼胆。如果真忘了,不说南华,从你手里也翻不过去,你们这半边天还不把我给吃了。

秦铁逗他,不是说男人有点钱就学坏嘛。

咱可是个良民,何况有几个钱,不是都投到你们圪垯湾了吗?

两人说笑着就到了村子。车开到权小顺家门口,纪书帮着取下水果,最后从后

备厢又拿出一个塑料袋子，说，这是咱们自己卤制的鸭脖鸭翅，请家里人尝尝。

秦轶说，原来你还打着埋伏。

一点小意思，你不想吃就让权大哥和孩子尝尝。说完一头钻进车里打火。他掉了车头，把窗玻璃摇下来说，我不进去了，有事得先走。

秦轶喊着，你不进去喝口水？可是车已经开走了。她摇着头说，真是个宝贝！

秦轶把东西搬回家，见婆婆一个人在家，就问，小棉还没回来吗？今儿不是星期六吗？

冯婶说，早回来了，和他爸到镇医院去了。

秦轶一听着急了，问，去医院干什么？谁有病了？

冯婶说，是小顺。小棉回家看到她爸躺在床上，孩子说她爸脸色不好，一定要陪他到医院去查查。

没说他哪儿不舒服？

我也不懂，就看他最近没劲。

妈，你在家，我到镇医院去看看。

他们说了，如果你回来就在家做饭，他们一会儿就回家，让你别再跑了。

也好，秦轶想，就再等一会儿。她打开水果箱，洗了些圣女果、草莓就放在桌子上让婆婆尝。她说，妈，这是圪垯湾村里大棚产的，你来尝尝。

婆婆高兴地说，咱先熬点大苞谷糁，晚上凉拌点豆芽，有这些鸭脖鸭翅就够了。小棉都馋疯了。

天快黑的时候，小棉和爸爸一起回家了。秦轶放下洗好的黄瓜忙问，怎么样，查出什么病了没有？

权小顺装着若无其事的样子说，好好的，都是小棉这女子，大惊小怪嚷着要去检查，啥病也没有，大夫说，睡一觉起来就好了。

是吗？她看着女儿问。啊，是，是这样的。小棉有点慌张，支吾两句就跑到房间里去了。

也没开点啥药？秦轶不放心地问。

没什么病开啥药？还是快开饭吧，人都饿了。权小顺打着个岔先到了厨房。

小棉到奶奶房间，看到桌上放着水果就喊，哇，草莓、圣女果，太好了！

权小顺看到案板上的卤肉也喊，小棉，你妈今天给咱买好吃的了，鸭脖鸭翅！

看着父女俩的情绪,秦铁放心了,知道没啥大问题,就端菜端饭。一家人热热和和地吃开了。

吃饭时,秦铁问女儿最近学习跟得上吗,生活费够不够用,还问她打算报文科还是理科。

妈妈的关心,让小棉很感动。想到自己给家里惹的祸,她心中十分惭愧,特别是今天她和爸爸到医院的实情,并没有告诉妈妈。她心里难过,实在有些撑不住了,泪水在眼眶里打转转,于是夹了点菜把碗端到奶奶房间去了。

秦铁感到奇怪,问小顺,这女子咋了?眼泪汪汪的。

小顺说,女娃娃,心思多,也可能在学习上有点困难吧。她不像岗儿脑子灵,你就别问了,能考个啥样算啥样,甭给孩子增加思想负担。

秦铁说,唉,这女子爱疯、爱打扮,不像她哥学习自觉。岗儿上学从来没让人操过心。可小棉不一样,我不在家,把你和咱妈累扎咧。

不,不,娃乖着呢,现在学习很自觉,回家还帮奶奶扫地、洗衣服,见啥干啥,可勤快了。不信你问咱妈。

冯婶笑着说,打过了这个年,好像长了一岁,比以前懂事多了,再也不让人劳神了。

小顺问,你那边情况咋样,还顺利吗?

不错,领导上也支持,总算有一家实力很强的企业来投资。估计得投资两三千万。

几千万?这可了得,这下有你忙的了。

不光是这个项目,最近我已经调回县上,到招商办工作。

提拔了没有?

也没啥,就是由副科转正了,还是科级。

不错,不错,也算是升了,咱们今天就来庆祝一下。小棉,快把那瓶白水杜康酒拿出来,庆贺你妈转为正科级。

小棉听后,拿出那瓶杜康酒和几个酒杯,她给全家人斟上酒,端起杯子说,祝贺妈妈高升。

小顺高兴地一饮而尽,抹着嘴边的酒滴说,祝秦主任再上一个台阶。

冯婶高兴地问,升就升了,还上啥台台呢?

几个人都笑了,小棉说,奶奶真是个老土!

秦铁教训女儿,都高中生了,怎么这样和奶奶说话呢!小棉舌头一吐,知道错了。

晚饭后，秦轶和往常一样，先舀了一盆热水，叫小棉端去让奶奶泡脚。然后自己端了一盆到房间让权小顺洗。权小顺洗完脸又泡脚，他双眼闭着说，真舒服，领导一回家就是幸福。

秦轶问，我不在家你就不能自己弄盆热水？

小顺嘿嘿一笑，一个星期能洗一次就不错了。每天回家吃完饭，往床上一倒就睡着了，哪能想起洗脚。

晚上躺在床上，秦轶说，辛苦你了，我不在家，一切都要你操心。

权小顺说，操心算啥，这是给自己操心呢，有啥辛苦的！再说，你在外边也不容易。现在领导还算有眼，给你扶正了。人家叫个主任也名副其实。有的人在机关待了几十年，临退休啥也没当过，你说冤不冤？

我能有今天，主要是你和咱妈支持得好，你要不把家里整好，我哪有心思干吗？这几年你吃了那么多苦，从来没有一句怨言，小顺哥，你对我真是太好了！秦轶说着转身和丈夫相拥在一起。

权小顺也很激动，他摸着妻子的背说，小轶，为你，我做什么都愿意。只要你高兴，我就高兴。我权小顺能有一个当主任的老婆，还有一个上北京大学的儿子，一个孝顺的女儿。不要说吃点苦，就是豁出命我都心甘情愿。

秦轶抽出胳膊说，感到幸福就好好享受，谁让你豁出命来？说着又紧紧抱住权小顺。

几个星期的分别，两人有些情不自禁，迫不及待。可是，经过几番努力，丈夫却总是力不从心。他有点自责地说，对不起，太紧张了。妻子抚摸着他，悄声说，别说话，集中精力。经过再三折腾，最后总算昙花一现，草草收兵。

之后，权小顺一直喘着气。秦轶一摸他的背，汗水直流。就问，你平时没有这个样子，是不是身体有什么毛病？还是明天到县里去看看，镇上医院水平有限。

权小顺喘着气说，没啥大问题，就是最近劳累点，大夫说休息一下就好了。

秦轶取来干毛巾，一边给丈夫擦身上的汗，一边埋怨，听妈说你和石头一起去建筑工地干活。咱家里外的活就够你一个人干的了，还去外边干，不要命了?!

权小顺笑笑说，也没多少事，虽说地里的果子能卖几个钱，你看看岗儿很快就要娶媳妇了，小棉也要上大学，不攒几个钱能行？趁我还年轻，多干点活有啥，我又不是纸糊的，风一吹就倒。

还嘴硬,看你今天这样子。

今天表现不好,下次回来好好服务。权小顺硬撑着耍嘴皮子,不想让秦铁知道实情。

死样!不管咋说,明天必须和我一起去县上看病。

这一夜,秦铁久久不能入睡。从晚上做爱时的异常,她断定权小顺的身体出了毛病。尽管他不承认,想隐瞒,但是一个人的精力却做不了假。她知道,权小顺不想影响自己的工作,才一个人这样硬撑着。越想越觉得丈夫对她好,也更觉得自己对不住他。几年来,她把家里一大摊子事推给他,自己只顾忙着外边的工作,致使他有了病还这么撑着干。

这样的好人,我该拿什么来报答呢?

晚上,她迷迷糊糊的,直到凌晨三点才入睡。大风大雪,旷野里,只有他们俩在奋力奔跑。前边一条壕沟,权小顺先跳下去,然后慢慢扶她下来。两人拉着手,跑到沟对面,权小顺又爬上去,然后拉着她的手,拼命地拽她上去。雪地里,他们继续携手前进。小顺哈着手,一个劲鼓励她,坚持,再坚持一会儿就到目的地了。她似乎看见在雪地的尽头一片灿烂,瞬间开满鲜花,万紫千红。她兴奋地准备用手去摘,可是前边又遇到一个坎儿挡住去路。权小顺蹲下来,让她踩着他的肩膀往上爬。谁知她一抓一把雪,总是上不去。最后,他使尽全身力气鼓劲往起一站,这下把她举了上去。她回过头再拉他的手,谁知没拽住,只见他的身子一直往下沉。刚才明明只是一个小坎,现在坎的那边却忽然变成一个深渊。她害怕极了,大声喊,快救人呀!救救权小顺!就见一只大手托住了权小顺……

她把自己喊醒了,吓出一身冷汗。你做噩梦了?权小顺也被她的喊声惊醒了。

还好是场梦。秦铁喘着气,好大一会儿还沉浸在刚才的梦境中。

第二天早上起来,刚洗完脸秦铁就对权小顺说,快,今天我陪你到县医院去,看看到底是啥病。权小顺没再吭气。冯婶说,我去弄几个荷包蛋,你们吃了再去。

不用了,妈,去医院要化验血,早上不能吃东西,要空腹抽血,秦铁说。

小棉一听忙说,我也要陪爸爸去看病。

权小顺放下毛巾,赶紧表示,好,就让小棉一块儿去,你整天在外边忙,好不容易回家,今天就别去了,在家歇着。

对,检查完给您汇报。小棉也帮着爸爸说话。

我一定得去，昨天你们去了半天，连什么病情都没搞明白。秦铁显然是由于着急有点生气。

不怪小棉，是医生说没病。小顺声音很小。

冯婶又说，你们两个不抽血，多少吃点吧。

不了，趁早去，去晚了排不上队。秦铁心里着急，她让小棉去推自行车，说她要带着小顺到县里去。

车子推出来了，权小顺却不坐。他说，让男人带女人还差不多，哪有女人带男人的。秦铁生气地说，管那么多干啥，现在不是有病嘛。三个人争吵着出了门，权小顺还是不坐，就这么慢慢走。走了一阵，离开村子大约一里多，秦铁看到权小顺面色苍白，脚也迈得慢了，就劝他，你还是坐上去。不放心我的技术，我不骑，推上走。

好，推上走，我和妈妈换着推。这样权小顺才勉强坐上去。三个人就这么艰难地走着，直到上午十点才到了县中心医院。

小棉去挂号，秦铁陪着小顺坐在一楼大厅的椅子上等候。看到这里人来人往，有弯着腰的，捂着肚子的，咳嗽的，打喷嚏的，脸黄的，脸白的，哼哼的，捂着血头喊叫的，啥病人都有。权小顺心烦，他闻到这里有一种说不上来的味道，不由得就想呕吐。他对秦铁说，咱们出去吧，这地方，没病都会让你憋出病来。

等了好大一会儿，小棉总算拿着一个病历和挂号单过来，说，上二楼到内科。她们扶着小顺来到二楼，谁知道这里已经排了好多人。秦铁找到一个空位让权小顺坐下，对小棉说，你在这儿听号，我去上趟厕所。

她刚一离开，小顺忙对小棉说，咋办？看来哄不过你妈了。

小棉说，让我妈知道也好，你这病总得治疗，哪能总瞒着她！

娃呀，实在瞒不住了，也只能说肾虚，调理调理就好了，千万别实说。

我知道。小棉的眼睛又有点湿了。

小棉呀，就是瞒不过了，也不能说是为了给你还账累的，千万不能，记住了！

嗯。小棉的眼泪已经掉了下来。

权小顺！听到叫号，小棉赶紧扶爸爸到医生跟前坐下。一看是个男大夫，权小顺轻松多了。

五十多岁的老大夫，戴副花镜，一看就是个富有经验的医生。经过仔细诊断，然后开了两个单子平静地说，先去化验。

这时秦铁已经过来了，问大夫怎么说。小棉说，也没说啥病，就开了两张单子让化验。

又经过一番排队、等候、抽血、留尿，化验室的姑娘说，下午四点取结果。这时三个人都觉得肚子饿了，秦铁说，到北大街去吃饭。

她问权小顺，你想吃米饭炒菜还是羊肉泡馍？权小顺回答，一碗粘面，喝点面汤，我有些渴了。

秦铁把他们领到一家箸头面馆。这家门面不大，又老又旧的木门看起来很不起眼，但是毕阳县城好多人都知道这家的箸头面好，很多人专门找到这里吃饭。人们都知道，这家的箸头面是祖传的，中华人民共和国成立前就一直在这儿卖。他们做的箸头面很有讲究，无论是和面、醒面、揉面，还是擀面、扯面、煮面都有一套严格的要求。所以做出的面吃起来很特别，不光是油多味香，主要是口感好。既筋道有嚼头，又穰和不伤胃。而且价钱便宜，花两块钱就能吃饱吃好。

秦铁领权小顺刚坐下，店里的小伙子肩上搭着一条白毛巾，笑容可掬地走到跟前问，吃棍棍面还是扯面，宽的还是窄的，辣子要多要少？

考虑到权小顺身体不好，秦铁就说，两碗棍棍面，一碗细面。

权小顺却说，都来棍棍面，再舀一碗汤。少许，三碗热腾腾的油泼棍棍面端上来。一看见那大老碗，小棉就叫了声，哎呀！这么多，能吃完吗？周围吃饭的人都朝这边瞅。有人小声说，真傻！有嫌少的，还没见有嫌多的！

说是说，可那油泼面的香味让她顾不得别的，小棉拿起筷子就往嘴里刨。

权小顺尝了一口说，好！这面穰和，能消化。

也许是二十多里地消耗了体力，加上没吃早饭，这三大碗箸头面，一会儿就毫不费劲地让他们给消灭完了。小棉笑着说，太饱了。

看看还不到两点钟，秦铁说，小棉先陪爸爸在街上转转，累了就坐下来歇会儿。我到机关去拿点东西，一会儿就过来。

权小顺吃得满头大汗，他说，你忙你的，我和娃在医院附近转转，到时间就去看化验结果。

秦铁走后，权小顺从北大街走到中心医院，不过一站路，已经有点累了，他和小棉进到医院坐在长椅上等着。快四点了，秦铁还没有来。小棉取了化验单到二楼去找大夫。老大夫扶了一下眼镜，看看化验单说，我担心是尿毒症，果然是。不过现在

还不太严重，先开些药拿回去吃。注意休息，不能劳累。吃完这些药再来复查。

好，小棉拿着处方到一楼买药。权小顺把钱递给小棉说，一样少买点。

小棉说，医生开的，不能少。爸，你不能再去建筑工地了，医生说让你休息，不能劳累。不过他说了，现在还不太严重，只要抓紧治疗，很快就会好的。

权小顺听后笑了，他盯着小棉说，别怕，爸爸没事。你看爸爸的身子像铁塔一样，吃点药就见好。你妈没来正好，你快到机关去告诉她，就说大夫说了，有点肾虚，已经开了药，让她放心好了。

小棉买完药，按照爸爸的吩咐到机关找到妈妈，告诉了情况。秦铁长出一口气，说，没啥大问题就好。她说下午一到机关，就碰着县上正要派人去找她，说有个项目要招商，让她赶紧上班。

小棉说，妈你放心，我现在用自行车推爸爸回去。妈妈又叮咛，让爸爸按时服药，多休息。

秦铁终于放下心来，她相信县医院的检查结果。面对招商办的一大堆工作，她的注意力马上由权小顺的身上转到了工作上来。从明天开始，她得为地热城建设做一系列配套工程的准备。她现在一心想的是不能辜负组织对自己的信任，这些工作只能做好，不能出半点差错。

尿毒症，对有医学常识的人来说，这是个绝不能轻视的病，是个应该抓紧治疗的病。而对权小顺和小棉来说，他们不但没听说过，也没见过谁得过这个病，便以为这和肾虚差不多，是吃点药，休息几天就能好的一般病。只因为大夫神情严肃，他便不想让秦铁知道他的病。

回家后，服了三天药，也没干什么重活，权小顺觉得好多了。他从心里佩服县城大医院的大夫，也感激妻子把他带到那里去看病。这时他对自己也有了信心，相信自己就好似一座塔。他长到四十多岁，从来就没得过什么病，这次得个小病是老天爷为了照顾他，让他休息几天。不然他会像一头驴一样，永远也停不下来，想到这里，连他自己也笑了。权小顺呀，你小子就是个下苦的命！现在病好了，还窝在家里干什么？又不是女人坐月子，非得坐够多少天。小棉欠人家的账还没有还完，虽说妻子不让自己干活，可不干活谁给你钱！早一天把账还清了，娃心里没了负担，学习也就专心了。

晚上灯下，权小顺把木匣子拿出来，这里有卖苹果的钱、卖葡萄的钱、卖玉米的钱，还有岗儿给自己寄回来的钱，加在一起数了数，还差三千多块。他想，明天还得去干活，再坚持两个月，钱就攒够了。账还完了，自己心上的事就没了。

他困了，把钱装进木匣子，放到柜子里，又给上边压几件衣服，才倒下睡觉。

工地上，到处响着混凝土搅拌机的声音，浇灌水泥时振动棒发出的声音。民工们灰头土脸，满头大汗，不停地拆开水泥袋，再用铁锨给搅拌机里添加沙子、石子和水泥……

权小顺推着翻斗车，在工地上拼命地跑。他把装满混凝土的车子放到升降机的吊篮上，又把空车子推到搅拌机前待装。身上的汗水把衣服全湿透了，可他高兴，随着他的奔跑，眼看着面前的高楼像雨后的春笋一样噌噌地往上长，他口袋里的钱也一沓一沓往进装。

权小顺！你这几天一下子挣了好几千块！工地上算账的人朝他大喊着。他嘴里没说，心里却想着，好啊！这下小棉欠的钱就能全还清了。再也不用担心了。他高兴地推着翻斗车飞跑、飞跑……眼看就要到吊篮跟前，却看见升降架有些晃动、摇摆、倾斜，马上要倒了。他着急地大喊，升降架倒了！

权小顺被自己吓醒了，又出了不少汗，身上湿漉漉的。把他的！咋做个这梦？竟为人家工地操心呢。权小顺想不到这是自己身体危机的先兆，他解释为自己给工地操心。睡吧，明天还得去干活，把欠人家的钱挣回来。

他又呼呼地睡着了，不知还会做出什么梦来。

四十

当春天的太阳变成夏天的太阳时,毕阳原的人们觉得它的颜色都变了。特别是圪垯湾的人,总看着太阳是金色的,比以往任何时候都灿烂,都明亮,照得人心里亮堂堂的。

以往吃完饭靠在门外柴火堆上晒太阳的人不见了。只见街道和各家门前扫得干干净净,柴草和门外的茅厕全都移到屋后去了。家里的老人端个小凳子坐在门口,看着自家门口的小桃子一天天长大,柿子树上也挂满了绿蛋蛋,这心中的幸福也就跟着长,越来越满。

村子里没有了闲人,有的到城里去卖菜,有的把早熟的苞谷棒子拿到城里去卖青苞谷。一元两个,两元五个,这样算下来,比等着成熟后卖玉米粒划算得多。有的人嫌卖东西麻烦,干脆到建筑队去干活。找不到建筑队的就到毕阳城里建国路十字的劳力市场上去"钓鱼"。经营大棚的人整天忙着给城里的果蔬店去送货,个个忙得连颠带跑。人们看清了前边致富的路子宽了广了,机会多了。再不好好干,只能眼看着别人过好日子,自己干瞪眼挨老婆骂:懒熊,活该,就等着喝西北风吧!

晚上吃完饭,又是三个一团五个一堆地在果树下议论着,地热城把地占了,钱怎么分?一个人能分多少?分的钱怎么花?是盖房子还是买农用车,或者买小货车跑生意?各有各的想法,各有各的打算,不管结果如何,反正不能像以前那样稀里糊涂地混日子了。

光头站起来伸懒腰,一伸手碰到树上的桃子,他感慨地说,你看家家门口的果子,真是多亏了秦主任呀,是她把党的政策落实到咱圪垯湾了,可惜她现在又调走了。

袁大爷把烟锅子一磕说,调走怕啥,咱只要按她的要求,把咱圪垯湾变成个文明村,大家相互帮衬着,照顾着,用孔圣人的精神和礼节来待人接物,她再回来看时也是高兴的。

光头一听提到孔圣人就高兴,他说,还是您老人家高明。

大家就笑光头,还是你老先人最高明吧!光头自豪地说,那是!

笑声回荡在飘满果香的圪垯湾上空。

再说秦轶,本来打算离开圪垯湾后就走马上任,可是因权小顺身体不适让她的心情很不安。幸亏经医院检查问题不大，她没有理由拖延，必须立即上班，不能辜负领导的期望。

招商办是新批了编制的单位，办公室设在政府院内东配楼的二楼。办公室一大一小两间，人员编制暂为八人。领导班子除了秦轶，另有一位副主任胡杰。小伙子三十多岁，精明能干。前边提过，他就是胡县长的侄子，在招商办的编制还未批下时就调过来临时负责的。现在他和秦轶搭班子，坐在一个办公室。另外六名干部两女四男全挤在一个大办公室里。

县上干部职工住房紧张，秦轶现在当了主任，虽然分不上单元楼，但照顾她离家远，后勤上还是在机关院内挤出一间平房给她，这样就不用天天骑自行车往回跑了。

招商办，这个应运而生的新单位，在新领导的带领下，将要迈开新的步伐，开展新的工作。

三个月后，地热城的征地手续和打井申报已全部办好。中地公司投资三千多万，部分资金已经到位，各项工作很快铺开。

这里要修建的是一个地热温泉疗养中心。占地近三百亩，主要以水疗为主，集餐饮、娱乐、会议、疗养为一体，打造一个全省独一无二的大型休闲娱乐及商务中心。目的是要让人们在拥抱大自然、在返璞归真中充分享受现代与古典相融的幽雅生活。

地热井刚开始打，就有开发商前来联系，要利用地下热水来为他们将要建设的住宅小区供热。招商办积极联系，牵线搭桥，这样地热井多余的热水也有了用场。

听说中地在毕阳落户，好多企业认为有了商机，纷纷到招商办来咨询洽谈，也想在这里挖一块金子。原来冷清的东配楼一时热闹起来，招商办门庭若市。秦轶和她的同志们忙得不亦乐乎，常常是别的部门都下了班，可他们还把客人送不走。人家来一次不容易，便一而再再而三地问这问那，恨不得叫你立马回答。他们如果投资了，一年能赚多少，几年能收回成本……

有时眼看过了下班时间，客人便邀请招商办的人去外边吃饭，可是谁也不会去。因为早在一开始，秦主任开会时就立下规矩，除县上统一安排，任何人不得接受客商的吃请，违者严肃处理。有一次，外地一个客商赶到招商办时已经到了快下班的时间，秦轶他们没有叫客人下午再来，而是让同志们热情接待。看到谈话难以结束，她便自己掏腰包派人在外边买了盒饭。客人看到后，抱歉地说，我耽误了你们，今天我请几位到外边用餐。

秦轶笑了笑说,没关系,饭已经买回来了,咱们边吃边谈。客商非常感动,回去不久就决定在毕阳投资。

有同志不理解,就说,秦主任,给他们办事,为啥咱掏腰包?他们请顿饭也是应该的。

秦轶笑着说,吃一顿没关系,吃多了就得肚子疼!

紧张的工作令秦轶高兴,更让她欣慰的还是秦芹在这次招标中拿下了宾馆大楼的工程。

当秦芹告诉她时,她却沉重地说,一切按规矩办,质量就是生命,要在这里爬起来。

秦芹说,姐,请你放心,我不会给你丢脸,更不会给毕阳建筑公司丢脸,我这次的目标是要创建文明工地,工程质量争取拿到"鲁班奖"。

姐姐说,我相信你能办得到。

妹妹说,要办不到我就不是你妹子!

好,去干吧!秦轶把妹妹送到政府大门口。秦芹转身骑上摩托车的一刹那,秦轶的心中忽然有一种说不出的愉悦。

秦芹米黄色的风衣,被风吹起,还有那剪得很精神的短发在风中飘向脑后,极像是一位即将出征的勇士。

秦轶站在大门前朝秦芹挥手,秦芹回头向姐姐致意,然后一提油门,很快就消失在满大街的人群之中。

秦轶为妹妹感到高兴,希望她在这项工程中能弥补以前的损失。

招商办的工作在几个月的实践过程中,已逐步走上正轨。秘书科、项目科及考核科的同志也都很快熟悉了自己的工作业务。秦轶稍稍轻松了一些。

这天,副主任胡杰领几个同志到地热城现场去检查,秦轶和秘书科的小孙留在机关。小胡虽说没有当上主任,但副主任却在这次明确了,小伙子工作还很积极认真,秦轶就有意识地让他带人出去锻炼。

小孙这姑娘是今年刚分来的大学生,商贸学院毕业。年轻、貌美、文字水平也不错,人也真诚,所以秦轶安排她在秘书科负责。

小孙在秘书科写材料,秦轶在自己办公室翻看一本杂志。忽然电话铃响了,原来是杜力请她中午出去吃饭。她一听忙回道,谢谢,我这里有事,就不去了。杜力在那边说,你今天一定要来,有什么事难道下班都抽不出一点时间吗?告诉你,如果你今天不能赴约,可就有麻烦了。

有什么事在电话里说吧,吃饭就免了。由于历史原因和近期的小传单事件,秦轶尽量避免与杜力单独接触,所以一再谢绝。

不行,请你的不是我,而是红云。

秦轶一听,多少有些疑惑。她怕杜力假借李红云的名义约她。但又一想,如果真是李红云,不去反而被她误会,不知又会生出什么麻烦。于是就说,如果是红云约我,那我就去。

这回不是在茶社,而是在中山街的一家小餐馆。这里环境干净卫生。有烧鸡、炒菜、凉菜,主食有饺子、面条。

秦轶按杜力电话里说的地方,立即赶了过来。这时杜力夫妇已经在一个小包间里等候,见秦轶到来,便都站起来招呼。

杜力说,呀,你真是个好干部,非等到下班后才出单位的门。李红云这是出院后第一次见秦轶,想起以前自己的所作所为,多少有点不好意思,她很难为情地说了句,你才忙完吧?秦轶笑着说,哪里忙,接到电话,听说你在这儿,我放下电话就往这儿赶。

红云又说,过来坐。秦轶便挨着李红云和她坐在一条长凳子上。她拉着李红云的手问,恢复得怎么样?还不错吧?今天看你气色不错,比以前好多了。

李红云说,还可以。秦轶,如果不是你,我今天也许就坐不到这里了……说着眼睛就有点湿了。

杜力忙接着说,是的,红云她非常感谢你,一直要当面道谢,我说等她完全恢复了,咱们登门拜访。她等不及,一定要现在约你出来坐坐。

秦轶这时细看李红云,比以前白了,发福了,脸上有了红色。她今天特意穿了件"天意"绿色绣花短上衣,价格不菲。秦轶前些天也试过这个款式,但没舍得买。李红云竟然下得了手,买下立马穿在身上,一改她过去朴素的习惯。这不能不说她的思想上起了微妙的变化。是觉得重新捡了条命,想开了,还是借衣撑架子?不管属于哪一种,总之她今天约我出来应该还是真诚的。故而便说,谢什么,那天出事后正好让我碰上,搁谁都会伸把手,何况是老同学。

李红云说,多亏你把我送到医院,还输了血,才捡了这条命。听老杜讲了当时的

情况，我后悔极了，以前真是疯了，糊涂油蒙了心，整天想不开，做了那么多伤害你的事。你怎么不恨我，反而救我？

上菜了！餐馆的大眼睛小伙子，穿着一身蓝色镶边的工作服，端上来四盘菜：烧鸡、油炸小黄鱼、腐竹拌芹菜和炝莲菜。秦轶忙说，这么多，就三个人能吃多少！

小伙子微笑着弯腰道，请慢用。转身又拿来一瓶红葡萄酒说，这是你们点的红酒，请问还要白酒吗？

杜力看看秦轶，征求意见。

秦轶说，你想得真周到。

杜力说，女士优先。开酒！

小伙子拿开瓶器打开瓶盖，给每人斟一杯，然后退下。

李红云端起酒杯，手不住地抖，是心情太激动呢，还是不好开口，以至脸都憋得有点红。哼！她终于哼了一声才开口，秦轶，感谢你救了我！她呷了一口又说，下来是为我的错误向你道歉。说完一饮而尽，眼睛红红的，一切尴尬、愧疚、悔恨都随着这杯酒一起咽下。

秦轶忙扶她坐下，说道，别这样，咱们都是一个宿舍住过的，客气什么。你刚从医院出来，要注意身体。

李红云并没有坐下，她又斟了一杯说，这杯是敬老杜的，他对我的态度比以前好多了，我感觉得到。说着眼泪又掉了下来，一口气干了杯中酒。

杜力看着红云，听着她的话也有些激动。他端起杯子说，先敬秦主任，感谢你对我家红云所做的一切，如果不是碰见你，后果不堪设想。你不但把人送到医院，还输了血……下来这杯酒是——罚我，罚我对二位女士，不，对二位同学所造成的伤害。我今天诚恳道歉，敬请原谅。说完一饮而尽。他的话语里，说伤害秦轶是显而易见的，至于说伤害李红云，也怕只有他自己明白。

秦轶说，就冲你这么有诚意，恐怕得喝点白酒才行，红酒可打发不下！

李红云也说，就是，喝点白酒，让他记住自己的错误。

杜力喊服务员再拿半斤西凤酒。

服务员小伙子拿来半斤装的白酒，开瓶斟酒后问，羊肉饺子上吗？

杜力说，且慢，这菜还没动筷子呢。

秦轶端了白酒站起来说，先干为敬，为了二位的诚意，我今天豁出去了。然后仰头一饮，翻转杯子让他俩看。

一杯白酒下去得太猛，秦轶此时的脸上已经泛起了红色，头也有些晕乎，她晃着身子说，快，该你们啦。

李红云扶她一把说，小心，别喝得太猛。

秦轶笑笑，摆摆手说，没事，我今天高兴，再来一杯。杜力拿起酒瓶给她倒了半杯，秦轶一看说，不行，斟满！别说我心不诚，咱不来虚的。杜力又续了酒，说，秦主任这几年在机关练出来了。

练个屁！几十年了，我们三个人难得有机会聚在一起，今天就畅所欲言。她端起酒呷了一口朝着李红云说，红云呀，不瞒你说，当年老杜选了你，我是有些难过，受不了，我确实恨过他，可是我并没有恨你，因为主动权不在你手里。可是在我死过一次后，我就不恨了，谁也不恨了……其实，我们都很苦弱，对于强大的社会潮流，谁又能抵抗得了？那种形势，个人是何等的渺小和无奈！她又端起杯子一饮而尽，半会儿没说话，只见眼泪簌簌地往下掉。

红云夹了鸡块劝她，吃口菜吧。

秦轶接过来，咬了一口，想缓和一下自己的情绪，可是没用，泪水反倒滂沱而下。

杜力递给她一张纸巾，接着又递给一张。

她擦了一下鼻子说，后来我想通了，其实那个时候，我们都很无奈，谁也无法主导自己的命运。就说红云吧，明明怀了孩子，却硬着头皮和老杜分手，可怜天下父母心哪！为了不让孩子受影响，宁愿自己受罪。你说一个人将孩子拉扯大多不容易。李红云听着也擦起眼泪，她想起了过去那些艰难的岁月。

秦轶的情绪稍稍平复，又接着说，现在你们复婚了，只要你们好好过日子，任谁再有本事也不会将你们分开。她又端起酒杯，一看，自己的杯子空了。杜力没有再续酒，怕她喝多了。她放下杯子继续说，经过这么多年的风风雨雨，我对爱情和婚姻这个问题的认识也有了很大的变化。过去可能是受了文学的影响，总是一味追求理想的爱情，就像宝玉和黛玉，罗密欧与朱丽叶。可是想想，我们的生活环境，和他们有多大的差距呀！怎么能和他们一样来处理问题？就说我和权小顺，开始我也只是为了孩子，为了报恩与他结合，心里面一直放不下岗儿他爸，总觉得我和小顺之间在各方面都有一些差距。表面上相敬如宾，但内心却很难亲近。随着时间的推移，可谓路遥知马力，日久见人心。我越来越觉得他心地善良、纯朴厚道，是上天赐给我的一个宝。他不仅以前救过我，现在还一直在帮助我，体贴我，鼓励我，让我实现自己的目标，体现自己的价值。这样的人如果我不爱他、敬他、忠于他，我还是人吗？我现在离不开他，我为他的无私和善良感到骄傲，为他对我所做的一切感到幸福，下辈子还做他的妻子。

秦轶说得很激动，几乎忘记了杜力和李红云的存在，她像是对权小顺，又像是对天发誓。

李红云说，你说得真让人感动。

秦轶自己拿过酒瓶又倒了一杯，她想借着酒的力量，让自己把话说完。她喝了一口又说，我觉得婚姻要靠爱来维系，要靠相互信任和无私奉献来滋润，要靠勇于承担来支撑。如果不愿承担任何责任，不打算同甘共苦，是永远得不到真爱的。

杜力不断拿纸巾擦汗，没有喝多少，脸却是红红的。

李红云说，难怪我们家李彤是那样佩服你、敬重你，愿意做你的儿媳妇。

秦轶接上了话题，我们家梦岗也是一心想做你们的女婿，就看丈母娘能不能看得上。

李红云顺坡就溜，什么看上看不上，孩子们的事由他们自己做主。

杜力赶紧附和，由他们自己做主，由他们自己做主，咱们吃咱们的菜。

这次饭局，打破了两家关系之间的坚冰，也扫除了梦岗和李彤婚姻上的障碍。自从那次昏倒街头，李红云彻底改变了对秦轶的看法，化解了敌意，加之秦轶今天的酒后真言，也让她解除了疑虑和担忧，她对两个孩子的婚事终于开了绿灯。

四十一

金秋十月,太阳照在大地上的温度明显地降下来。可是地热城在毕阳这块地上却骤然升温。

毕阳市地处渭河断陷盆地,具有丰富的地热资源。经勘查,在市区周围五个县区都分布着地热资源。其中毕阳县最为丰富,被专家誉为不可多得的大型地热田。

消息传开,中地成功地打出了一眼热水井。当滚滚热浪喷涌而出时,人们欢呼雀跃,奔走相告。地下原来有一口巨大的开水锅,日夜不停地在烧着开水。

地热井的成功开凿,大大鼓舞了投资方的信心,让他们吃了一颗定心丸,立即加快了工程进度。秦芹他们项目部所承担的宾馆大楼工期由原来的一年半提前两个月,要求在十六个月内完成。甲方承诺,提前完成工期重奖。

秦芹早就憋足了劲儿,她要在这里打一个翻身仗。

这座大楼造价六百万,这是她干工程以来接的最大的一单活儿。虽说以前也谈过四千万的工程,但那是她的一个伤疤,是她一生的耻辱,一想起来就让她心惊肉跳。为了雪耻,她要使出浑身解数,集中全部精力,把这项工程干好。

在项目部开会时,她对技术员、工长及管材料的、负责安全生产的各个部门提出了具体的要求。务必把质量放在第一位,特别提出,如果工程被评为优质奖,将对技术员奖励工资的百分之五。其他管理人员视其情况进行不等奖励。

虽说工期紧,任务重,但对于四十多岁年富力强的秦芹来说,并不算什么,她觉得这正是考验自己的时候。

开工两个多月,宾馆楼文明工地就引起了甲方的注意。经过考察,决定召开现场会,让其他项目部前来学习。

秦芹在会上简短精彩的介绍发言,立即引起各方关注。这个美女经理,负责的项目和她本人一样耀眼。

中地方面的项目长,五十出头的钟大海,由于兴奋,有点秃顶的头上闪出亮光。他握着秦芹的手说,祝贺你,看来我们把队伍选对了。

秦芹自豪地说,放心吧,项目长,我们就是不挣钱,也要保证材料和施工的质量。我的目标——宾馆大楼在竣工验收中一定拿回“鲁班奖”。

天高云淡，阳光灿烂，让人感到特别温暖。人就是这样，心情好了就出太阳，今天秦轶的心情特别好，阳光显得格外灿烂。这会儿她正陪着县上的林书记、胡县长及人大的郝主任和政协的姚主席一同来地热城工地视察。

领导说来视察，她觉得是来看自己的作品，虽然高兴，但因好赖难料，心中多少有点忐忑不安。谁知一到现场，工地上热火朝天的景象就把一行人吸引住了。

这边塔吊在空中悠悠地移动，那边井架上的吊篮上上下下。搅拌机、振动棒响声一片，挖掘机、装载机又在开挖新的地基。

视察团一行转到一处挖好地基的工地。这里挖好的坑壁全部用水泥覆盖了一层，四周光滑，不会担心坑壁垮塌引发事故。下边有很多工人在做基础，有的递砖，有的砌砖，有的固定钢筋，有的运沙子和水泥，各司其职，井然有序。

大坑的岸边醒目地竖着一排标语：安全生产，质量第一。另一边堆放着沙子、石子，整整齐齐，上边分别插着木牌子，标明规格、大小。再看那边，钢筋棚里，工人们紧张地制作着钢筋。

看到领导来，秦芹赶紧跑过来招呼。

红脸大汉的人大郝主任问，这个工地是——

秦芹忙说，是宾馆大楼，也是商务会所。

你是——

秦芹马上自我介绍，我是县建筑公司的，就是这个项目的负责人，叫秦芹。胡县长转身问秦轶，听说她是你妹妹？秦轶笑着答，是，还请领导多多指导。

林丰义一瞅，面前的这个秦经理，身穿一套淡蓝色工作服，脚蹬一双户外运动鞋，头戴一顶红色安全帽，简直干练极了。再和旁边穿着米色风衣、紧身黑色裤的秦轶一比，两人像极了，真是一对姊妹花。虽说二人风格有异，但都是那种叫人一见不可轻看的女性。人们都会在心里说一句，真美！

大家看后，异口同声，这个项目搞得不错，工地一看令人耳目一新，干净整齐，安全文明。

听说县上的领导来视察，中地的钟项目长急得头顶更亮了。他忙着介绍说，宾馆大楼工地是他们的文明工地，前天还在这里开过现场会，让大家学习。接着就带领视察团的一行人到他们的工地办公室。他让各位就座后，让工作人员取烟上茶，然后拿出地热城的效果图来一一介绍。

一张图是大型日式户外温泉区，有音乐喷泉，有别具一格的儿童娱乐区，在蓝天、沙滩的衬托和艺术特色园林风景的围绕下，情趣盎然。另一张图是室内温泉。室内又分动态区和静态区。动态区的游泳馆、水上舞台、翻斗浴等让人心动。静态区的花瓣、牛奶、禅定、薄荷、姜汁浴，还有火龙浴、冰屋等不同特色的体验，以及印度、罗马浴等外国风情的洗浴，令人满意。最后一张图是商务会议区。这里有舒适的客房、豪华的会议室、中餐厅、韩式烧烤、生态餐厅等。看到这里，项目长笑着说，各位领导都在，以后县上要办什么会议尽管招呼。我们保证以一流的服务招待，以最优惠的价格为你们提供场地。几位领导也都笑着作答，一定，一定。

钟项目长兴奋地摸着秃头说，请领导在这里用个便餐。林丰义说，谢谢，等你们的餐馆建好了，一定来。

项目长钟大海的秃顶又一次泛红，他笑着说，那就不留了，今天真没有好东西招待各位，等地热城建好了，再恭请各位。大家慢走。

一行人离开工地，朝着停在路边的小车走去，其实开来的也就是一辆吉普车和一辆刚买不久的桑塔纳，算是机关大院最好的车。林丰义和人大常委会主任、政协主席几个人在前边走着说着，赞叹地热城的前景。胡县长趁机对走在后边的秦轶说，干得不错，在这个项目上你立了大功。

秦轶对常委会上胡县长阻拦自己任命的事情一无所知，她感激地说，感谢领导的信任，把这么重要的担子交给我，我只怕干不好误事。

可是胡县长心虚，他以为秦轶在说反话，不觉脸上一红，勉强应道，因为这个工作重要，所以组织上就得慎重。事实证明人选对了。

我也还是正在学习，需要领导多多指导。

不错啊！我问你，小胡在你们那里干得怎样？有什么不对的地方，你尽管批评。

好着哩，小胡聪明，责任心强，很快就熟悉了业务，能独当一面。秦轶曾听人说胡杰是胡县长的侄子，看来真有点关系。

那这样，以后多关心点，一定要严格要求。

请胡县长放心。

回到县里时，已经是中午十二点多。招商办就安排各位领导在秦风楼吃顿便饭。这里的羊肉泡讲究的是用手掰馍，越小越好。有耐心的人全掰成黄豆般的小块，这样煮出来入味。当然也有受不了这个麻烦的，随便掰一下，大就大，小就小，反正放在嘴里嚼都一样。不管掰的大小，都要自己动手，于是就都去洗手间洗手。

秦铁在点菜，林丰义还在座位上没动，他好像想起什么，就说，哎，你看这整天忙的，还欠你一顿饭哩。

秦铁笑着说，领导记性真好，还没忘呀。

林丰义说，当然，不能光用嘴晃人。不过也有原因，因为要请你的人是我夫人。可是折腾了几个月，到上个礼拜她才办完调动手续，前天刚来毕阳上班。还有孩子的转学，事情挺麻烦的。

噢！你夫人说请我？

对呀，没错！她说很想见你。

秦铁弄不清林丰义的夫人为什么要见自己，心里直犯嘀咕，她让人误会怕了。可是人家既然要见，就见见去，肚里没冷病，不怕吃西瓜。于是就说，行！恭敬不如从命，我得拜访一下领导夫人。

林丰义说，那就定了，就在这个周六，到时候通知你具体地方。前边几个洗手的都回到桌子上，林丰义站起来说，我也去洗洗手。

周六中午下班前，秦铁接到林丰义的电话，说夫人让她中午到家里去，她把菜准备好了。顺便告诉了门牌号。

十二点半，秦铁敲响了302号房门，觉得好笑，怎么和自己当年在大学时的宿舍房号一样。听见脚步声，房门马上打开。可是开门的人却让秦铁吃了一惊，她高兴地叫道，郭大姐，这几年你钻到哪儿去了，怎么今天把你也邀请到啦！被叫大姐的人是秦铁当年上大学时同室的郭凤英。自打毕业后各奔东西，一直没有见过面，今天在这里相遇真是太突然，太高兴了。由于激动，进门后，手里的水果没有来得及放到合适的地方，就随便扔在地上和郭凤英拥抱在一起。

听声，林丰义从沙发上站起来迎接，秦铁嗔怪道，你邀请郭姐来怎么也不告诉我一声？

郭凤英提起地板上的水果和香蕉，不解地问，怎么说邀我来？啥意思，这——

林丰义哈哈地笑了，说，秦铁同志，我告诉你了，是她邀你来，要见你，不是谁邀请她。

怎么我越听越糊涂了？秦铁觉得莫名其妙。

林丰义装着一本正经的样子说，是她，郭凤英，我的夫人，邀你来我家吃饭，想和你见面,这下明白了吧?

秦铁瞪着一双大眼,吃惊地说,怎么?郭姐是你夫人?

郭凤英就朝林丰义喊,好你个林子,原来你没告诉秦铁咱们的事。

林丰义笑道,我想给她一个惊喜。

三个人一起哈哈大笑。

秦铁上去捶了郭凤英一拳说,这样大的事也不告诉我一声,结婚也不让我去喝杯喜酒!

郭凤英笑着说,今天就请你好好喝呗。这事以后慢慢再说,咱们有的是时间,现在先吃饭。

说着,又听见房门打开的声音,进来的是一个小男孩,六七岁的样子。郭凤英赶紧接过书包说,这是我儿子,叫毛毛,在附近的中山街小学上学。快叫阿姨。孩子懂事地叫了声阿姨好!秦铁摸一下孩子的脸蛋说,毛毛真乖!看着这个身材像林丰义,眉毛像郭凤英的孩子,她心中非常感动——都是事业型的,四十多岁了,孩子才这么大。

郭凤英的这顿饭搞得很丰盛,弄的鱼、炖的鸡,烧了几个菜,蒸的米饭。还拿出一瓶葡萄酒说,咱们今天高兴高兴。

吃饭时,郭凤英讲了那次考察秦铁的事。

原来郭凤英上次到毕阳办理调动手续,正好碰上研究秦铁任命受阻的事情。听林丰义讲了此事,郭凤英火冒三丈,当时就骂道,混蛋!这些无聊的人,不知从哪儿搜集到这些流言蜚语。我和秦铁一个宿舍待了几年,什么事不清楚?什么学校的事,不就是说你和她之间的事情吗?说老实话,你当年追她有什么不对?优秀的人,特别是既优秀又漂亮的女生谁都喜欢,可你不知不为错,人家并没有骗你,更没有黏你,没有什么错处。现在这些人也是,一听有人提拔就在下边戳弄,他们不敢说你,就往秦铁身上赖,还不是想一箭双雕!你不好明说,我去,不能冤枉人家秦铁。于是第二天郭凤英跑到县委组织部讲清事情的原委。加之组织部长又找到杜力和李红云,所以一切问题都搞清楚了,常委会这才一致通过了秦铁的任命。

秦铁听后感动地说,原来郭姐给我帮了这么大的忙,我一点都不知道。

林丰义也从心里感谢妻子。他对秦铁说,我不想让你有负担,这样好轻轻松松地工作。说实话,我也感激你。你在地热城项目上出了很大的力,让我一来就打开工作局面。最近招商引资工作又顺利进展,这是对我最大的支持。所以郭姐让我把

你请来，好好地谢谢你。

秦轶非常感动，她忙道，不能这么说，要谢也是我该谢二位，可不能搞颠倒了。说着便端起酒杯说，谢谢郭姐，谢咱们领导！一饮而尽。

这顿饭吃得很畅快，既没有在机关时上下级关系的拘束，也没有在学校林追她时的尴尬，而是同学之间无拘无束的畅所欲言。

林今天喝得不少，脸红红的还有点冒汗。他笑着说，秦轶，命运让咱们又到了一个机关大院，咱们就得配合，把事干好。是毕阳纳税人养着我们，就得给毕阳人民干点实事，不管在毕阳能待多久，走后不要让人戳脊梁骨骂娘，能说句还不错就行了。

秦轶说，我真没想到能有今天，咱们三个一起好好干。

林丰义说，组织部想让凤英到县妇联当主任。郭凤英一甩裙摆说，我才不去呢，我还是教我的书，不在你跟前显眼。

在学校也好，有寒暑假，能管上孩子。

还是想让我当保姆不是？大男子主义！凤英笑着反讥。

什么大男子，在你面前，我永远是小弟弟……林晕了，说着便倒在沙发上。

秦轶跟郭凤英一起收拾了碗筷。她说，我该走了，下次有空再聊，下午我还要回家看看。见林丰义迷迷糊糊的，就说，郭姐，我走了，不打搅领导了，他工作太累了。

郭凤英送秦轶到楼下，说，门认下了，有空常来，陪我聊聊。

今天见到郭凤英，虽然感到意外，但秦轶仍然感到高兴。毕竟是同室几年的老同学。而且主动为自己挺身而出，打抱不平。她从心里感激他们夫妇。但让她稍有不解的是，他们俩是什么时候、如何走到一起的？

这个想法刚一闪现，秦轶就笑了，她笑自己；后来就恼了，还是恼自己；她在心里骂，也是骂自己。你呀，太世俗了，为什么他们就不能在一起呢？难道年龄就能成为不可逾越的障碍吗？何况，郭凤英身上有着很多自己所缺少的东西。她开朗、大度、关心别人，从不在乎自己的得失。她和林在一起，既是妻子，又有母亲般的温和。这是一般人所做不到的。恰巧是她这一长处，最适合林的心理需求，所以他们结合最合适。

四十二

已经是下午两三点了,秦铁从林丰义家回到办公室。她打算拿上外套和昨天给婆婆买的一块头巾马上回家。打开办公室门后,却见办公桌上有一张字条,上写,秦主任,刚才有人来电话,让你速到中心医院去,有急事。

字条是秘书科小孙留的。分明是打她办公室电话没人接,才又打到秘书科。哎,那时大部分人还没有手机,别人找不着她,没法联系,只能给桌子上留个字条,碰碰运气。

运气倒是碰上了,她回了趟办公室,看到了字条,但却是个坏消息。留言让她去医院,秦铁心里一阵发毛,是谁生病了?婆婆、小顺还是小棉?当然她首先想到的是家人。她庆幸回了趟办公室,不然现在正在回家的路上呢。

秦铁急忙朝中心医院赶,几乎是小跑着。刚到医院大门口,就碰上了村里的石头大哥。还没等她开口,石头就说,哎呀,可等着你了。

秦铁忙问怎么回事?石头说,小顺病了,上午在工地干活,突然就昏倒了,吓得项目经理让我把他打车送到医院。

现在人呢?在哪儿治疗?

你先别急,已经抢救了两个多小时,医生说没有生命危险,人已经清醒了。在什么U,反正是重病监护室。给你打电话,你不在,我把话捎回村,小棉已经来了。你去看,我先吃碗面去。

谢谢石头大哥,这是钱,你先去吃饭,我到重病室看看。秦铁把钱塞到石头手里就去ICU室,刚到门口,就见小棉坐在外边的椅子上抽泣。一见妈妈来了,她哭得更厉害了。

秦铁问,医生不让进去?小棉点点头。她又问,你爸现在的情况怎么样?你哭啥呀?

小棉擦着眼泪说,我爸昏倒了,是石头叔从工地送到医院的。

正说着,一个穿白大褂,戴着口罩的医生开门出来。秦铁上前说,我是权小顺的家属,请问他现在情况咋样?

医生说,已经醒过来了,现在正在治疗,还不能探视。你们是咋搞的,他是尿毒症,让在家休息,继续服药,怎么还到建筑工地干重活,这样很危险!

秦轶听后大吃一惊,怎么会是尿毒症?小棉,你们上次检查不是说是肾虚吗?为什么瞒着我?她简直急了。

妈,是我害了爸爸,爸爸是为我累病的。小棉说着就呜呜地哭起来。

到底是怎么回事?怎么是你害了爸爸?秦轶又急又气,可小棉却什么也不说,只是哭。

秦轶急得在病房外不停地转。这时,门开了,病房走出来一个护士,秦轶急忙就问,姑娘,请问权小顺现在怎样,能进去看一下吗?

护士停下脚步问,你是权小顺的家属吗?娘儿俩忙应,是是,快让我们进去吧!

护士说,只能进去一个人。转身对门里的人说,权小顺家属一人。说完便走了。

门被打开,秦轶往进走,小棉也跟着往里挤,但却被护士拦在门外。

秦轶进去之后套上鞋套,穿上医院消过毒的浅蓝色大褂,走到权小顺的床边。重症室有六七张床位,上面都有病人。看到躺在床上的丈夫,她的心咯噔一下:怎么人瘦了一大圈?才几个星期没见,变化竟这么大。她走到没扎吊针的一侧,拉着权小顺的手问,咋不早点来医院,弄成这个样子?权小顺虽然躺在病床上,但是见妻子来还是既感激又害怕。他像个做错事的孩子,勉强笑着说,没啥事,好着呢。说着就想撑着往起坐。秦轶一把按住,没让他起来。

刚进门时,她就一阵心酸,可是硬忍着,不想让丈夫看见自己难过。当权小顺说了上边的那句话,她再也忍不住了,泪水唰的一下就涌出眼眶。她忙背转身子,擦了一把泪说,都昏倒了还说没啥事!你呀,真是傻过了头,到底啥事过不去,让你这样不要命地干?

权小顺看见妻子流泪,装着没事的样子说,看你这人,流啥眼泪,人吃五谷生百病,谁能一辈子没个病没个灾的,也不一定是干活累的。说着就又喘了口气,过了一会儿,他又说,现在医院的医术高了,打两天针就没事了,你赶紧回去上班。你,你给咱妈和小棉说,说我没事,免得她们操心。他明显是费了好大力气说完这段话,秦轶难过极了。

监护室的护士提醒,探视时间不能过长,不能影响病人休息,请家属离开病房。秦轶流着泪说,你就安心养病,别的事不用操心。

出了监护室,秦轶到住院部找到主治医生询问情况。大夫是五十出头的肾病科黄主任。他态度和蔼,但却神情严肃,说前一段在本院已查出尿毒症,如果按照医嘱,抓紧治疗,不可能发展到昏倒的程度。可是现在已经这样了就得住院治疗,现在就得透析。

秦轶明白了，原来上一次检查已经确诊为尿毒症，可不知为什么父女俩都说是肾虚，没事。医生明明嘱咐在家休息，两台机子就够让他费心的了，为什么还去工地打工？他们到底在搞什么名堂？此时，她不流眼泪了，她急切地想知道，到底发生了什么事情。于是便拉着小棉，坐在离监护室远一点的椅子上。她没有严厉吼叫，而是抚摸着小棉的头问，孩子，别怕，到底遇到什么难处啦，告诉妈妈。是妈妈不好，对你们关心不够。

妈——小棉受到妈妈的爱抚，哭得更厉害。她不想再隐瞒，决定把一切都告诉妈妈。

在医院的那条长椅上，她哭诉了从那次去东北后，想学人家通过外嫁改变家里的经济困境，到后来那男孩出车祸，自己的伤心以及爸爸替她还债累得病倒的全部经过。

秦轶还能说什么，她满脑子里除了痛还是痛。现在开放了，人们知道有钱能过好日子，挣钱不再被人非议，谁知道连外嫁也成了致富的手段和路子。

她想骂小棉，小小年纪不好好念书，怎么想出这个歪门邪道，害得爸爸累出一场病。但又一想，她人虽小，还能想到减轻父母的负担，为改变家里的生活尽一点自己的力量，只是选错了路子，自己现在怎么骂得出口？难道还要惩罚她吗？何况她已经后悔了。还有权小顺，真是一个糊涂蛋！你只知道替女儿还债，不听医嘱，把自己的命都拼上了，连轻重都分不清，而且还瞒着我，你这是爱我还是害我？

秦轶想不下去了，她的两个亲人，让她既爱又伤心。一个骂不得，一个怨不得，他们都是一片好心。

她无力地靠在椅背上，闭上眼睛不愿再想。但脑子却停不下来，忽然一下子灵醒了，怪自己，谁都不怨，弄到目前这个局面，完全是自己的责任。想起自己整天忙工作，无暇过问女儿的事情，连孩子想什么都不知道，只是一味地让她好好念书。像她这样，老师在课堂上讲，她的心却已经到了日本，怎么能把书念好？再说，为了中介费，竟敢自己借那么多钱给人家，都是自己管教不严，平时教育不力造成的。对权小顺，她想自己实在关心太少。上次到医院检查完之后，就该回家看看，而自己却一直在忙招商引资的事，连问都没多问，就觉得他没事了。

医学常识告诉她，尿毒症一旦到了要透析这个阶段，的确很难治好，而且得花很多钱。她后悔极了，是她没有照顾好丈夫，才让他得上这个麻烦病。如果她在身边，

每天会督促他服药，会定期到医院复查，会阻止他到工地干重活。可是这些都已经晚了，他现在已经患上这个病，只能全力治疗。

秦铁想着想着，不由得在自己的头上打了一拳，说，都怪你！你没有尽到一个好母亲、好妻子的责任！

小棉看见妈妈的样子，吓了一跳，忙问，妈你这是怎么了？你没事吧？

秦铁的眼泪一下子涌出来，她轻轻地说，没事，没事。一时陷入深深的愧疚之中。

秦铁请了假，让小棉到学校去上学。她在给副主任胡杰把工作上的事交代了之后，就一直在医院陪护病人。等到权小顺搬到普通病房后，她每天除了照顾丈夫，还硬撑着接待前来探视的亲朋好友。为了让别人放心，也为了减轻权小顺的思想负担，她把自己的痛苦隐藏起来，尽量不外露。有时实在难过，就掩饰说，晚上没休息好，闭着眼睛靠墙坐一会儿。

这天，她正闭着眼睛坐着，突然听到轻轻的叩门声，忙站起来开门，来的竟然是郭姐和林丰义。

秦铁非常吃惊，没想到他俩会来，便不知所措地前言不搭后语，你，你们怎么，不是很忙吗？

郭凤英笑着说，再忙也得让人休息，今天是星期天。林丰义接着问权小顺，身体好点了吗？本该早点来看你，这几天事太多。

秦铁忙介绍说，这是我们上学时的郭姐，这是我们县委林书记，他们是一家子。

权小顺面色发黄，但还是挣扎着坐起。他说，郭姐我见过，（其实，林丰义他也见过，是在小园林，只是不能说。）快给书记和郭姐拿凳子。秦铁又在邻床拿过一个方凳，让他们坐下，可是谁也没有落座。

权小顺像个做错事的孩子一样，愧疚地说，我不争气，帮不了她，还给领导添麻烦。我现在好多了，让秦铁回去上班吧，不能耽误工作。

郭凤英嘴快，别管工作，秦铁现在的工作就是照顾你，你现在才是最重要的。对，这段时间，你的任务就是照顾好病人。林丰义接着妻子的话，等于给秦铁放了假。听到权小顺刚才的几句话，他对躺在病床上的这个男人肃然起敬。一般病人，都会因身体上的痛苦心里烦躁，常会毫无来由地发脾气，乱骂人。可权小顺却忍受着肉体上的痛苦、思想上的压力，首先想到的是家人，想到妻子的工作，还自责地说他不争气。真是个好人呀！难怪秦铁对他不离不弃。

权小顺看着站在床边的三个人，心里不安地说，你看，连个坐的地方都没有，这里空气不好，让领导走吧。谢谢你们来看我。

郭凤英说，没关系，这就走。你要好好休息，早日康复。来时没买啥东西，这点钱让秦铁给你买点营养品。说着给床头上放下几百元。

权小顺两口子齐声说，不用，不用。

可是，这时郭凤英已经把秦铁推出门外说，你送送我。

从楼上下来走到院子，郭凤英拉着秦铁的手说，放心，这病能治好，先好好治。又扭头对林丰义说，你以后要多关照点我同学，别光知道布置工作，让她没黑没明地干。又对秦铁说，我了解你，没人督促你也是拼命地干。其实你很不容易，真的也很难。

郭凤英几句体贴的话，彻底打破了秦铁的心理防线，她那装出镇静的表情再也掩饰不住了，叫了声郭姐，就泣不成声。

郭凤英急忙抱住她，用手拍着安抚，别难过，现在医学发达了，何况这又不是什么不治之症。

不！怪我，都怪我！秦铁不管院子里来来往往的人，她今天要把憋在心里的话说出来，现在还有谁能像郭凤英这样亲人似的关心自己呢？她抽泣着说，我真傻，我只知道他是一座塔，不知道塔也有倒的时候。我怎么就大意了呢？她鼻涕一把泪一把地哭着。

郭凤英忙从提包里抽出几张纸巾塞到她手里。她继续哭着，我不是一个称职的妻子。自从和他结婚后，就教书、上学，后来到政府工作。再后来下乡，真正和他在一起的日子，没有多少，更别说照顾他了。可是他从无怨言，而是全心全意地照顾两个孩子，比亲生父亲还要疼他们，爱他们。为了替女儿还债，他硬是累出了病，耽误了治疗。为了不影响我的工作，还一直瞒着我。郭姐呀，我知道世上有好人，但像他这样的好人，真是见得不多。我知道欠他的太多，打算退休后好好照顾他。谁知道他竟然累成这个样子，我对不住他呀，郭姐……

郭凤英扶着秦铁的肩膀说，别难过，你不要自责，从现在起，好好照顾他，尽你妻子的责任。

好了，我们也该走了。林丰义见俩人不断地说着，他插不上嘴，又见不远处站着两个人，手里提着牛奶和水果好像在等人，就催郭凤英快走。

郭凤英他们刚一转身走，那两个人就迎着秦铁走过来。他们是杜力和李红云。

李红云说，听说梦岗他爸住院了，过来看看。

秦铁擦干眼泪,强装微笑说,还麻烦你们过来。李红云说,知道了,哪能不来呢。

秦铁领他们上楼到病房,又是一阵寒暄问候,安慰之类的话说了一大堆,然后放下牛奶和一大袋补品,说声好好养病,最后离开病房。

秦铁照例送下楼去,说些感谢话,招手说,慢走。

李红云回头问,他爸有病,梦岗没回家?

秦铁说,孩子那儿最近很忙,没告诉他。

那可得忙你一个人了,有什么事要帮忙的,招呼一声。李红云客气地说着。

好,有事一定告诉你们。还有,请别告诉李彤。孩子学习忙,不要影响她。

送走客人,秦铁长出一口气,心里觉得稍微轻松了一些。虽然在郭凤英和林丰义面前她有些情绪失控,但毕竟把多少天来憋在肚子里的话倾诉出来,心里觉得好受一些。她告诉自己,不要再流泪,要面对现实,找最好的医院、最好的医生把丈夫的病治好。权小顺对她太重要了,她不能没有他。她要让权小顺健康地活着,让自己好好来报答他,报答他母子的恩情。扪心自问,当初决定嫁给权小顺时,她满脑子都是报恩、良心。而真正在生活中,她并没有多少时间为他母子做多少事情,更没有在他面前说过一句"我爱你"之类的甜言蜜语。对于他,她只是敬重、感激,像对待恩人和朋友那样,俩人一直相敬如宾。她从来没有在权小顺面前撒过娇,更没有撒过刁。而权小顺一直拿她当座上客,对她言听计从,从未吐过脏话,动过粗手。她就像他的一件最珍贵的宝贝,他宁愿自己受苦,也要让她过得好,过得体面。有时看见村子里有的两口子,今天打得鼻青脸肿,明天又嘻嘻哈哈在一个盘子抄菜,像没发生过事一样。权小顺有时甚至羡慕这样的夫妻,狗皮袜子没反正。可是一想自己的媳妇,你想对她发脾气、耍二都没机会。她一切事都做得让你无可挑剔。说话得体,顾全大局,孝敬老人,连洗脚水都端到老人的跟前,端在自己的面前,你说这打人的手怎么能举得起,骂人的口怎能张得开?

秦铁坐在病床边,仔细地端详这张从小就熟悉的面孔,突然就觉得变了。原来那微黑的四方脸在病房躺了一段时间后,变得白皙瘦长了。一双粗糙的手也变得柔软光滑洁净了。当他换上洗得干净的夹克在地上走动时,一副儒雅之气,完全是个帅男。她想,环境、气候可以改变一个人的肤色,而不能改变一个人的内心。就像毕阳原上的风,吹黑了他的脸,吹皴了他的手,却不能让他金子般的心灵有丝毫改变。

秦铁想起他在大渠岸边救了自己,想起他为救她和腹中的孩子竟自告奋勇地去背黑锅。在她逃亡东北的十年间,他和母亲顶着压力把岗儿养大,后来又千方百计让自己考大学,鼓励自己到政府工作。小棉惹了麻烦,他又偷偷一个人打工还债,替自己承担一切,直到累得昏倒,一点怨言没有,还说他自己不争气。这样忠厚又心地善良的人到哪儿去找!权小顺呀,我秦轶何德何能又有何恩让你这样为我付出?这样的好人如果不去珍惜,不去珍爱,还算一个正常人吗?想到这里,秦轶情不自禁,双手握着权小顺柔软的双手说,我爱你,小顺哥!

权小顺被这突如其来的动作和话语吓了一跳,他傻愣愣地望着秦轶。秦轶的手仍未松开,向他点点头,表示她是真心的。权小顺感动得不知说什么好,一下子涨红了脸。他嗫嚅着,你,你看老夫老妻了还说这个——让人不好意思。

秦轶又凑到他的耳边说,我永远爱你!

权小顺流出了热泪,颤颤地说,就是死我也值了。

门开了,小棉进来了。她进门先叫声爸,说你的气色好多了,脸上有了血色。然后就告诉妈妈说她昨天下午先回到家里,看看奶奶,还帮助奶奶给猪拔了点嫩草。奶奶早上烙了锅盔让给爸爸带些,说他最爱吃烙的馍。

小棉走到床跟前,拉住爸爸的手看。权小顺夸她,小棉长大了,想问题周全了。

秦轶也说,小棉做得对,应该先回去看看奶奶,她一个人在家,身体还好吗?小棉说,好着哩,奶奶每天把猪喂得可欢实咧。我对奶奶说,爸爸再调养几天就出院了,叫她放心。

权小顺拍着小棉的手说,我女子真乖!

小棉说,妈你回单位休息几个小时,这里有我,吊瓶完了我叫护士。

行,看看你爸就走吧。下午你还要回学校去。马上就高三了,功课紧得很。小棉不走,秦轶就坐在方凳子上,头靠着墙休息。

再说今天来看望病人的两对夫妻,他们在回家的路上,都是感慨万千,激动地谈论不休。

林丰义走出医院大门就对郭凤英说,看来当年是我错了,总认为是她看不上我才故意编故事。

郭凤英说,那时你找我几次,我说人家真的有丈夫有孩子,你还不信。

不是不信,那时我是宁愿信其无,不愿信其有。即使有,我还奢望她能重新做出选择,因为你对我讲了她丈夫来学校的事。

你呀,也是个痴情的种。

不光是痴情,其实自己也是个俗人,我当时不相信我争不过一个农民。所以一

再找你，想让你给我们从中撮合。今日一见，方知是自己错了。我根本竞争不过他。像咱们这样拿上大学文凭的能有一大群，可是像他这样有胆识，有胸怀，忠厚、义气、善良的农民却是不可多得，何况他有恩于秦铁。秦铁本来就是个重情义，知恩图报的人。他们这样的夫妻，谁能插得进去？看看秦铁今天痛哭流涕不断自责的样子，就知道他们之间的感情是何等的深厚和高尚。我以前只在书上见过这样的夫妻和情人，今天算是见到真人了。

那我们之间的感情呢，难道就不高尚吗？

这不能类比，我们属于另一种类型的夫妻。你既是大姐又是恩人，还是妻子，在家里是名副其实的一把手，谁能比得上？

贫！你呢，既是丈夫，又是领导，一时伺候不好说不定什么时候还会把公职给我开了。

岂敢，岂敢，说实在的，要没有你郭姐的挽救，说不定我已经堕落下去了。没有你一再鼓励我进中央党校，也不会有我今天。特别是当听到有人造谣，说秦铁在学校有作风问题，你挺身而出，澄清是非，为我党保护了一个好干部。这样的仗义，这样大度，这样的大恩大德，小弟没齿难忘。

行了行了，又不是在做报告。说实话，我要不是看你那时父母双亡，寄养在叔父家里，生活艰难，还能坚持学习，成绩优秀，心眼还不错，也不会嫁给你。

看来我们的情感也很高尚，互相欣赏嘛。

又贫了！郭凤英拽了林丰义一把，两人快步走了。

再说杜力两口子，听说秦铁丈夫住了院，无论如何也得去看一次，何况又成了准亲家。谁知刚走进住院部的楼下，就碰到秦铁正在给那俩人哭诉，于是就站在不远处听起来。后来到了病房，又听权小顺一番自责，说他影响了秦铁不能上班，害得大家不得安宁，到医院看他会耽误工作。

在回家的路上，杜力感慨地说，哎，这俩人的想法还真让人感动。

李红云却说，我真想不明白，权小顺到底是咋想的。自己连个亲生的孩子都没有，硬硬养着人家的娃，还累得一身病，心里就不难受？

杜力笑道，你看见他难受了吗？没有。他一直觉得自己不争气，不该影响秦铁的工作。他对他自己的选择很满意，很知足。你没看见他倒在病床上的笑容？

李红云嘴一噘，反正我不理解，人不为己，天诛地灭。

杜力说，我原先也这么想。可是经过许多事情以后，我的思路开阔了，想通了。

人性当中既有善的一面,也有恶的一面。当善的一面占了主导地位,人做事时就会处处从良心出发,为他人着想,做出的事情当然就会是仁义之事,这样的事情就会感天动地。就像雷锋、黄继光、董存瑞……你理解不?

好了,好了,那是英雄,为了革命。李红云很不耐烦。

好,咱不说英雄,不说为革命,你知道报纸上登的那对拾荒老人收养十多个被遗弃婴儿的事吗?还有义务照顾邻居孤身老人十多年分文不取的人,你知道吗?再说,权小顺和那些人情况不一样,他们从小就在一起,青梅竹马,有感情基础。他也一直喜欢她,为自己喜欢的人做出牺牲是幸福而不是痛苦。

说得那么好,你咋不为你喜欢的人做出一点牺牲呢?

因为我俗。那时善的一面还没有占主导地位。现在我悟到了,我要把善招回来,多做仁义之事,特别是对我的夫人多多体贴,多多奉献,弥补以前的过失。你看行吗?

李红云笑着窝①了杜力一眼。

杜力小声说,别小心眼儿,人家可是救过你一命的人。

那俩刚走,秦芹又提着饭盒来了。她这是第三次来了,前两次是和郑昊一起来的。今天赶午饭前,自己买了馄饨赶紧提过来。

秦芹进门看见权小顺靠被子坐着,就打趣地说,哎呀!小顺哥,你想休息就休息吧,咋还趴在地上吓人呢?

权小顺吃惊地问,咋还吓着人了?

吓不吓你当然不知道,反正前几天我来了,人家不让进门,只能在门外问问情况走人。秦芹快嘴说着,把饭盒打开说,趁热快吃。

权小顺一看说,太多了,给你姐倒出一半。吃了一口说,真香。没事,过几天就出院了,在这儿把人能急死,害得你姐上不了班,还麻烦别人到医院来看我。

秦芹说,我看你就多住几天吧,这段时间没出去干活,人也囚白了,说话也文气了,完全像城里人了。

权小顺苦笑着说,你这是笑话你哥哩,我还是早点回家在门口晒太阳去。

秦芹问姐姐,还需要多少钱,我今天拿来两千。

秦轶唉了一声说,目前够了,往后再说吧。秦芹听姐姐话中有话,便说,哥,你这

① 窝:方言,不仅是看,而且还带着某种责怪的意思。

次治疗效果明显,祝你快点康复,早点出院。我还有事,就先走了。

秦铁把妹妹送出来,眼泪就止不住往下流。

芹问,啥事嘛,你这么伤心?

秦铁便把权小顺替小棉还债,累得一身病的事说了。

秦芹惊得瞪大眼睛,还有这事?小棉这女子胆子也太大了,敢瞒着你,跑日本干啥去?

秦铁说,也不全怪小棉,是我对她关心不够。你小顺哥心软,知道娃当时也是一片好心,想帮我们。年龄太小,不懂事才走错路的。

娃错了就错了,小顺哥他应该和你商量,就那五万元,大家一起想办法,咋样都能解决,何苦一个人扛着,弄得一身病!秦芹怎么也想不通。

你哥那脾气你还不知道,凡事先为别人着想。他怕增加我的负担,影响我的工作,硬是不让小棉告诉我。就连上次检查的结果也瞒了我。

我哥这人也是——反正他就是这种人,要不当年咋能不顾一切地去公社救你。

我这辈子欠他的太多了。

算了,别这么说,现在医学发达了,咱们全力以赴给他治病,别怕花钱,我这栋楼竣工以后也能挣些钱,姐你不用担心。

我不是怕没钱,是怕——

还怕啥呀?

听医生说,这种病一是靠药物治疗维持,得经常透析,最后不行就得换肾。有肾源好,万一找不到肾源呢?

是呀,听说能配得上的怕只有万分之一,而咱周围的人都和他没有血缘关系,冯婶年龄又太大。秦芹似乎也感觉到困难很大。

秦铁抹一把泪说,不管花多少钱,不管到哪里,我都要把你哥的病治好。只要能治好他的病,哪怕砸锅卖铁,沿街乞讨我都愿意。

秦芹说,对,全力治病,办法大家想。她临走时放下钱,紧紧地拥抱着姐姐,用力握着姐姐的手说,姐,挺住!就像当年姐姐对她说过的一样。

四十三

这年冬天，北京的气候比较湿润，下过雨，也落过几场雪。北京城银装素裹，显得美丽而又庄严。

梦岗踏着雪去上班，虽然天气很冷，但是他的心里却总是热乎乎的。有时也能抽空和李彤见见面。听李彤说，她妈现在不反对他俩的婚事了，还挺支持的。所以他心情愉快，干工作特别有劲。领导经常表扬，肯定他的成绩。唯一让他歉疚的是一年多没有回家，没看到奶奶和父母他们。有时梦岗写信给母亲，问问家里的情况，母亲也只说一切都好，让他安心工作。

最近，不知怎么搞的，梦岗总觉得心里烦乱，老想家。他提笔给妹妹小棉写了封信。他问奶奶、爸爸的身体好不好，问妈妈的工作怎么样，问小棉的学习有没有困难，特别叮咛让小棉详细地告诉他每个人的情况。

收到哥哥的来信，小棉哭了。她心里有好多话要对哥哥说，只是妈妈告诉过不要给哥哥添麻烦，所以没有主动给哥哥写信。这次哥哥专门给自己写信，就是信任自己，想让自己把实际情况告诉他。于是她就写了封长信，把自己闯的祸，爸爸生病住院的情况如实告诉了哥哥。她想，她和哥哥都不小了，应该替父母分忧了。

梦岗接到妹妹的来信，心情非常沉重。小棉在信中非常自责，说她把爸爸害得有了病，而且说爸爸住院花了好多钱。

梦岗虽然已经参加了工作，也还算比较成熟，但这封信还是让他有些承受不了。他不怨妹妹，虽然做了荒唐的事情，但她现在已经认识到自己错了，可是他却心疼爸爸，恨不得马上就回家。他十岁时见到陌生的拄拐人，考上大学又亲自找到报社，认了他——自己的亲生父亲罗晓岗。有人曾担心他会投奔北京的爷爷奶奶和爸爸，离开秦家庄的家。事实上，梦岗只是冷静地面对现实，对秦家庄奶奶和爸爸的感情没有丝毫的改变。他是一个知恩图报，心地善良的孩子。他明白，没有权爸爸和奶奶的照顾和抚养，他不可能长大，更不要说考上大学。权爸爸对他恩重如山。他把全部的爱都给了他们母子，又为妹妹累得生了病。梦岗心里难过极了，很想到爸爸的身边去照顾他。可是他离不开，他知道自己工作的重要性。他们现在的工作，是属于国家航天工程的一部分，绝不能因自己家里的小事影响国家的大事。现在他既然知道爸爸病了，就不能不管。怎么办？他矛盾极了，不知该如何处理才好。为了不影响工作，星期天，他找到北京的爸爸，谈了实际情况。

罗晓岗一听，非常吃惊，他急切地问，你权爸爸得了什么病？梦岗说，妹妹信中只是说肾病，是劳累造成的，具体情况我也不清楚。

罗晓岗沉思了一会儿，他对梦岗说，孩子你先别着急。我问你，你觉得在你们小组，你的工作重要吗？梦岗肯定地说，太重要了。虽然我的前边有组长，我只是个副组长，但具体的事都是我领着干的。

罗晓岗看着儿子，一下子有了主意。他说，好了，我知道了，目前你还不能回去。在这个关键时刻，你要走了，小组的任务和整个工程的进展会受影响。我们要以国家大局为重。

梦岗不住地点头，认同爸爸的意见。

罗晓岗又说，你关心权爸爸，有这样的孝心，为他着急我理解，不过我想，如果是因劳累所致，那么在医院治疗一段应该会好的。你先给家里写封信问候一下，争取春节放假回去看望。其余的事就交给我办。

梦岗觉得父亲说得对，他从口袋里掏出两千元交给父亲，让他替自己寄到毕阳老家。由于小组今天还有一个会议，所以他急忙走了。

送走岗儿，罗晓岗急忙回家取了存折，到银行取了八千元，凑够一万元，以梦岗的名义寄到毕阳秦家庄。

寄了钱后，罗晓岗的心并没有安静下来，他比梦岗更着急。虽然口头上安慰儿子说不要紧，但他知道，男人得了肾病是很麻烦的，能住院治疗，说明病得不轻。他想，现在家里家外得秦轶一个人忙活，不知道她的工作怎么办，她一个人在医院怎能应付得来？他恨不得一下子飞到毕阳，替她照顾权小顺，照顾自己的恩人，照顾儿子的养父。

但是他不能盲目行动，毕竟不是当年，他要想一个周全的办法。

每天上班时一有空，罗晓岗就在报纸的广告栏里看，寻找北京哪家医院治肾病最好，有哪些知名的专家教授，并且开始关注有关肾病的资料，包括初期临床表现，中期和晚期的治疗方案，以及饮食和注意事项。他把收集到的资料从报纸、杂志上剪下来，一起拿回家里。他要想尽一切办法，在力所能及的范围内给秦轶帮忙，替儿子也替自己尽一份感恩之心。他要让权小顺恢复健康，让秦轶安心工作。

保姆桓灵秀发现罗晓岗最近好像有什么心事，一回家就坐在房子里抽烟，很少说话。而罗老爷子和老太太却并未察觉。人老了，一年不如一年，感觉也迟钝了。虽说桓灵秀是个保姆，可在这个家七八年了，一点差错都没出过。她拿这里当自己的家，家里人也没把她当外人看。

常常到开工资的时候，老太太把钱拿出来给她，可她总是推辞说，我每天在家吃，在家用，花不了多少钱，您就替我先存着，有用时我再问您要。老太太一听也对，桓灵秀是让他们替她攒着，等有个合适人，结婚时一起取出来也是个不小的数目。于是，除了平时一些零用钱外，老两口就把桓灵秀的工资存在一个折子上，每月都记着账，心想等有用时一起交给她。

看看儿子一年一年过去了，也不着急找个人。开始，老太太总是在他耳边唠叨，可是时间久了，人也疲了。管不了就不管，反正现在看见亲孙子了，不怕后继无人断香火。有时看见桓灵秀帮儿子抄稿子，俩人有说有笑，心想，怕是他俩有意。但又一想，都四十多岁的人了，这么多年，咋从来没有看见他们在一起有那个事儿的蛛丝马迹？老太太细心观察，常去看卫生间的纸篓，每月都能发现桓灵秀来例假的卫生巾。这时甚至有些失望，倒希望他们能在一起。

开始，这个一直有着传统观念的老太太并不希望儿子和桓灵秀在一起，觉得门不当户不对。如果娶个保姆做媳妇一定会被人笑话。后来看儿子压根儿就没有找对象的意思，反倒希望他俩在一起。如果桓灵秀能和晓岗一起过，也了了他老两口的一桩心事。这样思忖的时候，她就在言语上、吃喝上、办事上都有意把桓灵秀当自家人，从不生分，也不设防。桓灵秀称老两口叔和姨，这样，一家四口生活得倒也安宁和谐。可让老人百思不得其解的是，这两个年轻人为什么就不考虑过到一起的事？老太太常常晚上睡不着，想着单身的儿子，竟后悔当初不该反对他娶岗儿的母亲。如果当初依了儿子，把秦家庄的媳妇娶回来，不但是和和美美的一家，也避免了秦轶的那场灾难。她常自责，自责完了又怨老头子。她说，那时我糊涂，你既然了解岗儿他妈，为什么就不坚持呢？

老罗捋了一下满头的白发说，现在说这些还有啥用。不过如今这几个人不是也挺好吗？

好啥？老伴坐起来说，你饱汉不知饿汉饥，儿子天天守空房，你就不着急吗？

老罗劝老伴，快睡吧，晓岗他又不是小孩子，他的事自己做主，咱们再急也不顶

啥用。

在这个家里，关心罗晓岗婚事的不仅仅是他的父母双亲，还有桓灵秀。桓灵秀的关心不像他的父母。表面上不闻不问，一副局外人的样子，可是内心深处比谁都重视，比谁都细心。罗晓岗身上任何细微的变化，她都看在眼里，记在心里。不管是他的身体健康，还是脸上的喜怒哀乐，只要有变化，桓灵秀总是第一个发现。有时甚至连他本人还未觉察，而桓灵秀就已经采取了措施。

有时，罗晓岗在外受点风寒，略有不适，不过觉得有一点累，回家后坐在椅子上靠一靠。这时桓灵秀问也不问，肯定做了汤面条。而且，她给罗晓岗端饭时，碗里的面条就比平时少一些，汤多一点，并且特意放上葱花、姜末，再调些醋。等罗晓岗吃完后，她立即拿条被子让他盖上休息。罗晓岗果然就出了汗。休息起来便说，咱家的面条就是好，吃完饭，出点汗，起来真是舒服多了。

每当这时，桓灵秀什么也不说，只是埋头去收拾厨房。她心里乐滋滋的，觉得自己做了件值得做的好事。

这天，罗晓岗回家脱下风衣，随便往沙发上一扔，和谁也没说句话，就自个儿坐到书房去了。

桓灵秀断定准是有事，但又不便询问。早上罗晓岗去上班，她去收拾房间，在抹桌子时，发现桌子上有几块剪下来的报纸。她好奇地拿起一看，全是关于肾病方面的资料，于是心里一紧，莫非是他有了病？不对，她立即否定了自己的猜想，因为最近他的精神很好，早上还到公园晨练。俩老人也不像有病的样子。前一段，她还陪他们在医院做了老年人一年一次的体检。除了老太太腰腿有点疼痛，别的也没什么毛病。于是她也不问，只是把这些纸片收拾好，开始洗衣。

桓灵秀把俩老人和罗晓岗换下来的外衣放在洗衣间，一个一个地掏口袋。她每次在洗衣前一定要做这道工序，以免把什么重要东西忘在口袋里洗坏了。即便是一块卫生纸也要掏出来。不然那些碎纸屑会附着在衣物上洗不干净。她今天拿了罗晓岗的风衣，手刚伸进衣兜就掏出了一张纸条，一看原来是一张汇款的回单。仔细一看，是梦岗汇给毕阳老家一万元的单子。

桓灵秀是个细心人，她看见这个单子就想，梦岗汇的款，单子怎么会在罗晓岗的口袋，莫非是罗晓岗替儿子汇的？联系到桌子上那些有关肾病的资料，她心里一惊，是毕阳那边的人有病了。这一下她忽然明白了罗晓岗心情不好的原因。又一想，那边到底是谁有了病？很可能是梦岗的母亲。只有这个人才能让罗晓岗这样揪心。可是，万一是梦岗的养父呢？想到这里，她急了慌了。如果是梦岗的养父，而且病比较重，那么就有离开人世的可能。如果他不在了，那么梦岗的母亲就有可能回到罗晓岗的身边。想到这里，桓灵秀一下子软了，不由得坐在地上。她再也无心去洗衣服，把几件衣服胡乱往洗衣机里一塞，连电源都没开，就回到自己的小房子里傻坐着。

她觉得眼前一片黑暗，自己坚持了七八年，等待了七八年，即使罗晓岗对自己没有任何意思，只要能保持现状也好，起码每天能看到他，能为他洗衣服做饭，抄稿子，和他住在一个家里，也就心满意足了，谁让自己欠他的。从进他家起，她都是为还债，为赎罪而活着。现在，眼看着这种生活即将要结束，她该到哪里去？她哪里都不想去，只想待在这个家里，每天能够看到他。

桓灵秀整个上午什么也不想干，就傻傻地坐在房子里胡思乱想。眼看到了十一点半，老太太看她没进厨房，就喊灵秀——灵秀，她猛然跑出房子问，姨，你要什么？

老太太看她惊慌失措的样子，问，灵秀，你咋了，有什么不舒服吗？

她忙说，没啥，姨，我好着哩。

老太太已经看到她脸色苍白，但没再追问，只是看看客厅墙上的钟表说，哟，都快十二点了！

这时桓灵秀才恍然大悟，自己忘了做饭。她忙到厨房弄了简单的午饭。她知道冰箱有昨天擀的面条，就切了豆腐、葱，拿出炒好的臊子烩了汤，等罗晓岗下班回来，做浇汤臊子面。桓灵秀边做边想，等吃了饭，她要问问罗晓岗为什么给毕阳寄钱，是不是有谁生了病？无论如何要弄清楚，不然自己心中不安。

中午吃完饭，等俩老人到房间去休息时，她走进罗晓岗的房间，拿出那张单子说，这是你风衣口袋里的单子，怕弄湿了，我掏出来的。罗晓岗接住后说，谢谢！幸亏没有弄坏，要不然查找都没了依据。我真糊涂，装在衣兜里忘了。

看到罗晓岗没有主动说明，桓灵秀不好问，但又不甘心，当要走出去的时候，又回头说，梦岗老家是不是有什么事，一次寄那么多钱？她明知自己不该问这么多，但还是问了，已经做好被训的准备，站在门口等候。

谁知罗晓岗并没有训她，只是唉了一声，然后非常同情地说，梦岗毕阳的爸爸有病住院了，所以寄钱回去。

是肾病吗？桓灵秀没想到自己竟这样问。

罗晓岗点点头，又补充一句，他是我的恩人，对梦岗比我这个亲爸爸还要亲。

噢！桓灵秀不知该说什么，退出房门走了。到底让她猜中了。人啊，往往最怕什么就会出现什么。她一时脑子乱糟糟的，洗好碗不知往橱柜里放，两手端着怔怔地站在那儿。

下午，罗晓岗上班去了，桓灵秀插上洗衣机的电源。全自动洗衣机在转动，她站在旁边想，一个不认识的人生了病，自己干吗这么紧张？与其毫无用处地紧张，还不如做点切实的事情。她觉得自己太可笑了。当年为了罗晓岗，她竟然嫉妒一个农村姑娘。当得不到他时，竟疯狂地让造反派组织的人去教训他，结果毁了一个健康的人。现在父亲走了，母亲去了，自己什么都不是了，竟不得不隐姓埋名，连真实姓名都不敢让人知晓。就目前这个保姆的工作来说也不牢靠，怕被人撵走。人活到这个份上，可真够背的。她竟然莫名地为毕阳的一个农民担忧，怕他突然离开人世，岂不是杞人忧天？

洗衣机在脱完水后嘀嘀嘀发出完成的提示音。声音把她的思绪打断了，她连忙取出机箱内的衣物，一件一件地挂在阳台的晾衣架上。

离做晚饭还有一段时间，桓灵秀坐在自己的小房内发呆，突然想起罗晓岗忧愁的表情。她想，既然罗晓岗为梦岗养父的病发愁，就是怕他有不测。寄去钱，就是想把他的病治好。这说明罗晓岗并没有急于和梦岗母亲生活在一起的意思，那自己又怕什么呢？

她忽然感到无比羞愧，羞愧得在房间里待不住，于是到阳台上去，把挂好的衣服取下来抖抖又挂上去，以平复自己的情绪。

现在想清楚了，她觉得罗晓岗的确是一个道德高尚的人，他知道感恩。为了恩人，他没有把儿子和他心爱的人抢走，宁愿孤独终生，也要成全恩人。现在得知岗儿的养父病了，他又着急地寄钱过去，让他得到及时的治疗。

自己既然喜欢晓岗，就要帮他做他愿意做的事，治好那个人的病，自己平静的生活才不会被打乱。想到这里，她的主意有了，忙拿了自己的存单出去，告诉老太太她要出去买菜。

晚饭后，桓灵秀拿了一万元到罗晓岗的房间说，你把这一万元也寄到毕阳去吧，让梦岗的爸爸尽快把病治好。

罗晓岗听后非常感动，他说，我先替岗儿和他的父母谢谢你。难得你有这份爱心，让我非常感动。不过，那一万元刚寄去，说不定病已经好了，用不上了。这钱你先存着，如果需要再向你要，行吗？

你信不过我？桓灵秀站在那儿不走。

你误会了，你觉得我还不够信任你吗？

既然信任，就把这钱寄过去。那一次是以梦岗的名义，这一次以你的名义。

我说灵秀，这么多年，你把所有时间都给了这个家，我们欠你的太多了，难道还能再用你的钱吗？

你知道我这几年把一切都给了这个家，还拿我当外人看。她哭了。

好，你千万别哭，钱就留下吧，我明天寄去就是了。罗晓岗不想让桓灵秀伤心。

说话算数？桓灵秀停止哭泣。

明天把汇款单拿回来你看，快去休息吧。

桓灵秀放下钱退出罗晓岗的房间。她觉得全身都轻松了。

这天晚上，她做梦都笑醒了。

四十四

毕阳这一年是个干冬。从新闻中得知,今年冬天有些地方下了大雪,甚至造成了雪灾。人们都说,老天爷有时也不公道,连个雨水也分布不均。旱的旱,涝的涝。有的地方大雪封门,冻死牛羊,而毕阳整个冬天连个雨星子小雪花都没看见。气候干冷干冷的,地里的麦苗儿几乎要冻死旱死了。这样的天气,人也特别容易生病。

秦铁每天在医院守着权小顺,等他治疗完,打完吊瓶才抽空到单位看看,给副主任胡杰交代一下工作。如果有重要会议,便让小棉来医院照顾爸爸。天气很冷,出来进去,她的手都冻红了,于是想起婆婆在家的艰难。她抽空到街上买了一个电热毯,一个棉绒帽子和一双棉手套,让小棉给奶奶送回家。她叮咛小棉,让奶奶晚上开着电褥子,别老烧炕。弄柴火太麻烦,要是跌一跤可不得了。临走又提上亲友探病送来的油茶和牛奶。她说,一个人在家做饭不值当,不好做,让奶奶早晚冲点油茶,喝包牛奶,方便也有营养。

小棉听着又流下了眼泪。她说,妈,你也要注意自己的身体,看你最近瘦多了,这都怪我——

秦铁用手帕擦了女儿脸上的泪水,说,别哭了,风大,再哭脸就皴了。不要自责,你爸的病也不全是累的。人的身体生什么病,有时连医生都弄不清。咱们加紧治就是了。

小棉趁星期六背了一大堆东西回家去看奶奶。到家后,见奶奶把前院后院打扫得干干净净。奶奶说,天天都等着他们出院回家。看到小棉拿回来的东西就絮叨,这得花多少钱呀,我一个老婆子,用这些东西干啥!你看我给墙角堆了这么多烧炕的柴火,够一个冬天的了。电褥子用不上,插上了还费电。唉,你妈总怕我冻着,不知道把钱省下,你爸在医院不得天天花钱吗?说完,奶奶把这些东西提到房子,叫小棉过来。她从木匣子里取出一沓子钱,对孙女说,这是前天卖苹果的钱,你快送到医院给你爸看病。

小棉惊奇地问,奶奶,你还会卖苹果?

奶奶一边整着手里的钱,一边说,我哪有这个本事,是有人来咱村收苹果。你石头婶领到咱家,帮着咱们卖的,真是好人呀!今年你爸有病,这苹果都是大伙帮着收的。不然,还不烂到地里了?说着,奶奶的老泪就从布满皱纹的脸上流了下来。

小棉看见木匣子里面还有一个字条,问奶奶这是什么?奶奶忽然想起来,她怨自己,看我这记性,差点给忘了。前两天,送信的到咱门口,说是有个汇款单,让我在他拿的本本上写个名字。我哪里会写呀!人家就让我摁了手印,把这个条条给我,让我保管好。

小棉拿出一看,惊喜地说,是钱,是我哥汇给咱们的钱!

奶奶问,就个小字条,能值个啥钱?看把你喜的。

小棉高兴地说,一万块,奶奶,咱们有钱了。她过去一把抱住奶奶悄悄说,是我给哥哥写了信,哥哥就把钱寄回来了。这下爸爸的住院费不愁了。

奶奶不解地问,这条子上写着一万块吗?

小棉直点头说,是。

奶奶拿过条子,看来看去,说,不就是一个字条条,能顶钱用?

小棉笑得弯了腰,奶奶真是个老土,啥都不知道。钱在邮局,我们拿着这个条子,就能从邮局把钱取出来。一万元,一大沓子,咋能夹在字条里。

奶奶笑着说,还是小棉能行,书没白念。多亏我把这字条放在匣子里,要是丢了可不得了。

婆孙俩正在说着,就听见门外有人问,这是权小顺家吗?

小棉听声赶快跑出来,原来是身穿绿色制服的乡邮员。小伙子从摩托车上的邮包里取出一张汇款单问小棉,你是权小顺的什么人?

小棉说,我是他女儿。

这是你家汇款单,请你签收。

小棉拿起邮递员手中的圆珠笔,在本子上签了名,乡邮员才把汇款单交给她,叮咛保管好。

小棉见又是从北京寄来的,心里不解,前几天哥哥才寄了钱,怎么又寄来了?再一看,汇款人原来是罗晓岗。她进门就对奶奶说,我哥哥的父亲罗伯伯也寄来一万元。

奶奶吃惊地一把抓住小棉的胳膊,咋弄的,为啥你罗伯伯也寄来一万元?是不是他知道你爸住院了?谁给他说的?

小棉支吾着,我哥哥来信说他最近心慌,问是不是家里有什么事,我就写信告诉他,爸爸有病住院了。

难怪都寄钱来。奶奶生气地推了小棉一下,嗔怪着,你这女子平常嘴快,现在手也学快了。你妈不让告诉你哥,你咋就不听呢?

我爸住院一个多月了,我想让他知道也好。说不定他有时间会回来看爸爸。你不是也挺想哥哥的吗?

想是想,可他现在是公家人,干着公家的事,咋能想回就回呢?奶奶说着就用衣袖擦眼泪。稍许又说,你哥肯定暂时回不来,不然也不会寄钱回来。

是的,哥哥现在干的工作很重要。

重要你还给他添麻烦!明天把这两个条子拿去给你妈,让她把罗伯伯的钱退回去。咱农民得个小病,咋能要人家这么多钱。你哥哥的钱说不定是借别人的,他也攒不了那么多。我知道,这孩子孝顺,一听爸爸生病就急了,一次就寄回一万块。他不吃不喝了?唉,这娃咋这么傻!说着又抹起泪来。

晚上,奶奶烙了两个大锅盔,熬了苞谷糁,切了她自己泡的酸菜,小棉狼吞虎咽地吃了。她说一个星期不吃奶奶的饭,都馋死人了。

星期天一大早,奶奶给小棉做了两个荷包蛋,热一块锅盔馍。吃完后,小棉把两个汇款单和卖苹果的钱装在自己棉外套内侧的口袋里,然后用针线缝上口。奶奶一再叮咛,再热也不能随便脱衣服,那可是几万元呀,记住了!让你妈把那一万元退给人家,你爸出院后也用不上了。

小棉点点头,穿好外套,提着装有锅盔的布袋说,奶奶您放心,我已经是大人了。倒是您一定要注意,每天戴好帽子,千万别凉着,晚上把门关好。

看着这个乖巧懂事的孙女,奶奶有说不出的欣慰。她把小棉送到门口,摆摆手,心疼地说,我娃快走。

小棉很快到了医院,刚一进病房门,权小顺就说,小棉带锅盔来了,我都闻见了。

小棉说,爸爸的鼻子真灵。说着掏出一块递到爸爸跟前,权小顺刚要接,她又装回去说,不行,先洗手。于是端了清水,拿了毛巾,让爸爸洗。

权小顺笑笑,这女子——嗯!

秦轶说,病把人害馋了。

权小顺拿起一块锅盔就往嘴里填,他边嚼边问,奶奶一个人在家怎么样,还行吧?小棉说,放心吧,奶奶表现很好。每天把院子打扫得干干净净,还让人帮咱收了果子,卖了果子。她说这说那,就是不提钱的事。

一会儿,同病房的那个老头出去做检查,等他儿子带他走出病房,这时小棉才拆开外套里的衣袋,把钱和汇款单交给母亲。

权小顺笑着夸小棉长大了,知道注意安全了。

秦轶一看单子,大吃一惊。她问小棉,是你写信告诉哥哥了?

小棉胆怯地点点头。

秦轶告诉权小顺,岗儿和他爸爸给咱寄来两万元。

权小顺把正吃的馍放下,大声说,这么多?不行!快给他们退回去。娃在北京也不容易,工作时间不长,哪来这么多钱,肯定是借人的。

秦轶说,我知道。

中午,小棉在医院的灶上买了面条和一份烩菜。和爸爸妈妈一起吃了饭。秦轶只留下几块烙馍,其余让小棉带到学校,她再三叮咛小棉,一定要抓紧学习,再过半年就要高考了。

小棉走后,秦轶给医院交了款,就坐在医院小花园的椅子上。她心里既高兴又难过,既感动又愧疚,五味杂陈。

两个孩子都大了,知道替她分忧了,这让她很欣慰。还有罗晓岗,虽然这么多年不来往,可是到了关键时候,一次就寄来这么多钱,对她实心实意,这让她很感动,不由得又想起以前在一起的情景。

想到权小顺的病,她又非常难过,觉得太对不起丈夫了。如果她稍微多关心他一点,也不至于让他的病延误到这么严重的程度。她一阵阵地悔恨。

罗晓岗寄来的钱怎么处理?小顺一直喊着寄回去,婆婆也让寄回去,可是她不能轻易这么做。她知道罗晓岗寄来的不止一万,而是一万八千元。因为昨天收到岗儿的来信,说他给爸爸两千元让父亲替自己寄回家,不知收到没有。看来他只知道爸爸有病,并不知道多么严重。他信上说,春节一定回家看爸爸。

秦轶想给岗儿回信,信上该怎么写呢?这让她作了难。看来罗晓岗并没有告诉儿子寄钱的多少,他怕影响儿子的工作,替儿子尽了义务。如果退,该退多少?何况,不管退多少都会伤了人家的感情,辜负他的一片好心。

秦轶主意定了,决定先不退。她给岗儿在回信中只说寄的钱收到了,不提数字,让他谢谢他的父亲。她想权小顺的病短时间不可能好利索,还得用钱。现在为小棉还账把家里的积蓄都花完了,这钱就是权小顺的救命钱。只要把丈夫的病治好,以

后她会还人家的。

决定后，她立即回到病房。权小顺一看她回来就说，我最近好多了，咱们出院吧，我想回家。

秦铁说，出不出院，得由大夫说了算。

下午大夫来到病房，权小顺赶紧就说，高大夫，我觉得最近好多了，让我出院吧！

四十多岁的主治医生高大夫，认真、沉稳，他对权小顺的要求未置可否，只是嗯了一声就出去了。

过了一会儿，高大夫来到病房说，我和黄主任商量过了，你明天做完透析就可以出院，不过以后每周得来医院透析一次。

权小顺说，行，出院时带上药在家养。

秦铁想了想说，出院可以，但不能回秦家庄，就住在机关我那个小房子，去医院方便些。

权小顺说，你那地方小，又是个单人床，睡不下，还是回家吧。

床小不要紧，再加一块板子就行了。秦铁坚持。

我不去！机关的人都在上班，我一个病人住那儿像个啥。

你咋这么犟！回家好，每周要来医院透析咋办？咱又没车。

这你甭管，我让人用架子车拉来。离过年不到二十天，年前也就再来两次。小棉马上放寒假了，我们在家畅快。你安心上你的班。

秦铁依了权小顺。她想自己也该到单位去了，因为最近一家企业又要在毕阳建厂，招商办有许多工作要做，副主任胡杰这段时间，经常到医院找她商量事情。

第二天，医院在给权小顺做了透析后，就让他带上药出院了。

这天，秦铁雇了辆出租车把权小顺送回家。刚一到家，婆婆就取出电褥子铺到他们的床上。秦铁一看，正是自己买的那条，连外包装都没打开。就说，妈，你咋没铺？

婆婆笑了，我烧的炕热得很，用不上。你铺上刚好。

电褥子刚插上，还不热，秦铁就让权小顺坐在母亲的炕上，说他不能受凉，家里四面透风，不比医院有暖气。

知道权小顺出了院，村里的乡党都来看望，一会儿就拥了一屋子人。有的提着鸡蛋，有的提只母鸡，还有的在小卖部称斤点心。石头媳妇用塑料袋装了一袋子木炭，她说娘家侄子在镇上卖木炭，给她送来让她搭火盆。她忙，顾不上，送来让小顺搭火盆取暖。刚出院，身子弱，要暖和些。

秦轶很感动，忙给婶子大嫂们让座倒水，又把从医院带回来的香蕉、橘子分给乡亲们吃。大家问长问短一阵子，便说我们回去了，让小顺休息。说着就都离开了。

秦轶把他们送到门口，可是石头媳妇没走，反身回来，给秦轶两口子详细说了那天卖苹果的斤两、价钱、总钱数。问他们卖得合适不合适？秦轶和权小顺只管说谢谢，多亏嫂子帮忙，不然苹果烂在地里，一分钱也不值。说到这里，秦轶便说，嫂子，你回去和石头哥商量一下，我们的苹果园今后就交给你们，我们一分不要，只要把地亩税交了就行。

石头媳妇转过短胖的身子，使劲摇着头说，不行，不行！咋能这样！这苹果园是小顺一手帮大家建起来的，现在刚到了丰产期，正是卖钱的时候，咋能白让给我们。前几天我和你石头哥都商量好了，现在小顺有病，你们的果园由大家管。到疏花、疏果、套袋时，凡建果园的每家抽一个人，先给你们把活干完再干自家的，摘果子时一样。权小顺说，嫂子说的办法也好。我的意见是按时间付给每个人工钱，或者是把卖果子的钱留下一部分给帮忙的人。

石头媳妇还是不停地摆手，这成什么话嘛，乡里乡党，谁能没个难处？我们只是搭个手。众人拾柴火焰高，费不了啥事，还说什么工钱？要不是你跑来跑去找路子，现在大家还不是照样穷着哩？谁家一年能收入几万元？兄弟你歇着，甭往心里去。说着笑嘻嘻地出门回去了。

秦轶不好再说什么，送到门口，看着这个胖乎乎的嫂子，心里感到十分热乎。石头大哥两口子就像他的名字和身材一样结实可靠。

乡亲们的关心和帮助，让她感到十分温暖。她忽然想起过去那些事，父母和他们在村里受到的种种歧视和不公，真是有说不出的酸楚。人就是这样，在受苦的时候往往想起甜，而在甜的时候却又想起过去的苦。不过她还是很高兴，庆幸现在形势好了，世道好了，人心善良多了。她想自己现在已经成了一名国家干部，能为圪坮湾的群众办事，也该为秦家庄做些什么了。这里毕竟是生她养她的地方，有带给她痛苦的记忆，也有过幸福温暖的感受。她又想起母亲过去常说的：人生都是节节命，有时好来有时瞎。瞎了莫慌忙，好了莫张狂，莫把运气当本事。

她想，老人都是经验之谈。现在自己这个家一切都好了，小棉又弄出那个事，权小顺的身体也出了问题。怨什么都没用，只能挺住，冷静对待。

刚在家待了一天，权小顺就喊着让秦铁去上班，他说自己到了家，有母亲和小棉照顾，完全可以。他说，你在医院已经待了一个多月，不能再耽误工作了，公家的事要紧。

秦铁觉得他说得有理，就把每天该服的药给小棉说了一遍，让她记住督促爸爸按时服药。又对婆婆交代，饭菜尽量少放盐或不放盐，把买来的保健药膳食材，糯米、生黄芪、淡竹叶分成小包，用水煎了每天给小顺服饮，叮咛她多做些去皮萝卜给小顺吃。并说这对小顺的病大有好处。

又叮咛，不要吃动物内脏及豆类，不要吃大鱼大肉，他再馋也不能由他。还说不能喝浓茶，不能吃罐头……

婆婆听了就对小棉说，你快拿笔记下，你妈说这么多，我咋能记得住？

小棉忙拿来笔和本子说，妈，你再说一遍，我一定照办。

权小顺听了笑着说，你不用记，我全知道了，每天啥都不用吃，你就准备好一筐萝卜，我天天啃着就行。

全家人都笑了。秦铁说，看把你可怜的。

权小顺头一仰说，不可怜，谁让我得了这种穷病，不像有的人得了富贵病，医生专让吃好的。

小棉附在爸爸耳边小声说，别怕，等我妈走了，我会给你弄好的吃。

权小顺小声对小棉说，一会儿你把石头叔给我叫来。小棉说，我知道，你是放心不下那两个宝贝机子！

秦铁虽然放心不下，但在叮咛了几遍后，还是不得不离开家。回到单位，一进门就听见胡杰在训斥几个办事的同志，怎么搞的，几个星期过去了，难道还找不下合适的地方？

新分来的大学生陈燕低头小声说，我们对下边的情况也不太了解，客商去了几个地方都觉得不合适。

秦铁坐下，问明情况，原来是一家制药企业要在毕阳建药厂，跑了几回都没找到合适的地方。

秦铁问，客人的要求是什么？怎样才算合适？

陈燕说，他们要求地方离村子远一点，离公路近一点，地价要合适，我们找了两个地方，但村民嫌价钱低，没谈成。

秦轶安慰她，没关系，你去吧。

小陈走后，她对胡杰说，陈燕大学刚毕业，走出校门时间不长，没有经验。这件事咱们应该和村上沟通，再和别的地方地价比一比，做做村上的工作，也许问题不大。

胡杰说，最近事情太多，我有时也吃不准。

秦轶说，我是原上人，对那里的情况熟悉，下午你约客人，我们再与他谈谈。

下午，客商周老板到了。一米八的个头，留着大背头，穿一件黑色呢子短大衣，显得很有精神。

秦轶从椅子上站起招呼道，周老板好，快快请坐。

陈燕倒了两杯茶水，放在客人和秦轶面前说，周老板，这是我们秦主任，今天才回来。

看到这个气度不凡的年轻主任，周老板眼睛一亮，恭敬地说，秦主任好！

秦轶说，我家里有些事，前些日子没上班。听小陈说前边说的几个地方不太合适，不要紧，我再给你们提供一个地方，你看怎么样？

周老板端起茶杯呷了一口，有点做作地说，我本来打算今天要走，到别的地方再去看看，听说秦主任回来了，总得来拜见一下领导吧。

秦轶微笑着说，你太客气了，请把你的总体要求再说一下吧。

周老板把他的要求重复了一遍。

秦轶说，有个地方符合你们的要求，地价也能按你们的办，不过我们也有个条件。

周老板一听有合适地方，前几天的失望情绪一下子不见了，脸上明显地兴奋起来，就忙问，是什么条件？

秦轶说，其实也不算啥条件，还是为你们服务，提供方便。就是你们的药厂建成以后，得先招这个占地村的青年去你们药厂上班。

周老板长出一口气，笑着说，我当是啥条件，这个我答应。工厂建成肯定得用人，用谁都得开工资。

秦轶说，只要你能答应，我们先和村上联系一下，后天咱们去看地方。

周老板脸上放着红光，朗声说，秦主任人痛快，后天见，希望当场把事定了。

周老板走后，胡杰急切地问，秦主任，你有地方？

我知道秦家庄比较符合条件。这里的人均地亩高于县城附近的村子，村民比较贫穷。年轻人很难有机会外出务工，闲散劳力比较多。咱们明天去一趟，做做村上

的工作，只要能安排村上的年轻人，给他们找个挣钱的门路，我想他们会答应这个地价的。

胡杰高兴地说，主任，你一回来，这一河的水都开了。希望明天和村上能谈成。第二天，秦铁和胡杰坐车一起到秦家庄。到家后，一家人惊喜地问刚去咋就回来了？胡杰忙问候老太太好，问权大哥身体恢复得怎么样。

秦铁介绍说，这是我们单位的胡主任，我们今天来是为了工作。

权小顺惊奇又不解地问，工作咋还工作到咱们村子来了？

胡杰就说，我们有个项目，要在咱们村找地方。秦铁接着说了详细情况。她说，咱们二队三队不是都有些地离村最远，离公路最近吗？

权小顺说，是，当时分队时就这两个队的地最远，都快到公路边了。

秦铁说，有个老板要找地方建药厂，不如把咱们这地租出去，还能安置青年人去药厂上班。

权小顺高兴地说，太好了！咱们地多，可是这么多年来一直穷，就是种了果树才能见点钱。哪像城跟前的农民，人家富得很。

秦铁问胡杰，周老板他们能要多少地？

胡杰说，一百多亩。

权小顺说，正好。西边那一片地两百多亩，他们还用不完。马上叫三队队长来商量，有好事，让他们也沾点光，不然人家有意见。

三队队长秦强强来了，听说有企业要用地很高兴。这个三十多岁年轻气盛的队长，聪明，精干，一心想带领村民富起来，可一时还找不到门子，急得心急火燎。秦家庄离城比较远，从来没租过地，他也不知道租地的价钱。这次一听有人要租地，并且还招村里的年轻人去上班，觉得是天赐良机。他粗略一算，按人家给的租金，怎么算都比种地收益多，所以满口答应。

秦铁说，虽说这是件好事，但必须经过群众同意，特别是承包地的农户。不要等人家客商来了，准备付钱，咱们却有人不愿租地，闹矛盾。

秦强强闪着大眼睛激动地说，放心吧，嫂子！不，主任，你明天赶紧领人家来，我保证三队的村民没意见，要有人反对，除非脑子装了糨糊子！我们今天下午就召集村民大会征求意见。

权小顺也跟着说，对，越快越好！

胡杰一看事情有了着落，心情愉快地说，两位队长这么有信心，我们明天就领客商到咱村来看地。

秦强强感激地说，谢谢主任，谢谢领导！

秦强强的感谢是由衷的。改革开放初期，人们还没有见过多少钱，觉得只要把地租出去，反比在上边出力流汗收入还要多，当然划算。

胡杰说，谢什么，我们招商办的工作就是为咱农民和商家搭桥的，为发展我们毕阳的经济服务。

就在他们在房间说话的时候，冯婶已经在厨房做饭了，她太高兴了，媳妇单位的人第一次到家里来谈工作，听说给村里办好事，不能怠慢了人家。她中午做了臊子面，烙了锅盔，还炒了四个菜。小棉被奶奶支着择菜、切菜、烧火，忙得团团转。

秦强强看冯婶在做饭，忙到小卖部去提了一瓶白水杜康酒，他说，招商办的领导送好事上门，得喝酒感谢。吃饭的时候，小棉给爸爸单另端一盘菜放到跟前说，病人要特殊照顾。

胡杰招手道，姨，您过来一起吃。

冯婶笑着，你们快吃，也没啥好东西，就这些家常便饭。

胡杰拿起一块火色均匀、散发着香味的锅盔说，这饭最好，姨，您烙的这馍比饭店的饼子美多了。

强强说，不是吹，婶子烙的锅盔香飘十里。婶子，咱们不如在药厂门前开个农家乐。

冯婶笑着，强强呀，你笑话婶子了。

几个人高兴地吃着，喝着，笑着。

秦铁和胡杰走后，下午二队和三队分别召开村民大会，听此情况，大家一致同意。

第二天，胡杰等人带周老板来秦家庄看地，这里的条件正合他意。他说，如果村上同意，他要租三十年。当然前三年按现在的价钱一次付清，以后会随行就市，逐年递增，不会亏了村民。他还表示，在厂子建成后，会帮村子把街道铺成水泥路面。

这对多少年来只在公路和城里见过水泥路面的村民来说，当然是一个很好的消息。人们盼望着药厂早日建成，早日告别下雨两脚泥的坑洼街道。都说秦铁是个菩萨，特别是三队的村民，原来有人担心秦铁会把好事只给权小顺当队长的二队，现在明确在三队也占一部分地。他们不但现在可以分到钱，以后还会逐年递增。另外两

个队的地不在这边，虽然沾不上租地的好处，村民心里多少有些不平和遗憾，但听说药厂会给村子修街道，会招自己的孩子去药厂上班，也就想通了，心里多少又平衡一些。

这件事的成功，让权小顺很有面子。心情好了，病也减轻了。稍一大意，饮食上也不注意了，有时甚至连服药也忘记了，常常被母亲和小棉在后边撵着喊着。

秦铁上班后，第一个解决了药厂的租地问题，为县上留住一个投资户，接着又牵线搭桥，多方沟通，让一家服装公司和一个绒毛玩具厂在毕阳落户。林书记在全县干部大会上表扬招商办成绩突出。他鼓励各部门领导要向招商办学习，开动脑筋，积极工作，为毕阳的发展做出贡献。他说，领导一定要主动，一个好将军能抵上千军万马。

四十五

干旱了一冬的毕阳原，在年前总算落了一场雪。虽然这雪不是很大，但毕竟让干燥的空气湿润了许多。这湿润的空气也让人的心里滋润多了。

天神制药厂在秦家庄落户，让这里多少年来一直处在贫穷、落后、孤独环境中的人们向现代化的文明靠近了一步。虽然厂房还没有破土动工，正式开建，但伴随着开工典礼的喜庆炮声，二队三队的村民们已经拿到了三年的租金，加上青苗赔偿费，几乎是拿了四年的钱。

当各家被占地的农户领回一沓沓耀眼的百元人民币，仔细地在自家房子里再数一遍的时候，心里甭提有多爽！

以前，这个村家家穷。这些年来，也只有建了果园的人家每年能拿回些钱来，其余多数人家谁见过上万元？今年年前，二队三队的村民家家都能领到不少钱，人人开心。

钱是好东西，它能改变生活，提高生活质量，让人长志气，让人有尊严。

石头给儿子买了辆崭新的凤凰牌自行车，以弥补没供儿子上学的不足；铁牛给媳妇买了台缝纫机，她想缝衣服时再也不用夹着布到东头去用她姨家的机子；黑蛋家也抱回一台黑白电视机；最显眼的是三队队长秦强强，干脆买回一辆农用车，他打算再做生意；但也有仔细的人家，他们虽然现在领了钱，但怕以后情况有变化，不知是否还能领到，这点钱不能乱花，死水怕勺舀，得攒着。孩子们要买东西，父母就骂，叫花子搁不住隔夜食，一下子花完了，看你娶媳妇还用不用。虽然这么骂着说着，但最后还是架不住孩子们的死缠硬磨，不买大件，也还得拿出点钱给孩子买件廉价的太空服，或者花帽子、花围巾、人造革皮鞋等打发一下。不能让孩子觉得自己太抠门。

过年了，家里有了钱，不再像以前那样只割上二三斤肉，而是七八斤地往回买。瓜子、糖、花生也是一包一包往回提，来客了摆在盘子里也体面些。

看到这种情况，权小顺既高兴又担心。高兴的是妻子秦轶兑现了她的承诺，终于为村里群众办了件好事。可让他担心的却是人们常说的，钱到手，饭到口，如果不想办法花好这些钱，就可能会出现一种现象：出租一块地，花一阵钱，再出租，再花一

阵钱。最后地租完了，钱花光了，人变懒了，嘴变馋了，结果把好事变成了坏事。想到这一年来，他们几家借钱凑钱买下拖拉机和收割机，虽然手头紧点，但眼看本钱就回来了，以后就只管挣钱了。现在大家手里有着现钱，急需整合起来，办件大事。权小顺心里有了主意，一着急，早把医生叮咛他按时服药多休息的事丢到脑后去了。不顾母亲的劝阻，他一天到晚走东家，串西家，动员村里爱动脑筋的人，趁着国家发展经济，大兴土木的机会，入股购买工程机械。他的提议得到一些人的支持，觉得这是个好主意。石头提出，赶紧买一台挖掘机，再买一辆装载机，首先把药厂的土方工程拿下。这时，一些有眼光的人当即表示愿意入股。但也有些人胆小怕事，他们说，这些钱来之不易，咱们赢得起，输不起，还是把钱存到银行保险。别搞那些有风险的事情。

权小顺主意已定，首先把自己家里分的几万元拿出来。他听秦轶最近常讲，国家要在西部搞大开发。他想，搞大开发必然要修公路，盖大楼，这些都离不开工程机械。现在趁大家手里有点钱，赶紧把机械买到手，以后一定有钱挣。在权小顺的影响和带领下，他们先成立了一个三人小组，负责筹集资金和对机械的管理。据粗略估算，要买回这两台机子大约需要一百多万，所以商定一万元为一股，谁想投资多少，采取自愿。三人当中，权小顺为总负责，石头和秦强强分别负责在二、三队筹集钱款。就这样，买挖掘机和装载机的一百多万元很快就筹集齐了，就在腊月二十八，马上要过年的时候，他们就把一台崭新的小松挖掘机和柳工装载机开了回来。当这两个庞然大物出现在秦家庄村口时，村里立即沸腾了。好多人围着观看，有人新奇、自豪、兴奋，也有人担心、怀疑，甚至嫉妒。说什么的都有。尽管这个简单的，各方面还很不完善的三人小组，在十几年以后，已然发展为一个拥有一百多台各种工程机械，为几百名青年提供了就业岗位，成为对毕阳县有突出贡献的知名企业，但对于当时祖祖辈辈一直习惯于用落后的农具耕作的人们，他们一时半会儿还接受不了这些现代化的机械。有些人在发起人的动员下，虽然也战战兢兢地投入了几万元，但是他们从来没有想到，后来一万元竟会变成几万元。从此大大改变了自己的生活。他们从心眼儿里感谢权小顺，公认他是村里的致富带头人。

权小顺家里虽说现在已没有多少钱，还是喊来小棉，让她去买件新衣服，可是小棉不肯。她说，前年我买的棉衣还新着哩。其实她过去最爱买衣服，只是觉得自己给家里惹下麻烦，已经花了那么多钱，还害得爸爸生病住院，所以得节约，要自觉控制自己不能乱花一分钱。

秦铁说再给婆婆买双新棉鞋,婆婆说啥也不叫买。她说,去年买的鞋还好好的,能穿几回。她又说,别人不买可以,得给小棉买条新围巾。女孩子,总得打扮得像个样才行。

小棉抱着奶奶的脖子说,难道奶奶看我现在还不够漂亮吗?

就这样,权小顺家分的租地钱入股买了机械,剩下苹果地的收入,加上北京寄的钱总共还有几万元,但是谁都不愿添任何一件衣物。今年过年买的肉也不太多,因为医生不让权小顺多吃肉。大家心照不宣,留着钱给权小顺看病。

这一切,权小顺看在眼里,记在心里,大家越是这样,他就越难受,心里酸酸的。他明白,自己又犯了一个错误——年前本应透析几次,可他只去了一次。那次是他让石头大哥用三轮车把他拉到医院做的。秦铁正忙,没有打搅她。年根前的一次,由于他整天忙着商量买机械的事,就把透析的事给忘了。当想起时,又觉得石头这一阵为买机械跑前跑后的,再让他拉自己去县里,太劳累人家,就没有去。他想,不就是一次透析嘛,晚几天没啥,所以就瞒了秦铁说做过了。这两天感觉不太好,他也没吭声,心想大过年的,全家人高高兴兴,别让家人跟上他紧张上火,搞得大家过年不开心。

除夕这天,梦岗突然回家了,这给全家人带来了极大的欢乐。两年不见了,家人都觉得他又长高了,长帅了,稀罕得不得了。

秦铁瞅着儿子:头戴一顶蓝黑相间的格子呢鸭舌帽,身穿一件黑色条纹呢子短大衣,脚下一双咖啡色皮鞋,这身打扮让她没有料到。当年离家到北京上学时的那个嘴角带点稚气,带点愣劲,还有点土气的农村孩子的气息一下子不见了。再瞧瞧他那深邃的目光和紧闭的嘴唇,完全是一个智慧、成熟、有定力、有担当的男子汉。她在心里暗暗叫道,天哪,这简直是罗晓岗的再现!我的儿子,太帅了!

小棉一下子扑上去,抱住哥哥说,我都想死你啦!告诉你一个好消息,咱爸今年干了件大事,不光拖拉机收割机有效益,还买了一台挖掘机,一辆装载机。

梦岗高兴地说,爸爸真是大手笔,这得多少钱啊?

权小顺笑着说,一百多万,是大家的钱,爸爸只是个组织者,担着风险呢,不知什么时候才能把本钱赚回来。小棉把嘴一撇说,别听爸爸嘴上谦虚,你只要看看今年咱家门上的对联,就知道他心里有多么的自豪!说着就拉哥哥去看。梦岗抬头

念道：

上海五菱奔驰陕甘跨两省精耕细播良田千顷
北京康拜横贯秦川八百里龙口夺食归仓万石

念完，梦岗高兴地说，不错，有气势！这是爸今年的成绩。是爸自己拟的吧？权小顺不好意思地说，是我胡编的，哪儿不对你给改改。梦岗说，好着哩，等你们的工程机械有了效益，明年过年我来给你拟。

秦轶给儿子解释，你爸算是有眼光，他的做法我也赞成，咱们国家停滞了这么多年，该有个大发展了。正好这次村里租地分了钱，把这些钱整合起来，买工程机械，也算是给村里办件实事。

梦岗说，没问题，我支持你！北京现在也是到处大兴土木，长臂塔吊随处可见。放心吧，今后几十年，有的是活儿干！说着便扶爸爸进屋，让他坐在火盆旁的凳子上，问他身体怎么样，治疗的效果好不好，说个不停。之后，他打开蓝色旅行包说，这是北京的父亲给爸爸和奶奶买的东西。他一件一件往出掏，有两件鸭鸭牌的羽绒马甲，还有北京的特产。在旅行包偏旁小兜里还掏出一些北京父亲剪下的报纸，是有关肾病的食疗和注意事项的资料。

权小顺感动地说，真让你父亲费心了！

梦岗又掏出两个包装精美的丝巾，一个是蓝色碎花，一个是粉色大花，都非常漂亮。说是给妈妈和妹妹买的。

奶奶说，岗儿太有孝心了，你把那么多钱寄回家了，还买这么多东西，自己不吃饭了？

梦岗说，我月月有工资，不怕，最后他从大衣兜里掏出一个黑色的长方体方块，小棉以为是收音机，一把抓过去说，这收音机也太小了，这么精致，又翻来倒去地看看说，咋没有旋钮？连开关也没有！

梦岗说，这是移动电话，叫手机。

小棉没见过手机，在城里偶尔见人在路上拿着砖头块式的东西在说话，听人家说那叫大哥大，今天见哥哥拿这么小的手机还是第一回。她问哥哥，这手机是哪儿造的，这么精巧？梦岗说，是德国造的，西门子牌。

秦铁有些不解地问，很贵吧，你咋能下得了手？才工作多长时间！

梦岗说，单位配的，怕我回家有事要联系就让我拿了回来。

小棉问，用这玩意儿能随便给北京打电话？

梦岗说，当然能，我现在就给你试试。说着就拨通了北京家里的电话，并且摁了免提。铃声响了几下之后，就听见一个男声说，喂！谁呀？梦岗赶紧应声，爸爸，是我。我已经回到毕阳家里啦。我在毕阳给爷爷奶奶和爸爸拜年啦！那边就说，替我问你奶奶和全家好！

梦岗就对权爸爸说，你也来说几句。权小顺就凑到手机跟前说，晓岗兄弟过年好！谢谢你了，你寄的钱收到了，买的背心也穿上了。祝你全家过年好！罗晓岗那边又说，权大哥要多注意身体，有什么用得着我的就只管吭声。不行就到北京来治，我已经打听到了一家很好的肾病医院。

秦铁接着说，谢谢！祝你们春节愉快。不用去北京，毕阳这里还可以。替我向伯父伯母问好！

好，好！你还好吗？声音显然很激动。

罗晓岗并不知道这边摁了免提，秦铁怕他再说出什么话来，就示意梦岗把电话挂了。说长途电话费太贵。梦岗机警地说了句，祝爸爸新年快乐！就挂了。

小棉有点遗憾地说，都没有让我说一句。

奶奶说，罗伯伯不认识你。

梦岗说，没关系，下次你想给哪里打，我给你拨。

除夕晚上，虽然权小顺有很多东西不能吃，但冯婶还是做了一桌丰盛的饭菜。梦岗两年多才回来一次，她一定要让孙子吃好。秦铁按照大夫的叮咛，给权小顺单独做了适合他吃的菜，清淡、可口，还特地为他包了一碗饺子。

这个年夜饭，一家人吃得很开心，梦岗给长辈们一一敬酒，在这种气氛下，权小顺不得不端起杯子也意思一下。

吃饭期间，人们关心得最多的自然是梦岗的婚事。在农村人的习惯看法上，这个大学毕业两年，二十七八岁的小伙子，实在是到了男大当婚的时候。秦铁就关心地问，李彤过年回来了吗？梦岗说，我和她一起回来的。本来今天要来看爸爸，我阻挡了，说不急，等我回家给奶奶妈妈打声招呼，不然太唐突了。

奶奶说，梦岗真懂事，想得周到，这样做就好，不然人家父母也不高兴。我们得

准备准备，新媳妇第一次回家，不能太简单了。

吃完饭，梦岗带妹妹到门前放了炮，他说回家了就得放个炮，让全家人热热闹闹高高兴兴过个年。小棉却说，不光是为了热闹，还要崩崩晦气。咱们今年不太顺，我倒了霉，爸爸生了病。

放完炮，小棉说用哥哥的手机给东北舅爷爷拜个年。大家都说好，梦岗就拨通了那边的电话。先是小棉说了一大堆祝福的话，接着秦轶接过电话说，舅舅好，身体还好吧？你看小棉这女子，给您添了不少麻烦，我有时间一定过去看你们，说着眼睛就湿了。

那边老人说，穆棉，舅舅想你——也开始抽泣。他不知道她现在叫秦轶，还叫她在东北时的名字。

小棉不想让妈妈难过，接过电话，说了声祝舅爷过年好！身体好！就挂了。

大年初一，一般的人家都不出门，梦岗就待在家里陪爸爸奶奶说话。初二这天，他和小棉给小姨拜年，初三又给北马镇的妗婆拜年。秦轶和婆婆在家收拾，准备初四待客。主要是梦岗的女朋友李彤要来。权小顺一再叮咛秦轶，人家女子可是第一次回家，各方面都要准备齐全一些。水果、干果、点心、糖，多上几个碟子，别让人家觉得咱家寒酸。

秦轶说，你放心，就按你说的准备。

不，你先一天晚上要给咱们三个人把红包装好。头一次，奶奶、爸爸妈妈都得送红包。

秦轶笑了，你想得真周到，还像个公公样子。

权小顺自豪地说，岗儿给咱把气争了，考上北大不说，还找了个在北京上大学的媳妇。招待不好对不住娃么，咱要给娃撑脸面呢。

初四这天，一大早石头媳妇就过来了，还领了秦轶本家子两个年轻媳妇来帮忙。她们从村里专为红白喜事包席的拴娃家借来两套桌凳，擦干净放在前边开间里。一一摆上香蕉、苹果、橘子、瓜子、花生、水果糖，还有梦岗带回来的北京果脯，一共八盘。茶壶擦得干干净净，茶碗放在周围。冯婶一看，高兴地说，体面！没上菜哩，桌子上都摆满了，好看。

上午十一点，梦岗已经骑自行车把李彤从毕阳县城接回到家里。他今天九点就出发，带着丰厚的礼物到李彤家顺便拜了年，说好了不吃饭要带李彤回秦家庄，今天家里待客。

李彤今天头一次见公婆，也经过了精心的打扮。她没有烫头，而是将头发拉直，用一个深红色的头花束在脑后，自然，顺溜，大方好看。上身穿一件短款带毛绒边的深红色棉衣，下边配一条暗格子喇叭裙，黑色毛线紧身裤，套一双棕色高靿靴子，真是时尚极了。

小棉一看李彤，眼睛瞪得像鸡蛋一样。她立即跑过去，拉着李彤的手说，彤姐这身衣服真漂亮呀！你冷不冷？快到这边烤火。

李彤笑容可掬地说，小棉妹真好。一家人都到开间来迎接新媳妇。梦岗就对李彤一一介绍，李彤跟着逐一点头问好。她提着脑白金和点心说，这是带给奶奶和叔叔阿姨的。

小棉嘴快，忙说，怎么还叫叔叔阿姨呀！得叫爸妈才对。说得李彤一下子红了脸。奶奶就戳了小棉一指头，死女子！

说话间，客人也到了。先是秦芹一家，接着就是北马镇的张运一家。他们既是拜年，又是祝贺梦岗媳妇来家，当然也是来看望权小顺的。几事沓一事[①]，都集中到这一天。

这回是秦轶给李彤介绍，这是小姨姨父，这是北马镇叔叔婶婶。李彤面带微笑，一一向客人问好，倒茶，让座。

放下礼物，客人们又一起询问权小顺的病情和治疗情况。你一句我一句，说些祝福他早日康复的话。

这天的饭菜自然很丰盛，客主们都十分热情、高兴。李彤的到来，无疑给这个家庭带来无比的欢乐和新的希望。席间，权小顺的筷子就少了许多约束，酒杯也不断地在嘴边晃动。平时管他的人，这时也忘了职责。人们善意地想，过年嘛，又是儿媳妇回家，多抄几筷子没啥，高兴，高兴。

梦岗和李彤不停地给长辈们敬酒，当然也不能越过爸爸。秦轶说，你随意，可权小顺却忍不住，一下子竟干了杯。他实在太高兴了，这是梦岗媳妇给他这个老公公敬的酒，怎能不干？

吃完饭，李彤又热情地给长辈们倒茶。这时秦芹拿出一个红包说，李彤，头一次

---

① 几事沓一事：方言，意思是几件事放到一起办。

见面，这是姨的一点心意。接着张运几个也都掏出了早就准备好的红包。最后是主家公婆、奶奶，当然会拿出更大的红包，而且是在县里买的，上面烫着金色喜字的长方形红包，里边鼓鼓的，一看就不是轻礼。

这是当地的讲究，凡是新媳妇第一次到婆家，或者是在订婚宴席上，婆家和亲戚都会给女方封红包。按理说，婆家还要给媳妇准备四样礼。

这四样礼也叫四色礼。时代不同，四色礼的轻重也各不相同。在困难时期，年轻人订婚也就买双袜子、香皂、小镜子和一条围巾即可。以后情况稍有好转，有的买身衣服、手表、皮鞋等，一共花上四五百元才算是重礼。秦铁想，买东西，一是没有时间，二是买下了人家姑娘不一定喜欢，就拿出母亲过去给自己留下的一个银镯子。想起这个镯子，她不由得一阵心酸。

那时为了不让"破四旧"的翻去，母亲就将镯子装进一只旧袜子里，然后塞进门背后一双破鞋里。这样不被人重视，便幸运地保留下来。去年过年前，秦铁在老庙金店进行清洗，竟然光亮如新。

她拿出这只银镯子和一千元对李彤说，这只手镯是你外婆留给我的，我送给你。这一千元，你自己看着什么合适给自己买点东西，就当是咱家给你配的四色礼。

李彤推让说，镯子我收下，钱就不要了，今天收了这么多红包，够买好多东西了。

秦铁把钱硬塞到李彤的衣兜里。她拉着李彤的手恳切地说，谢谢你，谢谢你对梦岗的痴心，对爱的坚守，这是对梦岗精神上的最大支持。如果没有你的坚守，我真不敢相信梦岗会痛苦成什么样子，他还能否安心地工作。说着说着，秦铁竟不禁激动了。李彤也很激动，她说，阿姨，是您的精神鼓舞了我，您的人格魅力感染了我，您的作品给了我力量。她说着猛地抱住秦铁说，让我现在就叫您一声妈妈。妈妈，我爱梦岗，我爱你们，您和爸爸都是这世界上最好的人。您就是我的人生楷模。姑娘说着，眼睛里流出了串串晶莹的泪珠。

在场的人都深受感动，也都眼睛湿湿的。人们知道这是激动的泪，幸福的泪。特别是梦岗最懂得，其中还有在那艰难时日所受委屈的泪。

客人们都走了，梦岗才骑自行车去送李彤。秦铁和小棉收拾完厨房，进到房间发现权小顺面色苍白。问他吃过药没有，他说肚子难受，恶心，不舒服，接着就一阵呕吐。

秦铁端来水让他漱口，小棉忙用铁锹端来黄土，垫在地下的呕吐物上，然后打扫干净。刚扶他上床,他又说要上厕所,又是一阵腹泻。

折腾了半天,他又说头昏,就倒在床上昏睡了。

秦轶很后悔,过年这几天事情太多,紧张得有时竟忘了照顾他。加之年前少了一次透析,所以病情又加重了。

梦岗送李彤回来,听说爸爸不舒服,心里很着急。他本来打算过了初五就回北京,现在爸爸病了,他不知该怎么办。不管咋样,总得先给爸爸治病。他说,明天一早起来就到医院去做透析。正说着,电话响了,原来是北京的父亲打来的。他问梦岗权爸爸最近身体怎样。梦岗如实谈了情况,那边就建议到北京去看。他上次在电话中说了,北京有家很好的肾病医院,而且还有个熟人。他一再叮咛,尽快来北京,不要耽误了治疗的最佳时期。

梦岗放下电话和妈妈商量。秦轶开始有点犹豫,觉得到北京去太远,她要跟着去,单位和家里的事就顾不上。

梦岗说,给爸爸看病要紧,别的事都好说。

秦轶觉得儿子说得对,他现在长大了,处理问题很有主见,就说,好,咱们去北京,只要能治好你爸爸的病,去哪儿都行。

梦岗说,明天你陪爸爸先到县医院做透析,我去买机票,正好我们一起走。

秦轶说,行,让小棉和奶奶在家,我和你爸去医院。

征得妈妈同意后,梦岗立即又给北京打电话,让父亲到医院联系床位,说一下飞机就打车直接去医院。那边罗晓岗说,很好,我明天立即去医院联系,搞定后给你回电话。

秦轶晚上整理了家里所有的存款和现钱,包括北京寄来的,除了留一些小棉上学和家里零用钱之外,其余全部带上。她知道在北京花钱不会少。

第二天,石头开着蹦蹦车,拉着权小顺他们去了县里。县医院大夫说,你们回家太大意了,不按时透析,病情又加重了。这样下去很危险。

下午,梦岗拿着飞机票回来了,说,北京那儿的床位已经订下了,明天就可以坐飞机去北京。

经过前一天的透析,权小顺的情况稍微好转。他又喊着不去北京,说是路太远,得花很多钱。家里这点钱得留着给梦岗娶媳妇,小棉还要上学。再说,去了还得麻烦罗晓岗,人家上着班,也没时间。还有,开年后,他还要出去给挖掘机联系活路,不能把这一百多万撂下不管。

梦岗和母亲一起劝爸爸,叫他不要有顾虑,咱们治病要紧,只要身体好了,钱是会有的。给机子找活的事,可以交给石头叔他们去和药厂联系……

权小顺毕竟是个病人,他拗不过家人。再说,机票都买好了,所以临走前把石头和秦强强叫到家里,千叮咛,万嘱咐,让他们抓紧时间和药厂联系,抓紧去落实司机,这可是大家的一百多万呀,千万不能有任何闪失。还有,咱们的机械外出,一定要注意安全。一切都安排好了,初六中午,秦铁叫车把他们送到飞机场,三人一起飞往北京。

临出家门时,小棉含着两眼泪花,送爸爸妈妈上车后便抽泣起来。秦铁又下了车,安慰女儿别哭了,你在家好好照顾奶奶,有空就复习功课,再过几个月就要高考了。你爸爸病好以后我们马上回来,别担心了。有事给你哥打电话,写信也成。

对权小顺来说,别说坐飞机,这辈子连火车也没坐过。到省城虽有火车,可是他每次去都骑自行车,最多坐个公交车。

这次坐飞机,对全家人来说都是第一次。上了飞机,除了新鲜,还十分害怕。特别是权小顺,总觉得这飞机在空中没个啥支撑,如果掉下来咋办?他不知道飞机票多少钱,但估计不便宜。心想三个人得花多少钱?梦岗年轻,不知深浅,花这么多钱,秦铁咋不阻挡呢!正想着,就见漂亮的女服务员推着车子过来,问他喝啥。他不知道都有啥,就说随便。脖子上扎条五色彩条小丝巾的空姐微笑着递过一杯牛奶,热乎乎的。还没顾上喝,又过来两个推车子的空姐,脖子上扎着同样花式的丝巾,和蔼地问,请问您要米饭还是面条。权小顺说面条。秦铁和梦岗要了米饭。递过来的纸盒子还有两块小蛋糕。权小顺在面前的小板上打开面条盒子,一看,哎,这叫啥面条,最多一筷子头就挑完了,哪有在家时一大碗油泼面过瘾。不过瞧着这些小碟小盘,个个干净漂亮。冲着这份好奇,权小顺也一样一样地吃完了。他把一个空杯子和小碗悄悄放进自己的包里。一会儿,空姐来收餐具,也没看没问,端着剩下的纸杯就走了。他暗暗庆幸,却不知人家是在收垃圾。

梦岗问爸爸吃得咋样,他笑了笑,没吃过这些东西,只能够塞牙缝。

一会儿,飞机穿过云层,梦岗叫爸爸快看。好家伙!只见窗外一大块一大块,像山一样的白云就在身边。刚过一会儿,那云就散开了,离远了,像是山,像是海,又像一群马,一群群羊。真是太奇妙了。权小顺从来没有见过这样的云,原来他在毕阳原看见的云大都是灰色的,尤其是夏季发暴雨前都是一疙瘩一疙瘩的乌云,给人的感觉只是压抑、恐惧。哪有这些云的壮美，全是雪白雪白的，白得刺人眼。权小顺只顾看云，丝毫没觉得飞机在动，心想，都说飞机最快，咋觉得它像没动一样？就在他正想时，飞机的一个翅膀像是升高了，而另一个则降低了，他不知道这是飞机在转弯。只有机身倾斜到一定角度，产生的向心力才能使它转过弯。正是这个转弯，太阳的光线起了变化，那一团团的白色云朵又镶上了金边。飞机再向前，一束金色的光芒又从云朵缝隙中直直地射了出来。梦岗不由自主地喊道，太美了！权小顺激动地说，啊，啊，咋这么美的。

梦岗说，爸爸，你休息一会儿，咱今天碰上好天气，一路都是美景。

权小顺长出一口气，激动地说，岗儿，爸爸这一辈子值了，跟我娃享福了。就是病治不好都不亏。不是你，爸一辈子都坐不了飞机，也看不到这么美的景儿。

秦轶坐在旁边，一直听着父子俩说话、看景，这时才插话说，再甭胡说，咱这次去北京就是为了给你看病，一定能治好。

梦岗说，肯定能。我听父亲说，那个医院的水平很高。你看看刚才那束金色的光，哗一下就出现在咱们的眼前，那就是你的生命之光，很吉祥哟！

权小顺嘿嘿地笑了，他说，岗儿，大学生了，你还信这个？梦岗说，信，吉祥的东西我信。好，好！权小顺说着又眯着眼睛说他困了。他希望这次北京之行，能带给他吉祥。

四十六

权小顺还靠在椅背上昏睡的时候，飞机已经到了北京机场。梦岗急忙唤醒爸爸说，到北京了。权小顺睁开眼睛吃惊地问，到了？这么快?!

秦轶一边从行李架上取出旅行包，一边说，到了，飞机已经落地了，马上就可以下飞机了。梦岗帮爸爸解开安全带，扶他站起来，在空姐们一声声柔和的道别声中，排队走下飞机。

刚下舷梯，就有一辆辆大汽车等在旁边，旅客又一一坐上汽车离开机场。出站前，又都拿着自己的行李排队走出。

梦岗一手提着包，一手扶着爸爸。刚走出站口，秦轶忽然看见在接站的人群中有人高高举着牌子，上边写着毕阳权小顺。她一惊，忙叫岗儿快看。梦岗说，肯定是父亲来接咱们的。

秦轶心中一惊，罗晓岗，十多年未见面的罗晓岗。不知怎的，心里一阵紧张。

等挤到跟前，见举牌的人穿一棉夹克，三十来岁，并不是罗晓岗。梦岗上前便问，请问您是来接人的吗？小伙子热情地说，你们是从毕阳来的权小顺吗？梦岗指着爸爸说，是，他就是。来人说，罗主任让我来接你们。他怕你们人多坐不下，先在医院等着。

权小顺一听罗晓岗派司机来接他，像傻了一样感动地说，接我？梦岗说，是的，是父亲让司机来接你的。一个偏远地方的农民，来到陌生的北京城，突然看见纸牌上写着自己的名字，有人专门来接，这是一种什么感觉？这种待遇，是他权小顺做梦也想不到的。秦轶也有同感，夫妻俩说着同样的话，谢谢！谢谢！不住地感谢。他们跟着来人走到一辆黑色的轿车前，司机把行李放在后备厢，让两位长者坐在后排，梦岗上了副驾座，司机让他系上安全带，车子就开动了。

车子在路上疾驰，车上的权小顺忐忑不安地看着窗外，只见路边的树和一幢幢高楼从视线中闪过。他对北京没有别的印象，除了天安门和天安门广场上的人民英雄纪念碑。现在他还没有看见，车子没有经过那里，所以也没有多大的惊喜。

大约四十多分钟后，车子停在一家肾病医院门口。

司机取出旅行包，梦岗扶爸爸下了车，秦轶提着自己随身的黑色小包，一起朝医院的门诊楼走去。远远看见一个身穿蓝色短大衣,脖子上搭条浅灰色围巾的男子站在门口的台阶上,梦岗大声喊,爸爸!

秦轶和权小顺几乎不认识罗晓岗了。听见喊声,罗晓岗急忙跑下来,忙扶住权小顺说,权大哥好!又看看秦轶说,一路辛苦了!

秦轶心情复杂地看着罗晓岗,客气地回道,不辛苦,倒是麻烦你还派人来接我们,谢谢!

权小顺也忙握住罗晓岗的手颤颤地说,晓岗兄弟你好!看我——一句话没说完,眼睛就湿了。

罗晓岗的心情也很激动。十多年不见,眼前的这两个人都变了。权小顺,这个当年修水库时的突击队长,吃不饱、干不乏的强壮小伙子,如今竟病得孱弱体瘦,开口竟掉下男儿不轻弹的泪水。而秦轶,就在当年将要踏进婚礼殿堂时,突然遇到自己这个不速之客,当即昏厥后又逃跑的新娘子,那时她有着苗条纤细的身材,略施粉黛的花容月貌,而今已变得有点富态,一看就是个深沉成熟的知识女性。他为她感到骄傲和自豪,为自己儿子有这样的母亲而欣慰,同时也为她丈夫所患肾病而揪心。现在什么都不要想,赶紧帮权大哥治病,这才是最重要的。

罗晓岗回过神来,扶着权小顺一起走进门诊大厅,然后到二楼找专家就诊。

大夫当即开了住院证,梦岗和司机一块儿去办住院手续,秦轶跟着去交押金,之后就到后楼住院部的病房。

权小顺坐在病床上说,谢谢你,兄弟!你这些年发福了,腿也好了,我一下子都没认出来。罗晓岗说,是的,把拐杖扔了。

权小顺说,你很精神,不像我,一下子老了。

罗晓岗说,不老,不老。我们还不到五十岁,哪能说老了的话?这次把病治好了,你还能扛起一个大麻袋。说着,几个人都笑了。

罗晓岗一看手表说,都五点多了,咱们到外边吃个便饭。原来打算到家里给你们接风,怕今天迟到了别人把床位占去,就先来了医院。

秦轶说,医院有饭,就不麻烦了。

罗晓岗说,不行,今天无论如何得进馆子。就让司机把车开上,拉着四个人绕来转去,找到一家牛羊肉泡馍馆。罗晓岗说,这是陕西人爱吃的饭,但不一定能比得上毕阳的羊肉泡。记得当年在毕阳小街吃过一次,很有味道。

秦铁瞅了一眼罗晓岗，嘴上没说什么，却立即回忆起二十多年前在毕阳河滨公园的聚会，以及回家路上跌倒被罗晓岗扶起的情景，心中有说不出的滋味，既幸福又难过，让人回味无穷。

罗晓岗让服务员上了四个菜，一盘烩羊肉，一盘羊杂，两个素拼盘。每人一碗羊肉泡馍。秦铁立即说，少要一碗，我和小顺两个人一碗够了。而且说明，汤多一点，盐少放或不放。

菜上齐了，服务员说，这一碗没放盐，要放多少，这边有调料盒。

秦铁给权小顺拨了一小碗，用筷子头蘸了一些盐放在碗里说，有味，你吃吧。

大家边说边吃，权小顺几乎没太动筷子，他偶尔也夹口素菜，喝喝汤。他要等别人先吃，怕自己万一呕吐会影响别人的胃口。

罗晓岗要了瓶北京二锅头，给每人斟了一盅说，欢迎来北京，祝权大哥早日康复。秦铁端起酒杯说了感谢的话，然后饮了一口，等大家都吃完了，权小顺才端起碗吃了几口。果然又一阵恶心，想吐。梦岗忙扶爸爸上卫生间。

罗晓岗对秦铁说，如果医院的饭不合适，以后我让家里保姆每天给权大哥送饭。

秦铁忙说，不用，不用，那样太麻烦。

罗晓岗说，不麻烦。我家离医院也就十分钟的车程。

等权小顺从卫生间出来后，司机就把他们送回医院。罗晓岗单位一个同志的爱人在医院后勤处，给他们找了一张钢丝床，让他们晚上陪房。这是一个两人标准间的房子，有单独卫生间，地方还算宽敞。晚上秦铁睡在钢丝床上，梦岗和爸爸打对挤在病床上。

一会儿，护士拿着单子，让权小顺测体温，量血压，还留下塑料小杯，让第二天早上抽血、留尿等，做常规检查。

经过一天的旅途劳顿，年轻的梦岗倒在床上就睡着了。权小顺这病本来就容易困乏，也迷迷糊糊昏睡不醒。唯有秦铁，躺在钢丝床上翻来翻去睡不着。

没想到，早上还在毕阳，晚上竟睡在北京的医院里。飞机这种交通工具的速度真的让人吃惊。过去坐火车从毕阳到北京需要二十多个小时，今天不到三个小时就到了。回想自己这一生，来过北京两次，一次坐火车，一次坐飞机，两次来的心情都十分沉重。第一次是二十多年前为逃命而雪夜闯关东，今天却是为给丈夫治病来北京求名医。自己的命真是太苦了。忽然又想起碰到罗晓岗时刹那间的欣喜，又觉得非常幸运。

虽然当年在秦家庄,罗晓岗选择了离开,她选择留下,至今已过去了十多年,但两个人在心里谁也没有放下对方。从罗晓岗看她的眼神和她自己剧烈的心跳已证实了这一点,她感激他再三邀请权小顺来北京治病,感激罗晓岗为权小顺选择了好医院。这样使她有机会报答权小顺的恩情,同时也见到了罗晓岗,不然怕一辈子都难以再见到他。罗晓岗,这个当年让她一见就心跳的精干小伙子,现在已是人到中年。微微发福的体态,深邃的目光和稳健的步履,完全显示出一个中年男子的成熟与大气的风度,这种风度,让她心跳,让她自豪。

忽然,她又想起罗晓岗今天提到他家的保姆。她没问梦岗不知是原来的那个阿姨还是新来的?年龄多大?能让她送饭想必年龄不会太大。那么可能就是原来的那个。

权小顺呻吟了一下,秦轶急忙问,你是不是想上厕所?他没有应声,翻个身又睡着了。

秦轶自己起来上了趟厕所又躺下。她忽然笑了,觉得自己太可笑,人家的保姆你紧张什么?管人家年龄大小,跟你有什么关系?她暗暗告诉自己,你是来给丈夫看病的。睡觉!

第二天,一切安排妥当,秦轶让梦岗快去单位上班,这里一切有她,不用操心。

治疗一个星期后,主治医生郝大夫叫秦轶到办公室说,患者的肾功能损伤比较严重,单靠药物和透析不是长久之法。要彻底解决问题,只有换肾。

听到这里,秦轶脑袋嗡的一下,几乎晕了。看来一般治疗已经不行,只能做移植手术了。虽然她原来也听说过有人换肾,但事情到了自己人这里,还是接受不了,感到压力很大。几十万元不说,只要能治好丈夫的病,花再多的钱她都愿意。最大的问题是肾源。如果找不到能和丈夫匹配的肾源,他的生命就难以保障。她不由得一阵伤心,腿都软了。她仿佛看到权小顺置身一叶孤舟上,正在茫茫的大海上漂荡,随时都有被汹涌的惊涛骇浪吞没的危险。恐惧让她不住地战栗。

她定了定神对大夫说,如果没有别的办法那就做移植手术吧。明天先把我的身体检查一下,看看我的肾脏能不能用。

郝大夫说,可以。但最好是直系亲属,这样配上的可能性大一些。

秦轶心里明白,和权小顺有血缘关系的只有他的母亲。但老人家已经七十多岁，显然不行。她甚至后悔刚结婚时没给权小顺生个一男半女。现在想这没用，只能在跟他家没有血缘关系的人群中去找。就算是大海捞针也得捞。于是对大夫说，不管怎样，我自己应该是第一个被检查的人。如果能行，那就谢天谢地。

大夫说，这事不能急，一方面让权小顺继续治疗，让他的体能有所恢复，一方面加紧找肾源，在条件成熟时再做。

次日，秦轶在医院做了相关项目的检查，等待结果。

星期天，罗晓岗和儿子梦岗一起来医院看望权小顺。听秦轶说了医院的意见，他便安慰说，不要着急，也不要担心。这个医院在做移植手术方面经验丰富，成功率非常高。我的一个同志家中有人在这个医院做过肾移植，已经十多年了，现在身体还很不错。

梦岗一听，马上找医生要求对自己进行检查。

秦轶心里很矛盾地说，你还年轻，而且担任着主要工作，这——

梦岗坚定地说，我一定要检查，工作固然重要，但爸爸的身体更重要。要是连我都不捐献，那还有谁来捐献？

他去找大夫，郝大夫说，儿子肯定比别人更好，而且你年轻，肾脏功能更好，现在马上检查。几天后，罗晓岗来看结果。

结果出来令人大失所望。秦轶根本不行，而梦岗也是在五大项中只有两项能配上，不能用。

罗晓岗安慰道，慢慢等，医院会把权小顺的有关资料输进数据库，在全国范围内进行比较寻找，总能找到可以匹配的肾源。

秦轶给单位打了长途电话，说要再续一个月的假。那边回答，如果医院能有人替她，让她先回去几天，那边有事非她不行，处理完之后可再去北京。

罗晓岗说，最近权大哥身体状况比较稳定，要不你先回毕阳处理事情，这里每天由我家的保姆来照料。

秦轶已经见过保姆桓灵秀了，他们来医院的第二天恒灵秀就来医院送过饭。看来，这人和自己年龄差不多，高个子，精干热情，到医院来应该没有问题，但秦轶不同意。她说这样太麻烦，医院有适合肾病患者的饭菜，权小顺自己能打饭。

罗晓岗坚持。他说，你回去也不会待太长时间的，这里有我们完全可以，你就放心走吧。

于是秦轶同意了罗晓岗的意见。她的确应该回去,不完全是为了工作,同时也得为权小顺的移植手术准备费用。

这一切并没有全对权小顺讲,只说她回去看看母亲在家怎么样,再拿点东西。如果时间长就叫小棉来。

权小顺一听,坚决不同意。他说,要不咱们不看了,一起回毕阳。无论如何不能耽误小棉的学习,她马上要参加高考了,这可是大事呀。

秦轶的心中本来就很纠结,权小顺又闹着要回去,她控制不住,第一次大声说,你能不能听点话,咱们坐飞机来北京,不就是为了给你治病吗?现在已经有了效果,咋能半途而废?小棉就是今年考不上,还有明年。你的病要是耽误了,可就没命了!她非常难过地说着。

权小顺看她难过的样子,再也不犟了,又再三叮咛她回去看看他们的挖掘机寻到活路没有。

秦轶回到毕阳,刚下火车就直奔机关而去。

一问,方知是几个施工现场出了问题。

原来,落户秦家庄的天神制药厂,在施工中遇到了三队张老汉家的老坟。让他迁,他不愿意,提出再加五千元。药厂说,这在签合同时没有列入。现在遇到这个问题,答应补偿一千元。张老汉不同意,每天坐在坟地里,弄得人家不能施工。还有就是地热城那边的施工中也遇到群众闹事。

地热城在占地中涉及两个村子。主要是圪垯湾,还有少部分地是临近的张家湾。中地公司在征地、施工中觉得圪垯湾村村民的素质高,在施工中能积极配合建筑方。村民也守规矩,不到工地乱偷乱摸,所以就把地热城通往村里的一条路全修了。一是方便洼地的游人到地热城,也为群众的出行提供了方便。那边的张家湾要求提供同样的方便。中地不答应,张家湾的村民就闹事:设路卡,挡车辆,晚上还成群结队到工地上偷拿钢筋、钢管等建筑材料,为这事还闹到县政府,影响很坏。

胡杰哭丧着脸说,政府办来人说,县上领导让咱招商办去协商解决问题。可是我去了,按下葫芦浮起瓢,顾此失彼,总解决不了问题,搞得焦头烂额。真盼望你这个老将回来解燃眉之急。

秦轶看见面前这个小伙子,平时还挺精干,也自信,这会儿的样子,真有点招架不住了。她十分关心地说,小胡你辛苦了!我这段时间没在,这么多事情,肯定够紧的。别着急，咱们先解决药厂的问题，张老汉的工作我去做。

秦轶回到家里，看到婆婆的身体还好，心里踏实多了。她说了权小顺在北京的情况，婆婆说，看病的事，医生说咋办就咋办，别操心我。小棉现在长大了，很懂事，每周回家都帮我干活，学习也不用人操心。你去告诉小顺，人家药厂很仁义，石头他们一提，就把土方活给了咱们。老板还说，谢谢你们的支持，我们还没有正式开工，你们就把挖掘机买回来了，这活儿不给你们还能给谁呀！

秦轶听了很高兴，放下东西就去张老汉家，手里还提了一盒北京果脯，一进门就喊，张叔在家吗？张老汉是个瘦老头，留着一撮小胡子，倔脾气，村里人都知道他难说话。他一见秦轶来，平时的歪劲一下子不见了，说，你回来了，还提东西干啥？

秦轶开门见山，说，叔，听说你不愿意迁坟。张老汉用手捋一下小胡子说，我们那里是老坟，埋着我大我妈，还有我婆我爷，我老爷，要五千元都少。

秦轶一听张老汉胡说哩，那里埋着他父母是真的，他爷他婆和他老爷根本不在这儿。就说，叔，我知道，你们的坟地刚好在厂子的西北角，你觉得划不着，我给周老板说，叫他把你家的坟地避过去，也不影响厂子盖房。只不过你那一亩地的三年租金得退给人家。

张老汉一听急了，背着手不停地在院子转圈。他对秦轶说，轶儿呀，虽说你如今在政府当了官，可叔还得叫你女子，话不能这样说，租地的钱已经分到手，我都花完了，拿啥退呀？

秦轶一看，张老汉决不想退钱，只是胡搅蛮缠。就说，叔呀，你实在不想退钱，那就得让一步，不然影响人家施工，我这话也不好说。

张老汉又摸了一下小胡子说，那就四千吧。

叔，你也别说四千五千的，我说一个公道的办法，只要你愿意迁坟，咱们按一人一千元赔偿，当场挖，有几副棺材赔几千元。这也是上边的政策规定。

张老汉一听，不住地摆手，说，不行，不行，这是啥办法？我不能把先人的尸首挖出来晾给那么多人看。那是羞先人，是最大的不孝呀！

秦轶知道张老汉心虚，便趁机说，叔呀，人这一辈子不管办啥事总得讲个理。当初征求意见时，你是同意后签了字的，现在把钱用了又不迁坟。你说这里埋了三代人，可人家周老板不知道，如果你说埋了四代、五代，谁能说得清?！叫你现场挖，你又不同意，你说咋办？

张老汉看哄不过秦铁，又怕人家真的要退地，便顺坡往下溜。故意说，唉！为了能给咱村留住客，看在你的面子上，我就让了，一共两千。

秦铁立即找到周老板，先道歉说，我们没能及时处理好群众方面的问题，给你们带来了麻烦。但也要考虑群众的实际问题，人家那里确实是座老坟，埋了几代人。你说的一千元实在也太少了，看能不能再加点？

周老板一见秦主任来了，语言和蔼多了，他说，其实嘛，加点也行。就是那老头不讲理，人家施工，他睡在坟地，还骂人，我当时就不想给他加。现在你秦主任出面，我就再加一千。

秦铁说，这下就行了，有你这话，我马上去做村民的工作。我知道周老板一贯处事大方。

问题就这样解决了。两天后，张老汉迁了坟，药厂的最后一块地方修了围墙。

接着，秦铁又连忙奔到张家湾，找村上的干部沟通。

村主任张解放四十多岁，没多少文化。听说秦铁就是引来地热城项目的负责人，赶忙说，秦主任，你可是咱们县上的官，一碗水得端平么。他们给圪垯湾修了路，也不能把咱张家湾另眼相看呀。

秦铁笑了笑说，张主任，你没问问他们为什么不给张家湾修路？

张解放五大三粗，人长得比较黑，村里人不叫他解放，都叫黑娃，这还是个中性叫法。而外村的人都叫他歪黑子，或者直接叫歪娃。歪黑子虽然歪，但心里灵醒着哩，不然也当不了主任。在招商办主任面前，特别是在一个有气质的女领导面前，他不会随便卖歪耍二。于是一半笑着一半又满不在乎地说，不就是因为群众设卡拦路吗？你说那些拉沙子拉石子的大车，过来过去的，咱这路还能用吗？村民可怜拦住弄几个钱有多大个事？至于有人偷拿了人家几根钢管钢筋，不就是想搭个棚子，盖个牲口圈的。唉，谁让咱们太穷了呢！

秦铁没有跟着他说，直截了当，张主任，你为群众着想的心是好的。我们是不富裕，但我们穷得要有志气。君子爱财，取之有道。人家是企业，他们的钱也不是轻易从地上捡来的。依我说，想让人家给咱修路，咱们也要有点姿态。要富也得按规矩办，不能乱来，让人瞧不起。

张解放用手在他那又黑又粗的脖子上挠挠说，秦主任这话说得对，在理，我以前对这些小事没太在意，心想，人家能投资几千万，有的是钱，村民们占点便宜有啥，不就是骆驼身上的一根毫毛么。我就是看他们给圪塔湾修路，把咱不一眼看，很没面子，也就任群众拦路，的确不太合适。

秦铁说，这个我理解。如果修了路，全村每个村民都能享受，但因个别人拿了东西而影响了修路，你觉得合适吗？

张解放说，不就是几根钢筋钢管嘛。

秦铁严肃地说，现在问题不是很大，但如果不及时制止，让这种行为蔓延，全村人都去偷拿，地热城还能建起来吗？人常说蚂蚁拉倒泰山，这不是小事！这会影响我们的村风民风，影响我们的后代。

张解放这时也觉得问题严重了，他无奈地说，事情已经这样了，你说咋办？

趁现在偷拿的人还是少数，咱们干部就要动员群众，把人家的东西送回去。从此不再发生这样的事情，不然会触犯刑法。

张解放歪是歪，但有时也讲点义气。他说，主任说得有道理，把赃物退回去，给人家一个面子也教育了群众。我回去动员村民，可是主任你得给企业那边做做工作，给我们多少修点路。

秦铁说，你们得先做出样子，后边的事有我。

三天后，张家湾的村民开着拖拉机，拉着所有偷拿的钢筋钢管，还写了一封道歉信，送到地热城工地。

看到张家湾村的这出戏，中地公司的人大吃一惊，有所不解。

张解放上前解释说，钟项目长，对不起，以前我们做得不对，经过秦主任批评教育，我们知道错了，今天是专门来认错的。快，大家赶紧把东西往下卸。紧接着，来的人便把车上的钢管钢筋，咕里咕咚地卸了下来。

张解放两手举着道歉信交给钟项目长，并说，对不起，对不起，保证以后绝不会再出现这样的事情。

中地的钟项目长一听，惊喜得脸上放了光。他一边接过写着道歉词的大黄纸，一边说，改了就好，希望以后好好配合。

早就到场的秦铁，趁机上前笑着对钟项目长说，村民们知道错了，能来道歉，咱们中地也该有个姿态嘛。

看着今天这个场面，钟项目长只能说，当然，当然，应该互相配合。

秦铁一看火候已到，便说，既然给圪塔湾修了一段路，我看能不能把张家湾的街道修了？

举着道歉信的项目长应着，可以考虑。

精明的张解放赶忙鞠躬，连说，我这里先替全体村民谢谢中地领导，谢谢对我村的支持。

就这样，秦轶回来后不到一周，几个棘手的问题都一一得到解决。

林丰义叫秦轶到他办公室，先询问了权小顺的病情，然后就连说对不起。他说，你爱人有病，本不该叫你回来，可前一段时间，几个地方，这里不闹那里闹，弄得机关办公都不得安宁。不得已才让你回家处理，还真是老将出马，一个顶俩。你一回来，这几个问题都解决了。听他们说，现在群众也不闹腾了，企业的建设也顺利了，政府办公也安宁了，得谢谢你。

秦轶不好意思地说，谢我什么，这本来就是我的工作，只是家里人有病，没办法才造成的麻烦。

林丰义倒了杯茶水递过去说，你照顾家人是完全应该的。这次回来问题解决得这么快，足以看出你的能力和思想水平非同一般，也是工作责任心的体现。说完思忖了一会儿，唉了一声，欲言又止。

秦轶说，领导要批评就批评，我一定虚心接受。

批评什么？市上要成立地热办，打算调你去当副主任，向我要人。说老实话，从本位出发，我舍不得你走，你是咱县上多么得力的一员干将。但从你个人的进步来说，我应该支持你去。市地热办是处级单位，到那里任副主任能上一个台阶。

这事，对任何一个科级干部来说都有吸引力，秦轶也不例外。这无疑是一个让人高兴的好消息，可是对于现在的她来说，却没有带来丝毫的喜悦。她端起茶杯又放下，不知该怎么回答，最终鼓起勇气说道，谢谢领导，你别批评我不上进。我现在要的不是上台阶，而是上北京，把我丈夫的病治好。希望领导能继续给我批假。如果——如果工作实在离不开，就请另行安排别人，或者，我可以辞职。

辞什么职！林丰义几乎是在大声喊叫。他发现自己有点失态，又缓和地说，家中有困难当然可以请假。你把手上的事处理一下，马上去北京，你爱人的身体重要。

谢谢领导！我这几天到几家投资单位走一下，看看还有什么问题要解决，处理完再走。

这太好了，有什么困难尽管说。

没有了,请你回家代问郭姐好。

秦铁离开了,她从内心深处感激自己的校友、领导,庆幸能遇到这样的上级。她没有理由不好好干。

望着转身离去的秦铁,林丰义思绪万千。依他的身份、人格,绝不能有任何非分之想,然而内心的波澜却起伏难平……

他永远爱慕和敬重这个学友和下属,她是他这半辈子遇到的不可多得的杰出女性。他现在能做的,就是支持和帮助她,让她家庭幸福,让她再上台阶。

秦铁回毕阳以后,罗晓岗和桓灵秀天天轮换着在医院照顾权小顺。

桓灵秀自从见了秦铁以后,心里久久不能平静,她不仅是钦佩,而且是紧张。难怪罗晓岗当初那样迷恋她。几年前,当她第一次见到梦岗时,就断定他的母亲绝非一般人。这次在医院目睹真人,她的气质让桓灵秀非常吃惊,自愧不如。更重要的是桓灵秀知道了秦铁是个非常讲义气,而且知恩图报的人。当年虽然见到了罗晓岗,后来还是和梦岗的养父结合在一起。

桓灵秀佩服这个女人,也相信只要她丈夫活着,她绝不会和自己来争夺罗晓岗。所以,桓灵秀无怨无悔地为权小顺做好一切。她每天跑两趟送饭,为他洗衣服,再苦再累也心甘情愿。她觉得这是为罗晓岗做事,也是为自己的幸福在做事。

罗晓岗极力要权小顺来北京治病,不仅仅是这里的医疗水平高,而且还为了有机会让他为权小顺做点事情,真真正正地来报答替自己养大儿子的大恩人。

两周以来对权大哥的照顾,让罗晓岗得到一定的安慰。而让他更为欣慰的是他家的保姆桓灵秀。他原来还担心让她到医院照顾病人增加了负担,她会不高兴。谁知桓灵秀不但没有怨言,而且积极主动地把饭菜做得既可口,又符合医生对患者饮食的要求。每次她都要把权小顺换下的衣服拿回家洗,把病人照顾得周到干净。他从心里感激桓灵秀,对这个到他家当了八年保姆的人有了新的认识。她一直默默地帮自己做事,不仅帮自己抄稿子,还帮自己照顾恩人,真是善解人意。不知怎的,以前他只是对她印象不错,可这几天却肃然起敬了。这个保姆令他刮目相看,他想,她绝不是个一般人。

桓灵秀呀桓灵秀,你究竟是哪方神仙下凡,为什么如此尽心尽力地帮助一个毫不相干的人?最近,罗晓岗常常自问,心中不解。他常常这样想着,有一天竟不由自主地在桌面的一张稿纸上写下,你到底是何方神仙,为什么这样尽心地帮我???

留下这一连串的问号，没有收拾，竟匆匆地上班去了。

晚上下班后，他竟意外地发现，在这张稿纸的问号后多了一句话：我不是为了帮助别人，而是为了拯救自己，拯救一个迷失的灵魂。

啊！这笔迹分明是他熟悉的桓灵秀的笔迹，可她为什么又能写出如此神秘的话语？罗晓岗的脑子轰的一下，忽然想起一个人来——早在桓灵秀刚到他家，第一次听见她说话的声音时，他就想到了这个人。但观长相，他又否定了。今天的想法让他害怕，几乎颤了一下，他怕自己的猜想是真的。

四十七

去冬的一场大雪，滋润了北京的大地。今年京城的春天显得格外温暖和湿润，空气自然也清新了许多。

权小顺站在窗口，阳光从病房的窗户射进来，照得里面暖暖的，并不时飘进淡淡的花香。

这是住院部大楼下那几棵树冠很大的玉兰树的花儿散发出来的香味。现在还是初春，院子里其他树的枝条才刚刚冒出点绿芽，而这几棵高大的玉兰树，在一夜间竟开满了一树的白花。这洁白的花儿就像这大楼里的白衣天使，在温暖的春天向患者们祝福问好呢。

权小顺是从农村来的。他只见过西北农村普遍栽植的洋槐树和古槐树。他知道洋槐树是在三四月开出串串洁白的花儿，古槐则是在七八月开出朵朵米黄色的小花。但都是在枝叶茂盛后才孕育出小小花蕾，然后慢慢绽开成串花儿。没有见过眼前这几棵树，前两天光秃秃的树枝上只有一些不显眼的花骨朵，一片绿叶都没有，一夜之间竟开了满树的白花。他觉得太神奇了。便问秦轶，你看这是什么树？太怪了，连一片叶子都没有，忽一下就开了一树的花。

秦轶指着窗外开满白花的树说，这叫玉兰树。玉兰树的种类很多，这几棵叫白玉兰，专在初春时开花，而且等所有花儿凋谢了才会长出绿叶。和它同属的还有红玉兰、粉玉兰好多品种。还有一种叫广玉兰的，是先长叶后开花。它属于蜡叶植物，叶子又厚又肥，叶面光亮。每年五六月份在满树的绿叶中会开出一朵一朵漂亮的白花。这两种玉兰树，我们原来的学校里都有。

秦轶说着把权小顺扶到床边，让他躺下。告诉他不能在窗口待得太久，怕他受凉感冒。

秦轶那次回毕阳，在单位待了不到两周，处理了工作上的几个问题，又筹措了几万元钱，然后又赶紧来到北京。她知道要做肾脏移植手术，这些钱还不够。但她着急，不能再继续待在毕阳，她要回北京，看这里的肾源找到没有，谁知至今还没有消息。不过当她把村里挖掘机在药厂干活的消息告诉权小顺后，他显得十分高兴，人也有了精神。

到北京的第三天，她正在病房给权小顺倒水，大夫突然通知她到办公室，说肾源找到了，而且是绝配。

秦轶非常高兴，她问，什么叫绝配？

大夫说，两个人在五项主要指标上完全吻合，这是很难得的匹配。

谢谢！谢谢！

秦轶激动地握住郝大夫的手，流着泪不住地感谢。肾源找到了，丈夫有救了！她庆幸，这大海里竟然把针捞着了，这是权小顺积下的德，也是上天对她秦轶的眷顾。前些天那焦虑失望的心情，一下子变得充满希望。她忽然想起来京时天空中的那道金色的光束，当时梦岗说这是爸爸的生命之光。现在她信了，她愿意信，相信那束光是吉祥之兆。这时她仿佛看见那在狂风恶浪中漂泊的一叶扁舟，已慢慢地安全靠岸，又仿佛看见那倒下的铁塔重新竖立在自己的面前。

好消息让她极度亢奋，好一会儿才回过神来。她擦一把泪水，忙问大夫，捐赠者是什么人？我们得感谢人家。

郝大夫微笑着说，不用谢，人家不愿透露姓名，我们医院有义务替捐赠者保密。

秦轶说，那该如何感谢人家？

大夫说，感谢不重要，重要的是有了能匹配的肾源，现在你得马上准备手术费用，我们尽快安排手术。

秦轶这时才意识到自己带的钱不够。她急忙出来，用医院的电话告诉了秦芹这个好消息，让她再借些钱寄来。

中午，桓灵秀又来送饭，罗晓岗也来了。秦轶忙把找到肾源的消息告诉他们。罗晓岗高兴地说，太好了，这下可以动手术了。

秦轶说，恐怕还得等几天，家里过几天才能把钱寄来。

罗晓岗说，钱不成问题，先让医院安排手术。不过有点不凑巧，权大哥做手术我本应该在这里，可是单位前天就安排我去外地出差，看来陪不成你们了。

桓灵秀一边把饭桶里的饭倒在碗里，一边说，不要紧，你去出差，这里有我，我会天天来的。放心吧，在医院这段时间，肯定也是特级护理。

罗晓岗对权小顺又说了些安慰和鼓励的话，然后说，我今天下午就得走，祝你手术成功。等我出差回来看你。

权小顺情绪不太稳定。一个是对换肾手术有些恐惧，不相信别人的器官能在自己的体内存活。另外,听说要花几十万元,怕失败后人财两空,给秦铁留下一摊子债务。罗晓岗和桓灵秀走后他就一直对秦铁说,不动手术了,还是保守治疗吧,我看现在治得差不多了。

秦铁说,别胡想,一切都安排好了。咱不就盼着能找到肾源吗?现在好不容易找到了,你不能再打退堂鼓。

权小顺说,我怕弄不好,把你和娃拖垮了。

秦铁一听非常生气,但还是耐着性子说,什么叫弄不好?你得有信心,咱们得相信现代医学技术!

权小顺背过身子小声说,我看还是不动的好,我想回家。

秦铁明白丈夫的心思,她也不由得一阵伤心。看到权小顺睡着了,忙去找主治大夫,让他给病人做做思想工作。

郝大夫来到病房,看了看权小顺,微笑着说,怎么样?我看你这几天体征不错,可以马上手术。

权小顺嗫嚅着,大夫,我,我不想做了。

郝大夫瞪着眼睛,噢!我还没见过你这么糊涂的人。和你能匹配得这么好的肾源,在我们医院的医疗史上的确不多见,为什么又不想做了?我在这个行当干了三十多年,这个病发展到现在的程度,要彻底解决问题,只能做移植手术,你要放弃,就等于放弃生命,难道你能舍得丢下这么好的妻子儿女吗?

秦铁在一旁不住擦泪,权小顺也泪眼汪汪。他抽泣着,我咋能舍得丢下他们,只是怕……

郝大夫握着权小顺的手,俯下身子,慈祥而又坚定地说,请相信我,相信我们的医术,让我们一起努力吧!他又用力地握了握权小顺的手,同时两只眼睛也传递给他成功的信念。

这种声音,这种眼神,还有那温暖而有力的握手,一下子给了权小顺极大的力量,让他非常感动。忽然间,面前穿白大褂的这位郝大夫就变成了华佗。是华佗,是神仙下凡来救他的,权小顺坚定地这么认为。就在他常去的北马镇,有一座华佗爷庙,小时候他常常跟母亲一起去庙里向华佗要药。村里好多人都去要药,他还记得秦铁小时候闹肚子很厉害,后来她母亲去华佗爷庙要回一小包包药就治好了。他想郝大夫就是华佗再世,来搭救他了,他不能错过机会,于是双手颤抖着说,我听大夫的，一定好好配合。

秦轶如释重负。她说，这就好了，你放心吧，钱不是问题，秦芹马上会打过来的。

郝大夫笑着说，好好休息。我相信你能挺得住。

权小顺点点头。

这个夜晚，病房里很不平静。权小顺翻来覆去睡不着，想象着大夫将怎样拿掉自己的肾，换上别人的肾。一会儿高兴自己得救了，一会儿又恐惧起来，怕手术失败，性命难保。就这样胡思乱想，直到深夜两点多才迷糊睡去。秦轶更不用说，肾源找不到盼找到，找到了又愁钱，不知秦芹什么时候才能把钱打过来。关于这次移植手术，她虽然鼓励权小顺，但自己也不是不担心。虽说这个医院在这方面的成功率很高，但毕竟不是百分之百，什么情况都可能出现。所以她的心里也是极其矛盾的，彻夜难眠，一方面相信手术会成功，同时也不由得老往最坏处想。

第二天，还没到查房，护士长就来病房通知，手术安排在明天早上八点。并交代了有关注意事项。

秦轶昨晚没睡好，以为自己听错了。她吃惊地问，这么快？可是我们的钱还没凑够，得等两天后才能打过来。

大眼睛的护士长说，听说费用已经够了呀，昨天刚打进来两笔。

秦轶不解地问，是吗？

护士长笑着说，如果你们账上没有那么多钱，要我垫也垫不起呀！说完，迈着轻快有节奏的步子，噔噔噔地走了。

秦轶高兴地自语，这个秦芹，寄过来钱也不来个电话，竟直接寄到医院了。她急忙去回电话，收到钱得告诉妹妹一声。谁知电话拨通后，秦芹却说，我还没有寄钱哩，哪能这么快，我们的进度款还没拨下来，我是到别处借了十万元，明天才能到手。

秦轶被弄糊涂了，那么是谁给权小顺的账上打了钱呢？她对妹妹说，不管怎样，你明天先把钱寄过来，万一有人打错了，咱得还人家嘛。

一会儿，护士又来催病人去做术前的相关检查。秦轶来不及多想，就按医生的安排进行。

做完所有检查，秦轶按院里的规定要求，在拿来的单子上签了字。听从医嘱，先一天晚上和第二天早上权小顺都未进食，患者必须空腹手术。

手术这天，梦岗早上七点就赶到医院，他拉着权小顺的手说，别怕，爸爸，你看人

家宇航员连太空都敢上，有这么好的医生，我们怕什么？

权小顺怕孩子担心，微笑着说，爸爸不怕，我把这一堆子交给大夫了，由他弄去吧。这里没事，你就回去上班吧，别耽误公家的工作。

梦岗说，我今天特意请了假，专门来陪爸爸，小棉来电话，说要来看你，被我挡了。这里有我，让她安心学习，马上要高考了。

权小顺欣慰地说，岗儿，你做得对！

时间到了，护士推着专门给手术室送病人的带轮床等在外边。秦轶和梦岗把权小顺扶到床上，送到手术室门外。母子俩在床的两侧，各握着他的一只手，异口同声，加油！

权小顺回以感激的目光，被推进手术室。

秦轶回过头来，突然发现罗晓岗家的保姆也站在手术室的门外。她忙问，灵秀，这么早，你是——

桓灵秀略显慌乱地答，我——我是来看权大哥的，他不是今天手术吗？

梦岗礼貌地说，阿姨好！你和我妈坐下吧。

秦轶疑惑地问，你知道今天手术？

桓灵秀这时已显得平静一些，她说，我问过医生，他们说是今天。接着又说些安慰的话。

秦轶没再多问，便说，谢谢！你这段时间忙前忙后地照顾我们，太辛苦了。

桓灵秀谦虚地说，没啥，家离这儿不远，一会儿就过来了。这几天我会天天来。

等待的时间是漫长的，焦急的，揪心的。

秦轶和梦岗没有离开，桓灵秀也没有离开。他们就这样说一会儿，靠着椅子眯瞪一会儿，等待护士出来报告手术进展的消息。

梦岗叫母亲和阿姨去吃点东西，一人摇摇头，一人摆摆手，都说不饿。

焦虑的心情，让人觉得等待的时间特别漫长，以至于忘记到底等了多长时间。秦轶忽然记起桓灵秀该回家做饭了，就让她回去，可桓灵秀却说，昨晚把菜炒好了，面条也擀好了，都放在冰箱，中午老太太自己一煮就成。她坚持要在这里等。秦轶非常感动，她说，你这样为我们操心，我不知该拿什么报答你呀！

桓灵秀说，你这样太见外了，只要能把权大哥的病治好，就是对我的最好报答。

秦轶觉得桓灵秀这样的口气，反倒她成了主人，有点不解。哪知，这却是桓灵秀的真心话。由于太真了，没注意自己说话的口气。

桓灵秀让秦轶去吃点东西，秦轶说，不，我得等他。

秦轶又让桓灵秀去吃碗面条。桓灵秀也说，不，我得等他。

就这样，你推我让，不知又过了多长时间，全副武装的大夫终于走出来了，等待的几位一下子围上前去异口同声地问，大夫，情况怎么样？经过长时间紧张工作的大夫，显得疲倦，半天没回答他们。几个人的心一下子提到嗓子眼，眼睛死死地盯着大夫。

稍许，大夫取下口罩，出口长气，微笑着说，很好，手术很成功！

这个好消息，让几个久久等待的人也松了一口气，立即就想往里冲。两个护士急忙上前拦住说，不能进去，病人还需要观察，等身体的各项指标稳定后才能探视。

梦岗忙扶住母亲说，妈，现在放心了，你和阿姨就去吃饭吧。

在梦岗的劝说下，两个揪着心的女人才慢慢地离开了手术室外的椅子。

权小顺从手术室被送到病房，睁开眼睛看见秦轶的第一句话就是，我还活着？

秦轶笑着嗔怪，胡说啥呢，不为活着送你进去干啥？你现在感觉怎么样？

权小顺无力地说，我很困，像是做了一场梦，总想睡觉。

秦轶忙说，别说话，你好好休息吧。

看到爸爸手术顺利，身体状况平稳，梦岗放心了。他从背包里掏出两万元钱给妈妈，说是同志们借给他的。秦轶看到儿子的孝心，非常感动，但还是劝儿子道，你先拿回去，你爸账上的钱到底是谁打的，还不知道。等他好一点，我一定得弄个清楚。总不能这么糊里糊涂用了人家的钱，连是谁给的都不知道。

梦岗分析说，如果不是小姨打来的，很可能是我父亲。别的人也不知道咱住这家医院。

秦轶点点头。其实她早已猜想是罗晓岗交的钱，只不过没有得到证实。等他出差回来，她一定得问个清楚。他现在帮了自己，回去后得想法给人家还上。钱不是重要的，重要的是这份情意。好在这次手术成功，权小顺的健康有了保障，这比什么都让她高兴。

梦岗上班去了，隔几天到医院来一次，而且还带着李彤。秦轶叮咛说，李彤功课忙，看看就行了，以后不要来了，这里有自己一个人完全可以。桓灵秀是天天都来，不过最近好像很忙，每次把饭一放，立刻就走了。

四十七

正像罗晓岗说的那样，这家医院的医术的确不错。权小顺手术后，身体状况一天比一天好，吃饭也比以前好多了。他笑着对秦轶说，没料到，医生这么能行，竟然把那个人的零件接到我的身上，还成功了。最近真的不难受了，跟以前好着时候一个样，不过，咱们真的得打听一下，看这捐肾的人到底是谁，得把恩人好好感谢感谢。

秦轶说，咱是烧了高香了，不光有人捐肾，还有人捐钱哩。

权小顺吃惊地问，谁捐了钱？我咋不知道。

秦轶说，要知道就好了。医院只说有人给你的账上打了钱，没说是谁。

权小顺说，这就怪了，竟然有这事？就咱这个穷农民，谁学雷锋还学到咱身上来了？世上还是好人多呀！你无论如何要打听清楚，等我身体好了一定得还人家。

秦轶给权小顺服完药就到财务上去问。听说手术前两天的那个下午，先后有两个人给权小顺的账上交过钱。小伙子说，第一个是个高个子男的，这钱是我收的，另一个是谁弄不清，得问我们那个收银员。这次虽然没弄清，但秦轶根据财务上人讲的高个子男的这个特征，她猜想可能就是罗晓岗。至于另一个人是谁，或者还是他，那就得问问罗晓岗便可知晓。

这天中午，桓灵秀又来送饭。秦轶问她，罗晓岗出差回来没有？桓灵秀嗯了一声，立即又否定，说，没有。说完急忙走了。

谁知第二天刚查完房，罗晓岗却突然出现在权小顺的病房。他说，昨天晚上才回来，今天来看看权大哥。听桓灵秀说，手术很成功，祝权大哥早日康复。

罗晓岗虽然在热情地问候权小顺，但自己的脸色却很苍白，身体像是很虚的样子，和出差前大不一样。秦轶忙问，你最近怎么样，是身体不舒服吗？

罗晓岗支吾着，是不太好，出差受点凉，感冒了。

那你应该在家休息，还跑到医院干啥？

我想看看权大哥身体恢复得咋样。

不错，不错，比来时好多了，真要感谢你呀，晓岗，多亏你介绍了好医院。权小顺激动地说。

秦轶等了几天，今天终于有机会，她便直接问罗晓岗，你给我们的账上交了钱不说，咋还领别人也来交钱？怎么也不打声招呼？我就是给人家还钱也得知道是谁呀！

罗晓岗吃惊地问，怎么，你说还有一个人也给权大哥交了钱？

是呀，医院说那天账上进了两笔款，我们老家寄过来的钱还没进账呢！

罗晓岗迟疑地自语，有这样的事？我得去查查，看来，这另一个交钱的他也不知道。他一个人自语着，这到底是咋回事？又说，不过，只要权大哥手术成功就好。你们好好休息，我先回去了。

权小顺一听罗晓岗还为自己垫了钱，激动得一下子抓住他的手说，晓岗兄弟，你说，这辈子我咋能报答完你的恩情？你给我介绍了好医院，整天来看，还替我交了手术费，我的这条命就是你救的呀！说着，就用颤抖的双手拼命地摇着罗晓岗的手。

罗晓岗显然也很激动，他替权小顺做的远远不止这些，关键是他的付出有了成果。权小顺健健康康在这里和他说话，可想而知他有多么欣慰。他扶住面前这个恩人的肩膀说，没什么，谁都会遇到困难的，我那点钱也没啥大的用场，只要你的病好了，就是万幸，我回去了。

罗晓岗走到楼梯口，他并没有下楼回家，而是上楼进了另一间病房。其实他最近根本就没有出差，而是一直在医院里。为了不让秦轶权小顺他们操心，才瞒着没有告诉他们。

他躺在病床上，百思不得其解。他知道权小顺经济有困难，那天下午把自己存的十万元拿出来悄悄打在权小顺的账上，此后又有谁给账上打了钱？如果是岗儿，又为什么不告诉家人。难道会是她？又一想，不可能，她与他们非亲非故，为什么会暗暗去资助他们？再说这几年的工资大部分还是母亲替她管着，而且那次她还拿出一万元寄到毕阳。一个当保姆的人又能有多少积蓄呢？正想着，桓灵秀进来了。她手里提着两节饭盒说是已经给权大哥送过了，然后才过来。

罗晓岗正在考虑问题，没顾上搭话。

桓灵秀一看罗晓岗与往日不同，便问，有什么事吗？

罗晓岗忽然灵机一动，单刀直入，你给他们交钱，怎么也不告诉我一声？

桓灵秀非常吃惊，她说，你是说给权大哥交钱的事？你是怎么知道的？

罗晓岗猜得不错，果然这钱是桓灵秀交的。他心中有说不出的感动，便说，我先替权大哥他们谢谢你！你在外边也不容易，一下子拿出这么多钱，他们很不忍心，一定要还你的。

不用还。我知道做移植手术的费用昂贵，本来打算交十万，我跟前只有八万，就全交了。

罗晓岗没说自己交钱的事,他只感激桓灵秀,没想到一个出来做保姆的人能这么慷慨,他动情地叫道,灵秀,你这是救人命呀！人常说“救人一命,胜造七级浮屠”,你是一个活菩萨呀!

桓灵秀没想到罗晓岗能如此肯定她的做法,她激动,她幸福,眼睛都湿了。走到罗晓岗的跟前,从饭盒里盛出饭,深情地递到罗晓岗的手中说,你不是也一样吗?

罗晓岗摇摇头,不一样,我和你根本不一样！人家权大哥是我的大恩人,我为他付出多少都是应该的。

桓灵秀扭过头说,他是你的恩人,也是我的恩人。治好他的病,不光是你的心愿,也是我的最大愿望。

噢——罗晓岗边吃边想,桓灵秀的话太费解了,把他说糊涂了。不过今天弄清楚她为权小顺交了八万元的事,还是挺高兴的。他为自己的巧妙问法感到得意,为桓灵秀的慷慨解囊救人急难而感自豪。毕竟她是自己家的保姆。

四十八

北京的气温越来越暖,权小顺的身体恢复得也越来越好。

秦芹寄过来的十万元一直未动,秦轶要等找到另一个给他们交费的人,立即还给人家。

梦岗来医院看爸爸,说账上的另一笔钱是桓灵秀阿姨交的。秦轶当时大吃一惊,一个保姆,为非亲非故的人交了八万元医疗费,简直不可思议。一家人又是感动得不知说什么好。

权小顺一个劲地说,好人呀,好人!老罗是个好人,他儿子罗晓岗是个好人,就连他家的保姆也是这么好,你看看,世上还是好人多呀!我这次来北京算是见了世面,开了眼界。

秦轶说,这下好了,就算暂时还不完钱,起码知道帮助咱们的人是谁了。也好有机会感谢人家了。

权小顺对梦岗说,星期天把你父亲和桓灵秀阿姨叫来,我要当面好好感谢人家。

梦岗说,好,这事由我来办。爸爸,这下你可安心了,好好养病,争取早日康复。

权小顺却摇摇头,娃呀,咱还没有找到捐肾的人呢,爸咋能安心?如果回到毕阳就更难找了。趁我还在北京,你给我抓紧时间,千方百计地去打听,我一定要知道恩人是谁,要感谢人家,重谢人家。

秦轶觉得权小顺说得对。她对儿子说,你爸说得对,是得重谢人家。这人的一生,难免会碰到一些恩恩怨怨的事。你要记住"受恩莫忘"这句古人的话。恩是甜蜜的,感恩报恩能使受施者欣慰,让自己愉悦,密切人际关系,让社会和谐,所以人人都应该有颗感恩的心。可是仇恨却宜解不宜结。仇恨这种心理含有毒素,它会伤人、害人,甚至会杀人。

梦岗感动地说,妈,我记住了,我一定会按你说的办。其实,您、爸爸、父亲、还有桓灵秀阿姨,你们都是我立身的榜样,我应该向你们学习。

权小顺满意地不住点头,对梦岗说,岗儿,你真的长大了,爸爸没有白疼你。

就在这一家不断讨论如何寻找恩人,报答恩人的时候,楼上另一间病房里的两个人也在激动地互相感激着对方。

罗晓岗对站在病床边的桓灵秀说,你的义举让我肃然起敬!这几天,我一直在思考,你对我父母和我的照顾,对我恩人慷慨解囊,已经远远超出了一个保姆的职责范围,让我的心灵受到震撼,我由衷地感谢你,灵秀!说着竟不由自主地握住桓灵秀的双手,不住地摇着。

桓灵秀被罗晓岗的评价与举动惊呆了,手心出汗,心灵震颤。她没有抽出手,任凭他这么握着,摇着……

八年了,在罗家,她对罗晓岗一直敬而远之,彼此保持着"主仆"间应有的距离。而现在,他竟然紧紧握住她的双手不放。他继续说,灵秀呀,一个人的思想境界,道德品质,并不在于他地位高低,出身贵贱,生活贫富,而在于他的修养。在你身上,我看到了一个高尚的灵魂,无私的灵魂,善良的灵魂……

桓灵秀的心颤动得更加剧烈,罗晓岗发自内心的赞美,让她承受不了。她像一个非常弱小的空虚壳子,上边被垒上一个一个沉重的桂冠,压得她实在喘不过气来。她突然抽出双手,大声地喊道,不!不!不是这样的,不是!

罗晓岗被她突然之间神经质似的反应惊呆了,他不知道自己讲了什么不该讲的话,把她伤害成这个样子,一时不知所措。

桓灵秀站在他的对面,还在接连不断地喘气,可见她刚才内心的冲动是多么剧烈。

稍稍平静,她说,我的灵魂原本并不高尚,我曾狂热,骄横霸道,因为虚荣和自私,我曾经犯下了不可饶恕的大错……她流着泪说不下去了。

稍做镇定,又开始叙述,是一场大火改变了我,是残酷的现实教育了我,还有就是你的高尚,你的纯洁,你的善良,你的魅力感动了我。所以说,你才是我的恩人,是拯救我灵魂的人,是我需要感激一辈子的人。

什么?你在说什么?你到底是谁?罗晓岗又一次被桓灵秀搞糊涂了。

桓灵秀情绪很激动,她没有回答罗晓岗的发问,含泪把一封昨晚写好的信塞到罗晓岗手里,扭头跑出病房。

罗晓岗没有喊她,慢慢打开手中的信。这是一封厚厚的,沉甸甸的信。

亲爱的晓岗:

请允许我这样称呼你。

你不是一直都想知道我是谁吗？我又何尝不想告诉你。可是我不敢，多少次话到嘴边，我又咽了回去。我怕说出来后，你会立即把我赶出你的家门。

现在不怕了，即便你不赶我走，我也已经做好了走的准备，因为我已经了却了自己的心愿，可以堂堂正正地告诉你我是谁了。

那天一到家，我第一眼看到的就是那根令我十分害怕和讨厌的拐杖。你拄着它每走一步，都像一根钢针在刺我的心，由此我知道你的腿至今还不能正常行走。是谁把一个健康的帅男变成现在这个样子！这根拐杖让我有一种强烈的罪恶感，我的心碎了，我痛恨我自己。

我是带着赎罪的目的来到你的身边，我只想用我最低廉的劳动，哪怕是当牛做马，一点一点来赎清我的罪恶。请你饶恕我，在那个特殊年代，我年轻气盛，幼稚无知，动员那些人围斗你，无非是想逼你就范，结果……

那天，听说伯父为你找到了一位高明的骨科大夫，我太高兴了。如果能把你的腿治好，你就可以扔掉那根讨厌的拐杖了。我恨不得一下子拿出我所有的钱来为你治病。因为你的腿病成了我的心病，我愿意付出我的一切。我一天到晚，想着如何帮你治好腿。但又不能，我怕引起你们对我的怀疑，我忍住了。

治病的效果很好，你现在能丢掉拐杖自由行走了。我一面高兴，同时又担心起来，是因为那可耻的私心。我怕你腿好以后，会很快结婚。那时，我这个保姆恐怕就干不成了。你美丽的妻子也许看我不顺眼会把我辞掉。

时间一天一天过去了，你依然淡定，没有惊喜，没有牢骚，没有怨言，而是每天平静地阅读与写作，我的心也随之安静下来。直到梦岗的出现，让我又一次受到很大的震动。那天你把他领回家，我第一次知道了你还有个儿子。说实话，我虽然没有指望你能原谅我，接纳我，但看到你和秦轶的儿子已经长成了一个大小伙子，并且考上了北京大学，我还是挺嫉妒的。当年我还以为你只是拿她作为挡箭牌来拒绝我，没有想到你们真诚相爱，我把你想错了。

看到这里，罗晓岗心里一震，果然是她。他原来就猜想过桓灵秀的真实身份，但又多次被他自己否定了。

她明明长得不是桓灵秀的那张面孔。再说，那时她一直“很红”，大学毕业肯定能分到一个不错的工作。怎么就会沦落到给人当起保姆来了呢？实在想不通，再往下看。

每天看你写作到深夜，我都心疼。我想帮你，却插不上手，只能做点宵夜送去。一天晚上，你在清誊一篇稿子。小憩时，趴在桌子上睡着了。我端去茶水，看到你未誊完的稿子，突然有一种冲动，难道不能替你抄写吗？你说过，我的字写得很漂亮。于是悄悄拿走稿子，在我的房间抄好了又送回原处。我担心你会怪我，可是第二天清早，你却高兴地说，灵秀，谢谢你替我抄了稿子。

我胆怯地问，没抄错吧？

你说，挺好！

听到这话，别提我有多高兴，心想以后有机会就多帮你抄抄，只要你高兴。在此以后，我又帮你抄了几次，而且是你让我抄的。我心里很感激，感激你对一个保姆能够如此信任。给你抄稿子，是我天大的荣幸，是上天对我的恩赐。你的文章像一面镜子，让我照见了过去的自己，也重新认识了自己过去的作为，更明白了现在应该怎么做。

谢谢！谢谢你帮我洗涤了灵魂。

虽然那个时候，我也干了许多错事，但我并非禽兽，我的血管里毕竟流淌着父亲的血，我是一个学者的女儿，一个知识分子的后代，我的良知并没有完全泯灭。

在那次两派对打时，一颗炮弹落在棉花库里，我急了，在火光冲天时，不顾一切扑了进去。我想救火，脱下衣服全力扑打，竟忘了杯水救不了车薪，而成了扑火的飞蛾，就这样把一个骄横的张晗，也是你最痛恨的张晗，烧得面目全非。

啊！看到这里，罗晓岗不由惊叫一声，身体强烈地抽搐了一下。他痛苦地闭上眼睛，不敢再往下看。他感到身上一阵阵的疼痛……

就在那时，我的父亲在学校因轮番批斗而心脏病加重，最终含冤离世。父亲的不幸和我的意外烧伤，对母亲打击沉重，在双重痛苦的重压下，她撑不下去，也随父亲去了。

原来幸福的一家，只剩下一个走不到人面前的我。我一时万念俱灰，如坠万丈深渊，真想一头撞死，一了百了。就在这时，定居韩国的姑姑来信安慰我，让我别做傻事，说会想办法带我去韩国做整容手术。后来，姑姑费尽周折，通过关系让我辗转去了韩国。我带了父母所有的积蓄，经过几年的整容，原来的那个张晗消失了。那年整容回国后，全国开始办理居民身份证，我便用了母亲的姓和我的乳名，从这个时候起，便与那个我所厌恶的张晗和那张不堪入目的面孔告别了。

哦，罗晓岗嘘了一口气，他忽然想起一位文人曾说："我常常感到这样的矛盾，白天睁开的眼睛，看到很多人很可憎恶。睁开夜的眼睛，才发现其实人人都是在苦弱地挣扎，唯当互爱。""互爱"，这两个字像一股暖流，立即温暖了他那颗因怨恨而隐隐作痛的心。他释然了，继续读信。

后来听说你伤了腿，一直独身。我非常愧疚，是我害了你，也害了我的父母，我罪孽深重。

我不愿到人前抛头露面，更无颜为人师表去面对一群天真的学生。所以，最后选择隐姓埋名去家政公司。上天有眼，一次我在公司的登记册上看到伯父的名字和家庭住址，便毛遂自荐，来到你家。我想，这可能也是天意。

我没有别的奢望，只想用最直接的劳动来洗涤我的灵魂，救赎我的过错，弥补我对你肉体和精神造成的巨大伤害，忏悔我对父母和老师犯下的一切错误。

感谢上天让我孤独，让我以这种方式来忍受灵魂的磨难。

这次权小顺要做移植手术，天遂人愿，让你有机会为恩人做出最大的奉献。当你让我为你保守秘密，让我配合你来完成这项抢救恩人生命的义

举时，我非常感动。你已把我当成自己人，当成最可信赖的朋友！你在关键时候，能为恩人毫不犹豫地做出牺牲，难道我就那么自私吗？我为权小顺交手术费，不仅仅是在帮助别人，也是在积福行善、做好事，以此来拯救自己的灵魂。

亲爱的晓岗，不管你爱听不爱听，我还是要说一声，我爱你，尊敬你，崇拜你！当你看完这封信，如果真的不愿再看见我，那我明天就走。

请原谅我这些凌乱的文字，原谅一颗破碎的心。

桓灵秀

看完信，罗晓岗闭上眼睛，下意识地说道，你不能走。

四十九

揭开面纱，显示了一个真实的桓灵秀。她掏心掏肺地向罗晓岗坦露胸怀，忏悔自己的过错。这让罗晓岗心潮起伏，彻夜难眠。

他开始重新审视这个过去名叫张晗的桓灵秀。其实，她原本也是一个很不错的姑娘。正像父母取的乳名一样，漂亮，有灵气。只是在那个特殊的年代里，让她平时有点霸道而骄横的性格得以膨胀，被狂热冲昏了头脑。所以她的行为不受约束，说话口无遮拦，就像一辆不守规矩的马车，在路上横冲直撞。然而，她的良知并未完全泯灭。当看见物资库着火时，竟不顾一切地冲了进去。这也是那个年代青年人"舍己为公"价值观的体现。人们，特别是青年人，为了国家财产，为了国家利益，为了革命，往往不顾一切，甚至牺牲生命也在所不惜。

现在看来，当时这些血气方刚，充满英雄主义情怀和理想主义的年轻人，他们把非理性的行为，误认为是为国家、为人民、为革命的最神圣的事业。

她，桓灵秀，也就是"文革"中的张晗，在那个时期，害了别人也害了自己，以至于失去了双亲，又毁了自己的容颜。为了忏悔过去，她竟用了长达八年的时间隐姓埋名来赎自己的罪过。这种长期负罪的折磨，涤荡了她的灵魂，实现了道德与心灵的洗礼。这是悔罪的结果，它比以前的灵魂更纯洁，更高尚，更神圣。所以她才会毫不犹豫地用当保姆积攒的钱，来为权小顺交手术费——虽然也包含着自己的目的，但毕竟是种善举。

罗晓岗很感动。他想，忘记张晗，你面前站的是一个尽职尽责、无私奉献、助人为乐的桓灵秀。自己的身体也恢复得差不多了，准备明天就出院。他要回家和桓灵秀好好谈谈。

下午，罗晓岗来到权小顺的病房，问他恢复得怎么样。

权小顺又拉住他的手说，很好，这都多亏你，还有你家的保姆，我真不知道该怎样感谢你们才好。这时进来两个护士，说是给权小顺量血压。权小顺不管，只顾不停地说，晓岗呀，你真是我的救命恩人，没有你，恐怕我这条命都难保。

这个病房的护士小王拿着血压计，让权小顺脱衣袖。旁边的护士小张看见罗晓岗也在这里，随口招呼道，你怎么下来了？听说你明天要出院了？

嗯——罗晓岗看见负责他们病房的护士小张，怕她说漏嘴，就说，你们忙，不打扰了，我走了。

秦铁忙问，怎么，你也在这儿住院？

罗晓岗支吾着，一点小病。急忙离开。

小张说，摘除肾脏还算小病，心理素质真好！

小王暗暗踢了小张一脚，小张舌头一吐，小声说，我以为他们已经知道了。

秦铁一听心里已经明白，她这才忽然想起罗晓岗那天来病房时脸色苍白，原来他说的要去出差是有意编的谎话。

量完血压，两个护士离开。权小顺问秦铁，刚才听护士说，好像罗晓岗也在这儿住院？他为什么摘除肾脏？难道——

秦铁也很疑惑，她说，我去问问大夫。

找到郝主任，秦铁眼睛已经湿了。郝大夫不解地问，怎么了？权小顺又出现不适吗？

秦铁直接问，主任，捐赠肾脏的是罗晓岗吗？

郝主任愣了一下，摸着微光的脑袋说，既然你们已经知道了，再瞒也没有什么意义。原来怕病人知道是谁，心情激动，对手术不利。现在手术成功了，身体恢复得也不错，告诉他也没关系。他已多次提出要感谢捐赠的人，的确这个罗晓岗让我们全院人都感动。他不但捐了肾脏，并且拒绝接受任何补偿，所以你们的费用花得不是很多。

谢谢主任！你终于让我们知道了实情，找到了该感谢的人。

走出郝主任办公室，秦铁心中像大海的波涛一样在翻腾，她没有马上回到病房，而是在楼道的椅子上坐下来。找到捐肾人，对她来说，不仅仅是庆幸、激动和感激，而且还有说不清道不明的怜惜、心疼和愧疚。这些复杂的情感搅得她心里很乱，不由得就想流泪，可她硬咬住嘴唇。她不知道该高兴还是该难过，不知道该感谢罗晓岗还是该埋怨他，还有，该不该对权小顺讲实情，心中乱极了，怎么也理不出个头绪。

捐肾的如果是别的什么人，她也许会心安一些，偏偏却是罗晓岗。为什么？那么多备选的人，却偏偏他俩就是绝配，而且一点血缘关系都没有，这不是天意么？难道是冥冥之中有一种什么力量在安排人间的事情？她想不明白，这两个都是她最爱的人，为什么会以这样的方式结合在一起？她在心里喊道，晓岗呀，让我拿什么来报答你？你为我们做出如此大的奉献，让我怎么承受得起？她靠在椅子上，不住地在心里问……

厨房的师傅推着餐车在楼道喊着，快点打饭！秦铁这才起身回到病房。

权小顺一见便问，打听清楚了？

秦铁咬住嘴唇点点头。

捐肾的人是不是罗晓岗？他已猜出七八分。可是秦铁并没有回答。

快告诉我，是不是他？权小顺喊着。

秦铁没有否认，她实在忍不住了，几乎哭出了声。

权小顺惊呆了。

这一夜，他忽然像变了个人，一句话也没说，只是翻来覆去。秦铁也一样，把吃了几口的饭端出去倒了，和衣倒在对面那张空床上，难以入眠。

听到权小顺不断翻身的响动声，她知道这件事对他的触动和压力有多大。她不知道他此刻在想什么，也不知道自己该对他讲些什么，甚至后悔刚才对他点头默认。

第二天早上，秦铁出去打水洗漱，回来时看到床头柜上放着一张纸。

权小顺对她说，你签个字吧！

她拿起一看，原来是权小顺用抽屉里的稿纸写了简单的离婚协议。上边只写了一句话：我们双方同意离婚。上边权小顺已经把字签了。

秦铁只知道这事会对他有压力，但万万没有想到，会对他的冲击这么大。幸亏是在术后知道的，不然他会坚决拒绝手术。

秦铁把那张纸撕得粉碎，扔在地上，一把抱住权小顺说，小顺哥，你疯了，傻了！

权小顺平静地说，啥也别说，咱们还是离婚吧！不然我是活不下去的。

秦铁看着权小顺的脸，泪水夺眶而出，她抽泣着说，不许你再胡说！

权小顺用手抹去秦铁脸上的泪水，平静地说，铁儿，听哥的，这么多年了，罗晓岗还是单身一人，他心里只有你。

你不要说了，行不行？她抱着他摇着。

我昨晚想了一夜，哥原来也太糊涂，太自私了。当年就应该劝你跟他去北京，不该由了你。你看看，晓岗这样好的人，我们上哪儿去找？他把他的积蓄、他的身体全部押在我的身上，为的是救活咱一个农民。铁儿，我就是花两辈子的努力也还不上他的这份情呀！你跟他去吧！我对不住晓岗呀！权小顺说着也是泪流满面。

小顺哥,你别说了,秦轶又一次紧抱权小顺,她心中痛苦万千,感慨万千。权小顺为她付出太多太多,这个善良纯朴有担当的男人,才是世上最难找的人。秦轶心里怨他,你呀,太单纯,太善良了,我知道你是怕还不了他的人情才做出这个决定。他是救了你的命,可是你对他做的奉献还少吗?怎么就能想出这个蠢招呢?你就是再蠢,也不至于拿自己的老婆去还人情吧!越想越难过,她什么也不说,只是一个劲地流泪,一个劲地紧抱住他,好像这样才不会失去他。

梦岗来了,看见爸妈抱头痛哭的一幕,大为不解,他急忙上前问道,爸,妈,又出什么事了?

秦轶这才松开手,眼睛红红地对梦岗说,你爸他疯了。

权小顺这时一本正经地说,岗儿,爸爸今天要告诉你一件事情,我要和你妈离婚。爸爸这次虽然捡回一条命,但是身体肯定比不上以前了。我不想拖累你妈,她的前途还大着呢。分开后,你们和罗爸爸一起过吧,岗儿呀,你看他也很不容易,孤身一人这么多年。

梦岗只是听着,并没有应声。

你要好好照顾父母,想奶奶和我了,就回毕阳来看。

梦岗突然笑着说,难怪我妈说你疯了,其实你没疯,就是变傻了!

权小顺看着梦岗这样子,就训他,这么严肃的问题,怎么还开玩笑!

梦岗说,还说不傻,生了一场病,连老婆孩子都要送人了。

权小顺急了,你懂个屁,这不叫送人,叫——

梦岗说,叫报恩吧。你要是想报恩,一会儿他们来了,你就把我和我妈当面交给他。权小顺生气地说,这小子——

秦轶心情沉重,不明白岗儿今天是怎么了。他平时很沉稳,说话办事从不离谱,今天却把这么大的事不当一回事,还能笑得出来。为了让权小顺打消疑虑,她又说,不管你是装疯还是卖傻,今天当着岗儿的面,我也说一句,你要怕影响我的工作,我可以辞职,工作不干了,专门在家伺候你。

权小顺急得脸都涨红了,胡说啥呢,哪能辞职,你也疯了!

梦岗说,我看都疯了!话音刚落,罗晓岗和桓灵秀两人就进来了。罗晓岗便问,谁都疯了?

梦岗说,我爸要离婚,我妈要辞职。

权小顺忙说,岗儿甭胡说!快让你爸和阿姨坐,我有话要说。

罗晓岗不解地过去扶住权小顺,让他坐下,说,大哥别激动,有话慢慢说。

权小顺不坐,他站在罗晓岗面前,拉着他的手说,兄弟呀,哥这条命贱,咋能值得你这样子来搭救呢?你的大恩情,不说这辈子,就是再给我两辈子也还不上呀!所以今天当着你们这些人的面,我要说出我的决定——

小顺哥——秦轶急了,赶紧叫了一声。旁边的桓灵秀也慌了,她心里咯噔了一下,手心里吓得出了汗。

秦轶慌忙中取了毛巾让权小顺擦脸,桓灵秀顺手剥了根香蕉递到权小顺手里。

权小顺被两个女人弄得开不了口,稍停才说,先说灵秀,在我住院这段时间,你天天来照顾,还救了急,给医院交钱,让手术按时进行,真不知道该咋样报答你。

桓灵秀忙说,权大哥这是什么话,谁要你报答,只要你的病好了比什么都强。

罗晓岗心中有数,虽然听了梦岗刚才的话,但并没有慌,只是非常感动。他掏出手帕,擦了一下湿润的眼睛,握住权小顺的手说,大哥千万别这样讲,要说你对我的大恩大德,我又几辈子能报得完呢?你已经知道了,我就实说。这一次,我只不过是所有捐赠者其中的一个,幸运的是咱哥儿俩竟成了绝配。你看,这不是咱哥儿俩有缘吗?医生说,为了找肾源,他们做了不下二百多人的对比,而我和你竟然有五项完全相配。这简直就是天意!这时候,如果我不来捐,那还是人吗?我要感谢上苍,给了我这次机会,让我尽点心意。他又说,现在社会环境好了,没有外部的压力,但还有来自疾病和经济或别的方面的困扰,这就需要我们互相帮助,齐心协力,共渡难关,好好地活着!罗晓岗显然很激动,他不住地用手帕擦脸擦手。

秦轶从包里把那十万一捆的钱拿出来,等两个男人们说完了,她就上前拉住桓灵秀的手说,她阿姨,大恩不言谢,这段时间,你是跑来跑去,楼上楼下地照顾,还把自己的积蓄拿出来给我们交手术费,我们真不知该怎样感谢。这些钱你拿上,是前些日子家里寄来的。

桓灵秀双手推着不接。她说,这钱你们留着。权大哥后期恢复还需要好多钱。她心里很乱,很怕听到权小顺说出的决定,于是抽出秦轶拉着的手,转身就往外走。

罗晓岗看得明白,知道桓灵秀的心思,一把拽住她的手说,别走,我的话还没有说完呢。然后把桓灵秀拉过来站在自己的旁边,郑重而又激动地说,我今天来看权大哥,是要给大家宣布一个好消息,我要结婚啦——要娶桓灵秀。

这个宣布让所有人瞠目。

时间凝固了，声音消失了，病房静得能听得见每个人的心跳。

稍许，罗晓岗从口袋里掏出一枚戒指对桓灵秀说，我要在权大哥和秦轶，还有我们梦岗的面前把这枚戒指给你戴上。请大家为我们祝福吧！

桓灵秀仿佛是在梦中，罗晓岗的话好像天籁之音，她不敢断定这是真的，只是傻傻地站着。罗晓岗慢慢拉过她的手，把戒指轻轻戴在她的手指上。

她摸了一下手上的戒指，是真的。

这是她期待了八年的结果，今天却在毫无准备的这种场合揭晓。前天，当她把那封长信交给罗晓岗的时候，已经做好了离开的准备。不料罗晓岗今天却当着这么多人的面表明心迹。他原谅了她，理解了她，接纳了她。幸福从天而降。一股强大的暖流向她涌来，她激动地叫了声，晓岗！泪水便滂沱而下。

秦轶已激动得不能自已，一把抱住桓灵秀说，太好了！太好了！我要衷心地祝福你们！

罗晓岗也伸出双臂，一边抱住权小顺，一边抱住桓灵秀。

四人紧紧相拥在一起……

看到他们流泪祝福，互相感谢，紧紧相拥，梦岗也感动得热泪盈眶。

他为他们感到幸福，感到自豪，真想拿照相机拍下这一瞬间。忽然，他仿佛看见在他们的周围出现了一道道红光。这些红光正在一圈圈地扩大着，越来越广，越来越亮……

他不忍心打扰他们，只是恭敬地看着他们，默默地向长辈们鞠了一躬，轻轻地说，爸爸，妈妈，阿姨，祝福你们，愿你们永远幸福！

尾 声

五月初的北京，深深的树绿使人清爽，扑鼻的花香让人陶醉。还有那空中飘着，地上滚着好似雪花般的白色柳絮，仿佛欲在刚刚升温的夏季，给人们带来一丝凉爽。

今天，权小顺出院了。在罗晓岗家附近一个不大的饭店里，年轻的司仪正在为一对新人主持婚礼，当他洪亮地喊出，鸣放礼炮！婚礼现场的音箱里立即发出噼噼啪啪的鞭炮声。这响声清脆悦耳，让人兴奋、遐想，思绪万千……

穿着西装革履和乳白色婚纱的这一对年近五十岁的新人，在简单的婚礼仪式结束后开始敬酒。他们给父母敬酒之后，就直接来到前边的另一张桌子跟前。新郎恭敬地说，先给权大哥敬一杯。新娘立即把酒杯递到跟前。权小顺的身体虽然有点虚弱，但心情非常激动。他双手接住酒杯，颤颤地说，我太高兴了，到底喝上你们的喜酒了。祝贺，祝贺！

轮到给秦铁敬酒，此时她已是百感交集。但她没有像权小顺那样表现在脸上，而是把一切隐藏在心中。她沉稳地站起来接过酒杯真诚地说声，谢谢，我衷心地祝福你们。便一饮而尽——她咽下的不仅是喜酒，还有那突然涌出眼眶的泪水。

瞧着西装革履的罗晓岗，看着非常高兴的她，秦铁内心却很苦，生活就像“黄河之水天上来，奔流到海不复回”。她拉不住，只能为这对“老了”的新人祝福。这就是命！

之后，秦铁端起酒杯和权小顺一起走到罗晓岗父母的面前，她恭敬地叫了声伯父伯母好！老罗看了看面前的两个人，很快认了出来。他感激地对老伴说，这就是毕阳的那个秦铁，岗儿的母亲。这一位是岗儿的养父权小顺，我们很熟的。

老太太的眼睛虽然有点昏花，但是站在她面前敬酒的这个女子，还是让她眼前一亮。白皙的面孔，得体的衣着，文雅的举止，谦和的态度，让她心里一惊。她无法想象，这就是西北秦家庄的女子，一个劳动日只值二角钱的那个村子的女子。难怪儿子对她一往情深。

秦铁虔诚而温柔地说，谢谢你们对岗儿的照顾。他还年轻，有什么不到之处请伯父伯母多多指教。

老太太激动地说，不用指教，梦岗这孩子很懂事，很孝顺。

权小顺也握着老罗的手说，罗组长，多年不见了，你还是这么精神。老罗没想到在儿子的婚礼上能见到这两个人，自然又是感慨万千，心中有很多话，但此时又不便多说，只是激动地拉着权小顺的手颤颤地说，谢谢你们能来参加晓岗他们的婚礼！你刚出院，就在北京多住几天。权小顺也一样激动，不知说什么好，只是握着老罗的手一个劲儿地摇。

秦铁忙说，谢谢，我们回毕阳的火车票已经买好了，今天晚上就走。

老罗说，这么快？让晓岗去送送你们。梦岗这时已站在爷爷奶奶面前说，不用了，我去送爸爸妈妈。

秦铁叮咛梦岗，你要好好孝敬爷爷奶奶。

随着欢乐的笑声、祝福声，婚宴结束了。这两对曾经深爱过、伤感过、牵挂过、怨恨过的新人和故友，都已抚平了过去的伤痕，开始走向各自新的生活。

几个月后，毕阳县圪垯湾地热城盛大开业。

宏伟气派的门楼上，高高地竖起两米多高的“地热城”三个大字。人们在很远的地方都能清楚地看到。

这天，地热城门前的会场上，十二个红色气球分成两行飘悬在拱形彩门的两侧。气球下边垂吊着红色条幅，上边印着各个祝贺单位的名称，随着阵阵清风，自豪地在空中飘动，与会场周围的彩旗遥相呼应。会场的外围摆着一大堆炮仗，等待司仪发出号令，尽情地释放自己的脆响。

当一个个红色的大炮咚咚咚地炸响后，一串串鞭炮随之噼里啪啦响个不停。

这天除了正式邀请的省、市、县领导，有关单位的嘉宾及媒体记者外，还有不请自到的周围的村民。对于这些一直日出而作，日落而息的农民来说，今天这里就是过大会。他们从来没有见过这么大的场面，所以早早就赶来看热闹。空气中浓浓的火药味，清脆的炮声，记者手中的闪光灯，让他们开了眼界，加快了迈向现代化的步伐。

秦铁今天无疑是最高兴的，看到这个由自己亲自参与并极力促成的项目——地热城竣工开业，看到有这么多的人来参加开业庆典，真有一种成就感，自豪感。

典礼结束后，地热城的负责人陪同与会者参观整个地热城。其中的主要洗浴设施和游泳馆，比当初看到的设计图纸更完善，只看一看就让人的身心瞬间得到很好的放松。还有与之匹配的商务会议区、宾馆,以及餐饮设施,特别是生态餐厅,更显示着地热城的与众不同。

午餐是在生态餐厅举行的。当人们听着音乐,置身于葱郁的绿色植物和芬芳的鲜花之中,吃着可口的美味时,简直是一种极好的物质享受和精神享受。凡所到者,都对这里把餐饮文化与山水景观及绿色植物巧妙结合的设计赞不绝口。

午餐后,地热城给与会者发了免费票券,让客人根据自己的喜好去体验这里的特色洗浴服务,品味这休闲的生活方式。

领到免费券的男女嘉宾,分别进入男宾区和女宾区。秦铁没有去洗浴,她急忙去找秦芹,听说权小顺和母亲也来看热闹,是纪书用他的面包车接来的。

秦芹早已骑着红色大摩托车等在门外。她告诉姐姐,仪式结束后,纪书已把他们接到洼地游乐场去了。

立秋后的风,吹在身上多少有点凉爽的感觉了。秦芹带着姐姐行驶在通往圪垯湾新修的水泥路上。看着路旁一片片丰收在望的秋庄稼,她俩心中有说不出的兴奋。秦芹告诉姐姐,这次他们宾馆大楼参评的"鲁班奖"已经呈报上去了。等工程款结算后,她一定要在村里盖所学校,兑现自己的承诺。秦铁高兴地说,好,我支持你!

秦芹问姐姐。听说要把你调到市地热办去?

秦铁说,有这事。刚才在吃饭的时候,林书记说市上跟他也提过这事。

秦芹高兴地说,这下可好了,姐可以成为处级干部了,咱们家将有县太爷了。

不料,秦铁却淡淡地说,什么处级不处级的。我觉得一个人只要作风正派,干干净净,把自己的本职工作干好了,再小的官也是好官。如果总想借手中的权力谋私利,这样的官职务越高,危害还会越大。再说,现在职务高低对我并不重要,我不光要考虑工作,还得照顾你哥,他对我才是最重要的。因为,他现在不再属于他一个人。

听你的意思,你不想再上这个台阶了?

那个岗位,有无数个人可以上,可是贴身照顾权小顺的这个岗位,只有你姐我一人,其他谁也代替不了。

姐,你变了。

或许吧,现在总算想明白了点。

不,你退缩了,不敢前进了,难道就因为权小顺生了这场病?

有这方面的因素,也不全是。这十多年来,社会为我们提供了施展个人才能的广阔平台，我们总算多少体现了一点个人价值。

对，对呀！目前的机遇对于我们来说，实在太重要了，难道你不应该继续努力，继续奋斗吗？

是的，芹，我们都努力了，奋斗了，而且都十分投入。但恰恰是那些时候，我们有时缺乏冷静，只是一个心眼儿地往前冲，难免处事不理智，也忽略了对家庭成员应尽的一份责任，才出现了前边那些大大小小的问题。

噢——秦芹听了姐姐的一番话，她想起了自己被骗，儿子在歌厅出事，还有小棉因外嫁欠债，权小顺生病这许许多多的事情，动情地说，姐，你说得很对，也许我也得变一变了。

芹，我们真的该好好想想，不能再一个劲地往前冲，应该总结一下经验，吸取教训，腾出一点时间，关心家人。记住，我们家庭里的每一个人也都是社会大家庭的一员。我们孝敬老人，教育好子女，把家经营好了，也是对社会的一点贡献。

姐，我知道了。

这就好，我知道你会明白的。

姐儿俩很快到了洼地游乐场，这里已经有一大群人在等着她们，冯婶、权小顺、国强、秀莲、南华，还有小棉和小龙。

纪书今天把大家招来聚一聚，让大家看一看他的游乐场，并准备了一桌丰盛的饭菜，想表示一下心意。

这时小龙手一扬，高兴地说，各位长辈难得一聚，我今天特意拿来照相机，好好给大家拍几张。听了这话，权小顺忽然想起什么，忙叫小棉过来说，快拿我的提兜，我把你妈的衣服捎来了。

小棉忙从爸爸的提兜里掏出一件红绸衫，拿在手里抖开喊道，太漂亮啦，妈你快穿上吧。

秦轶看见这件衣服，吃了一惊，她没想到权小顺会把这件衣服带来，一时不知说什么好。

权小顺看着她，深情地说，今天这么高兴，你就穿上吧，别老压在箱底。

秦轶感慨万千，想起几年前儿子从北京捎回这件罗晓岗为她买的衣服，她怕权小顺心中不悦，一直压在箱底没穿。没想到他今天却特意把这件衣服拿来，她从内心佩服丈夫的大度，感激丈夫的善良，当着大家的面却说，这么鲜艳的衣服我能穿吗？

大家都说，能穿，好着哩！小龙说，人家七十多岁的老太太专挑大红的，姨妈多年轻呀！

在人们的期盼下，秦铁换上了这件衣服。秦芹激动地说，姐呀，真的很美！时尚、大方、上档次。众人鼓掌。

秦铁看着权小顺，他不住地微笑着点头。小棉过来高兴地给妈妈系好最后一粒扣子。

秦铁脸上露出一种欣然的表情，这些年来，她没有忘记罗晓岗对自己的希望，以最大的努力，对国家，对人民尽了绵薄之力，也算取得了些许成绩。今天，为了罗晓岗那份珍贵的情义，也为了丈夫善良的美意，她终于坦然地穿上了这件红绸衫。此刻，一种灵魂深处的快乐，油然而生。

洼地湖碧波荡漾，垂柳依依。微风拂面，衣襟起处，红绸衫飘飘。

人们欢笑着，簇拥着。分组照，单独照。咔嚓，咔嚓！

后 记

2013 年《血染白丝巾》出版后，我又用了四年的时间，写成了《风吹红绸衫》。前者是写“文革”中的人；后者是写“文革”后的人。前者写主人公秦轶在极度艰难环境下的呻吟、挣扎和渴求自由平等的呐喊，有血有泪，有深深的痛；后者则写她在大难未死，逃过一劫之后的所遭所遇，所思所为，亦有雷电风雨，悲喜苦乐。

不负此生，这个被长期压抑的心理志向，此时，一下子引爆了她全部的激情。主人公秦轶拼命努力，她要用毕生的精力来报答让自己重获新生的社会和恩人，做自己该做的事。

书中的人物“痛并快乐着”，他们有欢乐也有痛苦，有纠结也有忏悔，有矛盾也有谅解，最终化解仇恨，携手共进。

“文革”这场灾难已经结束了，历史已成过去，它的阴影不能永远笼罩在人们的头上。亲历过那段历史的人们，不管是施暴者还是受痛者或反思忏悔，或谅解宽容，大家“相逢一笑泯恩仇”。人们忽然明白，如果冤冤相报，继续窝里斗，那真会让我们继续穷下去。特别是在世界飞速发展的今天，怕只有挨打的份儿。发展改革，改革发展，只有民富国强，才能使中华民族伟大复兴。只有国家强大了，我们每个人才能真正过上幸福安康的好日子。这是国人的共识，也是我写《风吹红绸衫》的初衷。

我写这本书花了四年时间。四年时间不算少，可真正用在写作上的时间却并不多。虽然年过七十，我还不是个“自由”人，不能自由支配自己的时间。除了每日三餐及正常家务，还要做小学生的作业。因为现在的小学老师，要求学生的家庭作业必须有家长签字，否则，便会在微信群里公布小孩名单，再加一句：请家长予以解释！

为了签字时心中有数，更为了避免在群里“示众”，所以每天孙子做完作业，我还得再做一遍，然后，替他父母签上名字——他们顾不上。

此时，大都到了晚上十点以后，有心拿出稿子写一会儿，可是眼睛不答应，上眼皮和下眼皮总往一块凑，嘴里也不断打着呵欠。不像十多年前，晚上两点多还能写。时间的不连续和精神的不集中，大大影响了写作的速度和质量，有时一段写完了，看看不满意，便撕了重写，还不满意，再撕再写。就这样，断断续续，一年多写完初稿，又用两年多时间修改了几遍，终于可以脱稿。人家写作讲究一气呵成，我这是十气八气呵不成,成了写作中的马拉松。

在这场写作运动中,拿不拿名次不重要,欣慰的是我跑完了“全程”。现在回过头来,反倒不觉得累了,感觉还挺好。书写成了,也没耽误家里的活儿,又带了孙子,还锻炼了脑子。有人说,你这么大年纪别太累了,要注意休息。我觉得写作与干家务互为休息,是一种积极的生活方式,实际上,我已经从中获益不少。由于经常看书写作,使我的衰老化进程相应地能推迟几年。带孙子虽然辛苦点,但他带给我的乐趣却是别人无法给予的。2013 年,在我的作品研讨会上,当时,六岁的他手拿一小宠物跑上前大声说,献给作家解惠英女士!我好激动,“作家”这个称呼,我第一次听到,是我小孙子喊出来的。平时,我的身体稍有不适,他便跑到跟前倒水拿药送体温计,给我揉肩捶背。他是一个懂得感恩,会关心人的孩子。在某种程度上,他给了我写作的灵感和信心。

《风吹红绸衫》就要出版了,尽管还有不足之处,但我们已经为之付出不少。这里有陕西作协文学院院长常智奇,陕西教育学院教授张若晞,咸阳师院副教授南生桥,《咸阳史话》作者马忠,还有我的同学朋友赵安民、刘振民和刘纯静等。他们在对作品充分肯定的同时,也诚恳地提出了宝贵的修改意见。特别是张若晞老师,年已八旬,带病看完了三十多万字的书稿,又写下几千字的书评。常智奇院长,三伏天于百忙之中为我的书写序。还有太白文艺出版社,他们对于书稿的三审三校,认真负责。特别是责编葛毅,自从接到书稿,经常电话沟通,解决出版过程中的每一个细小的问题。

在这里,我要感谢责编,感谢我的老师,感谢专家学者及我的同学朋友,还有我的家人,感谢他们对我无私的帮助和热情的支持。这本书里有我的汗水也有他们的辛劳,有了大家的共同关注,我的拙作才得以面世。从这里,我再一次感受到了文学的神圣,文学人的善良,我更加热爱文学,敬畏文学。

作者:解惠英

2017 年 2 月 16 日